EL RESPLANDOR DE LA LIBERTAD

EL CREDO DEL CAMPEÓN
LIBRO 4

A.R. KNIGHT

CAPÍTULO 1
INCURSIÓN

SACRIFICA el todo para salvar la parte.

Aegis fulminó con la mirada las palabras que su hija Celice había dejado en su Tama, codificadas para que la pantalla de la pulsera las mostrara cada vez que Aegis la miraba. Deslizó la frase para poder ver los planes y proyectarlos a los veinte que esperaban con él en el hangar del avión de carga.

Una nave surgió primero de su Tama y luego del proyector vinculado que Celice había conectado en la aburrida parte trasera del avión. También había encontrado suficientes piezas y personas para poner en el aire por primera vez desde antes de que Aegis naciera esta aeronave propulsada por hélices.

Dos pilotos se sentaban en la cabina, transportando a la fuerza de ataque combinada de Paragon y normales sobre las profundas y oscuras aguas del océano Pacífico. Su objetivo estaba a minutos de distancia, tiempo suficiente para echar un último vistazo a cómo iban a dañar a Ziran, la compañía que estaba robando el mundo.

No, no robando, capturando. Tomando por la fuerza.

—Según el último recuento —comenzó Aegis, haciendo lo

posible por que su voz no reflejara las muchas noches sin dormir—, Ziran tiene cinco drones en el barco. Otro escuadrón de blandos más allá de ellos.

—¿Órdenes estándar? —preguntó Particle, un Paragon que había demostrado su valía con un rifle de asalto más veces de las que Aegis quería contar.

—Órdenes estándar. —Aegis recorrió con la mirada a los combatientes. Todos vestían ahora de negro apagado, con equipos tácticos de protección tomados de donde pudieron conseguirlos. Ya no había azules de Paragon—. Normales, hagan señales si ven un dron. No se enfrenten. Su trabajo aquí es llegar a esos controles y dirigir el barco hacia nosotros.

Porque los Paragon necesitaban esos suministros. Armas, comida, cualquier cosa que pudiera ser útil. Aegis observó la proyección del barco girar en el centro del hangar. La filtración insinuaba que podría haber algo más interesante en la bodega de ese buque. Celice quería que se investigara lo suficiente como para pedirle a su padre que participara personalmente en esta misión.

Lo conseguiría para ella.

Los dos escuadrones, mitad Paragon y mitad normales, se separaron y se colocaron los paracaídas. En la parte delantera, los pilotos encendieron la luz de advertencia. Aegis se preparó, intentando acallar sus turbulentos pensamientos.

Justo como en los viejos tiempos. Otra misión, probabilidades difíciles, pero que él, Aegis, el protector del pueblo y una leyenda viviente, sería capaz de superar. Había regresado de casi morir más fuerte que nunca, y lo demostraría de nuevo esta noche.

Excepto que Aegis lo había estado demostrando, día tras día y hora tras hora desde que Mila y el tanque de curación en el sótano de la Fábrica lo habían reconstruido. Había destrozado cientos de drones, liderado asalto tras asalto en los dos meses desde que Mynx desapareció y sus máquinas cambiaron de bando.

Por todo ese esfuerzo, Aegis tenía muy poco que mostrar.

—Casi listos para el lanzamiento —dijo Aegis en su Tama mientras tomaba su posición al final del hangar, donde la rampa se bajaría en cualquier momento—. ¿Todo bien en casa?

—Concéntrate, papá —dijo Celice.

—Solo comprobaba si estabas prestando atención.

—Ziran aún no tiene todos los ojos. Tengo una transmisión borrosa, pero no te arriesgues. Estás demasiado lejos para recibir refuerzos.

Con un chillido que desmentía la edad del avión, la puerta se inclinó y se abrió. El aire tiraba de Aegis, silbando a través de su pelo corto y su barba incipiente. Detrás de él, se escucharon clics mientras su equipo revisaba su equipamiento y se acomodaba en posición.

—Mientras tengamos evacuación —dijo Aegis.

—Ella está cerca —respondió Celice—. Esperemos que no la necesites.

—Esperemos.

La luz sobre Aegis se volvió verde. Los campeones no dudaban, así que Aegis lideró el camino, pisando fuerte por la rampa y saltando a un cielo plateado nocturno. Abajo, el barco se extendía largo, sus luces de navegación eran un faro contra el agua negra.

Una familiar descarga de adrenalina invadió a Aegis mientras caía, los segundos se descontaban en su cabeza mientras la caída sacudía sus brazos, piernas y estómago. El equipo lo seguía, saltando y abriendo sus paracaídas según lo ordenado.

Aegis no alcanzó el suyo.

Los lentes de contacto en sus ojos se conectaron al Tama de Aegis, inundando sus retinas de datos mientras caía. El barco, resaltado en un verde neón, se hacía grande mientras un contador de altitud corría hacia abajo en la esquina superior derecha de su visión. Los contenedores apilados unos sobre otros dominaban la superficie del barco, torres de acero con estrechos espacios entre las filas. El Tama encontró y resaltó drones y guardias patrullando en esos espacios con un rojo sangre. Una Navidad siniestra.

Cuando el contador llegó a dos mil, Aegis tiró del paracaídas. Abriéndose, el paracaídas tiró de Aegis hacia atrás, aunque los agujeros dispersos por la tela mantenían el impulso del Campeón. Él mismo los había cortado en un momento meditativo ese día, conociendo el número preciso de un tiempo muy anterior a la existencia de los Paragon.

En aquel entonces, el ejército de EE. UU. controlaba los saltos de Aegis. En aquel entonces, le decían a Aegis cómo ser eficiente, cómo maximizar la sorpresa. No muchos años después, Aegis usó ese entrenamiento contra sus dueños. Luchó y ganó su libertad.

Aegis flexionó las rodillas, guiando el paracaídas hacia un aterrizaje en una torre de contenedores. El metal estriado brillaba plateado bajo la luna y las estrellas, lo suficientemente claro para que Aegis rodara al impactar. El impacto sacudió sus rodillas, hizo chocar los dientes de Aegis mientras se estrellaba contra el contenedor. Su mano derecha se movió por instinto, soltando el paracaídas mientras Aegis salía de la voltereta y enviando la lona ondeando en la noche.

Su llegada no pasó desapercibida.

Las alarmas se dispararon rápidamente, nuevas luces parpadeantes se encendieron por todo el barco mientras alguien ladraba órdenes por los altavoces. Esos accesorios sonaban de fondo mientras Aegis se concentraba en una amenaza más inmediata: dos drones, flanqueándolo a ambos lados del contenedor.

Estas máquinas, drones gladiadores renovados, parecían sartenes con demasiadas asas. Chorros direccionales brotaban de sus bases, mientras que armas letales y no letales salpicaban esos brazos metálicos. Los drones tenían ahora un recubrimiento blanco, marcado con un logo naranja de Ziran para asegurarse de que Aegis supiera exactamente quién le estaría disparando.

—Me gustabas más antes —le dijo Aegis al más cercano, cerca del centro de la nave.

El metal negro y la pintura azul de Paragon *sí* que se veían más cool.

Dio dos largos pasos para cubrir el ancho del contenedor y saltó desde su borde. Una energía caliente lo recibió, otra mejora de Ziran. Destellos azules acompañaron el dolor mientras el equipo táctico de Aegis demostraba ser incapaz de manejar el calor. Sin embargo, las quemaduras no se comparaban con el metal duro disparado dentro del corazón de Aegis.

Y los láseres no detuvieron el impulso del Parangón.

Aegis golpeó con fuerza al dron, enviando la máquina hacia atrás mientras sus propulsores intentaban compensar los kilos extra. El trabajo de la máquina se volvió más difícil cuando su compañero, que seguía friendo a Aegis, no tuvo problema con el fuego amigo. Las placas blancas se volvieron negras cuando la energía impactó, siguiendo a Aegis mientras trepaba hacia el centro del dron de tres metros de largo.

Un reloj hacía tictac en su cabeza, y cuando llegó a cero, Aegis golpeó hacia abajo con ambos puños, abandonando su trayecto. Sus manos atravesaron la estructura más blanda del dron en su centro, y los fragmentos irregulares le cortaron la piel.

El Campeón gruñó para alejar el dolor.

El dron siguió su programación, dando la vuelta. El movimiento puso los propulsores del dron hacia arriba, enviando la máquina en picada hacia la cubierta de la nave. Aegis intentó liberar sus manos, escapar. Su traje, su piel se engancharon en el metal y los cables. Levantando las rodillas, Aegis empujó con los pies, liberándose cuando el dron impactó.

La cubierta de la nave crujió cuando el dron y su panqueque humano golpearon, las placas se arrugaron cuando el impulso de la máquina superó una cubierta que no estaba precisamente construida para que un Campeón se estrellara contra ella. Aegis sintió el acero romperse bajo su espalda, doblarse contra sus hombros, desgarrarse bajo su cabeza mientras el dron lo empujaba a través. La máquina en sí se atascó, sus periféricos carecían del peso.

Aegis aterrizó en una rejilla rojo oxidado, mirando hacia arriba el cadáver chispeante y maltratado del dron. Su cuerpo se retorció, se crispó mientras sus células se reparaban. Con un gemido, Aegis se sentó, estiró el cuello a izquierda y derecha. Su traje colgaba en poco más que jirones, y el choque había hecho volar su cinturón y el equipo extra a algún lugar que Aegis no podía ver.

Los ojos del Campeón encontraron mucho más, sin embargo. El delgado pasillo de la cubierta inferior debería haber sido donde los guardias pasaban sus noches, o servir como espacio de carga adicional para los juguetes de Ziran. En su lugar, Aegis vio brillantes líneas azules que bisecaban el pasillo de suelo a techo a su izquierda, el camino que conducía hacia el puente de la nave.

En las paredes a su alrededor colgaban señales apresuradas, de plástico colocadas contra el metal gris verdoso. En negrita blanca sobre rojo, las letras advertían contra continuar más allá. Contra la agitación y las quejas.

Contra las habilidades de anomalía.

—¿Estás vivo, Aegis? —La voz de Particle llegó a través del Tama mientras golpes, disparos y al menos una explosión crepitante se filtraban a través de la nueva puerta de la cubierta.

—Vivo y en movimiento —respondió Aegis, poniéndose de pie. Su propia habilidad evitó que el dron lo matara, pero Aegis sentía los dolores mientras se levantaba. Necesitaría días después de esto para volver a estar en forma para pelear —. Hay algo raro aquí abajo.

—Genial. Hay cosas normales y peligrosas arriba si estás disponible.

Aegis dirigió su mirada hacia el dron chispeante. Cierto. Tomar la nave y podría averiguar lo que había abajo más tarde. Ignorando el pasillo y su llamada, Aegis se volvió hacia la pared más cercana y golpeó una abolladura cerca de su cintura.

Lo hizo de nuevo un metro más arriba.

—Voy para allá —dijo Aegis, asintiendo a su obra.

Retrocediendo, Aegis dio un solo paso y saltó. Su pie derecho encontró el apoyo de metal doblado, dándole a Aegis suficiente impulso para golpear un asidero para sí mismo y asegurar el agarre de su pie izquierdo. Mirando hacia el dron, Aegis se agachó, se dio todo el impulso que pudo y saltó.

Extendiendo los brazos, sus manos agarraron algunas placas rotas de la cubierta, los bordes afilados se sumaron a los cortes que Aegis ya había acumulado en la misión. Ninguno dejaría cicatriz, todos desaparecerían al final del día. El dolor se filtró, la experiencia y el enfoque haciendo su trabajo para mantener al Campeón escalando, empujando, golpeando y desgarrando hasta que una vez más vio el cielo nocturno.

El fuego interrumpía ahora la belleza estelar.

Alrededor de Aegis, Paragones y comandos aterrizaban, sus paracaídas se soltaban mientras la fuerza combinada se encontraba con drones y guardias de Ziran que corrían para enfrentarlos. Un soldado entusiasta, a la izquierda de Aegis, rodeó una pila de contenedores perfilada por focos blanco-azulados. El hombre apuntó su rifle —un tipo prohibido hace mucho tiempo, pero Ziran debió haber encontrado un alijo— a otro Parangón, una mujer canosa que acababa de levantarse de su traje.

—¡Cúbrete! —gritó Aegis, corriendo hacia el guardia.

El ruido del arma dijo que Aegis no llegaría a tiempo. La habilidad del Parangón dijo que no importaba.

El guardia, con el gatillo apretado, se encontró de pie cinco metros adelante, la bala disparada golpeándolo en la espalda. No había dado un paso, no había corrido hacia adelante, sino que simplemente apareció allí. Aegis parpadeó mientras el hombre se desplomaba, miró hacia el Parangón y captó un guiño.

Aegis quería suspirar, pero más objetivos se acercaban a la zona de aterrizaje. Si esta hubiera sido una operación real de Parangón, una ejecutada con más planificación, equipos más establecidos, habría sabido lo que el Parangón podía hacer. Sabría dónde estar para usar sus habilidades.

En cambio, había perdido segundos jugando a la defensa cuando no era necesario.

Los viejos tiempos habían sido mucho mejores.

Tres guardias más siguieron al primero, gritando el nombre de su compañero caído. Esta vez, cuando Aegis asintió a la mujer Parangón, se entendieron. Los guardias apuntaron a Aegis, levantaron sus armas.

Y un dios se alzó entre ellos.

Aegis golpeó rápido y con contundencia, derribando a un guardia con cada puño y al tercero con su frente en un golpe crujiente. Se arrodilló, recogió un rifle del guardia inconsciente.

—Dame un tiro, Particle —dijo Aegis.

La anomalía, tomando su posición de vista de pájaro en lo alto de una torre de contenedores, arrastró la visión de Aegis hacia un dron que causaba estragos cerca de la popa de la nave. Los normales, llegando más tarde, estaban aterrizando en la parte trasera del barco, alrededor del puente. El dron aprovechaba la ventaja, sus armas trabajando para rociar los paracaídas entrantes y sus cargas con fuego reluciente.

—No puedo alcanzarlo desde aquí —respondió Aegis, echando a correr.

—Entonces acércate más.

Aegis levantó una mano mientras corría, esperando que

su nueva compañera entendiera. Torres de contenedores más pequeñas salpicaban el espacio entre el punto de aterrizaje de Aegis y el puente de la nave, algunas brillando cuando el fuego de los drones o las habilidades de los Paragones erraban sus objetivos. Entre y alrededor de los bloques, guardias de Ziran, drones y Paragones realizaban una peligrosa danza.

Una en la que Aegis no tenía tiempo de participar.

Saltó, y Aegis sintió que el Paragon aliado lo impulsaba hacia adelante, una, dos y hasta tres veces. Siguió moviéndose entre los impulsos, cayendo de vuelta al suelo. El último empujón lanzó a Aegis contra otro guardia, enviando al soldado volando hacia un contenedor rojo remolacha. Aegis no salió mucho mejor parado, perdiendo el equilibrio y tropezando en una voltereta.

Eso, al menos, Aegis lo entendía.

El Campeón salió del giro con una patada para ponerse de pie, manteniendo el impulso. Cada segundo que pasaba, sus aliados perdían más vidas. La adrenalina estrechó la visión de Aegis, alejando el dolor de sus huesos.

La guardia, sacudiendo su propia cabeza, se tambaleó fuera del contenedor de carga, cuyo rojo era la parte inferior de una pila de dos de acero.

—Mala idea —dijo Aegis, saltando de nuevo.

La guardia levantó la vista a tiempo para ver a Aegis aterrizar sobre sus hombros, impulsándose y enviándola de vuelta al suelo. El impulso lo elevó lo suficiente para que su aliada —¿tendría un límite su habilidad?— empujara a Aegis aún más alto. Voló por encima de los contenedores, aterrizando al otro lado en la última extensión plana antes del puente.

Un helipuerto, ocupado.

Las aspas del vehículo blanco y naranja ya giraban, los pilotos en la cabina y las puertas deslizándose para cerrarse. Aegis alcanzó a ver un pie desapareciendo en el lado opuesto del helicóptero. Quiso lanzarse tras él, lo deseó hasta que Particle desvió su atención de vuelta al dron y su continua devastación.

—Prioridades —dijo Particle—. Podemos encargarnos del helicóptero después.

—No si se escapa —gruñó Aegis, pero de todos modos lo pasó de largo, bordeando la plataforma y apresurándose hacia el puente.

Mientras pasaba, el helicóptero hizo lo que los helicópteros hacen: sus aspas aceleraron y el vehículo se elevó rápidamente de la superficie del barco.

—¿Lo derribamos? —preguntó Particle mientras Aegis saltaba una barandilla, con el dron a solo metros de distancia.

¿Y arriesgarse a matar a la gente que luchaba en la superficie del barco? ¿Quién sabía qué había en el helicóptero de todos modos?

—Encuentra una forma de rastrearlo —respondió Aegis—. Objetivo secundario.

Adelante, el dron giró, su forma de disco mostrando las marcas de los golpes desesperados de los normales que habían intentado combatirlo. Por encima y detrás del dron, como extrañas nubes, descendían más normales, con los paracaídas ondeando.

Salvar vidas. Es lo que hacían los Campeones.

Aegis levantó su rifle robado, mantuvo apretado el gatillo mientras corría hacia el dron. Las balas salieron disparadas, alcanzando su objetivo con chispas coloridas y nada más. El dron devolvió el fuego, sus propios destellos quemando la piel desnuda de Aegis. Más dolor que ignorar.

El dron debió decidir que sus ataques no estaban haciendo mucho, porque aceleró hacia Aegis. Saltando, Aegis se encontró con el dron en el aire, apuntando al centro de la máquina, ese vulnerable nido de circuitos que suplicaba por una absolución de balas. Después de destrozarse la piel con el último dron, atravesar el metal a puñetazos ya no estaba en la lista de prioridades de Aegis.

No es que al dron le importara. Viró cuando Aegis saltó, desplazando su borde para atrapar a Aegis en el estómago. Con las piernas bajo el dron y los brazos, la mano derecha aún aferrando el rifle por encima, el Campeón intentó recuperar el aliento y falló. Sus pulmones no podían expandirse, el dron empujándolos a ambos en una aceleración salvaje a lo largo del barco.

La desesperación se apoderó de él. Aegis mantuvo apretado el gatillo del rifle mientras la velocidad del dron lo mantenía pegado a su frente. A esta distancia, las balas del rifle aún rebotaban, pero algunas encontraron puntos más blandos, perforando el centro del dron. La máquina alteró su plan al sentir el fuego de Aegis, actuando de manera demasiado inteligente y frenando bruscamente.

El impulso de Aegis lo separó del dron, lanzándolo sobre el mar. Mientras caía, apuntó el rifle hacia arriba, vaciando el cargador en los propulsores inferiores del dron. Aegis golpeó el agua con fuerza, su frialdad penetrando rápidamente mientras el Campeón intentaba tomar aire. Arriba, una vez más, esas brillantes estrellas se desvanecieron.

¿La causa esta vez?

Una gran bola de fuego donde había estado el dron.

—Hemos asegurado el barco, ahora estamos realizando la limpieza —dijo Particle mientras Aegis flotaba en las olas—. ¿Eres tú el que está ahí fuera, Campeón?

—Buen trabajo —respondió Aegis—. Voy a necesitar que me recojan, Particle. Y una toalla.

Mientras los restos del dron salpicaban a su alrededor, Aegis miró hacia el barco. Otra incursión, otra victoria. Pero no detendría a Ziran.

Todavía no.

CAPÍTULO 2
LA RUTINA

KAT ESPERABA cinco pizzas metidas en una mochila especial que las mantendría calientes durante el trayecto. Estaba sentada en una mesa grasienta del color de la masa, sobre un suelo de baldosas que, imaginaba, no se había limpiado en una década. Montones de nieve derretida y embarrada hacían juego con la pantalla de televisión colgada en la esquina, ofreciendo un entretenimiento precario a los clientes que esperaban. Un cabeza parlante ladraba sobre otra redada, ocurrida esa misma mañana, en un carguero ziran.

Los Paragones otra vez, recurriendo al terrorismo en sus últimos momentos de desesperación.

Dos meses después de que los drones cambiaran de bando, y los años de los Paragones ya ocupaban un lugar en la historia horrorizada. La existencia de Kat como rastreadora quedaba relegada junto a los regímenes de pesadilla del pasado de la humanidad, como si hubiera llamado a las puertas con la intención de destruir a las familias que vivían dentro. Que los Paragones mantuvieran a salvo a los anómalos y más seguros a los normales quedaba sin decir.

Hacer cualquier otra cosa sería arriesgarse a enfadar a las máquinas que flotaban fuera.

Kat se subió la capucha gris sobre la cabeza, con el flequillo sin cortar flotando alrededor de sus ojos y fragmentando la vista detrás del mostrador mientras apartaba la mirada de la televisión. Máquinas desarmadas supervisadas por humanos normales giraban la masa de pizza, picaban tomates cultivados en jardines condensados en la parte trasera del restaurante. Este lugar mantenía su calidad donde importaba: la comida. Fuera de la corteza, les importaba un comino.

Lo que lo hacía perfecto para una ex rastreadora que intentaba conseguir algo de comer para sus amigos prohibidos.

Minutos después, con la mochila de pizzas atada a la espalda, Kat se reunió con un cachorro en particular que escarbaba en la hierba mojada de fuera. Marrón y recién expuesto, el césped de Chicago aún no había encontrado su vigor primaveral y, si Seeker se salía con la suya, nunca lo haría. El husky parecía considerar cualquier oportunidad de crear un agujero como una que no debía perderse, sin importar cuántas veces Kat intentara decirle que no.

Aunque, a decir verdad, no se le daba muy bien.

—Toma —dijo Kat, entregándole varios pepperonis que el dueño del local le había dado. Un pequeño gesto que aseguraba que siguiera siendo cliente habitual, aunque el hombre no sabía que las opciones de Kat para el almuerzo eran limitadas.

Seeker engulló el delicioso bocado entregado, luego otro, y un tercero antes de que Kat le mostrara la palma vacía. El husky volvió los ojos hacia la pizzería y resopló.

—Moderación, amigo mío —dijo Kat, echando a andar por la acera y tirando de Seeker.

Una cápsula pasó zumbando, transportando gente en su orbe tintado hacia destinos desconocidos. La esfera con ruedas no hacía más que un zumbido que cosquilleaba los oídos al pasar, con los neumáticos crujiendo más fuerte que las baterías que la impulsaban. Kat habría llamado a una, se habría ahorrado cuadras caminando por el aire fresco, excepto que las cápsulas no eran privadas.

Ziran estaría escuchando.

Ziran siempre escuchaba ahora.

Los brazos de Kat se balanceaban mientras caminaba, el izquierdo adelantando al derecho, su ligereza aún una sensación nueva. El Tama que había estado allí se había ido, junto con la pulsera que lo sostenía. Una pequeña placa descansaba sobre su piel, cubierta por una manga larga, esperando ser conectada. Tendría que esperar mucho más. Ni de coña Kat se pondría un dispositivo fabricado por Ziran en el futuro cercano.

Weed, el Paragón que ahora actuaba como líder de Chicago —como si tal cosa realmente existiera ya— todavía tenía su Tama y afirmaba que Ziran no había infiltrado todos los sistemas de los Paragones. Aegis, el Campeón regresado de entre los muertos, aparentemente tenía uno y aún no lo habían localizado. De todos modos, Kat tenía la corazonada de que Ziran se guardaba sus cartas.

Si tu enemigo estaba contento de revelar su posición, ¿por qué no dejarle?

El sol se desvaneció rápidamente, una sombra repentina que no pertenecía a una nube pasajera. Kat captó el reflejo en una ventana cercana mientras caminaba, un dron gladiador arrastrando su cuerpo del tamaño de un camión por la avenida. Una patrulla normal que, hace unos meses, habría hecho que Kat se sintiera segura y protegida. Ahora apartó la cara, se agachó como si fuera a atarse los cordones de las botas.

Ziran conocía su cara. Wexley conocía su cara. Puede que ahora tuviera prioridades más altas, pero Kat pensaba que eventualmente iría a por ella.

¿O era la vanidad hablando? Wexley tenía ahora un mundo por el que luchar. Probablemente ni se acordaba de que Kat existía. No se tomaría el tiempo de ordenar a los drones que la buscaran.

Kat se mantuvo con la capucha puesta de todos modos.

Cinco manzanas después, en un barrio residencial destartalado donde casas de una planta hablaban de una construcción centenaria abandonada hace tiempo mientras el dinero se movía a otra parte, Kat recogió algunos excrementos de Seeker y echó un vistazo alrededor.

A pesar de la agitación, la humanidad seguía adelante. La gente tomaba trenes y cápsulas para ir a sus trabajos, o se instalaba en oficinas en casa. Kat podía ver cabezas pegadas a monitores en las ventanas de las salas. Algunos pocos se unían a ella en la acera, a menudo murmurando en sus Tamas mientras llevaban sus reuniones a pie. Nadie hacía lo que Kat quería: gritar una pregunta preguntando si todos se habían vuelto locos.

Ella había visto lo que los anómalos podían hacer. Había perdido a su familia por culpa de uno cuando las células de su hermana se torcieron de la manera equivocada y enviaron a los padres de Kat, su casa y a la propia hermana a la otra vida. Kat no sentía un amor particular por aquellos humanos afligidos con habilidades, pero había encontrado un hogar en la casa que los Paragones construyeron. Había funcionado, había sido limpia y clara.

Ahora Chicago marchaba al ritmo de un tambor temeroso, supervisada y obediente a un enjambre de máquinas que exigía que sus ciudadanos continuaran. Que enviaran sus correos electrónicos, presentaran sus informes e hicieran que la economía se moviera sin pensar en quién se beneficiaba realmente.

—Me gustaba más cuando solo tenía que atrapar a otro idiota —dijo Kat, subiendo por un camino de entrada con grietas destinadas a la invasión de malas hierbas.

—¿A quién llamas idiota? —gritó Smoke, una Paragón que había adoptado el look sin uniforme para holgazanear con ropa de estar por casa, desde el porche de cemento de la casa.

—A nadie —respondió Kat, quitándose la mochila de la espalda y dejándola cerca de la puerta—. La comida está servida.

—¿La has mantenido caliente esta vez? —Smoke miró la caja de pizza con algo entre el deseo y el asco—. Si voy a comer esto otra vez, yo...

—Eres libre de ir a buscarla tú misma.

Kat no esperó a que Smoke encontrara una réplica y entró, con Seeker pisándole los talones. Ambas sabían que Smoke no se alejaría mucho de la casa, donde un dron podría verla bien. Las máquinas parecían reconocer los rostros de los Parangones al instante —cómo Weed conciliaba esto con su negativa a creer que Ziran tenía acceso al sistema Parangón, Kat no podía entenderlo— y respondían a una captura potencial con entusiasmo.

Cuando llegaba la ayuda, las anomalías ya ni siquiera encontraban cuerpos.

En el interior, abundaba el ingenio improvisado. Parejas dispares se apiñaban sobre pantallas instaladas en mesas improvisadas, con cables de alimentación formando un laberinto capaz de hacer tropezar a cualquier recién llegado distraído. Anomalías y normales, los pocos que se preocupaban lo suficiente por los Parangones como para querer recuperarlos, pululaban por el espacio. Un lavavajillas zumbaba de fondo y, más adentro de la casa, las lavadoras continuaban con sus vibraciones constantes.

—¿Dónde está Weed? —preguntó Kat a un hombre que estaba justo dentro de la puerta, con los ojos fijos en la gran ventana frontal.

El vigilante de turno, el suplente de Smoke para el turno.

—En la sala de reuniones —dijo el hombre sin dignarse a mirar a Kat—. No están cediendo.

—Con todas las victorias últimamente, ¿por qué lo haríamos?

El hombre frunció el ceño, pero no ofreció nada más para acompañar el sarcasmo de Kat. El humor moría rápido después de que los drones cambiaran, a pesar de los intentos de reanimación de Kat. No es que fuera a detenerse: un poco de risa era lo único que la mantenía cuerda.

Eso, y esperar una señal.

La sala de reuniones habría sido una broma en cualquier otro lugar. Un patio de adoquines agrietados en la parte trasera ahora se ocultaba bajo una carpa de fiesta verde lima recuperada, un estrepitoso fracaso decorativo adoptado por necesidad. Kat mantuvo sus críticas en silencio: su propio apartamento, ahora abandonado una vez que descubrió que los drones rastreadores lo vigilaban, habría fracasado en cualquier revisión de diseño.

Sin embargo, extrañaba a Tap. La IA surfista que gestionaba su vida allí había sido un placer constante. ¿Seguiría existiendo Tap, charlando con un apartamento vacío? ¿Preguntándose adónde había ido la mujer que pedía brunch tarde todos los días?

Seeker atrajo la atención de Kat hacia la reunión, un evento sólido de seis personas, que se desarrollaba frente a ellos mientras Kat atravesaba las puertas corredizas traseras. Weed presidía, con un proyector conectado al Tama del hombre proyectando un plano sobre una vieja pizarra negra. Kat no reconoció el diseño, pero las palabras en la parte superior que decían *Estación Eléctrica* respondían la pregunta con suficiente claridad.

—¿Por qué? Golpear esto dejará sin energía a los suburbios del norte durante tres días —dijo Weed, el hombre desaliñado que, sin embargo, se mantenía erguido ante sus subordinados. Calvin había mencionado que le agradaba el tipo.

Calvin.

Kat cerró los ojos por un segundo. Los abrió de nuevo en equilibrio.

—¿Y por qué importa eso? —continuó Weed—. Cada día que no tengan energía, cada día que se interrumpen los negocios, los inclinamos de nuevo hacia nuestro lado. Esta es una guerra larga, y la ganaremos con pequeñas victorias.

Mirando las espaldas, Kat no podía decir si la audiencia de Weed se tomaba en serio al hombre, pero cuando Weed los despidió a todos para que se prepararan, los cinco miembros que formaban el escuadrón Rookery —Weed y Beth, la líder Elemental que compartía el poder en el lugar, usaban nombres de lugares emblemáticos de Chicago como nombres de escuadrón por variedad— se levantaron para recoger el equipo.

—¿Molestar a la ciudadanía lo suficiente para que quieran que vuelvan? —dijo Kat, dejando que Seeker corriera libremente por el patio.

Weed, desactivando la proyección, se rascó la nariz y se encogió de hombros.

—Es algo que podemos intentar. Más que nada, nos mantiene en movimiento.

—Y haciendo que los maten allá afuera.

—Mejor eso que languidecer aquí. Al menos lo estamos intentando, y no estamos solos. Aegis...

—Tomó otro barco. ¿Adivina cuántos tiene Ziran ahí fuera?

—¿Lo sabes?

Kat se desplomó en una silla plegable, cuyo rígido cojín no proporcionaba absolutamente ninguna comodidad.

—Por supuesto que no lo sé, pero tiene que ser más de uno —sacudió la cabeza y miró hacia arriba—. ¿Algo?

Weed hizo una mueca, imitó su gesto negativo con la cabeza.

—No hemos oído nada más. Gordon no ha enviado ni una palabra en una semana.

El rastreador había desaparecido con algunas anomalías en una misión para ver exactamente por qué los Parangones y Elementales desaparecidos eran precisamente eso: desaparecidos. Los drones, dadas las repetidas proclamaciones de Wexley y Ziran de que las anomalías debían ser destruidas, deberían haber estado dejando cuerpos acribillados en las calles. En cambio, las anomalías parecían simplemente desvanecerse.

Kat había leído suficientes novelas y visto suficientes películas como para tener abundantes ideas sobre dónde podrían estar, qué podría estar sucediendo, pero hasta ahora nadie había encontrado ni rastro.

Calvin había sido uno de ellos. Weed describió el día, cuando Kat estaba en el hospital bajo una vertiginosa inmersión de drogas para superar una cirugía de emergencia crítica. Calvin y otros Parangones, incluido Weed, intentaron evitar el fin del mundo con un ataque a un centro de reparación de drones en el lado sur de Chicago. La misión resultó un éxito, siendo Calvin la única baja.

Fuego y drones por todas partes, dijo Weed. No pudieron ver qué le pasó a Calvin, no pudieron arriesgarse a volver a rescatarlo.

Kat le había dado un buen puñetazo a Lob, el Parangón que hacía los saltos de entrada y salida en la misión, de todos modos. Ahora él salía de las habitaciones cuando ella entraba, y Kat no sentía ni un ápice de arrepentimiento por ello.

—Entonces, ¿la pizza está aquí? —dijo Weed después de un largo suspiro.

El hombre al menos tuvo la decencia de parecer avergonzado por preguntar.

—Si quieres un trozo, mejor que entres —respondió Kat. Weed le dio un asentimiento y siguió el consejo.

En lo alto, el sol murió de nuevo, esta vez de una manera más lenta y natural. Siguieron las gotas de lluvia, golpeando la lona con golpes huecos y salpicaduras. Kat miró fijamente la pizarra, tratando de encontrar algo significativo en su superficie negra y vacía.

Al menos Seeker, mordisqueando las gotas, se divertía.

La lluvia se convirtió en un aguacero, tan denso que incluso Seeker buscó refugio bajo la lona. La tormenta estruendosa hacía tanto ruido y empañaba tanto el patio que Kat no notó la bolsa volar por encima de la cerca hasta que un cuerpo la siguió. Seeker ladró mientras Kat se ponía de pie, su mano desapareciendo bajo su chaqueta hacia la pistola de cañón corto que ahora llevaba consigo. Las armas se sentían extrañas en un mundo de Parangones, pero extrañamente correctas en la nueva distopía, listas para acabar con la vida de un enemigo tan fácilmente como con la propia de Kat, si las circunstancias se volvían demasiado adversas.

Los ladridos de Seeker hicieron que Kat apartara la mano, su tono sugería menos una intrusión y más un regreso. Levantándose la capucha de nuevo, Kat salió de la cubierta y corrió a través del patio hacia el cuerpo, sus botas ya chapoteando en la hierba empapada y embarrada.

Gordon Holyoak parecía haber encontrado algunos enemigos. Los moretones cubrían su rostro, y Kat vio el cuero cabelludo del hombre donde faltaba agresivamente algo de cabello. Su atuendo tenía desgarros y agujeros, algunos atravesando hasta líneas sangrientas en la piel del rastreador.

—¿Estás vivo, hombre? —preguntó Kat, arrodillándose sobre él, tomando el rostro de Gordon entre sus manos.

Sus ojos no mantuvieron el suspenso por mucho tiempo, abriéndose con su toque. La barba incipiente competía con el barro por el espacio en la cara de Gordon, aunque la lluvia convirtió este último en ríos marrones mientras Kat levantaba a Gordon. Seeker brincaba a su alrededor, ladrando y sin ayudar en lo más mínimo.

—Eh —dijo Gordon, las palabras apenas un susurro sobre la lluvia—. ¿Puedes agarrar mi bolsa?

Dejando a Gordon colgado sobre sus hombros, Kat se

inclinó y recogió la bolsa de lona que estaba haciendo un nuevo hogar en el patio embarrado. Rodeando la cintura de Gordon con su brazo izquierdo, Kat se volvió hacia la casa.

Detrás de ella, algunos con armas en alto y otros con los brazos extendidos, listos para desplegar cualquier magia que sus células les hubieran otorgado, estaba el ejército improvisado de Weed y Beth, o al menos los quince más o menos listos para jugar. Weed y Beth estaban al frente, ambos con los brazos cruzados, sus ojos escudriñando desde la lona.

—¿Un poco de ayuda, tal vez? —gritó Kat—. Es Gordon, y está herido.

—¿Cómo pasó la valla, Kat? —preguntó Beth.

La mujer, una líder Elemental y con quien a Kat no le importaría tener un par de rounds en un ring sin restricciones, tomó el nuevo mundo como si fuera un nuevo atuendo. Se envolvió en el desastre como si fuera un abrigo y lo usó para cubrir sus defectos, pavoneándose entre sus disminuidas fuerzas como una sabia que podría, con suficiente determinación y esfuerzo, devolver a los Elementales y a sus amigos Paragon desheredados a la cima.

Cuando Kat mencionó que Beth había estado detrás de innumerables ataques a propiedades Paragon, que casi había matado a Kat misma con un truco sucio de anomalía, Weed no había hecho mucho más que darse la vuelta. Ahora necesitaban a cada anomalía, sin importar su pasado.

Así que Kat acataba las órdenes de su casi asesina y las cumplía con una sonrisa forzada tras otra.

¿Por qué?

Porque quedarse aquí le ofrecía su única oportunidad de algo más que las calles. Había entregado su vida a los Paragon, y ellos le habían devuelto una carrera que podía llamar suya. Resucitaron a una adolescente rota y le enseñaron a luchar, a rastrear anomalías fugitivas, a enfrentarse a un muro de imbéciles como este y atravesarlo a puñetazos.

—Se subió él solo —dijo Kat—. Lo vi.

—¿Con ese aspecto? —preguntó Weed.

Gordon se enderezó, siseando al hacerlo. —Todo yo. Aunque no me importaría salir de esta lluvia, ¿eh?

Weed y Beth fruncieron el ceño al unísono, lo que habría sido lindo si Kat no estuviera considerando sacar su arma y dispararles a ambos en el estómago allí mismo. El líder Paragon, posiblemente buscando muy dentro de sí, encontró su corazón e hizo una seña a Kat y Gordon para que avanzaran. Mientras Kat y su amigo avanzaban, varias anomalías siguieron la señal de Beth y salieron de la fila. Pasaron junto a Gordon, dirigiéndose hacia la valla. Otra apareció en el aire con un sonido parecido a una flauta, revoloteando hacia arriba como una hoja en medio del aguacero.

Un movimiento arriesgado usar una habilidad tan obvia al aire libre, pero mejor que arriesgar toda la casa a una emboscada.

Weed y Beth querían un informe inmediato, pero Gordon se excusó, alegando que la oportunidad de asearse y recibir primeros auxilios tenía prioridad. Kat ayudó al rastreador a bajar al sótano, una amplia cámara expandida con juiciosas habilidades de anomalía para extenderse bajo todo el patio trasero. Los Elementales, que tenían experiencia en la construcción de bases improvisadas, dividieron la nueva cámara de blanco calcificado en varias habitaciones, incluyendo un micro hospital de tres camas.

Gordon pasó de la ducha a la cama, con Kat ayudando a aplicar vendajes. Seeker, su aparente protector, se enroscó empapado a sus pies, sus ojos azules vigilantes.

—Estás muy callado —dijo Kat mientras el silencio se prolongaba. Gordon no había dicho ni una palabra, salvo recurrentes gracias mientras avanzaba la recuperación—. Te dejaré salirte con la tuya un minuto más, y luego voy a perder la cabeza.

Gordon soltó una risita, luego giró su rostro magullado

hacia Kat. —No estoy hablando porque estoy tratando de averiguar qué tengo que decir.

—Ahí está tu problema. No puedes pensarlo demasiado. Solo habla, Gordon. ¿Quién te hizo todo esto, y por qué? ¿Le pusiste los cuernos a otra chica?

Otra risita, esta vez más triste.

—No es quién, Kat. Es qué. No lo entendí todo, pero encontré suficiente. Tengo una ubicación.

—¿Una ubicación para qué?

—Para las anomalías —dijo Gordon, con una sonrisa amenazando sus labios—. Están vivas, Kat. Calvin está vivo.

CAPÍTULO 3
VIDA FAMILIAR

RHIMES ACECHABA el objetivo bajo las hojas de palmera. Ocultar armas pequeñas bajo una camisa y pantalones cortos holgados resultaba más complicado con el clima de Los Ángeles que con el de Chicago, pero el operativo y su equipo se las arreglaban. Al otro lado de la calle y acercándose desde el lado opuesto, tres mercenarios completaban el escuadrón de cuatro miembros de Rhimes.

Respaldaban las armas principales: un dúo metálico que se escabullía por los jardines vecinos. Los drones rastreadores, robots similares a cucarachas con abundantes bordes afilados, tomarían la delantera.

A Rhimes le importaba un bledo ceder las responsabilidades iniciales. Cualquier ataque conllevaba el mayor peligro en sus primeros momentos, cuando los planes se torcían y los fallos de inteligencia se hacían evidentes. Mejor arriesgar robots que podían producirse por cientos cada día que una sola vida normal.

Al menos, eso es lo que Rhimes le dijo a Wexley, quien no discutió.

—Última verificación —dijo Rhimes—. ¿Listos?

Sus tres operativos confirmaron, y los dos drones,

ubicados en algún lugar a la izquierda de Rhimes detrás de una valla blanca, respondieron con sus propias confirmaciones. Su objetivo, un bungaló de dos pisos con un diseño moderno, todo en tonos crema y madera oscura, se alzaba frente a ellos y parecía, como la mayoría de las casas en esta calle residencial, estar desierto.

Si tan solo fuera así.

—Hagámoslo —dijo Rhimes, dando inicio a la operación.

Metiendo la mano en la camisa desabotonada, Rhimes sacó una pistola combinada de su funda de hombro. De doble cañón y diseñada por el mismísimo Rhimes, la Fábrica estaba produciendo estos bebés lo suficientemente rápido como para equipar a toda la fuerza de Ziran. Un pequeño interruptor cambiaba el arma entre letal y no letal, una distinción que se volvía cada día más importante a medida que la influencia de Adriana desplazaba los instintos más sanguinarios de Wexley.

Rhimes no sabía qué hacía Adriana con sus presas, pero al menos mantenía el número de bajas bajo. Toda revolución conllevaba víctimas, pero Wexley quería que esos drones se convirtieran rápidamente en ejecutores de anomalías hasta que Adriana lo convenció de lo contrario. No era exactamente la sociedad de igualdad de oportunidades que Zhan-Yo había predicado.

De todos modos, Rhimes configuró la pistola en modo aturdidor y se acercó a la casa con un trote ligero. A su derecha, vio a sus operativos entrar en otra casa, una que habían tomado prestada de sus dueños sobornados para el evento de hoy. En unos segundos, Rhimes tendría cobertura desde el tejado. En menos tiempo aún, los drones estarían dentro.

Los drones rastreadores tenían su propia inclinación letal, pero darían prioridad a un agente nervioso, uno que enviaría el cuerpo de la víctima a un shock estático durante las horas suficientes para llevarlos a donde Adriana necesitaba que fueran.

Adónde era eso, Rhimes no lo sabía. No había preguntado. Suficientes anomalías podían leer mentes como para que Rhimes mantuviera su propia vida lo más reservada posible.

Un helicóptero zumbó por encima, su ruido enmascarando a los drones rastreadores mientras atravesaban las ventanas traseras de la casa. Rhimes observó la entrada en su Tama mientras se cubría detrás de una cápsula estacionada en la calle cerca de la casa. Ahora venía el delicado baile entre observar el progreso de los drones y mantener sus propios ojos alerta en caso de que las anomalías decidieran emprender el vuelo.

Aunque, de todos modos, habría ruido de sobra. Las anomalías no eran silenciosas.

En la pantalla del Tama, Rhimes captó un video claro mientras los drones rastreadores se escabullían dentro. La vista que había elegido se desvió hacia un lado cuando la máquina escaló la pared hasta el techo, lista para saltar sobre cualquier cuerpo que entrara. El segundo dron cruzó rápidamente la cocina, colocándose en una pared opuesta a las puertas de cristal donde cualquiera que viniera a investigar...

Allí. Un hombre, sosteniendo un café mientras se apresuraba a entrar en la habitación, con los ojos bien abiertos. Se giró, gritó algo hacia el interior de la casa y notó el dron, de más de un metro de largo, pegado a la pared.

El dardo, disparado desde una articulación en la pata delantera derecha del dron, una de las seis extremidades similares a cuchillas, se clavó en el cuello de la anomalía. El hombre retrocedió tambaleándose un paso, dejó caer el café y luego cayó en el charco marrón que se expandía. Rhimes hizo una mueca cuando la cabeza del hombre golpeó contra el azulejo. Probablemente tendría una desagradable conmoción cerebral.

Aunque, pensándolo bien, prefería eso a que la anomalía activara su habilidad.

Los drones mantuvieron su posición, esperando que el

nuevo cebo funcionara. ¿Cuántos podrían añadir a su colección? La inteligencia recopilada por estos mismos drones rastreadores y la vigilancia aérea sugería que al menos cinco anomalías —todos miembros de los Elementales— vivían aquí.

—Movimiento en el segundo piso —llegó un zumbido de la segunda al mando de Rhimes en la misión, la que proporcionaba cobertura desde el tejado. Brielle tenía un interruptor que Rhimes envidiaba, pasando de filósofa elocuente a francotiradora disciplinada en un segundo, y ahora tenía su juego de competencia activado—. ¿Disparamos?

—Solo a la salida —respondió Rhimes—. Deja que los drones hagan su trabajo. Cuanto más silencioso, mejor.

En los dos meses transcurridos desde la toma del poder —Wexley seguía prometiendo que encontraría un nombre oficial para cuando Ziran derrocó a los Paragones en todo el mundo, pero aún no lo había hecho—, la sociedad civilizada oscilaba entre el pánico absoluto y la incredulidad sostenida de que algo en sus vidas hubiera cambiado en absoluto. Los mercados, la manufactura y el buen y viejo día a día tardaban en asentarse, pero a medida que el sol seguía saliendo cada mañana, más y más ciudades, países y gobiernos se encontraban recordando el antes y volviendo a él.

Una guerra abierta en las calles amenazaba con alterar ese delicado equilibrio, según decían Wexley y sus misteriosos patrocinadores. Rhimes tenía que ser silencioso, enfocado y agudo. Eliminar a las anomalías, dejar que la gente tomara sus cafés con leche. Un equilibrio.

Dos figuras más aparecieron en las cámaras de los drones. Juntos, sin bebidas en las manos, el hombre y la mujer, ambos de mediana edad avanzada, miraban al objetivo caído y esperaban. Rhimes deslizó los dedos por el Tama, acercando la imagen de la pareja. El dron que captaba la toma se había apretujado contra el techo, acurrucado detrás de un ventilador, pero sería visto si los dos se atrevían a mirar hacia arriba por más de un segundo.

Con una mirada más cercana, Rhimes vio lo que sospechaba: los dedos de la mujer se movían, como si tocara un piano en el aire. Los ojos del hombre tenían una mirada distante, en estado de shock. Tocando el Tama, Rhimes envió una orden diferente a los drones.

No más espera. Era hora de pasar a la ofensiva, antes de que las anomalías terminaran cualquier tontería que estuvieran planeando.

Su Tama vibró. Una llamada externa. No iba a atenderla ahora.

En su lugar, levantando el arma, Rhimes rodeó el coche y se dirigió a la puerta principal de la casa. La luz del sol brillaba en los canalones. Dos gorriones revoloteaban, ajenos a todo. Algunos niños chapoteaban y gritaban en una piscina al otro lado de la calle. Rhimes mantuvo su concentración, mirando por el cañón hacia la puerta rojo rosáceo.

Se abrió. Un rostro mirando hacia el interior de la casa mientras la puerta se abría de par en par. El hombre mayor. Rhimes disparó. La cámara superior siseó, hizo un chasquido, un lanzamiento silencioso amortiguado aún más por el diseño del arma. El hombre se sacudió cuando el disparo de Rhimes le dio entre los hombros.

El hombre principal de Wexley aceleró el paso, echando a correr mientras algo grande se desplomaba en el interior, metal chirriando contra madera. El Tama volvió a vibrar. Detrás de Rhimes, oyó más pasos corriendo. Sus dos agentes de respaldo.

—Segundo piso —dijo Brielle—. Adolescentes en las ventanas.

—¿Anomalías? —preguntó Rhimes mientras el hombre al que había disparado tropezaba en el porche de cemento.

Rhimes alcanzó al hombre cuando este se volvía, le puso el pie izquierdo contra el talón y lo derribó. Justo antes de que la cabeza de la anomalía tuviera un desagradable encuentro con el hormigón, Rhimes deslizó su mano izquierda debajo. Se ganó un rasguño en los nudillos por el esfuerzo, pero la anomalía no dejó una salpicadura sangrienta, sino que parpadeó con ojos desenfocados hacia Rhimes mientras las drogas paralizantes hacían efecto.

—No está claro —dijo Brielle—. Están juntos. Tres.

—Eso es más de lo que se informó —dijo Rhimes, apuntando de nuevo hacia la puerta abierta. Una rápida revisión del Tama mostró dos llamadas perdidas y estática en las transmisiones de los drones—. ¿Familia?

—Estás haciendo preguntas que no puedo responder.

Rhimes hizo una señal a su respaldo para que esperara, vigilara la entrada mientras él entraba. Usando la puerta como cobertura a su izquierda, Rhimes miró a la derecha al entrar. Un comedor, flores frescas en cristal sobre madera oscura. Sillas colocadas correctamente. Fotos enmarcadas en la pared, los niños sonriendo. Nadie esperándolo.

—¿Puedes alcanzarlos? —dijo Rhimes, buscando ayuda en su cinturón. Arte vago colgaba contra la pared interior color turquesa a su izquierda ahora, la puerta cubriendo su espalda, los dos afuera cubriendo la puerta y Brielle haciendo lo suyo en el tejado opuesto.

El plano de la casa parpadeó en su mente. Las escaleras estarían detrás de él, a la derecha. Si los niños se ponían inquietos, harían ruido.

—Puedo —dijo Brielle—. Han cerrado la puerta. Uno está abriendo la ventana. ¿Procedo?

Las rondas paralizantes estaban dosificadas para adultos, no para niños. Golpear a alguien demasiado pequeño y las drogas podrían dejarlo inconsciente permanentemente. Los más jóvenes podrían ni siquiera ser anomalías; los poderes no siempre se heredaban. Equilibra eso contra la posibilidad de que uno sea una bomba adolescente.

Proteger a su gente. Ziran siempre podría afirmar más tarde que toda la familia tenía habilidades.

—Adelante —dijo Rhimes—. Y avisa a los médicos.

Era un riesgo propio, traer ayuda inocente al juego antes de haber asegurado el sitio, pero a Rhimes le gustaba pensar que aún no se había perdido a sí mismo.

—En ello.

Rhimes giró rápidamente por la entrada del comedor, cubriendo la abertura que llevaba a la cocina. La suave alfombra color crema se encontraba con las baldosas bronceadas donde comenzaba la cocina, la cerámica inundada con los fluidos dorados y azules encontrados en los drones. Se filtraba hacia la izquierda, más allá del arco de pladur donde Rhimes no podía ver.

El cristal se rompió de nuevo cuando Brielle hizo sus disparos.

—Vigilad las salidas —dijo Rhimes, haciendo clic dos veces para aclarar que la orden iba dirigida a sus dos agentes en tierra. Se separarían, uno atrás y otro delante mientras él limpiaba el interior—. Nadie sale de la propiedad.

—Los médicos vienen en camino —dijo Brielle, con voz fría, casi feliz—. Dos neutralizados. El tercero se esconde detrás de la cama.

Rhimes se acercó a la entrada de la cocina. Escuchó y oyó crujidos tintineantes. Los últimos estertores de un dron, funciones luchando por sus vidas. Debatió si llamar, dar una oportunidad a la rendición. Hacerlo revelaría su propia posición, pero podría salvar a la mujer, o a sus agentes, o a sí mismo.

En su lugar, Rhimes miró hacia la cocina, vigilando a la derecha, donde el microondas, un modelo nuevo y brillante, le servía bien: su acabado de cristal ofrecía una vista distorsionada en espejo de la sala de estar, donde se veían dos cuerpos largos y brillantes de drones que habían tenido días mejores. Nadie más estaba con ellos.

Rhimes tomó aire, abrazó el miedo cauteloso que siempre lo acechaba en momentos como estos, y atravesó el arco.

Los drones mostraban su destrucción: un largo corte serpenteante atravesaba sus vientres, menos como una espada y más como un pintor con una pincelada de navaja. Sus entrañas derramaban circuitos y refrigerante por todas partes, condenando el hogar a una remodelación una vez que esta aventura terminara. El segundo dron, pegado al techo, había aplastado una mesa de café en su caída, añadiendo trozos de madera al desastre. Un televisor montado sobre una chimenea, paredes cubiertas de más fotos familiares.

Los dibujos de los niños tenían su lugar en la nevera detrás de él. Buenos, además: trazos fuertes de crayón.

Rhimes avanzó, rodando sus pies con el arma en alto.

—El tercero marcado —dijo Brielle—. Fue por sus hermanos. Médicos a tres minutos.

Rhimes hizo clic en respuesta. La pared a su izquierda envolvía las escaleras centrales de la casa. La siguió hasta el final, bordeando el borde hasta el último cuadrado. Un medio baño a la derecha, puerta abierta y nadie dentro. La sala de estar vacía de un extremo a otro.

Solo quedaba el hueco de la escalera subiendo. Quería preguntar si alguien había visto a la mujer, pero no tendría sentido. Su equipo habría hablado, eran buenos. Una mirada detrás de Rhimes confirmó que su agente tenía un lugar en el patio trasero cerca de la piscina, con el arma apuntando hacia arriba. Cada ventana cubierta, cada puerta vigilada.

Hora de hablar.

—¡Ríndete! —gritó Rhimes—. ¡Tu familia está abatida. Que vivan o no depende de ti!

Sin respuesta. Rhimes esperó tres latidos y dio otro paso hacia las escaleras. Un timbre rosado llamó su atención hacia la derecha, donde estaba el televisor. Alguien lo había encendido. La pantalla mostró una selección de iconos. Rhimes reconoció uno que brillaba en la parte superior, indicando un enlace con el Tama de alguien.

Pasaron rápidamente por los iconos, seleccionaron uno y luego otro, y Rhimes sintió que su miedo se convertía en resignación. Un video elegido comenzó a reproducirse. Niños, probablemente los que estaban arriba, riendo y corriendo alrededor de la piscina. Padres, ambos con uniformes blancos y azules de Paragon, compartiendo una bebida con sus abuelos vestidos de manera informal. Las piezas encajaron, como siempre lo hacían.

—Entonces salva a tus nietos —gritó Rhimes escaleras arriba—. No seas egoísta.

No podía decirle a la mujer que se salvaría a sí misma, que podría verlos de nuevo. No haría falsas promesas, no ahora.

—La puerta se está abriendo —dijo Brielle—. Habitación del niño. Es ella, pero no tengo un tiro limpio. Se mantiene detrás de la puerta.

—Voy a subir —respondió Rhimes.

Una escalera de arce, madera clara con una alfombra en el centro. De un alegre color turquesa, a juego con las paredes, como el agua de la piscina en un día soleado. Una lámpara apagada colgaba sobre él. Fotos de vacaciones a ambos lados, tan abarrotadas como si la familia no pudiera soportar un espacio vacío. Rhimes siguió moviéndose, rápido ahora, y despejó el pasillo a tiempo para ver a la mujer entrar por la puerta de la derecha.

—¡Dispara! —dijo Rhimes.

El panel de yeso a su derecha se abrió, una línea verde parpadeante cortando hacia Rhimes. Él retrocedió, resbaló y rodó por las escaleras, aterrizando de espaldas con su arma apuntando hacia arriba.

Un estallido resonó en el aire. Fuerte, agudo.

—Ella ha caído —dijo Brielle—. Jesse también.

Rhimes se puso de pie de un salto, subió las escaleras corriendo y entró en la habitación, pistola en alto y lista. Tres adolescentes yacían por la habitación, inconscientes. Pósters conquistaban las paredes, una cama deshecha era el centro de la habitación. El objetivo, con un rojo fatal floreciendo debajo de ella, yacía sobre ella. Más allá, profundos cortes atravesaban las paredes de la casa, desgarrando hacia el patio donde Jesse, el tercer agente de Rhimes en esta misión, había perdido su mitad inferior.

Rhimes dejó caer la pistola a su costado, observó cómo las cápsulas médicas se acercaban, cómo más drones entraban desde arriba.

Adiós a la discreción.

Brielle lo interceptó cuando salía. La oficina de Ziran en el centro de Los Ángeles ahora servía para mucho más que la multitud de telecomunicaciones, sus pisos arriba y abajo ocupados por las fuerzas que mantenían a los normales al mando. Rhimes se había deslizado en un ascensor revestido de cristal, listo para hacer el descenso de treinta pisos hasta las duchas, un casillero y luego una rápida caminata hasta el bar más cercano.

Necesitaría tres tragos para dormir esta noche.

—No me quedaba ninguno —dijo Brielle mientras se paraba junto a él, vistiendo una chaqueta blanca y naranja de Ziran. Siempre la lealista.

—Llevamos dos por objetivo —dijo Rhimes—. Si tú...

—Los niños, Rhimes. Se movieron, usé todos mis aturdidores. No habría disparado, pero ella fue a por Jesse y pensé que irías tú después.

Rhimes observó cómo pasaban las oficinas. Aún llenas mientras la tarde se arrastraba hacia la noche. Gente trabajando duro en la revolución. Algunos probablemente inventando una historia sobre lo que Rhimes acababa de hacer. Una familia anómala, planeando actos terroristas, neutralizada por los nobles agentes de Ziran.

Todos héroes.

—Tomaste la decisión correcta —dijo Rhimes—. Yo asumiré la responsabilidad.

A Wexley no le haría gracia que hubieran perdido a la mujer. O, mejor dicho, a Adriana no le haría gracia. Ella los quería vivos, y Wexley se lo concedía siempre que los anómalos abandonaran las calles.

Había cruzado la meta con Wexley, pero el juego continuaba. Ahora fichaba, apretaba el gatillo y esperaba el final.

—Lo haremos mejor la próxima vez —dijo Brielle.

—Jesse no.

Los labios de Brielle se apretaron mientras el ascensor llegaba a la planta baja. Rhimes salió, dirigiéndose hacia los vestuarios. Brielle lo siguió hasta la puerta, presionando su mano contra ella cuando Rhimes intentó abrirla.

—Estoy preocupada por ti —dijo Brielle—. No has sido tú mismo últimamente.

Rhimes retrocedió, dando espacio a la puerta del vestuario a cambio de un helecho en maceta. Sus manos permanecieron en los bolsillos de su vieja chaqueta de cuero negro. La pistola, recargada, colgaba contra su pecho.

—¿Quién lo ha sido? ¿Tú?

—Con todo respeto, Rhimes, esto no se trata de mí. —Brielle esperó, como si hubiera presentado una bandeja para que Rhimes la llenara de sentimientos.

—Ha sido un mal día. Una mala semana. Acabamos de perder un agente y necesito un trago.

Brielle giró ligeramente la cara, entrecerró los ojos.

—Lo entiendo. Evasivas. Lo he hecho yo misma. Pero si quieres hablar, siempre puedes llamar.

—Lo aprecio —respondió Rhimes—. Ahora, ¿puede un hombre darse una ducha?

—La necesitas —dijo Brielle, luego le dio a Rhimes un ligero apretón en el hombro y se marchó.

Dentro del vestuario, Rhimes se quitó la ropa y encontró la ducha. Subió la temperatura al máximo y esperó a que el vapor llenara cada rincón, con el agua rugiendo desde varios grifos. Nadie más compartía el espacio, ya fuera porque Rhimes había elegido el momento adecuado o porque parecía mala compañía.

De todos modos comprobó, confirmando que la habitación estaba vacía, antes de sumergirse en el vapor. En su muñeca izquierda, resistiendo el agua con su diseño inteligente de Ziran, Rhimes miró su Tama. Un deslizamiento llevó la pantalla, lo suficientemente brillante para verse entre las nubes si Rhimes la acercaba, a los mensajes.

El hombre había intentado llamar dos veces, luego optó por un mensaje de texto. Una ubicación, una hora y una petición.

Los muertos habían vuelto a la vida, y querían burritos.

CAPÍTULO 4
EN EL VIENTO

CASSIDY LANZÓ EL VACÍO, el pequeño desgarro en la realidad cortando varios tallos y sus pitahayas rosadas y blancas colgantes que cayeron al suelo. Postre, otra vez. Detrás de ella, tres adolescentes observaban.

—Control —dijo Cassidy, dejando que el vacío se disipara —. Es lo primero que tienen que aprender, sin importar lo que puedan hacer.

Los adolescentes la miraron fijamente, y Cassidy se preguntó cuánto habrían entendido. El inglés no era su idioma, y ella solo había aprendido lo básico del tailandés en los dos meses que llevaba varada en este lugar salvaje. No obstante, los chicos parecían captar su intención, y sus asentimientos le dieron cierta esperanza de que todas estas demostraciones no fueran inútiles.

Porque si lo fueran, Cassidy podría lanzarse al mar.

Tres vacíos más acabaron con el suministro de fruta del delgado cactus y el cuarteto llenó sus improvisadas mochilas. La caminata de regreso transcurrió entre conversaciones, los adolescentes hablando entre ellos y Cassidy espantando los mosquitos que la acosaban a cada paso. Al menos en el campamento, las redes y el humo mantendrían los insectos a un nivel manejable.

Eventualmente, insistía Apinya, Cassidy dejaría de notar esas cosas por completo.

En lo alto, la luna y su séquito de estrellas iluminaban el camino. Siempre que podía confiar en el sendero que tenía por delante, Cassidy dejaba vagar sus ojos hacia arriba, buscando puntos en movimiento entre aquellos objetos estelares. Cada avión que pasaba traía consigo algo de esperanza y algo de desesperación.

Un sueño de que podría volver a Pacifica, ver a sus hijos.

Ya no eran realmente niños —mayores que los adolescentes anómalos que la seguían, definitivamente—, Cassidy no sabía cómo había reaccionado su familia ante el nuevo orden. La nueva sociedad.

Ziran seguía cambiando el nombre de la toma de control, probando la imagen de marca y decidiendo qué funcionaría mejor con una población confundida, asustada y, si eran algo parecidos a los anómalos del campamento, deseando estabilidad más que cualquier otra cosa. A juzgar por los drones que cazaban en lo alto a diario, Ziran planeaba lograr esa estabilidad a través del genocidio.

Apinya quería encontrar un avión. Habían trazado el plan después de huir de Bangkok hace meses, llenos de venganza y espíritu emprendedor, solo para encontrar los aeropuertos atestados de máquinas asesinas. El rostro de Apinya, como el de todos los Paragones, tenía un blanco adjunto. Cassidy y Thane lo intentaron una vez por su cuenta, apostando a que su condición de exiliados les permitiría escabullirse por la red de Ziran.

Eso costó varias vidas y puso el aeropuerto más pequeño de Bangkok en confinamiento durante tres semanas. Apinya dijo que podía ver los incendios desde el campamento, a kilómetros al norte.

Así que decidieron apostar por los otros Campeones. Por

los anómalos más cercanos a la Fábrica que podrían hacer que el rescate sucediera, salvar el mundo mientras Cassidy enseñaba a algunos huérfanos cómo evitar matarse con sus milagros genéticos.

—Toma —dijo Cassidy, sacando una pitahaya y lanzándosela a un hombre delgado y viejo cubierto de picaduras de insectos. Estaba sentado en un tronco cerca de una pequeña hoguera, mirando fijamente las llamas como si las respuestas a todos sus problemas pudieran encontrarse parpadeando allí —. Está deliciosa.

Thane atrapó la fruta con una mano, deslizó un ojo hacia ella mientras Cassidy se dejaba caer en un tocón cercano.

—Es lo mismo que hemos comido todas las noches esta semana.

—Se lo pedí a los cactus. No crecerán nada más.

—Qué lástima.

La hoguera de Thane estaba cerca del centro, con un crecimiento en espiral que se extendía muchos metros en todas direcciones. El campamento había crecido durante meses a medida que los mensajeros de Apinya encontraban comunidades de anómalos por todo el sudeste asiático y los instaban a venir aquí en busca de refugio. Cassidy se preguntaba cómo los drones no los habían encontrado aún, cómo no habían organizado un asalto masivo, pero Apinya nunca parecía preocuparse.

Quizás tenía otro anómalo bajo la manga, uno que mantenía oculto al creciente grupo. De cualquier manera, ahora sumaban varios miles, y Cassidy calculaba que alguien cometería un error pronto.

—Cuando nos encuentren —dijo Cassidy entre mordiscos a la suave fruta moteada de negro en su interior—, ¿vamos a huir de nuevo?

—Luchar —dijo Thane, sin apartar la mirada de su fruta, del fuego—. Apinya ya lo ha decidido. Cree que podemos destruir suficientes drones para resistir. Servir como un símbolo para el mundo.

—¿Y después?

—Morir. Así es como termina el camino. Cada dron que Ziran fabrica es un arma letal. La mayoría de los anómalos tienen habilidades inútiles. De todos los que hemos reunido aquí, menos de cien serían útiles en una pelea.

—¿Qué pasó con todo ese optimismo en la isla? —preguntó Cassidy.

—Soy optimista cuando se lo merece. Todos mis viejos planes son inútiles, diseñados para un mundo que ya no existe. Me esfuerzo por encontrar un camino hacia uno nuevo.

Cassidy podría haber descartado las sombrías palabras si las hubiera dicho Apinya u otro anómalo. Viniendo de Thane, especialmente en su actual estado demacrado, solo pudo mirar la tierra y removerla con los pies. Las finas sandalias, tejidas por algunos anómalos con habilidades prácticas, no hacían nada para evitar que la tierra se metiera entre sus dedos, no hacían nada para contrarrestar el pesimismo de Thane.

El hombre veía tan lejos cuando no podía dar un solo paso. Estaría ahora sumido en sus pensamientos, corriendo de un escenario a otro en busca de una oportunidad. Variables mezclándose y dividiéndose en una licuadora de probabilidades. Thane lo había descrito una vez como una descarga de adrenalina intelectual, interminable hasta que algo lo sacara de su dulce abrazo.

Por ahora, Cassidy dejó a Thane con su fruta a medio comer y el fuego. Ella terminó la suya y miró su tienda, una cosa poco profunda que, sin embargo, servía para mantenerlos a la sombra durante los días cada vez más calurosos. Los lugareños decían que en solo unos meses tendrían los monzones, más lluvia de la que Cassidy podía imaginar ahogando el campamento y todo lo que lo rodeaba.

Al menos entonces estarían más frescos.

Apinya presidía en el centro del campamento, alcanzando el zen con tanta facilidad y en todo momento que Cassidy evitaba al Campeón siempre que podía. Afrontaba el desastre con una gracia exasperante, adoptando una postura de sabio mientras enseñaba máximas de Paragon y técnicas de meditación a las anomalías recién llegadas. Cassidy recordaba cuando el mundo consideraba a Apinya un psíquico, un manipulador capaz de cambiar sueños y deseos de cualquiera. Apinya pacificaba villanos, infundía valor en los indecisos e inspiraba campos científicos enteros en conferencias.

Cassidy lo sabía bien: había visto transmisiones simultáneas de Apinya motivando a maestros de todo el mundo para dar lo mejor a cada estudiante. Había sentido su toque en su mente en aquel entonces, algo ligero y fugaz que, no obstante, borró la frustración por la falta de fondos para materiales, por los payasos de la clase y su propio salario de suplente. La sensación se desvaneció en un día, pero Cassidy volvía a ella a menudo, recordando la sensación y abrazándola cuando las calificaciones y las lecciones parecían demasiado.

Ahora, Apinya predicaba su evangelio dirigido a tres personas.

Cassidy inclinó la cabeza mientras se acercaba, tratando de identificar al grupo. Parecían estar uniformados, todos de pie mientras Apinya hablaba, con el fuego del Campeón reduciéndose a brasas detrás de él. Descuidado, una rareza. Apinya solía mantener su fuego grande como motivador, una señal de que un Campeón aún vivía en el corazón del campamento.

Apinya notó la aproximación de Cassidy antes de que ella se anunciara. El Campeón igualaba a Thane en edad, pero mientras que el cuerpo de Thane llevaba las marcas de mil batallas, décadas desgastadas con poca nutrición y cuidado, Apinya tenía un brillo vivaz. El hombre ya no tenía pelo en su cabeza lisa, pero las arrugas habían avanzado poco en su rostro, y músculos fibrosos se enroscaban en los miembros saludables que sobresalían de la túnica de hierba tejida de Apinya.

—Justo cuando la necesitamos, aparece —dijo Apinya cuando Cassidy se acercó a la luz—. Cassidy, conoce a nuestros tres nuevos amigos.

Cassidy saludó con la mano al trío, que se daba la vuelta. Mantuvo sus manos —siempre susurrando, siempre esperando para lanzar un vacío— a los costados. Al ver mejor a los recién llegados, Cassidy notó las pruebas que habían pasado. Sus uniformes mostraban desgarros y manchas, y sus rostros tenían moretones y cortes. El joven de la izquierda tenía un ojo completamente hinchado.

—Vienen a nosotros desde la ciudad —dijo Apinya.

¿Más?, pensó Cassidy. Creía que cualquier anomalía tan cerca ya habría huido de Bangkok. Mantuvo su pregunta en silencio, dejando que una ceja levantada la formulara por ella.

—Recién llegados allí también —continuó Apinya después de una pausa calculada—. En un jet de Paragon. Parece que nuestros amigos del otro lado del mar quieren nuestra ayuda.

—Si llegaron en jet, ¿dónde está? —preguntó Cassidy, negándose a dejar entrar la esperanza—. ¿No aterrizaron en el pantano?

—Nos derribaron drones —dijo el hombre del ojo hinchado, revelando su origen canadiense al hablar—. Aunque lo esperábamos. El jet está intacto y a salvo.

—Este —dijo Apinya, asintiendo hacia el hombre que hablaba— tiene una habilidad bastante maravillosa.

—¿Podemos confiar en ella? —dijo la mujer, mirando a Apinya—. Nos dijeron que te buscáramos solo a ti y a los que creyeras útiles. No hay mucho espacio.

—¿No hay mucho espacio? —preguntó Cassidy—. ¿En el jet?

—Parece que los Paragons no están tan contentos de dejar morir nuestro mundo como yo pensaba —dijo Apinya—.

Aegis ha vuelto a nosotros y necesita ayuda. —Apinya frunció el ceño, señaló el campamento—. Sin embargo, si esto del jet se hace del conocimiento general, me temo que podríamos causar pánico.

—¿Porque la gente querría abandonar este paraíso?

—Porque un jet así puede llevarte muy lejos —dijo la mujer—. Nosotros solo vamos a Pacifica.

—Entonces, ¿qué estamos esperando? —preguntó Cassidy, sintiendo las primeras sacudidas de esperanza filtrándose a través de su represión—. Apinya, tú sabes quién vale la pena llevar. Vamos.

—Ahí radica el problema —dijo Apinya—. No podemos. El jet ya no está bajo nuestro control.

Thane se movió más rápido de lo que Cassidy esperaba. Al conocer a los pilotos, la anomalía insistió en que la misión comenzara de inmediato. Un escuadrón para liberar el jet y despegar de vuelta a Pacifica. Sin duda los drones estarían esperando, pero con un ataque lo suficientemente rápido, podrían ser derrotados y el jet utilizado antes de que llegaran refuerzos.

Apinya intentó retrasar la acción con una letanía burocrática, una odisea de posibilidades políticas y de otro tipo que descenderían sobre el campamento si él desapareciera junto con las anomalías más poderosas de la incipiente sociedad.

Thane gruñó ante eso. Cassidy tuvo una mejor respuesta.

—Eres un Campeón para el mundo, Apinya —dijo Cassidy—. Al menos, eso es lo que nos dijiste cuando tú y tus amigos destrozaron lo que conocíamos y lo reemplazaron con lo que querían. Tienes la responsabilidad de actuar.

Ya fueran las palabras de Cassidy o las miradas combinadas de las otras diez anomalías que componían el grupo más fuerte del campamento —Daw y Kamnan entre ellos— lo que convenció al Campeón, Apinya cedió. Con el tiempo avanzando hacia la madrugada, el café fresco circulaba entre el grupo mientras empacaban, proponían ideas para romper el control de los drones sobre el jet y se despedían de amigos y familiares que dejarían atrás.

Cassidy tenía sus propias despedidas que hacer, despertando y dando las gracias, una palabra de aliento y una última frase a los huérfanos que ella y Thane habían salvado de la casa del pueblo hacía tantas semanas.

—¿No vas a volver? —dijo la joven que lideraba el grupo, que se había mantenido unido en su propio enclave de tiendas. Sus ojos soñolientos no podían ocultar cierta tristeza, con alguna lágrima furtiva cayendo aquí y allá.

Cassidy había sido su madre sustituta, un papel en el que había caído cada vez más a medida que pasaban los días y las noches pantanosas en la selva. El aburrimiento se mezclaba con el deseo de una antigua madre de ver a los niños descarriados encontrar su camino en un mundo difícil que solo se pondría más duro. Ahora, los dejaría al cuidado del campamento en general, y Cassidy deseaba que encontraran su lugar en lo que sería confusión después de que Apinya se fuera.

—Los Paragons que quedan aquí no sabrán qué hacer con todos ustedes —dijo Cassidy—. No dejen que tomen sus decisiones. Escuchen, luego decidan por sí mismos. Confíen en su propio juicio. Manténganse unidos.

—Suenas como esos carteles de la base —bromeó uno de ellos.

—Esos carteles tenían la idea correcta —respondió Cassidy—. Cuando ganemos, vengan a buscarme. Me aseguraré de que obtengan lo que necesitan.

—¿Y si no lo logras? —preguntó un niño, su voz sonando como si la perdición de Cassidy fuera más o menos segura.

—Entonces tendrán que confiar en ustedes mismos, como ya lo han estado haciendo —dijo Cassidy—. Pero estaré bien.

Si Cassidy creía eso o no, no importaba.

El viaje al aeropuerto Don Mueang, más pequeño y al norte de Bangkok, habría consumido la noche de no ser por la segunda piloto del trío. La joven reunió a los catorce miembros en la oscuridad, en el borde sur del campamento. Se agruparon, cautelosos y cansados, con mochilas improvisadas y almas brillantes. Cassidy sintió los nervios mientras se unía a Thane; la anomalía agitó algo de ira para mantenerse en un equilibrio saludable.

Nervios, pero no miedo. Estos Paragones, estas anomalías, estaban listos para la lucha después de semanas escondidos en el fango y el lodo.

Apinya también se transformó. Ahora, con una camisa y pantalones más apropiados para la misión, el Campeón sostenía su omnipresente bastón y su lengua, manteniéndose en silencio excepto para darle permiso a la piloto una vez que llegó la última anomalía.

La piloto, sosteniendo un encendedor y usando su llama para navegar, se colocó en el centro del grupo.

—Quédense quietos —dijo la piloto—. Esto podría llevar un minuto, y cuando empiece, se sentirá extraño. Traten de no asustarse.

—¿Eso es una explicación? —murmuró Thane.

—Habla como tú —dijo Cassidy.

Thane soltó una risa ahogada.

Una brisa, un placer ocasional en lo profundo de la jungla, ondulaba a través del bosque. Los árboles se movían, las hojas temblaban, y Cassidy sintió el aire más fresco besar su cabello empapado en sudor. Besar, y luego fluir a través de él. Su cuerpo se llenó de viento, sintiéndose a la vez ligera y difusa, sus brazos y piernas menos como extremidades y más como sombras, sensaciones, sueños.

Debajo de ella, a su alrededor, Cassidy podía sentir a Thane y a todos los demás, incluso cuando el suelo donde habían estado se deslizaba. Los árboles pasaban volando, Cassidy se precipitaba alrededor de ellos, sobre helechos y bajo el dosel hasta que, con un impulso ascendente, se elevó sobre las hojas. Solo que ella no estaba realmente allí, al menos hasta donde podía decir.

Tampoco podía ver a nadie más. La luna menguante, las estrellas y una vasta extensión oscura que terminaba con las luces de Bangkok acercándose. La brisa la llevaba —¿se llevaba a sí misma? Cassidy ya no parecía tener cuerpo— hacia el sur a paso de sprint. Mucho más rápido que arrastrarse por el denso follaje.

A la deriva, Cassidy se encontró abrazando el viaje. Los pensamientos conscientes no lograban formarse, las sensaciones dominaban mientras su yo de viento fluía hacia la ciudad y, una vez que pasó sus afueras, hacia las pistas parpadeantes del aeropuerto.

Allí, aislado en un tramo de concreto separado de otros aviones, se encontraba un delgado jet privado Paragon. Mostraba los colores blanco y azul de Paragon, brillando bajo los reflectores. Cuatro drones lo rodeaban, dos gladiadores en tierra y un par de máquinas de patrulla flotando arriba. Una defensa capaz, aunque no fuerte.

Cassidy no recibió advertencia. La brisa los arrastró hacia el avión y ella se encontró con los pies tocando el suelo en una carrera tambaleante mientras las leyes físicas volvían a tomar el control. Cassidy habría caído si no hubiera alcanzado a agarrarse de las ruedas traseras del jet.

Había sido lenta.

Los gritos llegaron rápido, nítidos mientras los Paragones a su alrededor se reformaban y cumplían con su deber. Cassidy vio a Daw parpadeando mientras un Paragon lanzaba dagas amarillas puras al gladiador más cercano. Los rayos golpearon al drone ablandado, estallando en crepitaciones furiosas que devoraban el metal de la máquina. Comenzó a girar, a apuntar un arma funcional, solo para que Thane, ahora de varios metros de altura y rugiendo, aplastara el cráneo metálico del gladiador hasta convertirlo en masilla.

Arriba, un drone aéreo intentó contraatacar, sus armas preparándose solo para que los reflectores cercanos se balancearan como gigantescos garrotes y lo derribaran del aire. El Paragon que causaba ese daño estaba en cuclillas en la base del jet, con los ojos cerrados y las manos presionadas contra sus sienes.

El segundo gladiador encontró su fuego, enviando balas y algo peor hacia el jet. Ignorando a los Paragones para destruir su escape. Cassidy vio los proyectiles impactar contra su avión, asumiendo que todo el plan se había perdido en ese segundo, solo para no ver nada. Precisamente nada. Cada ataque que golpeaba la aeronave parecía desvanecerse, como si hubiera sido absorbido por uno de los vacíos de Cassidy.

Oh. Cierto.

Sintiendo el impulso en sus dedos, Cassidy los lanzó a derecha e izquierda, cada vacío dejando una ráfaga fría al abandonar su cuerpo. El calor reemplazó esa ráfaga rápidamente, sonrojando su rostro mientras los vacíos golpeaban al segundo gladiador, convirtiendo un solo drone en un montón de chatarra de tres piezas. Detrás de ella, Cassidy escuchó al otro drone aéreo estrellarse contra el concreto, un fuego verde letal consumiendo sus entrañas.

—¿Nos vamos? —anunció el hombre tuerto, de pie junto a la entrada del jet.

—Por favor —respondió Apinya.

La piloto tocó el jet, se estremeció y sonrió mientras la puerta de embarque de la aeronave se abría. —Ahora está lista.

Cassidy, formando junto a un Thane que se encogía, solo pudo parpadear.

Anomalías. Siempre una sorpresa.

CAPÍTULO 5

PLANEACIÓN DE BOLSILLO

LA GORRA le sofocaba la cabeza, de un rojo brillante y con el logotipo de un equipo de Los Ángeles que Aegis ni conocía ni le importaba. La llevaba junto con una chaqueta pastel genérica, una combinación de camisa y vaqueros diseñada para las horas felices junto a la playa. Las olas no estaban lejos, el sol de la mañana dejaba su impresión dorada en las crestas blancas, su constante romper era un fondo interrumpido por nombres gritados al aire. El sistema de entrega de bebidas del puesto de café no añadía ningún encanto pero sí mucha eficiencia a la tripulación del desayuno del paseo marítimo, una población que crecía a medida que Aegis atraía a su lucha a aquellos Paragones que valían la pena.

Bajo sus pies calzados con zapatillas deportivas se encontraban tablas lijadas, y Aegis se sorprendió a sí mismo mirando hacia abajo, distinguiendo huecos que mostraban granos blancos debajo. Cangrejos y las gaviotas que esperaban comer migajas parlamentaban alrededor de la multitud que despertaba y hacía fila de manera desordenada.

De vuelta en Manhattan, en su gran torre, Aegis habría tenido su bebida esperándole después de salir de la ducha. Caliente y perfectamente preparada. Ahora esperaba detrás de tipos rígidos que se preparaban para sus turnos en tiendas y los pocos incondicionales listos para aprovechar las ofertas tan pronto como las tiendas del paseo marítimo abrieran sus puertas. A lo largo de la playa, los carteles ondeaban desde los escaparates, anunciando ofertas en grandes números redondos.

Los Paragones podrían estar tambaleándose, Ziran y sus patrocinadores corporativos podrían estar instalando un nuevo orden mundial, pero los trajes de baño y los recuerdos aún necesitaban venderse. La economía debía continuar.

—No te olvides de mi moca —dijo Celice, su voz llegando al oído de Aegis—. Con el extra de café.

Aegis miró hacia arriba, hizo una mueca al ver a la gente que aún estaba delante de él. Celice llevaba mejor que él su situación. Atrapaba los desafíos entrantes y los convertía en tareas pendientes, repartiendo trabajos y logrando que se completaran mientras Aegis... bueno, mientras Aegis esperaba en la fila para el café.

Había sido más fácil, décadas atrás, usar su espíritu justo para declarar que el mundo era un lugar corrupto y desordenado. Se había parado frente a las cámaras, su imagen llegando a toda la gente que sufría, diciendo que vendría una solución. Las guerras, la pobreza, el hambre, todo terminaría, gracias a los Paragones y sus salvadores sobrehumanos.

Detrás de él, en la playa, un niño se separó de sus padres con una cometa. El pájaro rojo y verde y su correspondiente cuerda tomaron el aire, cabalgando la brisa con aplomo. Parecían lo suficientemente felices. Lo suficientemente seguros. Justo como tantos lo hicieron cuando los Paragones cumplieron su promesa.

Entonces, ¿por qué tan pocos se levantaban en protesta? ¿Dónde estaban los normales listos para saltar al lado de Aegis y luchar por el mundo mejor que él había creado?

—¿Vas a hacer tu pedido, colega? —dijo un tipo de ojos apagados que estaba detrás de él.

Al parecer, las filas se movían más rápido de lo que Aegis recordaba. Aunque, de nuevo, había pasado mucho tiempo desde que se había parado en una.

Quizás estaba demasiado privilegiado.

La pantalla aceptó los toques de Aegis, le indicó que pagara sus compras con un tono alegre. Aegis sostuvo su Tama contra el terminal, y la misma voz felicitó a 'Reed' por su pago exitoso. Mathieu y Celice habían armado eso, creando cuentas y personajes para acompañar la repentina necesidad de los Paragones de mantenerse en secreto.

Cuando le preguntaron a Aegis qué nombre quería para su nueva identidad, el Campeón había sugerido el original. No había usado su nombre de nacimiento en público desde que adoptó el de Aegis. El gobierno, para mantener protegidos a su familia y amigos, borró cualquier referencia a la vida anterior de Aegis. Parecía lo suficientemente seguro, pero su hija insistió en lo contrario. Algo aleatorio, algo sin ninguna conexión que alguien pudiera trazar entre sus sílabas y la persona que protegían.

Así que 'Reed', enigma aleatorio, se quedó a un lado y esperó su pedido. Su Tama lo llamaba, vibrando con otra llamada, otro mensaje. No podía atenderlos aquí, no con tanta gente alrededor que podría escuchar, pero sí podía leer. Los pequeños mensajes se apilaban en la pantalla del tamaño de una muñeca, algunos detallando las operaciones del día, otros los resultados de ayer de todo el mundo.

Ataques a instalaciones de Ziran, movimientos defensivos para proteger a los Paragones y otros grupos de anomalías. Golpes y bloqueos, puñaladas y desvíos.

Reconocía el juego, porque no hacía mucho tiempo Aegis había estado del otro lado.

Los Paragones cortaron el mundo rápidamente, derribando a los grandes jugadores y forzando la resistencia a la clandestinidad. Al igual que hoy, la gente miraba a su alrededor y decidía que, si podían alimentar a sus familias, mantener sus hogares, entonces no valía la pena tomar las armas en resistencia. Particularmente cuando el enemigo no era un otro demente, sino vecinos con accidentes genéticos.

Los guerrilleros lucharon de todos modos. Pequeñas acciones, intentos de asesinato. El mismo Aegis recibió una bala de francotirador en la mejilla que lo dejó inconsciente durante una tarde. Eventualmente, paso a paso, los Paragones y sus líderes Campeones aplastaron las células y cimentaron su control.

¿Haría Ziran lo mismo con ellos?

Arriba, un dron gladiador, todo blanco y naranja con los colores de Ziran, flotaba sobre sus cabezas. Omnipresentes ahora, esas cosas.

—¿Reed? —preguntó una mujer, sosteniendo un portavasos junto con su propio pedido—. Te han estado llamando durante unos minutos.

Llegar a los Paragones no requería códigos secretos ni esfuerzos fantásticos. Aegis deambuló por una tienda de ropa de playa, dirigiéndose directamente hacia la parte trasera. La tienda no estaba oficialmente abierta, pero las puertas sin llave dejaron entrar a Aegis tan fácilmente como lo habían dejado salir minutos antes. En la parte de atrás, entre estanterías de sandalias y flotadores infantiles, esperaba una delgada puerta marcada como "Solo Empleados".

Aegis miró el pomo. Dejó que su labio se curvara en una pequeña sonrisa mientras miraba hacia atrás, confirmando que la ropa de baño bloqueaba cualquier línea de visión. El Campeón dio un paso adelante hacia la puerta y salió por el otro lado, la tienda había desaparecido.

Arriba, donde debería estar el techo, un resplandor azul profundo y constante se extendía hasta un infinito aparente. Alrededor de Aegis, la gente bullía, observando sus Tamas o entre sí. Se oían clics y chasquidos mientras los escuadrones se armaban desde los estantes que bordeaban las paredes oscuras. Letreros de neón verde marcaban entradas y salidas como la que Aegis acababa de usar.

Algunas conducían a hoteles con propietarios afines a los Paragones, donde las anomalías podían descansar. Otras llevaban a restaurantes, gimnasios o cualquier otro lugar en un área de aproximadamente cien kilómetros a la redonda donde un Paragón pudiera querer ir. Cables atados salían de una puerta dimensional para extraer energía e Internet, y distribuirlo todo alrededor de la tecnología interior.

Pocket, la anomalía que había creado el espacio, yacía en su centro. Aegis se acercó a ella con las bebidas, abriéndose paso a través de la atestada extensión hacia el área reclamada por su hija para la inteligencia de los Paragones. Ver a Pocket borró la sonrisa de Aegis: la habían sometido con drogas estabilizadoras, conectada a vías intravenosas y catéteres, atrapada en un estado permanente para mantener vivo este lugar.

¿Cuántas veces había creado Pocket lugares como este, más pequeños pero igual de enfocados, para dar a los Paragones una plataforma desde la cual lanzar un asalto? ¿Incluso para prepararse para un espectáculo en particular? Pocket elegiría a su gente, elegiría sus sitios y estiraría los límites físicos del mundo para crear espacio. Después, saldría por una salida, exhalaría un profundo suspiro, y el reino en miniatura que había creado se desvanecería en la nada.

Sobre la cabeza de Pocket, atado a una gran pantalla que habían arrastrado, un contador con números color turquesa hacía una cuenta regresiva. Aegis lo observó, haciendo cálculos mentales.

—Queda un día y nos movemos de nuevo —dijo Celice, cogiendo su bebida de la bandeja y echándole un vistazo—. ¿Fuiste a una máquina, papá? ¿Otra vez?

—Está justo ahí —respondió Aegis—. Es fácil.

—Lo cual equiparas con bueno por alguna razón.

Aegis señaló el contador.

—Lo equiparo con tiempo. ¿Tenemos el próximo sitio elegido?

—Hay un complejo residencial de vuelta hacia la ciudad —respondió Celice—. Hay suficientes vacantes para que no tengamos mucha competencia.

Encontrar un lugar que no se preguntara por la aparición repentina de varios cientos de nuevos ocupantes requería trabajo, especialmente cuando tenían que repetir el proceso cada semana más o menos. Si permanecía más tiempo en la camilla, Pocket podría no sobrevivir. Después de que hubiera descansado un par de días, la dimensión surgía de nuevo y sus incursiones podían comenzar otra vez. Una pausa necesaria.

¿Y si colapsara su dimensión con todos dentro?

Ni siquiera la curación de Aegis lo salvaría entonces.

—¿Y el siguiente? —preguntó Aegis.

—Los próximos tres —dijo Celice—. Nos estamos volviendo mejores en esto.

Su hija mantenía un ambiente alegre, un giro radical de lo que, según le habían dicho a Aegis, había sido su comportamiento mientras él estaba en la cuba. Su sorprendente recuperación dominaba su relación padre-hija, con Celice tratando de meter a Aegis en cada papel de trastienda y no combatiente que pudiera encontrar. Como si Aegis hubiera regresado hecho de cristal.

Aegis siguió a Celice de vuelta a su estación de trabajo, una plétora de computadoras con cada monitor mostrando lecturas que Aegis no podía descifrar. Sabía manejarse con un Tama, pero Celice operaba en una esfera diferente. Una que parecía encontrar siempre distracciones.

—Estos son los objetivos de hoy —dijo Celice, como había dicho cada mañana desde que la guerra realmente comenzó, desde que regresaron a Norteamérica. Deslizó el dedo por un monitor, la pantalla cambió a cinco columnas divididas en filas, cada una detallando un objetivo diferente—. Un buen conjunto hoy, riesgo mínimo. Ziran está tratando de ajustarse, pero es lento. Como si no fuéramos una prioridad.

—Porque no lo somos —dijo Aegis.

—Si vas a decir que ellos están pensando en el mundo y nosotros pensando en pequeño, me voy a enojar.

Aegis negó con la cabeza.

—Anoche, en el barco. Un helicóptero despegó con gente dentro. También había celdas.

—Vacías.

—Sabes cómo estaban etiquetadas.

Celice giró su silla, ladeó la cabeza hacia su padre.

—Sabemos que Ziran está capturando anomalías cuando puede. Eso no es una sorpresa.

—¿Pero transportándolas al extranjero? —Aegis se inclinó más allá de Celice, señalando otra pantalla grande y ancha que mostraba informes de acción de los medios, de personas captando cosas en sus Tamas—. ¿Ves todo esto? ¿Los equipos que Ziran envía? ¿Por qué arriesgarse cuando un dron podría eliminar un objetivo desde lejos?

—Tus supervillanos vuelven para atormentarte, papá —dijo Celice—. Digamos que Ziran está capturando anomalías. ¿Dónde y para qué?

—Quiero averiguarlo. Añádelo a la lista.

—¿Más alto que el número uno?

—No. Eso se queda.

Mynx y Mila ocupaban el primer lugar. Los Campeones, vistos por última vez en la Fábrica, no habían sido vistos desde la toma de control de Ziran. Mynx nunca renunciaría libremente a la Fábrica y sus drones, su orgullo y, si no alegría, obsesión. Celice y Matthias tenían gente escaneando todos los canales, observando cada transmisión. Aegis tenía anomalías que podían leer mentes merodeando tan cerca de la Fábrica como el Campeón se atrevía, esperando robar pensamientos útiles de algún empleado despistado.

Nada aún.

—Quiero atacar de nuevo —dijo Aegis.

Celice puso los ojos en blanco, tocó su Tama. Una pantalla de llamada apareció, respondida en un segundo por un hombre que había apuñalado a Aegis por la espalda.

—¿Estás aquí? —preguntó Celice—. ¿Puedes venir y hacer que mi padre entre en razón?

—Tres veces —dijo Zhan-Yo, encontrándose con ellos en una estrecha mesa de conferencias. La microdimensión de Pocket no tenía mucha privacidad, así que la mesa y sus sillas adjuntas estaban apartadas, pero sin paredes ni puertas. El suelo debajo de ellos tenía un halo violeta, destacándolos del entorno generalmente oscuro de la dimensión—. Lo hemos intentado tres veces y siempre ha fallado. Siempre ha costado vidas.

—Hemos llegado más lejos con cada intento —dijo Aegis, dirigiendo una mirada a Zhan-Yo, Celice y Mathieu. Un equipo muy diferente a los Campeones con los que solía trabajar cuando el mundo estaba en crisis, pero, aparte de él mismo, los otros Campeones estaban luchando contra Ziran en sus propias regiones—. En el próximo, podríamos lograrlo.

—¿Más lejos? —dijo Mathieu—. Aegis, ni siquiera hemos logrado entrar por la puerta principal. Ziran ha vuelto el lugar impenetrable, en gran parte porque has dejado claro que la Fábrica es nuestro único objetivo real.

—Oye —dijo Celice, y Aegis vio cómo su mano se desplazaba hacia la muñeca de Mathieu.

—Porque *es* nuestro único objetivo real —replicó Aegis—. La Fábrica produce la mayoría de los drones del mundo. Todos se controlan desde dentro de esos muros. Si la tomamos, el esfuerzo de Ziran habrá terminado.

Zhan-Yo levantó un dedo, luego tomó su Tama y deslizó la pantalla sobre la mesa. Aparecieron nombres listados, divididos por ubicaciones. Zhan-Yo deslizó un dedo por su Tama y varios nombres se resaltaron, incluyendo uno que hizo gruñir a Aegis antes de que pudiera contenerse.

—No voy a discutir eso —dijo Zhan-Yo—, pero he estado en tu posición, Aegis. Quería un final rápido para la lucha, pero no estaba preparado para lograrlo. En su lugar, me quedé a medias y lo arruiné todo.

—Si te refieres a la bomba, entonces tienes razón —respondió Aegis.

—Papá —Celice continuó haciendo de mediadora.

—No podemos tomar la Fábrica como estamos ahora —dijo Zhan-Yo, lanzando un asentimiento respetuoso a Celice—. Necesitamos más ayuda, y estoy trabajando para conseguirla. Vienen refuerzos que pueden inclinar la balanza a nuestro favor.

Aegis señaló un nombre, —¿Thane? ¿Esa es tu idea de una carta ganadora? Intentará matarnos tan pronto como entre aquí.

—Apinya no está de acuerdo.

—¿Apinya? ¿Has estado hablando con Apinya? —Aegis miró fijamente a Zhan-Yo, presionando las manos sobre la mesa. Que este hombre, este asesino, estuviera actuando a sus espaldas y-

—Papá —dijo Celice, más fuerte esta vez—. ¿Podemos hablar fuera?

La brisa marina enfrió el temperamento de Aegis. De vuelta en el paseo marítimo, con cafés en mano, padre e hija caminaban por un muelle sobre las olas. Cielo azul, sol brillante, olor a sal marina. Familias riendo, algunos pescadores lanzando sus señuelos al mar.

—Está tomando el control —continuó Aegis, insistiendo en el tema a pesar de las constantes réplicas de Celice—. Ahora Zhan-Yo está actuando a mis espaldas, poniéndose del lado de los otros Campeones.

—Está haciendo lo que se le da bien —dijo Celice—. Todos lo estamos haciendo. Zhan-Yo conoce la estrategia. Tú sabes cómo golpear muy fuerte a la gente.

—Gracias por eso.

Celice sonrió con ironía, —Tampoco fuiste solo tú la última vez, ¿sabes?

Claro, pero cuando Aegis y los otros Campeones se unieron, estaban en ascenso. La fuerza insurgente, seguros de su causa y su inevitable victoria. Aegis podía ser, y había sido, el abanderado mientras Mynx, Apinya y los demás se ocupaban de los detalles.

Y la madre de Celice también había estado allí, luchando a su lado, asegurándose de que Aegis no hiciera las cosas estúpidas en las que a menudo se empeñaba. Justo como Celice hacía ahora.

—También cometimos errores en aquel entonces —dijo Aegis, encontrando un lugar vacío y apoyando los codos en la barandilla de madera—. Compromisos que quitaron algo de brillo a cambio de victorias más limpias. Menos cuerpos. No quiero repetir eso.

—¿Ahí es donde entra Thane?

—Lo usamos primero como un martillo. Él y yo nos lanzábamos juntos, el instrumento contundente que impartía la justicia de Paragon a cualquiera que desafiara nuestro control —Aegis se frotó la barbilla. No había tenido que afeitarse desde que Mila hizo lo suyo. Más fuerte que nunca, tal vez, pero su cuerpo había cambiado—. Tu madre lo calmaba después de las misiones, lo devolvía a un estado estable.

Celice se mantuvo en silencio.

—Funcionó bien hasta que dejó de hacerlo —dijo Aegis—. Pensamos que los teníamos a todos, hasta que un idiota con una pistola decide que es hora de morir disparando. Tu madre tenía a Thane en sus brazos, calmándolo, cuando las balas impactaron. No sé cuántas, no importaba. Él le había roto el cuello antes de que el hombre dejara de disparar.

Ni siquiera Mila podía traer a alguien de vuelta de la muerte. Lo intentó de todos modos. No pasó mucho tiempo después de eso para que los Campeones se separaran. Demasiado trauma y no suficiente tiempo para sanar.

—No fue su culpa.

—Lo sé —dijo Aegis—. Lo sé, lo sé, lo sé. Maldita sea. Pero es impredecible, Celice. Podría hacer lo mismo con cualquiera. Contigo. Conmigo.

—Si no entramos en esa Fábrica —dijo Celice—, un dron hará lo que Thane podría hacer. Ziran va a borrar a los Paragones del planeta, y a las anomalías con ellos. Zhan-Yo tiene razón en intentar esto.

Aegis puso una mano en el hombro de su hija, —Entonces, cuando llegue el momento, mantente alejada de ese tipo. De todos ellos. Enterré a tu madre y no voy a enterrarte a ti.

CAPÍTULO 6
DIÁLOGO DURANTE LA CENA

CHICAGO SE DESVANECÍA en el espejo retrovisor. Sus grandes edificios, un perfil urbano del que Kat no había prescindido durante tantos años, se esfumaban con la lluvia. La autopista, abarrotada de cápsulas que corrían con eficiencia sincronizada, se disparaba hacia el horizonte y más allá. Viajarían por ella hasta ese punto y aún más lejos.

Gordon, vendado y descansando, dormía sentado junto a Kat. Su respiración venía acompañada del característico silbido que anunciaba un resfriado inminente, uno que Kat no tenía ningún deseo de contraer, pero tampoco opciones para evitar. Tomar cápsulas separadas en un viaje a través del país parecía estúpido, resfriado o no, y un avión habría sido aún más tonto.

Los drones habrían disparado a Gordon si se hubiera presentado en un aeropuerto. Y luego podrían dispararle a Kat también, solo porque sí.

Gordon no tenía una ubicación concreta, pero sí una idea aproximada. Una región obtenida de la señal de un rastreador. Gordon había vendido la historia de vuelta en la pequeña casa, con Paragones y Elementales agrupados a su alrededor, ansiosos por saber adónde habían ido sus amigos.

Había estado merodeando por la sede de Ziran, tratando de encontrar una forma de entrar que no terminara con sus entrañas fuera. Una anomalía —Gordon supuso que el culpable era un Paragón descontento— usó sus poderes contra un dron, dañándolo con algún tipo de rocío ácido y atrayendo la atención. Mientras los drones descendían, Gordon detectó su señal, corrió fingiendo pánico y pegó el rastreador en la anomalía.

El fuego de los drones alcanzó a Gordon mientras el hombre huía, pero las máquinas tenían las manos metálicas llenas con el Paragón. Deslizándose de una cápsula a otra, de una calle lateral a otra, Gordon logró regresar sangrando.

—¿Y la señal? —preguntó Beth, la Elemental que se cernía sobre las piernas de Gordon al final de la camilla.

Una lámpara de rincón no podía competir con los monitores de las computadoras y su luz azul salpicante. El resplandor se filtraba entre el círculo hombro con hombro, golpeando a Gordon con una silueta de sombras rayadas.

—Todavía funciona —dijo Gordon—. Se dirige hacia el oeste rápidamente.

—Espera —intervino Weed, al lado derecho de Gordon—. Dijiste que las anomalías están vivas. Una señal no te dice eso.

—Pero su dirección sí —dijo Kat, ahorrándole a Gordon unos cuantos suspiros—. Si solo estuvieran matando a las anomalías, ¿por qué llevarlas lejos de la ciudad? Ziran debe quererlas para algo.

—Estás haciendo una gran suposición —dijo Beth.

—Hola, soy tu realidad. Estoy desesperada y necesito un gran golpe para cambiar las cosas, así que ¿qué tal si seguimos esta idea?

—Porque no podemos darnos el lujo de perseguir sueños —dijo Weed—. Aegis nos dio nuestras órdenes. Hostigar y obstaculizar tanto como podamos hasta que él y los otros Campeones arreglen las cosas.

—Estoy diciendo la verdad —protestó Gordon, luciendo tan patético en esa cama.

—Nadie duda de ti —Weed se encogió de hombros—. Simplemente no puedo arriesgar vidas persiguiendo un dron que ya cruzó el Mississippi.

—Entonces no tienes que hacerlo —dijo Kat—. Solo hazme un favor: vigila a mi perro.

Kat observaba su Tama, un video reproduciéndose en su pequeña pantalla. Tap, la IA de su apartamento, se lo había enviado semanas atrás, la grabación era de meses antes. La IA tenía un reflejo programado para grabar momentos felices, cosas que Kat podría querer revivir. En su Tama, Calvin jugaba con Seeker. Kat no estaba allí —probablemente en una reunión de Elementales—, pero la anomalía y el perro de Kat bailaban por el apartamento, jugando con una cuerda de juguete. Calvin reía, se burlaba del husky, que no le importaba en lo más mínimo.

Un video cursi, uno empalagoso. No era el tipo de cosa que Kat hubiera elegido por sí misma, que hubiera elegido hace unos meses.

—Aunque, ¿qué no ha cambiado? —murmuró Kat.

A su alrededor, Kat sentía su traje, su matriz de dispositivos anidados en sus muñecas, contra su cintura, piernas y descansando sobre su cabeza. Cada objeto comprado e integrado para capturar esas anomalías tal como los drones de Ziran lo estaban haciendo ahora. En aquel entonces, lo había hecho por dinero. Como un medio para sobrevivir.

¿Y ahora?

Podía usarlos para algo un poco más importante que la reputación.

—¿Ya llegamos? —preguntó Gordon, incorporándose.

—¿A los suburbios? —respondió Kat—. Te los perdiste.

—Oh, no —Gordon sacudió la cabeza, miró hacia la autopista. Hacia la pantalla de la cápsula que mostraba las ridículas horas que tomaría llegar a Los Ángeles—. ¿No habrás traído una baraja de cartas?

La señal ubicaba la anomalía de Gordon bien al norte de la ciudad, pero incluso la naturaleza imprudente de Kat no sugería enviar a dos humanos contra lo que fuera que Ziran estuviera haciendo allí. Kat calculaba que los drones que custodiaban todas esas anomalías debían contarse por cientos, miles.

¿Podría la Fábrica de Mynx hacer un millón de esas cosas?

—Nunca he tenido una —dijo Kat.

—¿Qué, cartas? —replicó Gordon—. ¿Nunca? ¿Ni siquiera como recuerdo?

—¿Con quién jugaría? ¿Con Seeker?

—No siempre estuve ausente.

Kat dejó una esquina de sus labios curvada hacia arriba mientras volvía a mirar su Tama, el video con Calvin y Seeker volviendo a reproducirse en bucle.

—Y nunca pareciste tan triste —continuó Gordon.

—No estaba triste, y no lo estoy ahora —respondió Kat—. El hecho de que no eligiera ser como tú no significa que mi vida no fuera buena.

Gordon levantó las manos. —Paz, Kat. Este no es un viaje corto y no quiero pasarlo peleando.

—¿Entonces qué tal si planeamos? —dijo Kat.

—¿Para algo que no conocemos ni entendemos? —dijo Gordon—. Mi *plan* era echar un buen vistazo al lugar e improvisar a partir de ahí.

—Supongo que tienes razón —Kat apartó el video en el Tama, se recostó contra el asiento—. No sé, Gordon. ¿Cómo te gustaría pasar el viaje?

—¿Películas? —Gordon asintió hacia la consola de la cápsula—. Creo que hay unos miles ahí. No recuerdo la última vez que vi una.

—Vi suficientes en el hospital.

Aquellos habían sido días sombríos. Gordon pasaba por

allí de vez en cuando, pero con los Paragones derrumbándose, todo y todos estaban tensos. Kat, en gran parte inmovilizada, tuvo que decidir si abrazar el caos y hundirse en las noticias funestas o escapar de todo ello. Había optado por lo segundo, especialmente cuando Calvin nunca respondió, cuando Gordon dijo que no podía encontrar la anomalía.

Era más fácil escapar, una hora de fantasía a la vez.

—Sí —dijo Gordon—. Pero apuesto a que no has visto mis favoritas.

Kat cerró los ojos, dejó que sus labios sonrieran de nuevo.

—Vale, Gordon, elige una. Sorpréndeme.

En defensa de Gordon, las mezclas de comedia y drama que componían la lista de reproducción de su cápsula hicieron que el viaje del día pasara rápido. Con la cápsula recorriendo kilómetros a toda velocidad, Kat y Gordon se enfrascaron en asuntos ridículos, sus risas, apuestas absurdas y conclusiones conmovedoras suavizaron los bordes del viaje hasta que la cápsula se deslizó hacia el destino de la primera noche.

Lincoln, anidada en los campos áridos de Nebraska, parecía en gran parte intacta por la revolución. La Universidad dominaba, aunque Gordon dirigió la cápsula para que se mantuviera en las afueras de la ciudad. Kat habría sugerido dormir en el maldito artefacto de no ser por las propias heridas de Gordon. Había que cambiar los vendajes y tomar duchas.

Y, si era honesta, dormir en una cama de verdad en lugar de un sofá compartido parecía una buena opción.

El hotel de cadena que eligió la cápsula —Gordon introdujo su presupuesto de reputación y esta eligió en consecuencia— prescindía de todo lo personal, permitiendo que la pareja se registrara a través de una pantalla en la entrada. Las llaves cayeron por una ranura, junto con una recomendación insípida de probar el restaurante del hotel, también totalmente robotizado.

—Simplemente encantador —dijo Kat mientras se abrían paso por un pasillo sin rasgos distintivos hacia su habitación asignada—. ¿Por qué no viajo más a menudo cuando es tan divertido?

—Vamos —dijo Gordon—. Las películas no fueron tan malas, ¿verdad?

—Estuvieron bien —dijo Kat, dejando de lado el cinismo—. Gracias.

—Oh, no me agradezcas todavía. —Gordon pasó la llave, abriendo la puerta a otra habitación sin alma. Dos camas les esperaban, junto con el televisor estándar y las láminas de flores en las paredes—. Nos quedan dos días más de esto.

Dos días más largos, pero al menos el paisaje sería más interesante. Kat se aferró a esa idea mientras se turnaban en la ducha, revisando sus escasas maletas en busca de ropa nueva, y finalmente saliendo a buscar un lugar para comer. Su cápsula estaba en la estación de carga, absorbiendo energía. Gordon se dirigió hacia ella hasta que Kat puso una mano en su brazo.

—No voy a volver a meterme en esa cosa hasta mañana —dijo ella—. ¿Qué tal allí mismo?

Su hotel se alzaba sobre un clásico barrio al lado de la autopista, con pocas casas y abundantes cadenas. La industria de paso prosperaba aún más con las cápsulas alrededor, ya que viajar se había vuelto barato y nadie tenía que gastar reputación en gasolina o seguro de coche. El padre de Kat, cuando ella era pequeña, había señalado estos extraños oasis como una mezcla de futuro y pasado.

El tiempo no se lleva todo. Al menos no de inmediato.

Luego sonreía, le pedía a Kat que eligiera un lugar, allí irían, los cuatro. Sonriendo, riendo y...

—¿Ya sabes qué quieres pedir? —dijo Gordon, con el menú plastificado sobre la mesa blanca moteada entre ellos—. Las hamburguesas se ven bien. ¿Es demasiado cliché pedir una malteada y papas fritas?

—Nunca —respondió Kat.

Ella misma había estado mirando las bebidas de postre. El restaurante no era un típico diner, sino más bien uno que llenaba su menú con tendencias de toda América. Demasiadas páginas, demasiadas opciones y demasiada atmósfera.

Desde fuera, el restaurante —*Americana*— parecía un lugar divertido, con neón y recuerdos a lo largo de su revestimiento de madera. Placas de matrícula, viejas y nuevas, cubrían las paredes. Fotos firmadas de varias celebridades, la mayoría desconocidas para Kat, decoraban la entrada. Gordon pensó que no eran reales, pero quién sabía y a quién le importaba.

Al menos este lugar tenía humanos reales sirviendo, aunque parecían ser los únicos en el lugar. Kat revisó su Tama de nuevo. Solo las nueve. No exactamente tarde, pero ella se guiaba por la hora de Chicago. Tal vez en Nebraska las cosas eran diferentes.

O tal vez... Kat captó un movimiento, miró hacia arriba cuando una persona que definitivamente no era el joven que los había sentado se acercó a ellos. Este tipo parecía tener el doble de años que Kat, lucía aretes y cabello plateado peinado hacia atrás que hacía juego con su delantal de chef. Una larga quemadura subía por el brazo derecho del hombre, fácilmente visible cuando colocó ambas palmas sobre la mesa.

—No sé quiénes son, pero sé lo que son —dijo el hombre—. Y no los quiero aquí.

Gordon parecía atónito, como si el rastreador nunca pudiera esperar que le arrojaran tal grosería. Kat, sin embargo, había frecuentado los lugares más oscuros de Chicago, donde ser educado rara vez coincidía con la realidad. Pasar demasiado tiempo en la cápsula también la había tensado, así que cuando la exigencia del hombre ofreció activar el interruptor de Kat, toda la energía contenida le dio luz verde.

—¿Quiénes crees que somos? —dijo Kat, plantando su

codo en la mesa y su barbilla en la mano, mirando fijamente al hombre.

—Los rastreadores tienen una forma de caminar —respondió el hombre—. Una forma de mirar alrededor que no me gusta.

—¿Porque eres una anomalía operando bajo el radar?

El hombre suspiró, se enderezó y señaló hacia la puerta del restaurante.

—Les pedí que se fueran.

—Vamos, Kat —empezó Gordon antes de que Kat lo desestimara con un gesto.

Sin moverse, inclinó la cabeza hacia el chef.

—¿Cuál es tu problema, amigo? Sabes que los rastreadores ya no operan. No somos nada ahora. Solo gente normal. Como tú.

El hombre ya estaba negando con la cabeza antes de que Kat terminara.

—No me importa lo que sean ahora. Gente como ustedes empujó a mis amigos a los Paragones. No piensan, solo aprietan el gatillo. Afirman que todo es por el bien común. —Se detuvo, señalando ahora hacia la salida—. Por favor, solo váyanse.

Gordon lo intentó de nuevo, y esta vez Kat lo dejó. Juntos, se deslizaron fuera del reservado. El chef les dio espacio. Gordon aprovechó, pero, de pie, Kat se enfrentó al hombre. Leyó sus ojos de cerca, las líneas en su rostro. No era la ira la que hablaba, sino la experiencia, una experiencia agotada.

—Lo siento por tus amigos —dijo Kat, luego hizo un gesto con el brazo hacia el silencioso restaurante—. ¿Seguro que quieres echarnos? No parece que tengas mucho negocio.

—Ese no es tu problema. —El hombre se sonrojó, más en su garganta curtida que en cualquier otro lugar.

—Vámonos, Kat —susurró Gordon.

—No, aún no —dijo Kat, cruzando los brazos—. ¿Sabes qué aprendes rápido como rastreador? A leer a la gente, a entender cuándo están mintiendo, cuándo están ocultando algo.

El hombre también cruzó los brazos, imitando a Kat.

—Váyanse.

—¿Cuál es tu habilidad? —dijo Kat—. ¿Hacer un término medio perfecto cada vez?

Gordon agarró a Kat, la giró.

—¿Qué estás haciendo?

Kat se liberó, puso un paso de distancia entre ella y Gordon y el hombre, un triángulo humano entre los reservados.

—Todos son anomalías, Gordon —dijo Kat, señalando al hombre, a la anfitriona, al chico que los había sentado en su mesa—. ¿Qué hay de todos los de atrás, también?

Ahora el rubor del hombre desapareció, esos brazos fornidos cayendo libres. Su cabeza volvió a sacudirse, pero sin convicción.

—¿Por qué importa? —preguntó Gordon—. ¿A quién le importa si son...?

—Porque se están escondiendo, Gordon —dijo Kat—. Se están escondiendo aquí en lugar de luchar. Los Paragones mueren cada día, y podrían usar la ayuda. En cambio, este tipo está aquí haciendo batidos con, ¿qué, cinco? ¿Diez anomalías?

—Treinta y cuatro —dijo el hombre, irguiéndose—. Todos refugiados de tus Paragones, o de los drones que vinieron después. No queremos tomar parte en tu guerra.

—¿Mi guerra? —Kat se rio, sintiendo que un poco de locura se colaba en su risa—. ¿No has leído nada de historia? ¿No sabes lo que les pasa a las personas que no se levantan cuando se les llama?

Gordon miró a los dos, perdido. Mientras se mantuviera callado, a Kat no le importaba. Calvin, tan refugiado como esta gente, se había lanzado a la lucha. Que este tipo se atreviera a mantener a tantas anomalías al margen... no parecía justo. Incluso si sus habilidades no tenían lugar en el campo de batalla, aún podrían cocinar, limpiar, arreglar cosas para los Paragones que sí podían luchar.

—Sé que todos los Paragones locales murieron el día que Ziran tomó el control —dijo el hombre—. Sé que algunos no despertaron cuando los drones volaron su edificio. Sé que eso es lo que nos harían a nosotros. No es lo más valiente, pero tenemos niños aquí. Madres, padres, familias. Ellos no pertenecen a esta lucha.

—Puede que no tengan elección —replicó Kat y, una vez más, el hombre se encogió de hombros.

El chef no parecía que fuera a ceder. No hizo ningún llamado a la acción, no tuvo ninguna epifanía sobre embarcarse con su equipo hacia donde fuera que residiera la célula de resistencia más cercana. Kat no podía llamarse a sí misma una diplomática, y no tenía nada más que decir.

En su lugar, cediendo a la insistencia de Gordon, Kat se dio la vuelta y los dos salieron del restaurante. Se detuvieron en otro lugar, atendido por robots, y consiguieron algo picante para llevar, deambulando en la oscuridad de vuelta a su habitación de hotel.

—¿Tenías que pelear con ese tipo? —preguntó Gordon mientras se acomodaban—. ¿En serio tenías que hacerlo?

—No sé por qué —dijo Kat, mirando fijamente su arroz frito como si pudiera contener algunas respuestas—. Nunca antes me había sentido parte de nada. No hasta ahora, y ver a todos apretujados en esa casa, luchando por sobrevivir, mientras esta gente simplemente se queda al margen...

—Es su elección, Kat. Sus vidas, su elección.

—Están eligiendo mal.

—Los Paragones intentaron tomar decisiones por ellos, ¿y mira lo que ha pasado? Tal vez por eso estamos aquí en primer lugar.

—¿Los Paragones?

Gordon asintió, y por una vez, Kat pensó que podría tener

razón. Aegis y sus Campeones, su rígido código. Ella se había escabullido a través de sus genes normales, pero para esas anomalías, nada había cambiado realmente. Antes, habían sido cazados por rastreadores. Ahora, por drones.

—Entonces, ¿qué estamos haciendo, Gordon? ¿Estamos ayudando a las personas equivocadas?

—Por lo que veo —dijo Gordon, separando los baratos palillos—, estamos recuperando a nuestra amiga.

Eso, al menos, era una causa que Kat podía respaldar.

CAPÍTULO 7

ASCENSOS

CAMINAR por la casa de otra persona ponía a Rhimes nervioso. Aunque, a decir verdad, apenas notó sus nervios al atravesar las gruesas puertas que separaban la Fábrica de la residencia personal de Mynx. Esas grandes barreras eran tan ajenas a los espacios de oficina normales, hogares o cualquier otro lugar, que tendían a borrar tus pensamientos.

Rhimes, agotado y desgastado por el asalto del día anterior, habiendo quemado el día en informes y trabajo de oficina, descartó el equipo táctico por un traje gris holgado. Sin fundas ni armas, por lo que pasó el escaneo del gladiador personal de Wexley. El dron se erguía justo después de las puertas, observando a Rhimes con su mirada implacable.

—¿Ves? Todo bien —le dijo Rhimes a la máquina.

El dron no respondió excepto para, con sus cuatro brazos, indicarle a Rhimes que avanzara. Aun así, cuando Rhimes dio esos primeros pasos silenciosos, un zumbante compañero se deslizó desde la espalda del gladiador para seguirlo. Listo y dispuesto con un dardo aturdidor o, si la situación escalaba, uno letal, el dron flotante tomó su posición a un metro detrás de la cabeza de Rhimes.

La seguridad ocupaba una posición primordial estos días, con todas las anomalías teniendo el rostro de Wexley en lo más alto de sus tableros de objetivos. Al principio, incluso antes de que asaltaran la Fábrica, Rhimes quería saber qué planeaba Wexley para esta parte.

¿Cómo te defiendes contra personas que pueden ser cualquiera, estar en cualquier lugar, que pueden arrasar una ciudad con una mirada desagradable?

La respuesta, según Wexley, era asegurarse de que estuvieran demasiado asustados para actuar. Luego, mientras las anomalías dudaban, usar los drones para capturarlas o matarlas primero. Hasta ahora la estrategia funcionaba, aunque algunas células de Paragon se negaban a morir.

Rhimes atribuía la terquedad a la reaparición de Aegis. El resurgimiento del Campeón le dio columna vertebral a los Paragon dispersos, los empujó desde un borde desorganizado hacia una fuerza molesta. Cuando Wexley le envió a Rhimes la solicitud de reunión, este supuso que la campaña continua sería el tema principal.

Con suerte, la reunión sería breve. Rhimes tenía un lugar al que ir.

La casa principal de Mynx tenía un lujo limpio y suave. El diseño oceánico se mezclaba con una eficiencia desinteresada para crear un interior blanco, lleno de cristal y luminoso. Maderas suaves y elaboradas alfombras. Fotos enmarcadas en blanco y negro de los días de gloria del Campeón. Mynx incluso tenía algunas portadas de revistas, esos artefactos impresos, iluminadas. No tanto como para ser cliché, pero lo suficiente para que un visitante supiera que su anfitrión tenía reputación.

Esa anfitriona, ahora mismo, estaba sentada en un tubo en las profundidades de la Fábrica. Rhimes calculaba que menos de cinco personas conocían la ubicación final de Mynx, o si seguía viva. Él mismo había bajado a verla, en parte para evaluar la prisión del Campeón y asegurarse de que no la liberaría pronto. En parte, también, para mirar a una leyenda sin necesidad de dispararle.

Porque a pesar de toda la charla, de todas las esperanzas y sueños impulsados por Zhan-Yo y ahora asumidos por Wexley, seguían luchando contra las personas que habían definido el mundo de Rhimes durante décadas. Aegis y su equipo podrían haberse convertido en dictadores, pero al principio eran verdaderos héroes. Volando por el mundo y a veces más allá para alejar el peligro dondequiera que surgiera.

—¿Te estás distrayendo? —preguntó Wexley, haciéndole señas a Rhimes para que se acercara desde la puerta corrediza de cristal que daba al vasto porche—. Te diría que te dejes llevar por lo que sea que estés pensando, pero hoy estamos apremiados.

—¿Apremiados? —preguntó Rhimes, siguiendo la dirección de Wexley hacia afuera, donde la brisa marina se mezclaba con el cálido sol.

El porche dominaba un rincón entre los empinados acantilados y su primo oceánico. Un camino tallado conducía desde la plataforma de madera blanca hasta la arena y las olas más allá, mientras que detrás, piedras y árboles dispersos proporcionaban una barrera entre la casa y los engranajes en movimiento de la Fábrica.

Wexley lucía un aspecto apropiado, con una camisa suelta ondeando, sus gruesas gafas de sol y el cabello peinado en un corte agresivo. Sin embargo, quemaduras de un rojo rosáceo estropeaban la imagen, surcando los brazos y el pecho del hombre, visibles a través de la tela fina de la camisa. El precio de la victoria, lo llamaba Wexley.

Una anomalía podría haber eliminado esas cicatrices en cualquier hospital importante, pero hasta ahora Wexley las había dejado estar.

—Aegis y su molesta pandilla atacaron otro barco anoche —dijo Wexley—. Otros cinco pasaron sin problemas, pero aun así. Es una plaga.

—Estamos tratando de rastrearlos —Rhimes recurrió a las palabras que había practicado en el viaje en cápsula—. Se mueven a menudo, y no de maneras que entendamos.

—Porque tienen una anomalía ayudándoles. Esa es siempre la respuesta, Rhimes. Cuando alguien hace trampa ahora no es porque sea inteligente, sino porque encontró a alguien que puede romper las reglas sin intentarlo.

—Cierto —dijo Rhimes, tomando el agua con gas que Wexley le ofrecía. Una ensalada de salmón a medio comer adornaba la larga mesa de cristal del porche, con pantallas incrustadas mostrando noticias dispersas alrededor del plato —. Los encontraremos eventualmente.

—Por eso te llamé aquí —dijo Wexley. El líder de Ziran y, por extensión, del mundo, agitó su propio vaso hacia el océano. Formas grises y sombrías se movían en el horizonte, cargueros de Ziran trayendo piezas a la Fábrica—. No necesito que *tú* encuentres a Aegis. Necesito que supervises ese esfuerzo. Necesito que administres mi seguridad. Necesito que mires a través de este planeta que nos encontramos controlando y te asegures de que siga siendo así.

Rhimes luchó por mantener una expresión neutral mientras Wexley hablaba. Esperó hasta que el hombre hizo una pausa, leyó la ligera sonrisa conocedora en el rostro de Wexley y supo que Wexley esperaba que Rhimes dijera exactamente lo que estaba a punto de decir.

Pero la verdad era la verdad.

—No soy un gestor —dijo Rhimes.

—Lideras muy bien un escuadrón —dijo Wexley—. En Chicago, dirigías toda nuestra empresa externa. No puedes llamarte otra cosa más que un gestor.

Rhimes abrió la boca, y Wexley puso su mano libre sobre el hombro de Rhimes.

—Esta es la parte donde dices que sí —dijo Wexley—. No hay nadie en quien confíe que pueda manejar esto. No te tendré en el campo, donde cualquier anomalía podría tener suerte. Estarás aquí, en la Fábrica, trabajando conmigo para definir un futuro mejor. —Wexley dejó su vaso, quitó la mano del hombro de Rhimes y le ofreció la otra para estrechársela —. Reclama tu lugar en la historia, Rhimes. Sé mi general.

Con el dron y sus armas letales zumbando detrás de él, Rhimes hizo lo único que podía: estrechó la mano.

Wexley no tardó en poner a trabajar a su general. Tan pronto como terminó el apretón de manos, el Tama de Rhimes explotó con mensajes entrantes. Todos preprogramados y todos colocando a Rhimes en iniciativas que abarcaban el globo. Había asaltos dirigidos a eliminar Elementales en Londres, un esfuerzo coordinado de rastreo cibernético en China destinado a bloquear los métodos de comunicación de Paragon y, por supuesto, despliegues de drones en todos los continentes para revisar.

¿Lo más importante? Encontrar a los Campeones que aún vivían y asegurarse de que estuvieran muertos o capturados lo antes posible.

Al salir de la Fábrica, Rhimes llamó a un pod y estableció un rumbo particular, apartando las estridentes demandas de su muñeca y recostándose en los delgados cojines del asiento mientras el paisaje urbano de Los Ángeles se desplegaba ante él.

Había comenzado en Ziran como guardia de seguridad, una forma de bajo nivel para aprovechar su experiencia militar en un mundo que ya no necesitaba ejércitos. La competencia escalaba posiciones, y antes de que pasara mucho tiempo, Rhimes se encontró de pie frente a la oficina principal. Conoció a una mujer llamada Sylvie cuando salía de una reunión privada con Zhan-Yo. Ella lo evaluó, sacó una pequeña libreta, escribió un lugar y una hora en una página, la arrancó y se la entregó.

Ahora Sylvie ocupaba una tumba en algún lugar de esa ciudad y Rhimes empleaba un truco que ella le había enseñado: nunca tomar un pod directamente a donde quieres ir.

Rhimes dejó este a unas cuadras de distancia, pero bien dentro de la agitada zona de construcción y demolición. El estadio destruido meses atrás aún absorbía la industria de Los Ángeles en su remoción y renovación, con drones y humanos por igual enjambrando el sitio, su evidencia dejada en señales de advertencia, cinta de precaución y negocios cerrados.

No es que las banderas ahuyentaran al objetivo de Rhimes. El hombre ocupaba un banco, con un burrito en la mano y una bolsa con la propia elección de Rhimes ocupando un lugar en el asiento de madera bronceada. Al otro lado de una calle cerrada al tráfico, el casco destrozado del estadio se ocultaba detrás de andamios, lonas y cuerpos en movimiento, tanto mecánicos como humanos. Los megáfonos se mezclaban con pitidos anónimos y la estridente música diurna que acompañaba al trabajo en todas partes. El turno de día dando paso a la noche, la limpieza era un asunto de todas horas.

Rhimes tomó asiento, se ajustó la chaqueta y mantuvo la mirada al frente. Zhan-Yo, a su lado, se inclinó hacia adelante con su sombrero de paja, camisa delgada estampada de flores y pantalones cortos blancos que mostraban rodillas huesudas, piernas un poco marchitas por su tiempo en el escondite. Las gafas de sol ocultaban los ojos del hombre, la salsa formaba una línea goteante por su barbilla y caía sobre una servilleta bien colocada en su regazo.

—Mucho tiempo —dijo Zhan-Yo.

—No tanto —respondió Rhimes—. Dime que tienes una razón para pedirme que viniera aquí más allá de los burritos.

—¿Tanto los deseas?

La voz de Zhan-Yo crujía, con brío escondido detrás de los bocados. Si Wexley ofrecía eficiencia fría, Zhan-Yo sonaba como el verdadero revolucionario, siempre a un paso de algún discurso épico.

—¿Un burrito?

—Una razón para dejarlo —respondió Zhan-Yo.

—No es lo que esperaba —dijo Rhimes. No había razón para ocultarle cosas a Z. El jefe siempre había sido perspicaz con sus empleados, si no siempre con sus propios objetivos—. Crees que has ganado y luego descubres que hay mucho más, y es mucho peor.

—¿Peor?

Rhimes se inclinó, miró en la bolsa. Un burrito, algunas papas fritas. Sacó estas últimas, crujiendo la sal. Deseó haber traído algo de agua.

—No voy a decir nada más hasta que averigüe qué estás haciendo —dijo Rhimes—. Nadie ha oído una palabra tuya desde Londres.

—¿Te enteraste de eso, eh?

—El mundo te vio ser puesto en una plataforma, tu cabeza a punto de dar un paseo.

—Cuando no lo hizo, cambié de bando.

El jefe continuó mientras Rhimes cambiaba de sus papas fritas al burrito, hundiéndose en el pollo adobado mientras Zhan-Yo detallaba un viaje de capa y espada a través del Atlántico y el amplio centro de América para llegar aquí. La necesidad cementó alianzas entre él y Aegis, entre los Paragones que pudieron encontrar y los normales que una vez lucharon para socavarlos.

—La mayoría de las personas quieren igualdad, libertad —dijo Zhan-Yo—. No quieren destrucción total o genocidio.

—Wexley lo llamaría control —Rhimes se limpió las manos y la boca. Había sido un maldito buen burrito—. Es difícil dejar que bombas vivientes caminen libres.

—Un humano no tiene que ser una anomalía para causar daño. —Zhan-Yo asintió ante lo obvio frente a ellos—. Aegis y yo somos un comienzo. Si Wexley pudiera ser convencido, si detuviéramos las redadas y los ataques con drones, podríamos formar un mundo común juntos.

—¿Si Wexley pudiera ser convencido de hacer qué? ¿Renunciar a todo?

Zhan-Yo se recostó en el banco, miró hacia el sol y un dron que flotaba en lo alto, —Todos tienen sus motivaciones. ¿Cuáles son las tuyas?

—Me uní a Ziran por un trabajo. Te ayudé por una causa. Nunca me inscribí para un exterminio, pero eso es lo que es esto. No voy a pretender ser un idealista, pero pensé que se trataba de algo más que un recuento de cuerpos.

—Si le recuerdas eso a Wexley, podría ver las cosas como tú. En su curso actual, no hay escapatoria. O perderá o ganará, pero será un monstruo de cualquier manera.

—Está bien, entonces ¿qué hago? ¿Entro allí y le digo: oye, amigo, ¿qué tal si te calmas un minuto y cancelas todo esto?

—No tú. —Zhan-Yo metió la mano dentro del bolsillo delantero de su camisa, uno decorado con una orquídea color melocotón. Sacó otra pequeña libreta, justo como la que usaba Sylvie. Arrancó una página sin escribir en ella primero, entregándosela a Rhimes—. Ella.

Un nombre aburrido, una dirección interesante. Un centro de cuidados en los suburbios del norte de Chicago.

—¿Quién es esta? —dijo Rhimes.

—Ella te lo dirá —respondió Zhan-Yo, poniéndose de pie y estirando ambos brazos alto sobre su cabeza—. Ella tiene la clave para detener a Wexley el tiempo suficiente, tal vez, para que reconsidere.

—Debe ser algo especial.

—Ciertamente lo es. Mantente en contacto, amigo mío. Puede que logremos evitar que esto empeore demasiado.

De vuelta en la Fábrica, Rhimes miró alrededor de una oficina vacía. El espacio se abría a una vista sobre el ajetreado y bullicioso piso de drones y, dados los diversos ganchos en el techo, había sido diseñado para algún trabajo de prototipo antes de su asignación actual. No había arte colgado en las paredes, solo un escritorio prefabricado y una silla negra giratoria ocupaban su centro.

Una conexión Tama y un monitor lo esperaban.

A medida que la tarde avanzaba, Rhimes se sumergió en los mensajes y los informes de las misiones. Delegaba con una rapidez inquietante, utilizando la orden de Wexley de mandar, no de hacer, como guía. Al principio, Rhimes notó las preguntas en las respuestas de la gente, la confusión ante su cambio de tono. Los silencios salpicaban las conversaciones mientras los compañeros, agentes y técnicos de Rhimes esperaban su habitual carga de responsabilidades que, esta vez, no llegaba.

—No puedo —dijo Rhimes cuando Brielle le preguntó por qué no iba a dirigir personalmente una redada—. Wexley ha cambiado mi descripción del puesto. Me está ascendiendo, y ahora yo te asciendo a ti.

—¿Crees que estoy lista para dirigir un equipo por mi cuenta? —preguntó Brielle.

—Si no lo creyera, no te lo estaría pidiendo.

—Entonces, ¿dónde vas a estar tú? ¿Detrás de un escritorio?

Rhimes suspiró, metió la mano en el bolsillo y sacó el papel de Zhan-Yo. Releyó la dirección. Había pasado las últimas horas firmando órdenes de muerte y captura de anomalías en todo el mundo. Ninguna le había proporcionado la más mínima satisfacción. Había querido luchar por algo o que le pagaran por proteger a alguien.

Ahora se sentía como el cazador de ratas más sofisticado del mundo, persiguiendo a las alimañas antes de que arruinaran la fiesta.

—Voy a hacer un pequeño viaje —dijo Rhimes, y cuando Brielle empezó a preguntar sobre unas vacaciones, la interrumpió—. Solo necesito resolver algunos asuntos pendientes en la oficina principal.

—¿Chicago? Llévate ropa de abrigo.

—Ya he estado allí un par de veces —Rhimes tocó su Tama y llamó a un pod para que lo recogiera. Comprobaría los vuelos de camino, seguro que habría uno nocturno disponible —. Hazme un favor, Brielle, y no te dejes matar.

—Lo mismo digo, jefe. Lo mismo digo.

CAPÍTULO 8
ATERRIZAJE FORZOSO

CUANDO EL AVIÓN giró bruscamente hacia el norte, Cassidy juró que las puntas de las alas rozaron las olas. El atardecer puso el vuelo en perspectiva, la carrera a toda velocidad hacia California y la Fábrica cerca de completarse, ahora interrumpida, según los pilotos Paragon, por la fuerte presencia de drones. Su zona de aterrizaje planificada estaba cubierta de máquinas voladoras que verificaban los números de vuelo y las listas de pasajeros de las aeronaves entrantes.

Algo que los Paragons, sin importar sus habilidades anómalas, no podían falsificar.

—Mantengan la calma —anunció Apinya en el interior del avión, palabras que por sí solas hacían poco, pero que, respaldadas por el sutil empujón mental de la Campeona, acallaron el impulso de Cassidy de lanzar un vacío.

Con Thane a su lado, otra zambullida al agua con bombas no parecía tan imposible.

—Nadaste hasta tan lejos la última vez —murmuró Cassidy a Thane, quien tenía los ojos fijos en un Tama portátil. Otro artículo sobre el alcance global de Ziran, sus propuestas para un mundo post-Paragon—. Podrías hacerlo de nuevo, ¿verdad?

—Sí.

Thane no ofreció nada más y Cassidy no preguntó.

En total, las horas quemadas en el aire habían transcurrido en silencio. La propia Cassidy había dormido durante bastantes, y luego había respondido preguntas de otros Paragons que nunca habían cruzado el océano. Cómo era California, para qué deberían estar preparados.

Cassidy les dio información desactualizada por una década, pero parecían contentos, y Cassidy no podía engañarse: se sentía bien ser maestra de nuevo, sentirse necesaria y útil. Si sus estudiantes esta vez resultaban ser adultos, mayores y menores que ella y con un entendimiento mixto del inglés, que así fuera.

A medida que la aeronave se acercaba a la costa de Pacifica, los pilotos interrumpieron la fiesta. Era probable que hubiera turbulencia, probablemente antinatural y forzada por las patrullas de drones de Ziran. Así que Cassidy y Thane se sentaron, atados a sus asientos, Thane en su pantalla Tama y Cassidy mirando por la estrecha ventana.

Completado el giro hacia el norte, el avión se lanzó en un ascenso, subiendo a gritos y dejando atrás las olas. Cassidy no entendió por qué hasta que un anómalo frente a ella, Daw, se alejó de su ventana con los ojos muy abiertos y agarrando con fuerza a su compañero de asiento, su mentor y aparentemente omnipresente guardián, Kemnan.

—Nos han encontrado —dijo Daw, su voz resonando por el avión, cuyo interior estaba en silencio, con las turbinas eléctricas funcionando suavemente.

—Confía en los pilotos —respondió Kemnan, el hombre estoico manteniendo la mirada al frente—. Ya han hecho esto antes.

Como si pusiera a prueba las palabras de Kemnan, el avión se estremeció, balanceándose de izquierda a derecha mientras continuaba su ascenso. Afuera, las olas se fundieron en una masa azul, con jirones de nubes interponiéndose.

Nuevas formas aparecieron a la vista, manchas blanco-anaranjadas que se resolvieron en varios drones mientras se elevaban tras el avión. Los motores de los drones dejaban estelas brumosas detrás de las propias máquinas, rayas borrosas contra el suelo lejano.

Cassidy miró a Thane, frunciendo el ceño. Desde esta altura, no había manera de que sobrevivieran a una caída.

—Nos han avistado —dijo la piloto principal, la misma mujer que se había unido a todos ellos con el viento y los había llevado al avión—. Cualquiera que pueda derribar un dron desde dentro del avión, adelante. Los demás, permanezcan sentados y atados. Habrá caídas repentinas.

¿Caídas repentinas?

A través de la ventana, los drones dejaron claras sus intenciones. Cassidy vio sus armas dar aviso, destellos brillantes que se elevaban y pasaban junto al avión. Fallos, a pesar de que el avión no era precisamente ágil.

—Disparos de advertencia —dijo Kemnan a Daw, quien había seguido molestando al hombre sobre qué deberían hacer—. Nos forzarán a bajar si pueden.

—¿Por qué? —preguntó Daw.

—Porque hacer estrellarse aviones no es un comportamiento estable —dijo Thane, colocando el Tama en la ranura del reposabrazos a su lado—. Ziran no quiere explicar un avión estrellado. No quieren pánico. Quieren normalidad.

Más destellos. El avión giró hacia el este. Dos anómalos que habían viajado desde Bangkok se desabrocharon y se dirigieron a popa. Cassidy no conocía sus poderes, pero dada la determinación en sus rostros, la pareja parecía lista para entregar destrucción de drones.

Ella podría haber hecho lo mismo si existiera una puerta o ventana abierta para lanzar sus vacíos. Desde dentro del avión, sin embargo, Cassidy solo destrozaría la nave. Así que observó, ofreciendo un asentimiento cuando uno de ellos la miró.

—¿Entonces no nos harán daño? —continuó Daw.

—Un algoritmo —dijo Thane—. Un reloj que marca tanto el tiempo como la distancia. A medida que nos acerquemos a la costa, los drones cambiarán sus tácticas.

—¿Y entonces qué?

—Veremos qué tan buenos son estos pilotos.

Kemnan lanzó una mirada fulminante a Thane.

—No hay necesidad de asustarlo.

—Daw no es un niño —Thane miró más allá de Kemnan, hacia Daw—. ¿Necesita que lo protejas?

Daw negó con la cabeza, abandonando la conversación al volverse hacia la ventana. Kemnan se sumió en un ceño fruncido. Thane se dirigió a Cassidy a continuación. El avión se sacudió de nuevo, su nariz inclinándose hacia abajo.

—¿Lo manejé bien? —preguntó Thane en voz baja.

—¿Qué?

—Tú y Apinya han dejado claro durante estos últimos meses que la lealtad es más que el poder en sí —dijo Thane—. Si voy a encontrar un lugar aquí...

El avión se congeló, cayó. El estómago de Cassidy saltó a su garganta, sus nervios disparándose. Se elevó, el cinturón de seguridad clavándose en su cintura. Podría haber gritado, excepto que no podía encontrar su aliento. A su lado, Thane creció, aprovechando ese miedo para hacerse tan invencible como pudiera.

Suavemente, el avión se descongeló y se lanzó hacia adelante, deteniendo su caída y disparándose hacia la costa de California. Cassidy vio los drones ahora sobre ellos, girando para perseguir una aeronave que debía parecer estar en un descenso terminal.

—Ahora —dijo Thane con voz ronca, su garganta encogiéndose, su mente volviendo—. Atacarán con todo.

Los drones hicieron lo que Thane sugirió, disparando más energía blanca incandescente, pero complementando estos disparos con rondas físicas. El avión se detenía y arrancaba, se congelaba y se descongelaba en un descenso vertiginoso. Cada vez que el avión parecía quedar fijo en su lugar, Cassidy oía los sonidos metálicos de las balas rebotando en el casco irrompible del jet.

El otro piloto, el que había mantenido el jet invencible en Bangkok, haciendo su parte.

La danza entre la aceleración vulnerable y la seguridad en picada se volvió rápidamente contra los Paragones. Los drones se acercaron, intensificaron su fuego, y Cassidy notó que su estómago iba cada vez más tiempo entre pausas. El avión también retumbaba y crujía mientras los disparos entrantes se colaban a través de los segundos protegidos.

Al menos la pérdida de altitud los acercaba más a las olas, a los acantilados arenosos que marcaban la costa. Nuevamente Cassidy podía distinguir las crestas blancas, podía ver un camino serpenteante con algunas cápsulas circulando por él. ¿De vuelta en la distancia segura de caída de Thane?

Thane, sin embargo, no podría salvar a nadie más que a Cassidy.

Este pensamiento la llevó a recorrer el avión con la mirada. La mayoría de los Paragones a bordo estaban casi en pánico, aferrándose a amigos, parejas o reposabrazos. Daw se hacía parpadear, mientras que Kemnan permanecía estoico, mirando al frente y listo para aceptar lo que la vida le deparara. Thane mantenía un estado más fuerte, ocasionalmente mirando por encima de Cassidy para ver por su ventana y murmurando para sí mismo. Apinya tenía los ojos cerrados, sin duda inmersa en alguna maniobra mental.

De vuelta en la isla de Mynx, Cassidy había tratado a las otras anomalías como recursos. Algunos se convirtieron en amigos, sí, pero todos entendían que sus vidas eran cosas frágiles. Fáciles de perder en medio de una lucha de poder entre anomalías.

¿Aquí?

Todos estaban del mismo lado, asumiendo el manto de

Paragon para intentar detener un genocidio de anomalías impulsado por drones.

Cassidy se desabrochó el cinturón y se tambaleó hasta ponerse de pie. Thane le preguntó qué estaba haciendo, adónde iba, y ella lo ignoró. Se dirigió directamente hacia la cabina y las salidas delanteras. Las dos anomalías que habían respondido a la llamada inicial de ayuda con los drones estaban junto a la puerta cerrada de la cabina en estados que decían que realmente no estaban allí.

La mujer estaba sentada en el suelo, con los ojos cerrados y la cabeza apoyada contra la pared del avión. Una delgada línea de sangre corría desde sus oídos, pero Cassidy vio que su pecho subía y bajaba. Frente a ella, el hombre permanecía completamente inmóvil, con las manos entrelazadas sobre el pecho. A pesar de los giros y vueltas del jet, el hombre nunca perdió el equilibrio, ni parecía moverse en absoluto. Sus ojos, abiertos, miraban a través de Cassidy.

Fuera lo que fuera lo que hacía la pareja, Cassidy no podía verlo desde dentro. Siguió adelante, presionando el tirador de la puerta de la cabina y abriéndola de golpe. La costa dorada se extendía desnuda a través de la ventana frontal de la cabina. Rocas arenosas y árboles altos se acercaban a gran velocidad. Balas y rayos de energía atravesaban los bordes de la vista, salpicando el mar o estrellándose contra las rocas.

A la derecha, el hombre que hacía invencible el avión lo hizo de nuevo, bloqueando sus brazos contra el panel de instrumentos. El jet se estremeció, su nariz apuntando hacia abajo, y Cassidy extendió sus manos a ambos lados, presionando para no caer hacia adelante.

—¡Cierra esa puerta y sal de aquí! —gritó la mujer a la izquierda—. ¡Deberías estar atada, no aquí arriba!

El hombre liberó sus brazos, liberó el jet, que se sacudió de vuelta a un vuelo nivelado. Varias alarmas sonaron.

—Tienen que aterrizar —dijo Cassidy—. No podemos ayudarlos a luchar mientras estemos en el aire.

—Si aterrizamos, nos rodearán —dijo la mujer, girando el avión hacia el sur mientras dejaban el océano atrás. Ahora cualquier aterrizaje forzoso sería sobre roca, no sobre agua—. No hay escapatoria si...

—No hay oportunidad si no nos dejan en el camino —dijo Cassidy—. ¡Háganlo!

—¿Qué quieres...?

—Ella tiene razón —dijo el hombre—. Puedo mantenernos a salvo cuando aterricemos. Estamos perdiendo demasiado aire para seguir volando.

Un estruendo más fuerte y una alarma frenética reforzaron el argumento de Cassidy. La mujer maldijo, señalando que la cola del jet había sido atravesada. El jet comenzó un lento giro, cayendo en picada y dando vueltas. Muy lejos de ese camino. El giro arrojó a Cassidy de su agarre, lanzándola al suelo del jet. El cristal se hizo añicos cuando los drones, continuando su ataque, dieron en el blanco. Las balas atravesaron el fuselaje, las aberturas rompieron la presión de la cabina y reventaron los oídos de Cassidy.

En algún momento se mordió la lengua, el sabor metálico de la sangre inundando su boca. Instintos revueltos, músculos magullados. El olor abrasador del fuego le hizo cosquillas en la nariz y devolvió a Cassidy al enfoque.

—No puedo esquivar el árbol —decía la mujer—. No queda energía.

Los vacíos llamaron, y esta vez, Cassidy respondió.

Lanzó el primero en un tiro salvaje, el desgarro de la realidad cortando a través de la nariz del avión y golpeando un árbol grueso justo en su trayectoria descendente. El vacío seccionó el tronco, convirtiendo una barrera sólida en una suelta mientras el jet rozaba el árbol medio caído. El metal voló por todas partes, y el impacto aceleró el giro del jet.

—Buen tiro —dijo el hombre, mirando hacia ella—. ¿Puedes mover ese acantilado?

El siguiente obstáculo del jet cubría el horizonte, una

pared beige destinada a aplastar el avión y sus ocupantes como tortillas. Cassidy supuso que el truco de invulnerabilidad del hombre no haría nada para detener su impulso, convirtiendo el avión roto en un ataúd.

A menos que Cassidy pudiera romper el camino.

Lanzó un segundo vacío hacia abajo y adelante, cortando a través del avión debajo de los dos pilotos. Con sus asientos repentinamente sin apoyo, los dos pilotos cayeron por el agujero, precipitándose hacia el suelo. Un aterrizaje duro, tal vez, pero una oportunidad de vida. Girando de nuevo, Cassidy envió otro vacío cortando a través del tren de aterrizaje del avión.

El metal se rasgó y desapareció, exponiendo la tierra a metros debajo. El humo y el fuego envolvían la vista, el último aliento del avión estrellándose. Daw y Kemnan cayeron por el agujero. Otros los siguieron mientras Cassidy lanzaba un vacío tras otro, cortando agujeros en el avión hasta que se desintegró, su propia sección girando con su propio impulso.

Al menos tenía una agradable brisa.

El marco de la puerta de la cabina de Cassidy dio vueltas y ella cayó libre, uniéndose a los escombros, a los cuerpos, mientras los Paragones se precipitaban hacia el camino. Había esperado que estuvieran lo suficientemente cerca para sobrevivir, lo suficientemente cerca para aterrizar con huesos rotos pero vivos.

Se había equivocado: el árbol que había cortado vivía en un saliente, y el escape improvisado de Cassidy canalizó a la gente en caída libre a cien metros o más sobre el suelo.

Las habilidades destellaron mientras los Paragones intentaban salvarse. El propio cabello de Cassidy le voló a los ojos, el viento rugía contra ella, y supuso que esta última caída revolviendo el estómago sería el final.

Al menos había muerto haciendo lo correcto, intentando salvar a sus amigos.

Brazos de acero evitaron el desastre. Cassidy, apresurándose a través de un último te-amo mental a sus hijos, encontró el impacto duro pero no destructor de vida. Un sólido impacto resonó a través de sus huesos, el aire salió expulsado de sus pulmones, pero vivió y abrió los ojos.

Un dron la sostenía con una sola garra. El gladiador, un monstruo de cuatro brazos, sujetaba al invencible copiloto en el miembro opuesto a Cassidy. El dron clavaba sus garras en su carga, y Cassidy sentía los cortes en su piel, en su espalda. Ahogó un grito, en su lugar tensando el cuello para tratar de averiguar qué demonios había pasado.

No fue difícil encontrar evidencia: los drones que habían estado atacando la lanzadera se lanzaron en picada para salvar a sus ocupantes. Las anomalías que caían se encontraron atrapadas por salvadores metálicos, los drones ahora elevándose de vuelta al cielo con sus premios.

¿Por qué las máquinas no las habían dejado caer?

Cassidy no tenía una respuesta a esa pregunta, pero sí tenía vacíos. Incluso mientras Cassidy intentaba invocarlos, su dron se elevó rápidamente en el aire, poniendo en duda un ataque de vacío. Acababa de ser salvada de una falla fatal, ¿realmente quería Cassidy arriesgarse a otra?

—¿Qué está pasando? —gritó Cassidy.

—¡No lo sé! —respondió el hombre, cómodamente sujeto por el dron—. No puedo liberarme.

—No te hablaba a ti —dijo Cassidy, pero como el dron no le estaba dando una respuesta, el hombre tendría que servir —. ¿Por qué nos salvó?

Debajo de ellos, el acantilado de California se alejaba. Aparecieron a la vista extensos pinos costeros, una vista hermosa de no ser por la situación. Cassidy entrecerró los ojos, vio algunos de esos árboles meciéndose, cayendo en un camino que los seguía.

—Creo que nos están llevando a algún lado —dijo el hombre, declarando lo obvio con una calma resignada—.

Ziran ha estado capturando anomalías, pero no estamos seguros de por qué.

Oh, genial. Cassidy podría haber muerto rápido y bien, pero ahora recibiría el tratamiento de laboratorio en su lugar. Las historias de Thane sobre años atrapado en una instalación de Paragon, drogado y abandonado, surgieron a su alrededor. No era bueno, no era una vida que pudiera soportar.

—¿Te parece bien si destruyo esta cosa? —dijo Cassidy.

—¡Adelante! ¡Yo voy a estar bien!

Por supuesto que lo estaría.

Cassidy se retorció, tratando de poner un brazo en posición. Si lanzaba el vacío justo en el punto correcto, podría no destruir todo el dron de inmediato, podría tener una oportunidad de...

Lanzó el vacío estrecho y cortante. Atravesó la sección media del dron y el cuello de la cosa. Llovieron chispas, los cables se esparcieron como arañas, y la máquina entró en un pronunciado descenso. Exactamente lo que Cassidy no quería.

—Otro gran tiro —dijo el hombre—. ¡Supongo que ahora estás muerta!

Las garras del dron se aflojaron mientras su programación fallaba al no tener en cuenta su nuevo estado seccionado. Cassidy trató de poner la garra debajo de ella, trató de poner el voluminoso metal del dron en el camino.

Más tarde, Cassidy insistió en que lo habría logrado. Que habría montado el caparazón del dron hasta la superficie con estilo.

Thane se aseguró de que eso no sucediera. Como un monstruo embistiendo, Thane se lanzó desde el bosque en un salto demasiado desordenado, demasiado brutal para ser majestuoso. Todo piel tensa y saliva volando, Thane se estrelló contra el cuerpo superior del dron que se agitaba y lo envolvió en su agarre mientras caían. Atrapada entre la garra del dron y el corpulento ser de Thane, Cassidy se preguntó, lejos de ser la primera vez, cómo diablos su vida se había convertido en esto.

Aterrizaron con un estruendo que los hizo añicos, agujas de pino volando por todas partes. Los rasguños añadieron sus punzadas de dolor al nuevo repertorio de Cassidy, el cuerpo del dron rebotando lejos, fuego y escombros yéndose con él. Thane respiraba detrás de ella, resoplidos enojados que se volvían más calmados con cada respiración.

—Bueno, entonces —dijo el hombre invencible, rodeando un árbol roto. Su ropa estaba hecha jirones, pero el cuerpo del hombre no tenía ni un solo rasguño—. Eso apestó, ¿no? —Hizo una mueca—. Creo que ese era nuestro último jet, también.

—Aegis —gruñó Thane mientras Cassidy se apartaba, se frotaba los brazos y miraba al cielo—. ¿Dónde está él?

Cassidy no escuchó la respuesta. Por el momento, solo sentía el bosque bajo sus pies, el aire fresco entrando en sus pulmones magullados. El viaje había sido un desastre, pero aquí estaba de pie por primera vez en tantos años. Sus hijos ya no estaban a una distancia imposible. Si quisiera, si pudiera tener la oportunidad, podría ir...

A casa.

CAPÍTULO 9
RESTOS DEL NAUFRAGIO

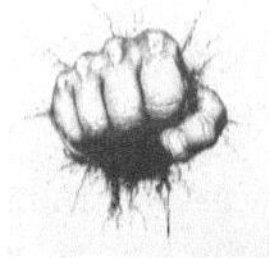

ZIRAN ATACÓ EL AVIÓN.

La señal de socorro llegó de golpe. Aegis escuchó el informe y se apartó de otra sesión de planificación de asalto a naves. La lista de rescate sería escasa: el escondite púrpura-negro de Pocket albergaba menos anomalías de lo habitual, la mayoría en misiones nocturnas asegurando suministros, emboscando drones o descansando un poco.

Celice y Mathieu, sin embargo, mantenían sus posiciones, bañados por el resplandor azul de la pantalla. Aegis se acercó a su hija y ella ni siquiera tuvo que preguntar por qué.

—Tienen dos anomalías confundiendo a los drones desde dentro del avión —dijo Celice, alternando entre las pantallas—. No son muy efectivos.

—¿Qué significa eso de "no muy efectivos"? —preguntó Aegis, tratando de interpretar lo que veía en la pantalla de Celice. Un monitor mostraba una extensión negra con una cruz de zafiro en el centro, rodeada de cuadrados rojos arremolinados. En el lado derecho de la pantalla, se acercaba una gran mancha verde césped—. ¿Van a lograrlo o no?

—No creo —dijo Celice, llevándose un dedo a los labios—. Deberíamos haberlos dirigido más al norte, lejos de aquí.

—Transportarlos por tierra tiene sus propios riesgos. Ziran se acerca cada día más y necesitamos movernos rápido. ¿Podemos conseguirles alguna ayuda?

—Nada que vaya a marcar la diferencia en la pelea.

—¿Pero después?

Mathieu, acercándose desde su puesto, se inclinó y miró el monitor, puso una mano en el hombro de Celice.

—Cuando esos drones terminen, no quedará mucho que encontrar.

Celice frunció el ceño, igualando la mirada de su padre hacia Mathieu, aunque ella no tenía los ojos entrecerrados de Aegis.

—¿Cuándo te volviste tan insensible? Siempre hay esperanza.

—Hay una diferencia entre esperanza y engaño —respondió Mathieu—. No todo sale bien.

—Para ti, quizás —dijo Aegis, ignorando los ojos en blanco de Mathieu—. Celice, consígueme a cualquiera que esté libre y una cápsula. Si hay alguna posibilidad de que Apinya salga con vida, voy a aprovecharla.

—Mathieu, ya oíste a mi padre —Celice empujó su silla hacia atrás y se puso de pie—. Consíguenos una cápsula.

—¿Nos? —preguntó Aegis.

—¿Ves a alguien más aquí dispuesto a seguirte a ese lío? ¿No? Entonces supongo que este es el día de padre e hija.

Aegis podría haber sonreído, podría haberse reído, pero en la pantalla detrás de Celice, esos cuadrados rojos convergían. La cruz azul se ralentizaba. Otra advertencia de socorro sonaba en voz baja por los altavoces de Celice.

Su equipo estaba en problemas, y Aegis no estaba allí.

Encontraron escombros mucho antes del lugar del accidente. Avanzando por una carretera en una cápsula desconectada de la red de Ziran, reprogramada por algunos refugiados Elementales para permitir el control manual, Aegis y Celice redujeron la velocidad al pasar junto a un ala rota que sobresalía de la arena como una tumba tosca. El sol perseguía la tarde, enviando destellos a través del océano y hacia su vehículo de cristal redondeado. La carretera misma no tenía ocupantes, todas las cápsulas normales habían sido desviadas lejos de la escena.

¿La causa declarada que parpadeaba en los Tamas locales? Deslizamiento de tierra.

Ziran, siempre bueno para cubrir sus huellas.

—No se puede decir que sea un buen presagio —murmuró Celice mientras la cápsula pasaba de largo. Tenía las manos en la palanca de control manual, un torpe brazo metálico que sobresalía del suelo de la cápsula—. Si empezamos a ver cuerpos...

—No los veremos —respondió Aegis.

—¿Crees que todos lograron salir con vida?

Las señales de socorro del avión habían cesado para cuando Celice y su padre abordaron la cápsula. El piloto del avión, azotado por el viento y cubierto de arañazos y cristales rotos, apareció cuando subían, declarando el avión perdido. Segundos después llegó el mensaje de Ziran de mantenerse alejados. Aunque Aegis no podía conocer el destino final del avión, su escape parecía la opción menos probable. Los poderes que algunos en el vuelo tenían podrían asegurar la supervivencia, si no la perfección, y las anomalías heridas a pie no tenían muchas posibilidades contra los drones perseguidores.

Pero a Ziran no le interesaba la muerte. Al menos no de inmediato. E incluso un cuerpo podría resultar útil para lo que fuera que Ziran estuviera haciendo.

—Capturados —dijo Aegis—. Todos ellos.

—Entonces, ¿exactamente por qué estamos aquí?

Más escamas de metal salpicaban la carretera, con Celice navegando entre ellas. Los acantilados se elevaban a su derecha, bañados de naranja.

—Porque algunos podrían seguir luchando —dijo Aegis.

—¿Y nosotros vamos a cambiar el rumbo?

Aegis suspiró. Celice tenía sus armas, incluyendo nuevas pistolas armadas con las rondas EMP que el propio Ziran había creado para luchar contra los drones de Mynx. Los Paragones habían revertido la ingeniería de las balas después de encontrar suficientes alrededor de las jugadas de Wexley en Chicago y ahora todos tenían algunas en sus cinturones. Aegis, también, tenía sus puños casi invencibles.

Ninguno de los dos resistiría mucho tiempo contra un ataque de drones.

—Aliviar y rescatar —dijo Aegis—. Podrían haberse escondido también. Hay una posibilidad.

—Siempre hay una posibilidad —repitió su hija.

Esa posibilidad llegó no muchos minutos después, a la sombra del avión aún humeante. El bulto enviaba su humo negro hacia el cielo, mientras rocas rotas y árboles partidos enmarcaban los restos. Casquillos de bala y escoria quemada a través de la carretera, arbustos y tierra contaban la historia del asalto. No solo un accidente de avión, sino una aniquilación.

Y ni un solo cuerpo.

—Casi inquietante —dijo Celice, deteniendo la cápsula y abriendo su cúpula—. No hay nadie aquí.

—Habríamos enviado un equipo de rescate —dijo Aegis, uniéndose a ella en el asfalto—. Incluso si todos en este avión hubieran sido enemigos, habríamos hecho lo mínimo.

Celice lo miró de reojo.

—Te habrías asegurado de que estuvieran muertos.

—Si eso fuera necesario, sí. No voy a rehuir lo que tuvimos que hacer para mantener el mundo a salvo.

—Yo creí en todo eso, ¿sabes? Pero afirmaciones como esa podrían ser la razón por la que Wexley te quería fuera.

—No tiene nada que ver con los Paragones —dijo Aegis—. Ese hombre quiere poder, simple y llanamente, y no le gustaba que lo tuviéramos nosotros en su lugar.

Una brisa cortante sopló, llevando el humo en su dirección. Aegis avanzó hacia los restos del avión, sin saber exactamente qué encontraría, pero pensando que su viaje merecía al menos una mirada. Celice lo siguió, con los ojos hacia las estrellas, vigilando las luces de los drones.

—Zhan-Yo dice otra cosa —comentó Celice—. Cree que Wexley, como él, quiere una sociedad más igualitaria. ¿Alguna vez pensaste en hacer eso, cuando estabas al mando?

—Hicimos la sociedad igualitaria —respondió Aegis, acercándose a la nariz del jet y, con ayuda de sus piernas, apartando los restos destrozados. No había cuerpos aplastados debajo—. Ricos y pobres estaban más cerca que nunca. Los derechos básicos no distinguían color de piel, género o ciudadanía.

—Pero seguro que distinguían entre anómalos y normales.

—Porque no se pueden ignorar los poderes. Lo siento, pero es imposible. Cualquiera que pudiera arrasar una manzana o curar cualquier enfermedad con un parpadeo necesita ser tratado de manera diferente que... —Intentó encontrar un ejemplo adecuado que no sonara insultante para la mujer normal que estaba allí mismo—. Ya me entiendes.

—Quizás por eso ahora es un normal quien gobierna el mundo —dijo Celice—. Nunca nos vieron como una amenaza.

Aegis no tenía respuesta para eso y se encogió de hombros. Echó otro largo vistazo a los restos. Sin evidencias, sin rastros que seguir. Gritó el nombre de Apinya varias veces, con fuertes voces que resonaron por los acantilados.

—Se los llevaron a todos —dijo Aegis cuando no obtuvo respuesta—. A todos y cada uno de ellos, maldita sea.

Celice ya había dado la vuelta a la cápsula, tomando la ruta de regreso a Pocket y al viejo centro comercial que ocultaba su actual cuartel general, cuando el camino frente a ellos se partió y desapareció. Un nuevo agujero, justo en el centro, se tragó la línea amarilla. Celice detuvo la cápsula y Aegis saltó rápidamente, sacando su arma lateral neutralizadora de drones y buscando un objetivo.

—¡Lo siento! —gritó una mujer, detrás y arriba en el acantilado. Un Tama, que no era suyo, brillaba cerca, iluminando su rostro con una luz gris verdosa—. No sabía cómo más llamar su atención.

Saludando a su lado, Aegis reconoció a Samir. El anómalo tenía una habilidad útil, excelente para proteger a personas o objetos valiosos. Había sido el copiloto en esta extracción en particular, y su presencia aquí significaba...

La mente de Aegis se quedó en blanco al ver el siguiente cuerpo alrededor del árbol. Delgado, demacrado, pero con los ojos tan brillantes como siempre, Thane encontró la mirada de Aegis con una expresión burlona. No importaba cuánto lo intentara Aegis, la mirada de Thane parecía decir que siempre sobreviviría, siempre regresaría.

—¿Papá? —dijo Celice, uniéndose a él fuera de la cápsula —. ¿Vas a guardar tu arma?

—Ese es Thane —respondió Aegis—. Ahí mismo, ese es el hombre que mató a tu madre.

—¿El viejo? Pensé que Thane era un monstruo enorme.

—Solo cuando está enojado. —Aegis se movió, poniéndose delante de Celice—. Quédate detrás de mí. No sé qué está haciendo Samir, o esa mujer, pero Thane no es un amigo.

La mujer en el acantilado, la que había gritado, parecía compartir la confusión de Celice. Miró de un lado a otro entre Aegis y Thane antes de levantar los brazos y hacer señas a Samir para que avanzara. El Paragón la guió por las rocas arenosas y cubiertas de arbustos mientras Thane se quedaba justo donde estaba, igualando a Aegis segundo a segundo en un concurso de miradas que significaba mucho más.

La última vez que se habían encontrado, Thane le había dado a Aegis una paliza casi mortal. Claro, horas después, Aegis y sus refuerzos Paragones, incluida Mynx, habían derrotado a Thane con pura potencia de fuego, pero la humillación del uno contra uno aún persistía. Peor aún, Aegis no tenía ese respaldo ahora. Si Thane decidía que quería enviar a Aegis y a su hija en un rápido viaje al más allá, Aegis podría no ser capaz de detenerlo.

—Celice —dijo Aegis—. No esperes. Sube a la cápsula y vete.

—¿Qué?

—Thane no podrá alcanzarte si te vas ahora. Vete, y luego llama a Ziran si no tienes noticias mías. Diles que envíen los drones. Deja que su ejército se estrelle contra él.

Tal vez Wexley y los drones podrían ganar. Dar una buena muerte por el planeta.

—Papá —dijo Celice, sin hacer ningún movimiento hacia la cápsula—. ¿Por qué crees que está aquí?

—¿Cómo voy a saberlo?

—Está ahí parado con Samir, cerca del jet estrellado. Tal vez Apinya lo estaba trayendo a través del océano.

—Nunca.

Mientras Aegis hablaba, Samir y la mujer llegaron al fondo. Ella lanzó una mirada de desaprobación hacia Thane, y luego la pareja se acercó directamente a Aegis. Samir, con su ropa hecha jirones, aun así se veía perfecto. Su nueva compañera, sin embargo, sangraba por rasguños en todo su cuerpo, con poca protección de los harapos desgarrados que hacían las veces de ropa. La mujer extendió su mano y, cuando Aegis dudó, Celice la estrechó.

—Cassidy —dijo la mujer.

—Celice. Diría que es un placer, pero preferiría preguntarles a ambos si saben qué pasó.

—Aún no —dijo Cassidy, interrumpiendo a Samir antes de que el hombre pudiera comenzar su relato—. Creo que primero hay que aclarar algunas cosas.

—¿Tú crees? —replicó Celice, asintiendo hacia Aegis.

—Sí, lo creo. Por mucho que me gustaría una ducha y ropa

de verdad, lo que quiero primero es una disculpa y una promesa. De él y de ti.

Thane se acercó mientras Cassidy hablaba, después de que quedara claro para todos que el conflicto entre Aegis y su rival de toda la vida no era el único obstáculo en su situación actual. El viejo anómalo se mantenía esbelto, así que Aegis enfundó su arma y mantuvo un ojo en dirección a Thane mientras su atención se centraba en la historia de Cassidy.

Una vida interrumpida por una década en la isla prisión de Mynx. Las palabras sonaban irreales mientras Cassidy las pronunciaba, y Aegis una vez más sintió que su mundo se tambaleaba. Había pensado, como el Campeón principal y portador del estandarte de los Paragones durante tanto tiempo, que entendía el mundo que Aegis y sus amigos habían creado. En cambio, seguía topándose con nichos que escapaban a su comprensión, a su conocimiento.

Sabía que Mynx tenía la isla, por supuesto. Sabía que Mynx la usaba como vertedero para anómalos que eran imposibles o inconvenientes de matar. Una cadena perpetua para una bomba nuclear. Aegis asumía que los anómalos abandonados allí inevitablemente se mataban entre sí, o en el mejor de los casos, sobrevivían en una existencia olvidada hasta que la enfermedad o el tiempo se encargaban del problema.

Sin embargo, aquí estaba alguien que llevaba las cicatrices de esa elección. Aegis no podía recordar los crímenes de Cassidy, pero la justicia de los Paragones tenía un filo absoluto. Poca simpatía y poco recurso para los acusados, porque cualquier otra cosa significaría arriesgarse a que los anómalos se descontrolaran. ¿Cuántos jurados podrían ser influenciados por un solo anómalo con poderes mentales? Imposible. Si un anómalo no quería unirse a los Paragones, entonces era una amenaza, y ellos...

—¿Papá? ¿Vas a disculparte como ella está pidiendo?

Cassidy lo miraba con una ceja levantada, como una

maestra que sabía que él conocía la respuesta correcta a la pregunta, pero dudaba si la diría.

—Quieres que diga que creamos un mundo defectuoso —dijo Aegis.

—Exactamente —respondió Cassidy.

—¿Por qué importa? Ya estás fuera de la isla, si es que el lugar aún existe.

—Porque volví aquí a petición de tu Campeón. Quiere que ayudemos a devolver el control a los Paragones, y no estoy segura de que sea una buena idea, considerando que son un montón de imbéciles rencorosos.

—Curioso comentario viniendo de alguien que viaja con ese —dijo Aegis, lanzando una mirada hacia Thane.

—¿Oh, te refieres al tipo que mantuviste encerrado y drogado en un sótano durante la mayor parte de su vida? —Cassidy extendió la mano y puso un dedo en el pecho de Aegis. Los ojos de Celice se abrieron de par en par ante el gesto, su mano se deslizó hacia su cintura, pero Aegis negó con la cabeza en su dirección—. Habéis causado tanto dolor a tanta gente, y aun así aquí estamos, casi muriendo, solo para que podáis hacerlo de nuevo. Así que sí, me gustaría que dijeras que lo sientes. —Cassidy tomó aire, un ligero rubor besando sus mejillas mientras alcanzaba su crescendo—. Y si suena como si le estuviera hablando a un niño, es porque creo que lo estoy haciendo. Un niño que no sabe comportarse y que necesita madurar si quiere obtener mi ayuda.

Aegis parpadeó mientras Cassidy retiraba su mano y se cruzaba de brazos. El parche de asfalto desaparecido persistía a su derecha, un recordatorio de que, por mucho que Aegis quisiera dar rienda suelta a sus instintos agresivos y mostrarle a Cassidy por qué amenazarlo no era una buena idea... quizás amenazarla a ella tampoco era el mejor plan.

Además, andar a la carrera estas semanas con Pocket había demostrado un punto constante: la sociedad no parecía considerar la destrucción de los Paragones con desesperación. Si Ziran no era mejor que los Paragones con sus drones, tampoco eran mucho peores. Ver cómo el trabajo de toda tu vida desaparecía de la Tierra con un encogimiento de hombros tenía una forma de hacer que uno reconsiderara las cosas.

—Quieres una disculpa —dijo Aegis—, entonces gánatela. No soy perfecto, nunca dije serlo, pero Mynx te puso en esa isla por una razón. Esta es tu oportunidad de arreglarlo, y estoy dispuesto a darte esa oportunidad.

—Eso es lo mejor que vas a conseguir —añadió Celice—. Lo mejor que he visto que alguien consiga, en realidad.

Cassidy lo consideró, luego dejó caer los brazos. —No es que tenga muchas opciones. Pero ¿qué pasa con este tipo?

Thane se acercó a Cassidy, aún mirando a Aegis con desprecio.

—¿Dijiste que Apinya os trajo? —preguntó Aegis, y Cassidy asintió—. Thane, ¿Apinya te trajo a *ti*?

—Teníamos un plan —dijo Thane lentamente, con voz ronca y débil—. Un plan que todavía tiene una oportunidad si puedes ser inteligente por una vez en tu vida.

—Supongo que lo averiguaremos —dijo Aegis, sintiendo la preocupación de Celice hacia él. Ella pensaba que estaría lanzando un puñetazo ahora mismo. Y quería hacerlo, oh, cómo siempre quería mandar a Thane directo al suelo. Sin embargo, el jet seguía humeando a su alrededor. Todos esos Paragones y Apinya habían desaparecido. No era el momento para rivalidades ni ajustes de cuentas—. No te estoy perdonando, pero estamos en una mala situación. Podríamos usar tu ayuda. De verdad.

—Con una promesa —dijo Thane—. Si ganamos, nos dejarán libres. Expedientes limpios.

—Eso no suena a ti. ¿Dónde está la toma del mundo? ¿Los grandes planes?

—Un paso a la vez, Aegis. —Los labios delgados y demacrados de Thane se curvaron en una sonrisa—. Un paso a la vez.

CAPÍTULO 10

CENA A ALTAS HORAS DE LA NOCHE

LA MÁQUINA EXPENDEDORA NO IMPRESIONABA. Con la hora acercándose a las once y la influencia de la cena desvaneciéndose, Kat había salido en busca de un tentempié. Abundaban las papas fritas y los dulces, junto con algunas barras de granola que parecían haber caducado hace una década. Quería algo con más sustancia, más mantequilla de cacahuete. Mantuvo un dedo sobre una selección, mordiéndose el labio y preguntándose si era la elección correcta. Si Kat lo compraba, tendría que comérselo, y entonces estaría demasiado llena para elegir otro, así que...

El maldito restaurante la molestaba. Había arruinado el ambiente de la noche desde el principio, luego se había encononado durante una mala película y el descenso de Gordon hacia un temprano sueño. ¿Su excusa? Que si iban a estar discutiendo sobre esto todo el día mañana, mejor que descansara.

No era un mal plan.

Kat miró su camiseta y pijama. Un atuendo que no había usado fuera de su apartamento en años, ahora adornando el polvoriento y sepia pasillo del hotel. La máquina de hielo gorgoteó, quizás en señal de desaprobación.

—Tú tampoco te ves muy bien —le dijo Kat a la caja cuadrada y marrón.

No es que eso le impidiera conseguir hielo. El agua del grifo necesitaba todo lo que Kat pudiera echarle esta noche.

De vuelta, con una barra de chocolate y un cubo de hielo en la mano, Kat captó un destello a través de la ventana del extremo del pasillo. Una luz blanca que no coincidía con el resplandor del hotel y que desapareció en un suave instante. Una persona cualquiera podría no saber lo que acababa de ver, podría no importarle, pero Kat tenía demasiado condicionamiento como para no catalogar la visión, relacionar su probable causa: un dron.

Kat dejó el hielo fuera de su habitación, se quedó con la barra y le dio un mordisco mientras se dirigía al final del pasillo. La ventana manchada, salpicada con los restos fangosos del invierno, ofrecía una vista dañada: al otro lado del estacionamiento y a la izquierda se encontraba el restaurante y su cuadro de anomalías. Los drones —Kat contó cuatro— rodeaban el edificio. El volumen de las máquinas sugería gladiadores, las máquinas de pan y mantequilla de Ziran para la recolección de anomalías.

Dos se separaron de su vigilancia aérea, aterrizando en el estacionamiento y acercándose a la entrada del restaurante. Los drones encendieron luces en sus hombros y pechos, bañando el letrero de neón con una luz blanca y dura destinada a cegar cualquier emboscada que pudiera estar al acecho. El par que se cernía se desplazó hacia la parte trasera del restaurante antes de aterrizar ellos mismos, acercándose con pasos pesados que Kat podía oír.

Cualquier anomalía en el nuevo mundo de Ziran tenía razones para temer, tenía que esperar que un dron pudiera llegar en cualquier momento con la intención de matarlos o llevárselos. Sin embargo, a Kat le resultaba difícil conciliar el ataque de esta noche con su llegada y la de Gordon. La coincidencia parecía una explicación demasiado simple.

No encontraría ninguna respuesta en el pasillo.

A Gordon no le llevó mucho tiempo despertarse una vez que Kat mencionó los drones. Encender las brillantes lámparas de la habitación y arrojar la bolsa de Gordon sobre su cama también ayudó. La experiencia los hizo ponerse el equipo rápidamente, listos para salir cuando Kat terminó su barra. La larga chaqueta oscura de Gordon ocultaba armas en una docena de bolsillos, pantalones tácticos grises y un chaleco que proporcionaban escondites para herramientas numerosas y mortíferas. El propio traje blanco de rastreadora de Kat, cargado con lanzadores de muñeca, un casco con capucha completo con un visor de monitoreo vital, ajustaba la temperatura de Kat a su ideal de combate mientras la pareja salía del hotel.

—¿Y crees que somos responsables? —murmuró Gordon mientras caminaban hacia un estacionamiento tranquilo, con algunos módulos estacionados y oscuros en espacios alineados que quedaban de otra era.

—No lo sé —respondió Kat—, pero me gustaría averiguarlo. Tengo suficientes cosas de las que sentirme culpable sin añadir algunas anomalías asustadas a la mezcla.

Tendría que moverse rápido para marcar la diferencia: los drones no habían esperado a los rastreadores. La entrada del restaurante —Kat no podía ver la parte trasera desde el nivel del suelo— tenía sus puertas rotas, su letrero partido y chispeando a través de un camino de entrada maltratado. Destellos se derramaban a través de las ventanas rotas, chasquidos estáticos siseantes en el aire mientras las habilidades de las anomalías paraban las armas de los drones y sus fuertes golpes.

—Todavía están luchando —dijo Gordon, mirando a Kat—. ¿Última oportunidad?

—Hemos quitado vidas durante mucho tiempo —dijo Kat —. ¿Qué te parece si salvamos algunas, eh?

No esperó a Gordon, echando a correr. Con un rápido chasquido, Kat armó un gancho de agarre en su muñeca izquierda. Otro tirón hizo que su derecha cargara dos orbes plateados, modificados por los Elementales para divertirse con sus oponentes más mecánicos.

Los dos rastreadores cruzaron el estacionamiento del hotel, luego la calle frente al restaurante bajo cielos nublados. El traje de Kat marcaba la temperatura en los bajos sesenta y con brisa, un escenario perfecto para una pelea. Uno estropeado por un repentino pilar de llamas azules que estalló desde el centro del restaurante y se elevó hacia el cielo. Gordon maldijo, Kat frenó su carrera, y ambos observaron cómo las brasas volaban desde ese pilar. No pequeñas chispas, sino grandes formas que se deslizaban hacia el techo, el estacionamiento.

Una aterrizó a dos metros de la pareja de rastreadores, su forma brillante enfriándose, resolviéndose en una adolescente. Detrás de ella, la línea ardiente disminuyó y desapareció, dejando humo a su paso. Kat corrió hacia adelante, extendió una mano para ayudar a la chica a levantarse. La niña de fuego miró el rostro de Kat, arrugó el suyo en un miedo sin aliento, las manos de la chica retrocediendo y comenzando a brillar.

—¡Espera! —dijo Kat, alzando la mano y retrayendo su visor—. ¿Ves? Soy humana. Estoy de tu lado.

—¿Nuestro bando? —preguntó la chica, negando con la cabeza, luego miró de nuevo hacia el restaurante. Las otras brasas se convirtieron en más anomalías y niños más pequeños. Todos se apresuraban hacia el borde del restaurante, tratando de bajar del techo—. Los drones están-

—Ya lo sabemos —dijo Gordon—. No podrás vencerlos. Tienes que huir.

—¿Huir adónde? —la chica se puso de pie, volviendo sus

manos resplandecientes hacia el restaurante—. Este es nuestro hogar.

—Ya no lo es —respondió Kat—. ¿Hay más dentro?

La chica asintió. En ese momento, algo crujió en el restaurante y tres drones gladiadores irrumpieron a través del techo, aterrizando en el frágil tejado. Los poderes de las anomalías, variados en luz, sonido y color, se dispararon desde manos, mentes y cuerpos aterrorizados hacia las máquinas en una ola fluorescente. A los drones no les importó, sus propios ataques atravesaron la defensa. Dardos y cosas peores golpearon a las anomalías que huían, empujando a algunas fuera del techo en largas caídas hacia el concreto. Otras desaparecieron detrás del borde del techo, eliminadas y derribadas.

No importaba si había más dentro. Kat y Gordon tendrían dificultades para salvar a los que estaban aquí fuera.

—Busca cápsulas —le dijo Kat a la chica—. Los mantendremos ocupados todo lo que podamos.

—Tú ve arriba —dijo Gordon, rodeando a la chica, que aún parecía confundida. Tendría que entender la situación, los rastreadores no podían perder más tiempo—. Yo iré por abajo.

—De acuerdo —Kat bajó su visor mientras se dirigía al restaurante, su programación ya encontraba puntos ideales para el gancho—. Envíame tras tres drones.

—Tú tienes el traje elegante —gritó Gordon, desviándose a la derecha mientras se acercaban al restaurante y apuntando a un agujero enorme en la pared frontal.

Un traje diseñado para anomalías, no para gladiadores, pero Kat se mordió la lengua y disparó su gancho de todos modos. El cable de acero salió disparado desde su muñeca, encontrando apoyo en el gran letrero, ahora roto, que colgaba sobre el techo. Kat flexionó las rodillas y saltó mientras corría, moviendo la muñeca lo suficiente para que el gancho comenzara a tirar.

El cable impulsó a Kat hacia adelante y ella balanceó las piernas hacia arriba, dejando que chocaran contra la pared frontal del restaurante. Impulsándose, Kat corrió por el costado de la pared mientras rayos de energía azul y blanca brillaban sobre ella. Gritos de esquivar, atacar y correr resonaban entre las repetidas órdenes de los drones de rendirse. Las balas impactaban con un toque más suave, revelando a Kat su composición de goma, un enfoque para incapacitar en lugar de matar.

Ziran realmente debía querer a todas estas anomalías vivas.

Con suerte, eso significaba que Calvin aún sobrevivía.

Kat llegó a la cima del techo, desenganchando su gancho del letrero mientras se escabullía bajo su estructura de alambre. Adelante, los drones libraban una guerra victoriosa contra la turba de anomalías. Junto a Kat y en dirección opuesta, saltando del techo y siendo atrapados en más géiseres ardientes y teletransportadores, había niños. Los hermanos mayores guiaban a los más pequeños, gritando palabras de aliento mientras saltaban.

Detrás de ellos, sus padres retrasaban y distraían a los drones.

El visor de Kat resaltó a los combatientes, desplegando halos verde menta alrededor de las quince anomalías adultas que aún luchaban. Los tres drones en rojo rubí, cada uno con sus cuatro brazos apuntando y disparando. Los gladiadores avanzaban, sus pesados pies agrietando el techo roto con cada paso y activando propulsores incorporados cada vez que las tejas se desmoronaban.

Contra una fuerza entrenada de Paragon, Kat calculó que quince anomalías podrían ganar, incluso ganar fácilmente si sus habilidades daban en el blanco correcto. A primera vista, estos no estaban a la altura. Vio a uno lanzando cubiertos brillantes de color naranja, los tenedores y cucharas golpeando a los drones y derritiéndose en líquido caliente, sin dejar marcas ni causar daño. Un hombre mayor daba puñetazos al aire, sus golpes acertando en un dron, molestándolo lo suficiente para que la máquina le disparara varios dardos a la vez.

Otra agitaba los brazos, creando grietas en el aire que atrapaban los dardos que salían de los cañones de los drones y los mantenían en su lugar, al menos proporcionando algún valor. Algunos otros lanzaban sus habilidades, empapando a los drones con líquidos pegajosos, lluvias heladas o rayos violetas.

Ninguno hacía mucho más que atraer una atención devastadora.

Kat podía hacerlo mejor que eso.

Corriendo directamente hacia los drones, que se habían distribuido uniformemente por el techo del restaurante, Kat abrió su muñeca izquierda y tocó un par de botones en su Tama. Un programa se puso en marcha, marcando el tiempo para ganar una oportunidad. Kat chasqueó la muñeca y lanzó su gancho de nuevo, esta vez hacia el dron de la izquierda.

El afilado gancho de acero se dirigió directamente hacia la máquina, pero el dron lo vio, movió su brazo superior derecho a una velocidad demasiado rápida para que los humanos la igualaran, y atrapó el gancho de Kat.

Bien.

El programa del Tama se activó, y el visor de Kat chisporroteó mientras cada frecuencia de radio se cubría de interferencias dirigidas. Cada comando en la biblioteca de Mynx, todos diseñados para hacer que los drones se detuvieran, volaran a casa o se retiraran, se emitió en todos los idiomas que los drones soportaban. Weed apostaba a que Ziran no reescribiría todo el libro de códigos, no todo y no de inmediato. Kat no estaba tan segura, pero una oportunidad era mejor que nada.

—¡Corran, idiotas! —gritó Kat mientras soltaba su gancho, volando hacia un dron que vacilaba.

Las miradas la siguieron mientras las anomalías captaban a la rastreadora con traje en medio de ellos, o más bien, veían la forma de Kat saltar a través del aire ardiente. La rastreadora escuchó algunos gritos de correr, de recoger a los amigos caídos, y luego se encontró con los pies plantados en un gladiador de cuatro metros de altura. El rostro metálico del dron parecía aturdido, sus ojos en blanco mientras lidiaba con el aluvión de comandos.

Tal vez Weed tenía razón.

Con el gancho atándola al brazo del dron, Kat llevó su mano derecha al cinturón. Sacó una nueva herramienta ensamblada en Chicago, una batería delgada con dos puntas que esperaban completar un circuito. Sosteniéndola en su mano derecha, Kat esperó, respiró, miró hacia el estacionamiento.

La chica resultó ser mejor que asustada después de todo: las cápsulas llegaron zumbando al espacio, con las anomalías subiéndose a ellas. Los padres que saltaban del techo encontraban a sus familias, empujaban a sus hijos dentro de los vehículos. Ziran podría rastrear las cápsulas, por supuesto, así que tendrían que deshacerse de ellas pronto, pero-

El rostro del dron zumbó al moverse, esos ojos implacables encontrando a Kat. Sin pupilas, sin blancos, pero Kat sintió la mirada de todos modos. Y sin duda vio su otro brazo alcanzándola.

—Casi un minuto —dijo Kat mientras aflojaba el gancho, cayendo al techo y alejándose del brazo que la alcanzaba, dejando la línea de acero en el agarre del dron—. No está mal, Weed.

Clavó la batería en el pie derecho del dron, la cosa metálica blanca y con garras resultó ser un objetivo amplio. Kat apuntó al espacio entre las placas blindadas, una franja delgada difícil de acertar si no estabas justo encima. Los pinchos se incrustaron, la batería hizo lo suyo, y el dron se

congeló cuando la fuerte corriente derritió sus cables y sobre-
cargó sus transistores.

El hombro izquierdo de Kat se sacudió con fuerza cuando algo la golpeó. El culpable rebotó en las tejas inestables del tejado, un dardo aturdidor rodando por las pizarras. La rastreadora se giró del dron muerto para ver a sus dos compañeros enfocados en ella.

—¿Gordon? —gritó Kat, el traje enviando la transmisión al otro rastreador en su conexión localizada—. ¿Ayuda?

Ocho brazos, cada uno cargado con cosas muy desagrada-bles, dispararon.

Kat se lanzó hacia adelante, esperando que los drones asumieran lo contrario. La estratagema falló cuando los drones cubrieron todas las opciones, y Kat sintió dos fuertes golpes impactar en su cabeza y su espalda mientras rodaba por el tejado. Su visión se nubló, un zumbido ahogó la respuesta de Gordon, y la parte inferior del cuerpo de Kat se adormeció por un momento aterrador.

Pero su impulso mantuvo a Kat en movimiento. Sus instintos, afinados por demasiadas anomalías en demasiadas situaciones terribles, le dijeron a Kat que moviera su muñeca izquierda. El gancho respondió, casi rompiendo el brazo de Kat pero disparándola hacia arriba y lejos del campo de tiro. Kat golpeó con fuerza el brazo del dron frito, añadiendo más estrellas a su cráneo conmocionado.

Kat supuso que pagaría por estas conmociones en algún momento, pero eso sería después. Ahora podría morir.

Se aferró al brazo de la máquina muerta, luchando por poner el metal entre ella y los drones, mientras permanecía en el tejado del restaurante, las tejas bajo sus pies ya débiles con sus hermanas caídas. Las balas de goma, los dardos de los otros dos drones empujaron el crujiente tejado más allá de su borde fracturado, y el dron muerto se inclinó hacia atrás. No era el viaje que Kat esperaba, pero mientras los otros dos drones se acercaban, tratando de obtener un objetivo claro, la rastreadora tomaría cualquier cosa para alejarse.

Quería ayudar a las anomalías, no morir por ellas.

La caída no duró mucho. Un colapso de una fracción de segundo terminó con un ruido chirriante y crepitante cuando Kat y su dron muerto golpearon algo debajo de ellos. Algo que no soportó el peso del dron por más de un momento. Kat, con la cabeza dando vueltas, las piernas flojas, su visor diciéndole una mala cosa tras otra, aguantó la segunda caída hasta el suelo, donde el aterrizaje la soltó.

Tumbada de espaldas sobre el pecho del dron, Kat miró fijamente un cielo nocturno deslavado por las luces. No las del restaurante, no las de la calle cercana, sino las de esos dos malditos drones. Se cernían sobre ella mientras Kat chasqueaba la muñeca y recuperaba su gancho.

—¡Kat! —gritó Gordon, su voz, su voz real, viniendo de cerca—. ¡Gracias por la ayuda! ¡Dron aplastando dron!

Ocho brazos se alzaron de nuevo, apuntaron de nuevo. Kat quería moverse, pero encontró sus piernas como gelatina.

—¿Gordon? —gritó Kat—. ¿Ayuda?

Empezó a rodar, yendo hacia la izquierda, hacia el lado del restaurante y un tejado que aún se mantenía en pie. Llevó su brazo derecho al frente cuando un dardo golpeó cerca del hombro de Kat. Un fallo seguido por el impacto de una bala de goma, esta directamente en el pecho de Kat. Su traje absorbió la mayor parte, la bala le quitó el aliento. Tosiendo, jadeando, Kat giró la cabeza para ver a Gordon cojeando hacia ella.

El rastreador tenía pánico y dolor por todo su rostro, su gabardina desgarrada y un dardo aturdidor clavado en su pierna como un terrible apéndice extra. Detrás de él, a través de las ventanas, Kat podía ver las vainas alejándose a toda velocidad, las anomalías huyendo.

La garra metálica cortó su visión cuando Kat sintió el calor de los propulsores del dron. Sus dedos de acero se cerraron alrededor del cuerpo de Kat, apretando con fuerza y levantándola. Gordon, sacando una pistola, disparó una ronda. Rebotó en el gladiador, la bala desapareciendo en el caos. Gordon disparó una y otra vez, cada disparo pasando alrededor de Kat, golpeando su gran objetivo y sin hacer nada mientras el captor de Kat se elevaba en el cielo.

Mirando hacia arriba, Kat vio el reflejo ardiente en el pecho del dron mientras la máquina se elevaba, su armadura marcada pero aún brillando en blanco. Su compañero, funcionando y en buen estado, se unió a la persecución, descendiendo hacia el restaurante que se derrumbaba tras Gordon. Con suerte, el hombre se daría cuenta de que habían hecho lo que necesitaban hacer y correría.

Con suerte, Gordon escaparía. Con suerte, Kat no perdería a sus dos mejores amigos en esta maldita guerra.

—Dime adónde vamos —susurró Kat a su visor mientras el dron seguía elevándose cada vez más alto en el cielo.

El visor, calculando su velocidad, la capacidad de la batería del dron y los destinos probables, mostró una lista en amarillo suave a través de los ojos doloridos de Kat. Se movían rápido, y hacia el oeste.

CAPÍTULO 11
LEALTADES

OTRO CAMPEÓN CAPTURADO CON VIDA. Wexley le dio la noticia mientras Rhimes se elevaba sobre Los Ángeles en un vuelo público hacia Chicago. Su jefe quería una videollamada, una larga charla sobre lo que podría significar la aprehensión de Apinya para su estrategia, pero Rhimes se excusó. Alegó que la hora tardía y el aluvión diario de informes impedían cualquier conversación. Además, Rhimes argumentó en mensajes veloces desde su asiento de primera clase, los drones llevaron a Apinya y las otras anomalías entrantes a un lugar seguro. Tenían tiempo para planear, para decidir cómo Ziran podría transmitir la gran victoria.

Adriana salvó a Rhimes entonces, llevándose a Wexley para celebrar. Rhimes pidió su propio whisky para brindar por la mujer y su oportunidad, y los carritos robóticos que subían y bajaban por los pasillos entregaron la bebida en segundos. Su sabor ahumado estandarizado se hizo notar mientras Rhimes reflexionaba sobre la mujer, que había llegado como un torbellino a Wexley, Ziran y su revolución.

Los representantes, el apoyo vocal en las reuniones y el impulso para llevar a Wexley cada vez más lejos habían hecho que este se encariñara con Adriana, y Rhimes no podía culpar a ninguno de los dos. Ambos encajaban como pareja poderosa, engranándose como si hubieran sido diseñados para ello. Tan pronto como Wexley tuvo la Fábrica asegurada, Adriana traspasó sus otros negocios —los uniformes de Paragon ya no tenían tanta demanda— a varios ejecutivos y se mudó allí de inmediato.

Las pruebas con anomalías habían sido idea suya, y Rhimes no se opuso. Adriana presionó para que se hicieran de inmediato y Wexley le dio la autorización, le dio todo lo que pidió. Ella se volcó en la idea desde el principio, asegurando el espacio, los drones para que funcionara, y dirigiendo a Rhimes y sus equipos para que se centraran en la captura en lugar de matar.

No es que a Rhimes le importara mucho. Aunque suponía que las anomalías no iban a un hotel de lujo después de que su equipo se las llevara, al menos no eran manchas de sangre en la pared.

Adriana también alimentaba a Rhimes y Wexley con puntos de discusión: probar las anomalías, descubrir sus secretos y aprender a desactivarlas. Un adolescente tomado por ese noble esfuerzo sería visto de manera diferente a uno abatido en la calle. Un padre anomalía robado en la noche podría presentarse como un riesgo para su familia, su vecindario, con la brillante esperanza de que algún día pudiera ser curado y devuelto.

Justo cuando Rhimes empezaba a creer que Adriana podría ser sincera sobre todo el asunto, ella lanzó el número final: con suficiente tiempo, podrían aprender no solo cómo apagar las anomalías, sino qué habilidades activar. Elegir entre los leales, aquellos que pudieran hacer el mayor bien sin traicionar la causa de Ziran.

Ahora Adriana trabajaba a una hora al norte haciendo exactamente lo que había dicho.

Rhimes aterrizó, recibiendo un húmedo y brumoso beso de la primavera de Chicago. El dron le dio un toque en el hombro y el soldado se sobresaltó, miró hacia atrás a un avión vacío. El pequeño bot de servicio anunció algo sobre regulaciones y el próximo vuelo, así que Rhimes salió a paso ligero, ya de vuelta en su Tama mientras sus pies lo llevaban por un trayecto muy memorizado desde la pista hasta el taxi.

Echó un segundo vistazo a la dirección garabateada de Zhan-Yo y vertió los números y el nombre en la pantalla brillante de la cápsula. La máquina le escupió una tarifa representativa que Rhimes descartó con su cuenta privada. Ziran habría pagado cualquier viaje en cápsula que Rhimes hiciera, pero algunas cosas era mejor mantenerlas fuera de los libros.

Hablando de eso, el Tama de Rhimes contenía un gran material de lectura. Los informes de incursiones nocturnas de drones y mercenarios se acumulaban con el paso de los minutos, la mayoría exponiendo éxitos y fracasos en varias columnas bien definidas. Vidas reducidas a variables, equis y ceros contra un fondo negro. Habían alcanzado un setenta por ciento de éxito la noche anterior, un nuevo récord y una marca superior en la curva ascendente que se estaba construyendo desde que Ziran se hizo con el control de los drones.

Rhimes no tenía que preguntarse por qué las máquinas y sus cuidadores habían mejorado: simple desgaste. Los drones podían salir noche tras noche, con reparaciones por daños realizadas incansablemente en la Fábrica y otros centros sin descanso. Cualquier anomalía en fuga, mientras tanto, necesitaba comida, primeros auxilios, dormir. Podrían superar una incursión —como este grupo en Nebraska que pensó que podría escapar del alcance de Ziran— pero para la segunda estarían más débiles.

Para la tercera, estarían capturados o muertos.

El encuentro de Nebraska mantuvo la atención de Rhimes mientras la cápsula se alejaba de O'Hare en un ascenso serpenteante alrededor del centro de la ciudad. El líder en Omaha etiquetó la incursión con una insignia de evento excepcional, algo que Rhimes había implementado como una forma de señalar actividad de Paragon o Campeones. Tecleando, Rhimes se saltó la descripción escrita y fue directamente a la transmisión de la cámara del dron grabada.

Vio la maldita película cinco veces, esperando en cada reproducción que terminara de manera diferente. Kat debería haber quedado esparcida por esa azotea, o enterrada en el cadáver ardiente de ese restaurante en llamas. Rhimes no conocía al otro que la ayudaba, captado solo en un vistazo hacia el final. El hombre probablemente se fue con esas anomalías. Sería atrapado cuando los drones continuaran el ataque esta noche.

¿Pero Kat?

El dron la tenía yendo a un centro de detención en Kansas. La probarían allí, averiguarían si Kat tenía algún poder de anomalía, y cuando descubrieran que era solo una normal... Rhimes se frotó la cara, miró hacia los centros comerciales, las vallas publicitarias que anunciaban los conciertos del verano. Como una normal, sería acusada de interferir. Encerrada.

Demasiado bueno para alguien que casi le mete una bala en el cerebro. Que mató a algunos de los mejores soldados de Rhimes cerca de aquel lago helado.

Una llamada, dos mensajes, y el viaje de Kat cambió su rumbo. Ninguna celda para ella. Adriana siempre podía usar más cuerpos sanos para sus experimentos. Kat debería ser una buena candidata, en forma y perfecta para un fracaso temprano y fatal.

Hacer estos movimientos no provocó una satisfacción floreciente, ni una risa salvaje. Rhimes asintió hacia el techo de la cápsula, hacia aquellos que había perdido. Ellos entenderían, sabrían que Rhimes nunca los olvidaría.

Y ahora serían vengados.

La dirección de Zhan-Yo resultó ser bastante pintoresca. Aislada en lo profundo del bosque y a orillas de otro lago, la cápsula dejó a Rhimes en un lugar muy distinto a la vida que había llevado desde... ¿la infancia? Abundaban las flores de finales de primavera, y aunque aún era temprano, los cocineros y su café ya bullían alrededor. La madrugada mantenía su presentación en escala de grises, la llovizna salpicando a Rhimes mientras salía de la cápsula.

Rhimes se acercó a las puertas principales, esperando que las correderas se abrieran a su paso. En cambio, permanecieron cerradas. La hija de alguien se acercó por detrás, agitando su Tama hacia una cámara que asomaba de un helecho en maceta a la izquierda de la puerta, y la entrada se abrió. Rhimes dio un paso tras la mujer, siguiéndola.

—Deténgase, por favor —llegó una voz aguda y cortante de la nada—. Supongo que no tiene una tarjeta, ¿o sabría cómo usarla?

Rhimes retrocedió, manteniendo las manos libres. Hoy había prescindido del equipo táctico, optando por una camisa ligera y vaqueros como fondo civil estándar. Sus armas y atuendos grotescos esperaban en su maleta, que estaba en la cápsula al final del camino acumulando tarifas de representación en ese mismo instante.

—Intento ver a Regina —preguntó Rhimes.

—¿Regina quién?

—Regina Porter.

La voz se quedó en silencio el tiempo suficiente para que Rhimes deseara haberse detenido a tomar un café. El instinto le decía que el nombre de Regina Porter tenía una larga lista de requisitos adjuntos, obstáculos que saltar antes de que alguien pudiera entrar a verla.

—¿Cómo dijo que se llamaba? —preguntó la voz.

—No lo dije —respondió Rhimes.

—¿Le importaría compartirlo? No podemos dejar entrar a nadie sin un nombre. Política, usted entiende.

Y aquí llegaba el punto de inflexión. Rhimes podía dar su nombre, y sería marcado. Wexley podría recibir una nota en su Tama de inmediato, y en diez minutos Rhimes se encontraría a la defensiva frente a la empresa gobernante del mundo y su líder. ¿Quería enfrentarse a todo eso, solo porque Zhan-Yo le dejó una nota en un banco?

¿Solo porque una revolución por un mundo mejor parecía dirigirse hacia la distopía?

—Lo siento —dijo Rhimes—. Volveré más tarde.

La voz no respondió y Rhimes se escabulló de vuelta a la cápsula, se apretujó dentro y le dijo que fuera a buscarle ese café. Las manos volvieron a cubrir su rostro y Rhimes respiró. No eran sus nervios, nunca sus nervios los que le afectaban. La idea, sin embargo, de que se volvería contra Wexley. Ridículo. Estúpido. No debería haber volado hasta aquí en absoluto.

Pero.

Después de que Zhan-Yo matara a Aegis, Rhimes había sido el guardaespaldas personal del hombre. Había escoltado a Zhan-Yo de un escondite a otro, recogiendo comida, ropa y cualquier otra cosa que Zhan-Yo necesitara. Habían pasado noches en sacos de dormir y días observando el mundo desde tranquilos sitios de construcción o bares oscuros. Mientras Rhimes podía sentarse y pasar horas sin decir una palabra, Zhan-Yo resultó ser lo opuesto.

Como si el hombre necesitara que Rhimes creyera, Zhan-Yo transmitía su visión una y otra vez. El relato, el objetivo nunca era idéntico, con variaciones introducidas cada vez que Zhan-Yo completaba su revolución. Esta vez habría un comité elegido al azar entre todos, aquella vez los anómalos y normales elegirían a sus líderes, y la última eliminaba la variación por completo: representación regionalizada, sin importar el estatus normal o anómalo.

Rhimes respetaba más esa última: dejar de dividir a la gente por algo que no podían controlar. El color de la piel, el idioma, la historia familiar, toda esa basura no importaba comparada con lo que una persona hacía con su tiempo. Poner a todos en la misma pizarra y quizás Rhimes tendría menos razones para llevar un arma, menos razones para apretar el gatillo.

La cafetería elegida por la cápsula tenía un ambiente luminoso, un lugar local con carácter y personas reales detrás de sus mostradores. La cápsula dejó a Rhimes en la puerta y se fue a buscar un rincón donde acurrucarse. Rhimes leyó el menú, eligió un scone y un moka, luego tomó asiento en una mesa de madera tambaleante. Las paredes estaban repletas de madera a la deriva pintada con dichos cursis, intercalados con fotos familiares que debían pertenecer a los dueños.

—Aquí tiene —dijo el barista, dejando la deliciosa dosis doble.

—Una pregunta para ti —dijo Rhimes antes de que el joven pudiera apresurarse de vuelta al mostrador. No es que la cafetería tuviera cien clientes ahora, de todos modos.

—¿Sí?

Oh, ese nerviosismo incómodo. Rhimes supuso que él también debió haber sido así hace mucho tiempo. Qué rápido murió cuando las vidas empezaron a depender de tus acciones.

—Digamos que tienes dos amigos, y ya no se caen bien —dijo Rhimes, y aunque el barista seguía mirando hacia el mostrador, parecía estar escuchando—. Uno te pide ayuda con algo importante, pero eso enfadaría al otro. ¿Vale la pena el riesgo?

Rhimes se encogió internamente ante su propia explicación.

—No lo sé, señor —dijo el barista—. Supongo que dependería de cuán importante sea, y de qué amigo te caiga mejor.

El barista no esperó a que Rhimes hiciera un seguimiento. El chico no había soltado precisamente una perla de sabiduría, pero ¿qué esperaba Rhimes? ¿Claridad de un chico con menos de la mitad de su edad?

Nah, si realmente quería respuestas, tendría que ir a la fuente.

Rhimes sacó su Tama, marcó el número y dejó que sonara. Dos tonos y Zhan-Yo contestó.

—Estoy aquí —dijo Rhimes.

—¿Y?

—Aún no he entrado. Lo sabrán, él lo sabrá cuando lo haga.

—Se va a enterar eventualmente —respondió Zhan-Yo. La estática invadía el fondo, como si el hombre tuviera una ventana abierta mientras su cápsula surcaba la autopista—. Tienes que tomar la decisión correcta.

—Lo entiendo, tiene a una mujer secreta escondida aquí —dijo Rhimes—. Lo que no veo es cómo eso va a valer la pena convertir mi vida en basura.

—Es porque ella conocerá las palabras.

—¿Qué palabras?

—Cada dron tiene un dispositivo de seguridad. Aegis nos lo dijo. Mynx lo puso ahí, pero hemos probado el suyo y no funciona —dijo Zhan-Yo—. Wexley debe haberlo reemplazado.

—O eliminado.

La risa de Zhan-Yo se escuchó por el teléfono.

—Tiene miedo de las anomalías, de cualquier cosa más fuerte que los humanos. No hay forma de que vaya a eliminar la única arma que tiene contra los drones. Necesitamos ese código de acceso.

Rhimes se recostó en su silla y miró las paredes del café. Toda esa gente feliz, sin preocuparse por las máquinas furiosas y las anomalías descontroladas.

—Lo entiendo, lo usas en un dron y lo cambian de nuevo —dijo Rhimes—. Es un mal plan.

—No. Lo consigues, entras en la sede de Ziran allí, y lo envías a todos los drones. A todos y cada uno a la vez. Eso nos da tiempo suficiente para hacer lo que hay que hacer —Zhan-Yo tomó un largo respiro—. ¿Lo ves?

Rhimes podría haber dicho que Wexley ganaría más en la

Fábrica, pero no tenía que preguntar. Tampoco tenía que presionar sobre por qué Zhan-Yo no estaba aquí fuera con algún escuadrón de anomalías haciendo este trabajo. El resto de ellos, todos esos Paragones escurridizos, estarían atacando la Fábrica con todo lo que tenían. Probablemente conseguirían una coordinación mundial para esto, atacando todos los lugares de fabricación de drones del planeta a la vez.

Un movimiento audaz, tal vez la única jugada que tenían. Ahora Rhimes lo tenía claro. Todo el libro. Podría llamar a Wexley y él codificaría el código, lo haría aleatorio, incognoscible. Entonces sería un lento deslizamiento hacia un final inevitable.

—¿Por qué me estás contando todo esto? —dijo Rhimes—. ¿No lo hiciste antes?

—Porque fuiste a Chicago —respondió Zhan-Yo—. Has confiado en mí hasta ahora. Yo confío en ti a cambio. Miles de millones de vidas están esperando a que las salves, Rhimes. Por favor.

—Lo pensaré.

—No lo pienses demasiado. Hay cosas en marcha que no podemos detener. Dime cuando tengas el código.

Rhimes colgó. Miró fijamente su moca, tomó el scone e intentó darle un mordisco. Dulce, con pequeños trozos de naranja. El barista lo observaba desde detrás del mostrador. Tal vez el chico había escuchado la conversación, aunque no importaba.

Terminó el scone, la mitad del moca, y luego se levantó. Se dirigió de nuevo al mostrador y esperó detrás de dos estudiantes de secundaria y un repartidor agobiado. El barista le preguntó qué quería.

—¿Conoces a alguien que quiera ganarse una o dos reputaciones? —preguntó Rhimes.

Esta vez, el barista no pareció tan confundido.

CAPÍTULO 12
DUCHAS Y SORPRESAS

LAS NECESIDADES básicas competían con el trauma persistente mientras Cassidy observaba cómo la cápsula se alejaba con Aegis, Thane y Samir, dejándola sola con Celice entre los restos del avión. Necesitaba agua, una ducha, algo para limpiar los cortes que había sufrido al caer en el bosque y, sabes qué, Cassidy realmente podría haber usado un bálsamo para las cicatrices en su mente.

Una y otra vez había superado el impacto que le destrozaba los nervios cuando un compañero, un amigo, dejaba atrás la vida. Cassidy había pasado por las pruebas habituales al crecer: parientes falleciendo aquí y allá, funerales y elegías, y el ajuste de cuentas con la marcha inevitable del tiempo. Sin embargo, una vez que Mynx abandonó a Cassidy en la isla prisión, esa marcha se convirtió en un sprint visceral.

Al principio, las anomalías se despedazaban entre sí. Desesperados por cualquier ventaja, o simplemente porque sus acciones en la civilización los habían vuelto inadecuados para cualquier cosa que se pareciera a la sociedad, los demonios lanzados en paracaídas a la isla a veces requerían severas reprimendas. Ahí fue donde Cassidy aprendió a partir a alguien con su vacío, aprendió a mirar a la muerte a los ojos sin parpadear.

—Nunca se vuelve más fácil —dijo Celice, la hija de Aegis miraba la ruina aún humeante. Los metales relucientes brillaban contra la luz de las estrellas, los acantilados eran obeliscos en la noche. Celice inspeccionaba como una detective, la luz de su Tama deslizándose por los recovecos, como si algún Parangón pudiera estar escondido bajo las rocas—. Estas misiones, incluso antes de todo esto, perdíamos gente todos los días.

—¿Eres lectora de mentes? —preguntó Cassidy, manteniéndose en su lado lejano de la calle.

El océano se extendía en esta dirección, una extensión negra interrumpida por los ocasionales destellos en movimiento proporcionados por los barcos que se dirigían al sur hacia los muelles de Los Ángeles. Las olas rompientes tenían el mismo sonido reconfortante que siempre habían tenido, un eco de una juventud creciendo en la costa de Oregón. El agotamiento llegaba con la marea, y sintió el impulso de acostarse, justo aquí en la tierra, y hundirse en el sueño.

—No realmente —dijo Celice—, pero tendrías que ser un poco monstruo para no pensar en la muerte después de todo esto.

—Podrían no estar muertos —respondió Cassidy. Estaban gritando, se dio cuenta Cassidy, hacia y sobre la brisa, las olas. Fácil de hacer aquí, cuando no estabas pensando en las paredes, en quién podría estar escuchando—. Los drones parecían no querer matarnos.

—Las anomalías nunca salen de ese campamento —respondió Celice, crujiendo su camino para encontrarse con Cassidy, aparentemente terminada su inspección—. Ninguna que hayamos encontrado. Ziran ha capturado algunos buenos Parangones, fuertes que podrían haberse liberado de casi cualquier lugar, pero no hemos oído nada. —Echó un vistazo a su Tama—. La cápsula casi está aquí.

—¿Y luego qué?

—Volvemos. Nos limpiamos. Analizamos lo que hemos aprendido y planeamos la próxima misión.

—Para salvar a Apinya.

—Y a los demás —replicó Celice—. Enviamos el avión a Tailandia por Apinya, sí, pero no solo por él. Necesitamos luchadores. A ti y a Thane y a todos los otros Parangones en ese avión.

—¿Y si estoy cansada?

Celice se rió.

—Entonces encajarás perfectamente.

Cassidy hizo que la cápsula se detuviera a mitad de camino de vuelta en una tienda de conveniencia abierta las 24 horas. En las afueras de Los Ángeles, sus estantes tenían marcas que Cassidy reconocía. Había probado en Hawái, pero esa escapada había sido demasiado rápida, demasiado frenética para cualquier ensoñación. Y por mucho que Cassidy quisiera una ducha, tan pronto como esa cápsula llegara a donde sea que Celice la estuviera llevando, Cassidy estaría encadenada de nuevo.

Pasando sus dedos por las bebidas en la gran nevera de la tienda, Cassidy vio las que sus hijos amaban. Los estilos de los logos habían cambiado, por supuesto, pero los nombres seguían siendo los mismos. Los sabores también. Podría llenar un carrito con sus favoritos ahora, podría recordar la lista de compras como si fuera...

—¿Sabes por qué pedí quedarme atrás contigo? —preguntó Celice, entrando en el pasillo y haciendo que Cassidy se sobresaltara. Lo disimuló sacando una botella —lima-limón energética o algo así— y dejándola caer en la cesta de Celice.

—¿Porque compartir una cápsula con Thane y Aegis sería una pesadilla?

Una ligera sonrisa, triste y sarcástica al mismo tiempo.

—Él mató a mi madre, ¿sabes? —Cassidy levantó una ceja —. Thane, quiero decir. Un accidente.

—Estaba enojado —adivinó Cassidy.

—Tenía todo el derecho de estarlo.

—Esa es una perspectiva increíble —dijo Cassidy, llevando a Celice a un pasillo diferente, uno con cuidado de la piel, jabones, champús. Quién sabe qué tendrían realmente los Parangones en su escondite descuidado—. Debo ser veinte años mayor que tú y no creo que pudiera dejarlo pasar.

—Ya tuve suficiente venganza. No es tan divertida como parece, ni tan satisfactoria.

Cassidy pensó que dejaría que el jurado deliberara sobre ese veredicto por un tiempo. Mientras los drones se la llevaban, quemar las máquinas no la hizo sentir exactamente como un ángel vengador. No, eso esperaría hasta que llegara al norte, hasta que encontrara a su ex marido y tuviera una larga y agradable charla.

Eso vendría después. Por ahora, había echado suficiente en la cesta de Celice para que se aseara, para darle otro conjunto de ropa cuando el primero terminara de desintegrarse en harapos, y las dos pasaron por la caja. Celice pasó su Tama y volvieron al estacionamiento, vacío salvo por su cápsula y otra que estaba entrando.

Cassidy sacó su bebida, hizo un gesto hacia el bordillo frente a la tienda y Celice captó la indirecta, sacando su propia botella de té helado.

—¿Alguna vez has hecho esto antes? —preguntó Cassidy mientras elegían su lugar y se sentaban con los pies en el concreto. Detrás de ellas, las luces amarillo-blancas resplandecían.

—¿Sentarme fuera de una tienda? —Celice negó con la cabeza—. No realmente.

—Solíamos comprar helados, mi familia y yo. Era más agradable donde vivíamos. No tantas carreteras, no tantos edificios. Pero tomábamos nuestros conos y nos sentábamos en el bordillo justo así. —Tomó aire y Celice no interrumpió, dejando que Cassidy continuara deslizándose por los recuerdos—. En ese momento, los Paragones se sentían nuevos. Ya habían pasado años, pero no se cambia todo de la noche a la mañana.

—Solo se puede esperar que sea así.

—Nos centrábamos en las cosas más pequeñas. La escuela. Los deportes. El clima o el próximo videojuego nuevo que querían. —Cassidy dio un sorbo. Sabía igual, dulce y ácido, como siempre había sido—. Mientras que por la noche mi marido y yo discutíamos sobre lo que vendría después. ¿Cómo podías hablarles a tus hijos sobre su futuro cuando todo podría irse al traste cuando cumplieran trece años?

—¿Trece?

—Las pruebas. Los exámenes de anomalías que los Paragones hacían pasar a todos los niños. —Cassidy negó con la cabeza—. Entendía por qué, todos lo entendíamos, o al menos eso nos decíamos a nosotros mismos. —Un suspiro, Cassidy se mordió el labio—. No estaba allí cuando sucedió. No pude abrazarlos, decirles que todo estaría bien, porque estaba en esa maldita isla.

Celice no dijo nada. Bebió, miró fijamente su cápsula. Cassidy esperó, y quizás dolida porque pensaba que las dos estaban formando alguna conexión, habló con un tono más afilado:

—¿No tienes nada que decir?

Un encogimiento de hombros.

—Puede que la isla no sea la mejor idea de Mynx, pero ¿la alternativa? Seríamos como es Ziran ahora. Tomar a todos los que cometen un crimen y meterlos en una celda. O matarlos. —Celice dejó su bebida, deslizó el dedo por su Tama y llamó a la cápsula—. Cuando todo esto termine, si lo superas, al menos podrás ir a ver a tu familia.

—¿Eso es una promesa?

—No es una que yo pueda hacer —dijo Celice mientras la cápsula se acercaba—, pero sí una que tú puedes ganarte.

El escondite interdimensional de Pocket no tenía agua corriente. Para eso, Cassidy tuvo que tomar una cápsula separada hasta un hotel cercano. Alquiló una habitación usando un nombre y una cuenta que Celice le dio, se recompuso y se echó una siesta muy necesaria en una cama de verdad mientras los demás se dedicaban a planificar. En cierto modo, era una bendición ser un peón: podía acurrucarse en las sábanas frescas mientras todos los demás se quedaban despiertos intentando salvar el planeta.

La llamada llegó mucho antes de que Cassidy quisiera despertarse. El sol ya iba bien avanzado en su recorrido matutino, pero las aventuras de ayer no se prestaban a dormir hasta tarde. No obstante, Celice habló a través del teléfono de la habitación, le dijo a Cassidy que se preparara y se reuniera en el vestíbulo. Después de su segunda ducha —no tan buena como la primera, pero aún así increíble después de tanto tiempo en los pantanos tailandeses—, Cassidy se cambió a la camiseta y los vaqueros raídos de la tienda de conveniencia y bajó.

Celice, sin cambios desde la noche anterior excepto por las crecientes bolsas bajo sus ojos y la gorra de béisbol negra en su cabeza, tenía un café esperando cuando Cassidy salió del ascensor. Con poco preámbulo, llevó a Cassidy a través del anodino vestíbulo y hacia afuera, donde esperaba que hubiera una cápsula esperando.

En cambio, nada. Un estacionamiento con algunas cápsulas inactivas y sol. Palmeras bordeando el perímetro del hotel.

—¿Qué, hay una cápsula invisible ahora? —dijo Cassidy—. ¿Otra anomalía que puede hacernos flotar en el viento?

—No exactamente. —Celice mantuvo una cara seria bajo esa gorra de béisbol—. ¿Qué tal está el café?

Cassidy bebió. Un poco turbio, y lo preferiría con algo de leche, pero de nuevo, después de la isla y los pantanos no se quejaría.

—El mejor que he tomado en mucho tiempo —dijo Cassidy y Celice asintió.

—Bien, sigue bebiendo y sígueme.

Cassidy apartó la taza de sus labios.

—¿Qué?

Celice giró a la derecha, hacia la carretera y una acera abrasada por el sol. Al otro lado de la calle, los negocios estaban abriendo, los comerciantes quitaban los carteles de cerrado y ponían los de abierto. Los pájaros que se refugiaban en los arbustos se hacían notar. Cassidy se dio cuenta de que los zapatos que había comprado en la tienda la noche anterior no le quedaban del todo bien, le rozaban los pies con cada paso.

No es que la irritación importara al lado de lo que fuera que Celice estuviera tramando.

—El plan —dijo Celice— requiere que sigas bebiendo ese café hasta que se acabe.

—¿Qué pasa entonces? ¿Me transformo en algo? —Nunca se podía estar demasiado seguro con las anomalías—. ¿Y cuál es el resto de este plan?

—No puedo decírtelo todavía. Siempre existe la posibilidad de que alguien pueda leer tu mente. O quebrarte.

Cassidy se detuvo junto al final del hotel, balanceó la taza sobre los delgados helechos que hacían su hogar en la mantilla marrón allí.

—Me lo dices, o tiro esto ahora mismo.

—Es por tu seguridad y la mía. —Celice, ya en la acera, se volvió hacia Cassidy—. Ni siquiera yo sé el resto. Solo sé que debo hacer que te bebas eso y camines en esta dirección.

De todas las injusticias. Cuánto había hecho Cassidy por Thane, cuánto había pasado solo para que él pudiera perseguir todas sus tonterías, y ahora, de nuevo, la estaban dejando colgada en algún esquema. Thane tenía que estar detrás de esto también: Aegis no conocía a Cassidy en absoluto, y si Celice no conocía el plan, entonces ella no sería la que ofreciera a Cassidy para esto.

—Si ayuda —dijo Celice—, Thane está débil. Muy débil. Está usando todo lo que tiene para esto. Dijo que tú eras la única en quien confiaría para esta parte.

—¿Él dijo eso?

Celice no parpadeó, no se encogió de hombros, ni apartó la mirada. Directa con esos ojos fríos. Cassidy quiso estremecerse de que alguien más pudiera estar tan dañado como ella. Retiró el café del borde y se lo bebió de un trago.

Nunca llegaría al norte con su familia, no sin ayuda.

—Sabes —dijo Cassidy cuando terminó toda la taza—, nunca confiamos en los Paragones. Nunca. Esto no está ayudando.

—No necesitamos que confíes en nosotros. Solo necesitamos que hagas lo que te decimos.

—Una vez más, no estás ayudando.

Pero de todos modos siguió a Celice por la calle. Cinco manzanas mientras el día se calentaba. Un cielo sin nubes le daba al sol rienda suelta, y el astro la aprovechaba. Celice no hablaba y Cassidy no le pidió que lo hiciera. Las franjas comerciales, los laboratorios de carne y verduras, se alternaban entre sí hasta que se nivelaron en un parque. Un espacio verde, todo cuidado y listo para ser disfrutado.

Cassidy contó cinco niños ya en el área de juegos, con sus padres persiguiéndolos. Celice se adentró en el parque, pero se mantuvo alejada de las familias. En su lugar, guio a Cassidy hacia un campo vacío.

—No puedo decir que entienda lo que está pasando aquí —dijo Cassidy.

—Espera —respondió Celice—. Quédate aquí. Mantén la calma. Estarás bien.

Celice puso su mano en el hombro de Cassidy cuando

llegaron al centro del campo, le hizo un gesto afirmativo a la anomalía. Luego corrió. Un sprint a toda velocidad que no tenía una chispa obvia hasta que, hasta que...

Maldita sea.

Llegaron volando rápidamente, desde todos los lados. Tres gladiadores desde arriba, dos drones rastreadores desde abajo irrumpiendo a través de los arbustos. Sus alarmas aullaban, advirtiendo a los peatones que se mantuvieran alejados. Cassidy sintió los vacíos saltar a la punta de sus dedos mientras giraba, tratando de decidir cuál destruir primero.

—Ríndete —dijo un gladiador mientras los drones se acercaban, sus esquemas de color blanco y naranja totalmente fuera de lugar en el parque natural.

Cassidy podría haber, debería haber partido el dron por la mitad con un vacío. Movió un brazo en esa dirección, pero se detuvo. Sintió el café en su lengua, escuchó a Celice hablando en su mente.

Espera, mantén la calma. El plan de Thane.

Más allá de los drones, Cassidy vio a los niños observando, sus padres recogiendo a los pequeños y llevándoselos. Si peleaba contra los drones ahora, había una posibilidad de que muriera. Podría infligir a esos niños una visión que nunca olvidarían.

—Bien —dijo Cassidy—. ¿Me quieren? Aquí me tienen.

Entonces se acercaron lentamente, garras de acero desgarrando el césped. Los drones rastreadores y todas sus patas brillaban, las grandes cucarachas acercándose. Un gladiador decidió tomar la iniciativa y cuando se acercó a un metro, Cassidy se volvió hacia él, levantando ambas manos en un hermoso doble gesto obsceno.

Sintió un pinchazo, un golpe en la espalda. El entumecimiento llegó rápido, sus rodillas cediendo en un suspiro. Al menos el césped le dio un aterrizaje suave. Al menos no sintió al dron levantarla.

Sí vio, mientras su visión se oscurecía en un túnel, a esos

padres aterrorizados y sus protegidos mirando en su dirección. En esos rostros, Cassidy no vio odio.

Pero vio miedo, y no dirigido hacia ella.

CAPÍTULO 13

REVOLUCIONARIOS

EL MUY DESGRACIADO observó cómo los drones se llevaban a su amiga-¿novia? ¿amor?-sin decir palabra. Aegis, con los brazos cruzados, compartía la mirada desde el restaurante al otro lado del parque. Dentro, tras los grandes ventanales que atrapaban el sol, el trío exploraba el café, esperaba los huevos y dejaba un asiento libre para que Celice se uniera a ellos. Abundaba la ropa de calle, ni un susurro de Paragon entre Thane, Zhan-Yo y Aegis. El gran villano en persona se mantenía delgado, demacrado.

La silla de ruedas de Thane descansaba cerca de la entrada, escondida entre un helecho alto y una anfitriona aburrida.

—La he hecho pasar por mucho —dijo Thane finalmente, volviendo sus ojos afilados y hundidos hacia ellos—. Lo ha manejado todo muy bien.

—Tan cerca del remordimiento, y aun así tan lejos —respondió Aegis—. Como si supieras lo que significa esa palabra.

El viaje en cápsula de vuelta al escondite de Pocket la noche anterior había sido un estudiado ejercicio de silencio. Samir había salpicado toda la historia del avión durante el trayecto, dando a Aegis oportunidades para hacer preguntas al piloto y evitar notar a Thane. Ni una mirada, ni una palabra, ni una palmada en la espalda por la anomalía que podría salvar el sueño de Aegis.

Porque, sentado aquí y en esa cápsula, Aegis se preguntaba si un sueño que requería esto merecía ser salvado.

—Harías lo mismo y lo sabes —dijo Thane. Su voz salió temblorosa, tan seca y débil. Era difícil entender cómo este hombre había vencido a Aegis la última vez que se encontraron—. No puedes cambiar el mundo sin sacrificios.

—Grandes palabras antes del desayuno. —Aegis paseó la mirada por el restaurante, buscando el dron que entregaría la primera ronda. La máquina aún no había salido de la cocina, pero los otros lugares ocupados, redondos y con manteles de lino, mostraban delicias—. Pero aquí estamos.

—Aquí estamos, en efecto —dijo Zhan-Yo, poniéndose de pie y haciendo una pequeña reverencia a Celice mientras la mujer tomaba la cuarta silla en la mesa—. ¿Nos ponemos en marcha?

—¿No viste lo que pasó? —preguntó Celice, quitándose la gorra de béisbol y sacudiendo su pelo corto—. Cassidy está en el tablero ahora.

—Al igual que mi asociado —dijo Zhan-Yo—. Es hora de que nos pongamos en juego.

Aegis señaló con un dedo a Thane.

—Él se queda en casa. Pase lo que pase.

El anciano no se resistió. No dijo nada. Desapareció en su propia mente de nuevo, explorando escenarios que Aegis no podía imaginar, o algo así. Durante todos esos años que mantuvieron a Thane encerrado, drogado, Aegis aprendió a reservar su ofensa para la palabra hablada, no para el segundo silencioso.

—Cumplirá su parte —sonrió Zhan-Yo—. Ahora no es momento para rencores, por muy merecidos que sean.

Aegis gruñó, Celice puso los ojos en blanco. Llegaron los

huevos, y los cuatro se mantuvieron en silencio mientras devoraban el desayuno. Conocían el plan, entendían lo que venía a continuación.

Y nunca se sabía quién, o qué, podría estar escuchando.

Aegis pasó las manos sobre la selección dispuesta en el mostrador azul moteado y laminado. Una máquina de café burbujeaba cerca, su vecina caja de bagels hacía contrapunto con las máquinas de muerte, frías bajo los dedos del Campeón. El sol entraba por la derecha, atenuado por las persianas bajadas, pero suficiente para iluminar bien a su hija mientras se ocupaba de llenar su propio cinturón con medios letales.

—Primera vez en el campo juntos —dijo Celice, haciendo clic al introducir un cargador en su compartimento. Aquí no había munición normal -las balas eran difíciles de conseguir-, en su lugar, todos los cargadores tenían su contenido ajustado para el asesinato mecánico—. Cuesta creerlo.

—Error mío —respondió Aegis. Encontró una porra, su parte superior redondeada y plateada. Lista para conducir algo de electricidad. La recogió, accionó el interruptor con el pulgar y sintió el zumbido en el arma negra—. Has estado lista durante mucho tiempo.

—¿Qué te hace decir eso? —Celice sonrió mientras enganchaba tres granadas en su equipo—. ¿Fue que rastreé a Zhan-Yo hasta Londres, que lo vencí directamente? O...

—Antes de todo eso —dijo Aegis, y Celice captó el tono, observó cómo Aegis colocaba la porra en su pila de objetos a conservar—. Cuando hiciste que Mynx viniera a Manhattan. Cuando trabajaste con ella para convencerme de que sería mejor que empezara a pensar en el futuro.

—¿Cómo me hace eso estar lista para el trabajo de campo?

—Porque estás pensando en lo que viene después del siguiente golpe —respondió Aegis—. Mientras los humanos existan, nos estaremos golpeando por algo. Habrá ganadores y perdedores, pero si puedes mirar un poco más allá, estarás del lado de los ganadores más a menudo.

—¿Luchando por siempre? —Celice suspiró—. Papá, sabes cómo tomar un buen momento y volverlo amargo.

—Tal vez eso es lo que soy ahora. Amargo.

—Yo lo llamaría resentido. Eso es. Eres un viejo resentido.

Aegis esbozó una sonrisa, miró a Celice y agitó una segunda porra en su dirección.

—Cuidado, o este viejo resentido te va a dar una lección.

Celice estiró los brazos sobre su cabeza.

—¿Una lección de qué? ¿De mal humor?

La porra voló rápido cuando Aegis la lanzó, girando con fuerza hacia el estómago de Celice. Ella la atrapó, rodó fuera de la silla con el movimiento y se levantó de pie, con la porra apuntando de vuelta hacia su padre.

—¿Ves? Yo tampoco bajo la guardia nunca —dijo Celice—. Todos tus dichos, tus lecciones. Escuché.

—Ya lo veo. —Aegis asintió—. Estás lista.

—¿Lo estás tú? —Celice frunció el ceño, se acercó al mostrador y devolvió la porra—. Sé que Mila te arregló, que has estado golpeando a estas máquinas, pero ya has intentado entrar en la Fábrica antes.

Tres veces. Al principio, cuando finalmente llegaron a Los Ángeles desde Londres, a través de viajes por todo el país, Aegis se abrió paso hacia arriba. Había atravesado a un gladiador antes de darse cuenta de que había dos docenas más en su camino, antes de darse cuenta de que incluso él sería derribado intentando eso solo.

El segundo intento fue coordinado. Un asalto variado con los Paragones y Elementales de Los Ángeles uniéndose en una gran incursión. Tenían el poder de fuego, pero la estrategia equivocada. Una gran fuerza avanzando y exigiendo satisfacción, con los medios alertados para mostrar la caída de Ziran, solo para ser atacados por máquinas y comandos humanos de Ziran por todos lados. Una retirada drástica, demasiados anomalías capturados o muertos.

Después de eso, las cosas se oscurecieron durante un mes. Aegis y los demás lamieron sus heridas, buscaron apoyo en todo el mundo. Zhan-Yo reconstruyó su red clandestina, encontrando normales simpatizantes que no querían que una masacre total reemplazara el gobierno de los Paragones. Esa realidad empujó a Aegis hacia el tercer intento.

Porque si Zhan-Yo reunía a todos para su causa, si el hombre que bombardeó un estadio lograba orquestar una misión para liberar al mundo y terminar la guerra, entonces Aegis no tendría oportunidad de recuperar las cosas. Los Paragones habrían terminado. Acabados para siempre.

Así que encontró a su leal equipo, una pequeña fuerza de tarea de diez anomalías. Se lanzaron desde la dimensión de Pocket en lo profundo de la noche, se abrieron paso con una habilidad hasta la antigua casa de Mynx en la costa. Evitaron la puerta principal, llegaron directamente a esas escaleras listos para actuar.

Y encontraron demasiado metal esperándolos.

Ese había sido el peor. Los drones de rastreo estallando desde la arena a sus pies, los gladiadores alzándose sobre los acantilados. Sabiendo que estaban acabados antes de que la lucha siquiera comenzara. Aegis ordenó la evacuación y siete lo lograron.

Desde entonces se había mantenido en silencio, acallando las voces de pánico cada vez que surgían para decir que había fracasado.

—Ella hacía un poco más cada día —dijo Aegis. Se había sentado en esa cuba, suspendido en químicos. Picándole por todas partes mientras las enzimas, proteínas o lo que fuera hacían su trabajo—. Bajaba, me daba lo que podía. Reeves enviaba un dron con ella para llevar a Mila de vuelta cuando terminaba.

—No sabía que alguien podía estar tan mal herido y seguir vivo.

—No fue mi cuerpo lo que más tardó. Mi mente, Celice. Mila no solo volvió a unir mis huesos, sino que encontró mi cerebro, privado de oxígeno y maltratado, y lo recompuso también. Sinapsis por millones.

Aegis plantó las palmas en el mostrador. Mila también estaba desaparecida. Se había esfumado con Mynx. Todos asumían que las dos Campeonas estaban ocultas en la Fábrica.

—¿Estás seguro de que tienes tantas? —dijo Celice, inclinando la cabeza y arqueando una ceja.

—Oye.

—Recibes muchos golpes, papá. La evidencia es desalentadora.

Negando con la cabeza, Aegis se apartó y se dirigió hacia la sala del apartamento.

—Deja de disparar a blancos fáciles y prepárate. Este es el definitivo.

Zhan-Yo estuvo de acuerdo cuando Aegis le dijo lo mismo. A pesar de sus comentarios durante el desayuno, el luchador, bombardero, asesino y líder tenía sus dos tachi extendidos sobre la cama. Aegis se quedó mirando las hojas, sintiendo el filo cortante y desgarrador de la columna mientras una se clavaba en su espalda. Eso había sido en el oscuro subterráneo de Chicago, en una subestación cubierta de mugre o algo así. Una emboscada con traidores y...

—¿Estás concentrado? —preguntó Zhan-Yo, ajustando una venda alrededor de su muñeca derecha.

—¿Concentrado? —preguntó Aegis—. ¿En qué demonios más podría estar pensando?

—En Thane, por ejemplo.

—Tal vez seas tú. Tal vez estoy distraído porque el tipo que me apuñaló por la espalda me está dando órdenes.

Zhan-Yo asintió.

—Hice lo que creía correcto. Igual que tú cuando formaste los Paragones y destruiste la libertad de mi familia.

Una vieja burbuja subió por la garganta de Aegis. El calor le subió a las mejillas y sintió, supo que venía la discusión. Las líneas sobre cómo la seguridad y la prosperidad necesitaban algunos sacrificios. Los Paragones tenían pruebas de cuánto mejor funcionaba el mundo con los Campeones al mando, y por qué no podían todos ver eso, y...

—La diferencia entre tú y yo es que teníamos las herramientas y la voluntad para seguir intentándolo hasta conseguir lo que queríamos —dijo Aegis.

—Y al diablo con cualquiera que intentara detenernos.

Aegis se unió a Zhan-Yo en la ventana. El apartamento estaba enclavado en un enorme complejo, uno de varios asegurados con reputación y un poco de persuasión.

—Hace mucho tiempo, antes de todo esto —dijo Aegis—, la mayoría de los Campeones servían a sus países. Eran reclutados, marcadores para decir que esta o aquella nación tenía la nueva superarma.

—Lo sé. Lo viví. Me despertaba cada día esperando que uno de ustedes o un país con disgusto por el mundo decidiera que no valía la pena mantenerlo.

—Tan paranoico como yo, entonces.

—Nos mostraste un camino a seguir —dijo Zhan-Yo, atrayendo una mirada curiosa—. Nos debatíamos sin ideas mientras aparecían las anomalías, y entonces aquí estás tú con la solución, aunque imperfecta.

—¿Imperfecta?

—Las exclusiones crean clases, que eventualmente se vuelven unas contra otras. Mantén tus rastreadores, tus Paragones, tus incentivos para que las anomalías elijan un camino estable en lugar de uno desastroso. Pero danos un lugar, algo de poder y algo de propósito.

—Te refieres a los normales como Wexley.

—Ya tienes anomalías como Thane. —Zhan-Yo señaló

hacia afuera, los drones flotando—. Wexley es inteligente, fuerte y retorcido por el mundo que tú y yo ayudamos a crear. Nosotros...

—Por favor, no digas que podemos salvarlo. Eso no funciona. No una vez que ha llegado tan lejos. He visto a los de su tipo. Morirá antes de rendirse.

—Tal vez, pero que sea su elección, no la nuestra.

La cápsula los dejó en el valle horas más tarde. Un cuarteto. Aegis, Celice, Zhan-Yo y Particle. Tres agentes y su martillo. Todos llevaban mochilas delgadas y cinturones cargados con todo lo posible.

El atardecer se acercaba, convirtiendo la arena rubia y las rocas en olas violeta-naranja. La maleza crujía con el viento frágil como las piedras bajo sus botas. Un coyote ladró, solo se oyó y nunca se vio. Aegis buscó serpientes, no encontró ninguna.

Celice tenía miedos particulares, ya ves.

Particle tomó la delantera, avanzando sin ningún alarde después de que un asentimiento de Aegis impulsara la misión a su estado activo. El último mensaje de Zhan-Yo confirmó que todo estaba listo. Su as, el de Chicago, no se había reportado en un tiempo, pero Zhan-Yo tenía fe. El objetivo sabía qué hacer, ejecutaría la misión.

Aegis descubrió que no le importaban mucho los detalles. Tener otra oportunidad en la Fábrica, con Wexley, sería suficiente.

—Los cordones, papá —dijo Celice, y Aegis miró sus botas. La izquierda colgaba suelta, los cordones se arrastraban por el delgado asfalto—. No creo que necesitemos que te tropieces cuando empiece la pelea.

Distraído. Sin excusa.

—Tal vez tengamos suerte —Zhan-Yo observó a Aegis atarse la bota—. Quizás todos los drones estén recibiendo una actualización cuando lleguemos.

—La esperanza y la realidad son dos cosas diferentes —

dijo Aegis, uniéndose a los otros dos y empezando a seguir a Particle. Las huellas de la anomalía se distinguían claramente en la tierra, pasando por encima y alrededor de brotes y arbustos crujientes. Ni uno solo perturbado—. Wexley no nos dejará rescatar a Mynx sin algo de diversión.

—Podríamos correr —Zhan-Yo interpretó la escena, trotando más allá de Aegis antes de volverse, luciendo una sonrisa ágil—. Pasar corriendo junto a los drones hasta llegar a los Campeones. Sabes correr, ¿verdad, Aegis?

—Lo aprendí de ti —respondió Aegis—. ¿Cuántas veces te encontraron en Chicago?

—Disculpen —interrumpió Celice mientras caminaban—. ¿Es la más joven aquí la que les pide a ustedes dos que maduren?

—Ese es el secreto —se rio Zhan-Yo—. Cuanto más viejo te haces, más joven puedes ser. Nadie te va a decir lo contrario.

Incluso Aegis se rio de eso, aunque no estaba de acuerdo. Mientras que el trabajo de Mila había hecho que las balas, los moretones, los huesos golpeados que lo mantenían unido se repararan solos, Aegis aún no sabía cuánto duraría su trabajo. Qué tiroteo, puñetazo lanzado o puñalada atravesaría su ser renovado y le pondría un fin más permanente.

—Está bien, Z —dijo Aegis con un resoplido exagerado—. Te saliste con la tuya esta vez. Si los drones vienen por nosotros, correremos —Levantó un dedo, la piel casi brillando en la luz menguante—. Más te vale pegarte a mí si eso sucede, porque no voy a volver por ti.

—Hablaste como un verdadero Campeón del pueblo.

Aegis se detuvo, encontró sus puños listos para pelear. Zhan-Yo pareció sentir el movimiento y se volvió, mirando hacia atrás. Las arrugas del hombre mayor, sus ojos risueños y el cigarrillo que colgaba de la boca de Z suavizaron un poco la tensión. Aun así, le había apuñalado por la espalda.

Aun así, había hecho explotar un estadio con inocentes reunidos dentro.

—¿Sabes? —dijo Aegis—. Empiezo a pensar que ya no eres necesario.

Celice, entre los dos, paseó sus ojos de uno a otro. Podría haber dicho algo, pero Aegis lo ignoró. Esta no era su pelea.

—Y yo desearía que te hubieras quedado muerto —respondió Zhan-Yo.

Aegis dio un paso adelante, su bota crujiendo en la tierra compactada—. Si no hubiera arruinado la fiesta de Gatete en Londres, tu cabeza estaría en una pica.

—Entonces al menos no tendría que escucharte —Zhan-Yo llevó su mano hacia atrás, poniéndola sobre la empuñadura de su tachi—. Qué maravilla eres, Aegis. Tan poderoso y tan corto de miras.

—Adivina cuál de las dos cosas está a punto de importarte.

Otro paso. Celice se plantó en el camino de Aegis, gritándoles a ambos que se detuvieran. Aegis la apartó; nunca lastimaría a Celice, pero ella no iba a detener esto. Zhan-Yo soltó la empuñadura de la espada, le hizo un pequeño gesto de despedida a Aegis y echó a correr.

Dejando al Campeón para perseguirlo.

Después de todo, Zhan-Yo huía en dirección a la Fábrica. Aegis podría impartir una justicia bien merecida y aun así completar la misión principal.

Era un hermoso día para correr.

CAPÍTULO 14
SUJETO DE PRUEBA

EL DRON se detuvo varias veces durante la noche y a lo largo de la mañana siguiente, siempre dejando a Kat fuera de sus grandes brazos en un recinto cercado. Los tragaluces difuminaban las estrellas mientras otros drones observaban cómo Kat encontraba agua, baños y otros cautivos como ella. Sus instintos de rastreadora se dispararon mientras Kat captaba rostros, miradas vacías de los demás que permanecían de pie o tumbados en la tierra. Incluso sin sus habilidades —aunque algunos llevaban cicatrices antinaturales como evidencia—, las anomalías se hacían notar por su condición: sedados, todos ellos.

Las máquinas dejaron a Kat en paz, salvo cuando su gladiador elegido, el mismo que la había llevado volando desde Nebraska, volvía a aparecer en escena. Con sus baterías cargadas, el dron se cernía sobre Kat antes de hacer destellar sus luces y extender su brazo. Otro tramo a través del aire frío.

El nombre de Calvin seguía susurrando en sus oídos mientras Kat revisaba su Tama y las funciones de su traje en cada parada. Estos le indicaban que el rumbo del dron seguía hacia el oeste, en dirección a la Fábrica. Todo el mundo sabía que las anomalías capturadas iban a parar a un gran campamento por esa zona. Un campamento que parecía estar justo en la ruta proyectada de Kat.

Entonces, ¿por qué intentar liberarse? Kat acabaría acribillada por el fuego de los drones si lo intentaba, y aunque tuviera la suerte de escapar, se encontraría en medio de la nada sin nada. Tal vez si tuviera gente a la que volver, si tuviera una causa a la que reincorporarse, sus motivaciones serían diferentes.

Weed y su equipo estaban vigilando a Seeker. Gordon probablemente la seguía hacia el oeste ahora, arrastrando su cápsula por las carreteras. Ninguno de ellos necesitaba que Kat se precipitara, herida y perseguida.

Así que cuando el dron le ofreció su brazo, Kat se subió. Hizo lo posible por encontrar una forma cómoda de acurrucarse en el pliegue de acero. Unas pocas horas de sueño se colaron en los resquicios del viaje, interrumpidas al fin por el sol resplandeciente y el brillo del océano en el horizonte.

California.

Debajo de ella, atrincherado tras delgados muros levantados a toda prisa, el campamento de anomalías de Ziran hacía su aparición cuadriculada y eficiente. Encajado en un valle, el campamento se acurrucaba entre dos colinas color beige, con una suave salida que conducía hacia el océano y otra, en su frente, que proporcionaba un concurrido acceso por carretera. Mientras el dron de Kat volaba hacia allí, ella contó numerosas cápsulas en esas calles, recogiendo y dejando gente con los uniformes naranja y blanco de Ziran, fáciles de distinguir.

Otros drones marcaron la aproximación de Kat, máquinas más pequeñas que enjambraban los cielos. Tres se acercaron junto al transporte de Kat, cada uno girando una luz verde oliva hacia ella. Kat les lanzó una mirada fulminante y le sacó la lengua al último. Pitaron al captar su imagen, luego el trío formó una línea, dirigiéndose hacia el lado derecho del campamento. El gladiador de Kat los siguió.

Los andamios abundaban en el campamento blanco y naranja, estructuras permanentes que borraban el enfoque de lonas y postes que había llevado la idea de Ziran desde su concepción. El lado izquierdo del campamento, encajado contra aquella colina, tenía los edificios más grandes. Uno ya terminado se alzaba, con sus cuatro pisos, por encima de todo lo demás.

La gran Z tallada en su techo, naranja brillante sobre baldosas blancas, habría sido un gran objetivo para escupir si el dron de Kat la hubiera llevado cerca.

Caminos de tierra apisonada pavimentaban el camino entre estructuras más pequeñas, incluyendo grandes tiendas de campaña donde Kat imaginaba que sus compañeros anómalos pasaban las noches. Esos mismos anómalos atascaban ahora los caminos, pastoreados por guardias de Ziran con porras eléctricas chispeantes. Drones gladiadores se erguían en varios puntos, escaneando a la multitud en busca de cualquier anomalía que pensara que podría usar sus poderes.

Ninguno lo hizo.

¿Más sedantes, o resignación ante probabilidades imposibles?

El gladiador se posó en un parche circular después de seguir a los drones pequeños. El parche se encontraba entre dos grandes tiendas, una etiquetada como A y la otra como B con esas grandes letras naranjas. Estilizadas, también, en la moderna fuente ondulante de Ziran.

Estos tipos nunca estaban dispuestos a ser básicos.

Kat bajó del brazo del dron, dejando que su máscara permaneciera sobre su rostro. La pantalla confirmó las temperaturas suaves, su propio estómago rugiente, y que el traje en sí conservaba sus capacidades después de la pelea en Nebraska. Kat había dedicado algunas horas de las paradas a toquetear las articulaciones, limpiando las manchas de ceniza del incendio del restaurante. A los drones que observaban no les importó entonces y, por la forma en que ninguna máquina avanzó hacia ella ahora, esa apatía se mantenía igual.

—¡Tú! —una persona real, humana, llamó en dirección a Kat, y ella vio a la mujer armada y blindada que se acercaba —. Quédate justo donde estás. —La guardia miró hacia el dron gladiador, la gran máquina inmóvil—. ¿Estado de sedación?

—Negativo —respondió el gladiador—. El objetivo no es una anomalía.

La guardia se quedó mirando al dron. Las máquinas no eran las únicas que se congelaban cuando su programación se rompía. Kat saltó a través de sus propios aros mentales: había llegado al campamento de anomalías de Ziran, pero no era una anomalía. Un humano normal que se metía en un lugar donde no pertenecía, particularmente uno como este, solía terminar muerto.

Nada bueno.

—Está equivocado —dijo Kat—. Me estaba escondiendo con otras anomalías. Solo, quiero decir... —Kat se miró a sí misma, hizo que la máscara retrocediera para que la guardia, ahora curiosa, pudiera ver su rostro—. Mi poder no es gran cosa. No lo uso.

La guardia, sosteniendo esa porra chispeante hacia Kat como si pudiera pasarla en un relevo, se acercó a zancadas a la rastreadora. El rostro de la mujer, visible a través del visor de tinte naranja, mostraba que la guardia tenía edad suficiente para ser la madre de Kat. Ojos arrugados empapados de sospecha, boca en una fina mueca.

—Muéstramelo —dijo la guardia—. Demuestra que esa máquina está equivocada.

Muéstrame lo que puedes hacer.

Kat oyó las palabras en un campo. La hierba, que habían dejado crecer, le llegaba más allá de las espinillas. El aire a cuatro metros de distancia en todas direcciones brillaba, un efecto producido por el Paragon que se encontraba a cinco metros frente a ella. El Paragon tenía los ojos cerrados, con su resplandeciente uniforme blanco azulado. A su izquierda había una pequeña mesa con refrescos y aperitivos.

Al otro lado de la mesa se sentaba otro Paragon, aburrido pero con su Tama levantado. El cabello del hombre estaba encrespado, un detalle que Kat no entendía por qué recordaba, excepto que necesitaba concentrarse en algo, necesitaba aferrarse a algo mientras sus sueños se ponían a prueba.

—No puedo —dijo Kat—. No sé cómo.

Sus padres le habían dicho que la habilidad vendría de forma natural. Lo sentiría como un brazo nuevo, una mano nueva. Se había despertado sin aliento en su decimotercer cumpleaños, esperando. Ahora, una semana después, seguía sin sentir nada.

—Está bien —dijo el Paragon sentado—. Recuerda, el noventa y nueve por ciento son normales. Solo necesitamos confirmar que no es latente. —El hombre tomó aire, miró hacia el otro Paragon—. Ejecuta las pruebas.

El aire brillante se intensificó, difuminando todo excepto la hierba a los pies de Kat. Los Paragons, el cielo azul se emborronaron. Había oído hablar de esto, lo había visto presentado en el auditorio de la escuela al comienzo del año. Este sería el momento decisivo.

Kat cerró los ojos, apretó los puños, respiró hondo y *esperó*.

Primero vino una descarga eléctrica. Luego un grito penetrante. Algo le apuñaló la pierna, mientras su mano izquierda se entumecía, como si estuviera cubierta de hielo. Un millón de diminutas patas se arrastraban por su cuero cabelludo. Y aunque Kat tenía los ojos fuertemente cerrados, de repente pudo ver a su familia siendo apuntada con armas por una figura sombría. Su padre le pedía a Kat que los salvara, que hiciera lo que sabía que podía hacer.

Nada llegó. Nada se fue. Cuando terminó la sesión, Kat

aceptó el agua ofrecida, un caramelo y una pegatina con la P azul del Paragon y las palabras *He sido probada* en un alegre rojo. Esperó en una silla durante veinte minutos con otros niños como ella, vigilada por la enfermera de la escuela y un dron médico por si hubiera efectos secundarios.

El futuro de Kat se diluyó en el gran río de la normalidad. Sin poderes, sin vida de Paragon trabajando junto a sus padres. Cuando la enfermera le dijo que podía irse, Kat fue a clase de matemáticas, como todos los demás de su curso.

Kat pateó a la guardia. Golpeó la espinilla derecha de la mujer con la fuerza suficiente para hacerla caer de rodillas. La rastreadora atrapó la porra oscilante de la guardia con ambas manos, dobló el arma y la muñeca de la guardia de modo que el extremo parpadeante de la porra encontró un hogar en el casco de la mujer. Las chispas temblaron, saltaron sobre esa armadura blanca, y la guardia se desplomó.

Los dardos se clavaron en los hombros de Kat incluso mientras la guardia caía. Uno, dos y un tercero en la parte baja de su espalda cuando los drones observadores entraron en acción. Los sedantes actuaron rápido y con fuerza, y Kat ni siquiera logró dar un paso antes de unirse a su guardia en el suelo.

Solo para que la arrastraran hacia adelante, otros guardias se acercaron y le quitaron la máscara a Kat. Sintió un pinchazo diferente en el cuello, una oleada que luchaba contra el adormecimiento.

—No te desmayes ahora —retumbó una voz más dura—. No después de un espectáculo como ese.

—Las revoltosas reciben un trato express —dijo otra mujer, más joven y con voz aguda—. La tercera esta semana, ¿verdad, Terry?

—En nuestros turnos siempre nos tocan las buenas —coincidió el hombre, ¿Terry?, mientras levantaba a Kat de vuelta a sus pies, aunque no pudiera mantenerse en pie. La mujer se deslizó bajo el hombro izquierdo de Kat mientras Terry tomaba su lugar bajo el derecho—. La gente siempre habla de paz y tranquilidad, pero ¿dónde está la diversión en eso?

Kat parpadeó, un asunto lento y tedioso amenizado por dos drones médicos rodantes, de un metro de altura cada uno, que pasaron zumbando junto a su trío hacia la guardia caída. Beneficios in situ para el equipo.

Los guardias llevaron a Kat lejos de las grandes tiendas, dirigiéndose hacia el edificio más grande y completo en el otro lado del campamento. A sus gritos, los guardias despejaron espacio en las líneas de anomalías que se movían lentamente, atrayendo alguna que otra mirada y poco más de la gente con poderes. Kat intentó estar atenta por si veía a Calvin, pero en la masa uniformada, con el sol resplandeciente, todos parecían tener el mismo aspecto.

Era extraño ser llevada mientras estaba entumecida. Kat podía notar, por el aire en su cara, que se movía, pero por lo demás parecía que flotaba por el campamento. Un fantasma a plena luz del día, sin atormentar a nadie, sin asustar a nada. Y, como un fantasma, entró por su propio camino.

El edificio con su gran Z naranja en el frente se alzaba imponente, su entrada dividida en filas dominadas por anomalías en marcha. Guardias y drones se alzaban sobre sus sujetos con un desinterés plácido, ya fuera por pereza o confianza en sus sedantes. Kat no tuvo mucha oportunidad de decidir cuál antes de que sus captores la llevaran al final de la fila izquierda, cortando hacia un voladizo de cristal.

Un hombre con gafas se reclinaba en una silla de oficina negra de ganga que descansaba sobre un suelo de baldosas grises baratas. Detrás de él, los brillantes corredores del edificio esperaban, bullendo de anomalías que eran empujadas a varias habitaciones. Kat se encontró empujada contra un escritorio blanco con adornos naranjas. Imágenes y palabras en un esquema de colores azul y blanco saltaron del escritorio y flotaron ante sus ojos.

—Tenemos una nueva para ti —dijo Terry—. Es revoltosa.

—¿Qué se supone que debo hacer con ella? —preguntó el de las Gafas, levantando unas cejas muy pobladas sobre sus anteojos—. ¿Veis algún hueco libre? ¿No hay una fila detrás de vosotros, una que habéis cortado sin necesidad alguna?

—Golpeó a Sarah —dijo la mujer que sostenía el hombro derecho de Kat—. Es peligrosa.

—¿Crees que podría ser porque lleva todo ese equipo? —El de las Gafas miró a Kat de arriba abajo. La mirada, al principio una revisión casual como alguien observando un jardín desaliñado, se agudizó—. Espera. Creo que reconozco a esta. —El hombre se inclinó hacia adelante en su silla, apartó las pantallas con las manos—. ¿Cuál es tu nombre?

Cuando Kat no respondió de inmediato, el hombre lanzó una mirada de desaprobación a los dos guardias. —¿No me digáis que está tan sedada que es inútil?

—Esas son las reglas —dijo Terry, manteniendo a Kat en equilibrio bajo su hombro—. Las anomalías se portan mal, las noquean.

—Excepto que ella no es una anomalía —replicó el de las Gafas—. Rhimes la ha marcado, y Adriana lo ha aprobado. Ella recibe el supresor.

¿Qué demonios era el supresor? Kat intentó no parecer como si estuviera escuchando, como si le importara. No era difícil fingir cuando todo su cuerpo quería era tumbarse allí mismo y dormir.

—¿Acabas de decir que no es una anomalía? ¿Por qué va a recibir eso? —preguntó Terry, y Kat agradeció silenciosamente al guardia por resolver su problema.

—Terry, ¿tu trabajo es hacer preguntas? —dijo el de las Gafas, adoptando la sonrisa presumida que parecía venir gratis con los puestos de autoridad en todas partes—. ¿O es seguir órdenes?

Terry se escabulló de debajo del brazo de Kat, dejando que ella se tambaleara hacia un lado. La mujer rodeó la cintura de Kat, estabilizando a la rastreadora. Kat vio que Terry hacía un gesto particular con una mano antes de darse la vuelta y alejarse, murmurando algo mientras el hombre de las gafas se reía.

—La habitación tres está lista —dijo el de las gafas, volviéndose hacia la única ayudante de Kat—. Déjala caer y enciérrala.

Los efectos secundarios deberían ser mínimos. La inyección ardería al administrarse. ¿Tenía alguna pregunta?

La máquina, un esbelto dron médico, se posaba sobre sus ruedas en la celda blanca como la nieve de Kat. Kat, con los brazos y las piernas atados con finos plásticos, miró desde el suelo hacia el ordenador de dos metros de altura. Por fuera, el dron parecía como si alguien hubiera pasado un cuchillo en extraños patrones a lo largo de su revestimiento naranja mate, de la marca Ziran, porque por supuesto. Las líneas tallaban pequeñas secciones que podían emerger y retraerse según las necesidades del dron.

Y ahora mismo, necesitaba desesperadamente apuñalar a Kat con un líquido amarillo verdoso. La jeringa y su larga aguja emergieron de una de esas secciones delineadas, apuntando hacia Kat y esperando su aprobación antes de descender.

—Puedo anular su decisión si no dices que sí —dijo el de las gafas. Había mostrado un interés personal en el bienestar de Kat desde que ella apareció en su escritorio.

—No lo haré —dijo Kat, las palabras saliendo pastosas.

Su garganta no se había recuperado mucho, y todo lo que estaba más abajo aún parecía desconectado. Kat tenía su cabeza, sus ojos y sus oídos y nada más. Como un sueño, y a Kat no le habría importado despertar.

—Por favor, confirme —repitió el dron—. No puedo proceder sin su acuerdo expreso.

Los Paragones y sus leyes. Aparentemente, Ziran aún no había considerado necesario reprogramar todos los robots médicos. Sin duda lo harían. Wexley probablemente haría que los robots ofrecieran a todos los pacientes un nuevo plan de Tama con Ziran como parte de cada procedimiento.

—Kat —dijo el de las gafas—. El tiempo se agota.

Kat le dijo al hombre que hiciera algo encantador consigo mismo.

—Bien —El de las gafas se encogió de hombros y le dio al dron la anulación—. Tú lo has querido.

El pinchazo llegó sin ceremonia. Un rápido piquete, la aguja dentro, el líquido siguiéndola, luego fuera con una gota de sangre deslizándose por el brazo de Kat. Otra rendija en el dron se abrió, revelando una pequeña almohadilla blanca. El dron limpió la gotita roja, deslizó la almohadilla para cubrir el sitio de la inyección. El brazo metálico de la máquina, una varilla cromada, presionó la almohadilla contra la piel de Kat para pegarla.

Durante todo el proceso, Kat encontró esperanza: podía sentirlo. El pinchazo, la presión de la almohadilla. Los golpes entumecedores que había recibido estaban desapareciendo. Las ataduras alrededor de sus pies y manos descansaban levemente, una captura floja hecha por guardias demasiado acostumbrados a la sedación como para prestar atención a la técnica. Serían difíciles de sacudir, pero no imposibles.

Ideas.

El dron médico se retiró, desapareciendo por la puerta de la habitación. El de las gafas se quedó donde estaba, observando a Kat a través de la ventana.

—¿Qué tan rápido funciona esto? —preguntó Kat.

—En cualquier momento —dijo el de las gafas.

—¿En cualquier momento? —Kat mantuvo su voz espesa, somnolienta.

Envió algunos espasmos de prueba a sus piernas, a sus dedos. Encontró nervios esperando, temblando. Las puntas de los dedos se tocaron entre sí, los dedos de los pies se curvaron. Los bíceps se contrajeron. Los movimientos venían con retrasos, más lentos y débiles de lo que a Kat le gustaría.

Pero podía trabajar con esto.

Kat dejó que su boca se abriera, un poco de baba escapando mientras dejaba caer su cabeza hacia adelante para descansar contra el duro suelo. Sus brazos y piernas quedaron flácidos. Su pelo atado se desparramó sobre su cabeza.

—¿Kat? —preguntó el de las gafas—. ¿Estás bien?

Kat murmuró algo en respuesta. Sonidos aleatorios. Suave sinsentido.

—¿Qué estás sintiendo?

Un gruñido esta vez. Uno que se desvanecía al final. Kat lanzó un espasmo en su lado derecho, el brazo y la pierna sacudiéndose una vez, violentamente contra el suelo. Las bridas de plástico rasparon. Sintió las frías baldosas. Saboreó el desinfectante en el aire.

—¿Kat?

La puerta de la celda se abrió. Pasos. Kat permaneció callada. Ojos abiertos. El de las gafas se inclinó sobre ella, sostuvo su mano sobre su boca para sentir su respiración. Kat contuvo el aire, esperando a que él comprobara el siguiente signo vital.

El de las gafas se movió hacia el cuello de Kat, un alcance lento. El hombre olía a café. Su ropa demasiado usada y poco lavada. Un burócrata no preparado para el trabajo de campo.

En otras palabras, un objetivo perfecto.

CAPÍTULO 15
FUGA

POR FIN LLEGÓ el descanso de Braden, el barista. El chico golpeó la cápsula, sacando a Rhimes de los informes de acción de Ziran, mensajes y porquerías administrativas que habían consumido su mañana. Cruzando los brazos y poniendo una expresión de aburrimiento con los ojos entrecerrados, el barista se encogió de hombros cuando Rhimes le preguntó si estaba listo para irse.

—Supongo que sí —añadió el chico, como si eso aclarara las cosas.

—Voy a necesitar una afirmación más contundente —respondió Rhimes, pero de todos modos se deslizó hacia el lado derecho de la cápsula, despejando un espacio en el vehículo—. No vamos de compras.

—Bien, porque tengo que volver en treinta minutos —Braden asomó la cabeza, miró alrededor—. No eres una especie de depredador, ¿verdad?

—¿Un depredador te pediría que lo ayudaras a entrar en una residencia de ancianos? ¿Quieres los créditos o no?

El dinero engrasó las palmas, calmó las sospechas, y el chico cerró la puerta de la cápsula tras de sí. Rhimes le dijo al vehículo que se pusiera en marcha y la cápsula obedeció, internándose en las calles suburbanas bañadas por una cálida luz. Un cielo sin nubes reflejaba el sol primaveral, un ambiente más alegre del que Rhimes podía presumir. Grandes árboles ofrecían brotes mientras la cápsula regresaba al camino boscoso que conducía a la residencia.

Esta vez, Rhimes hizo que la cápsula los dejara a mitad de camino por el sendero de entrada, donde un sendero se cruzaba con el asfalto. Voces a la derecha delataban un grupo de caminantes demasiado lejos para distinguir palabras específicas, pero lo suficientemente cerca para dar una sensación relajante.

—Esa es tu oportunidad —le dijo Rhimes a Braden, cuyos ojos se habían agrandado y cuyos brazos habían vuelto a cruzarse—. Nada ilegal, nada peligroso. Solo llama su atención.

—¿Y obtendré los créditos?

Rhimes sacó su Tama, Braden lo tocó con el suyo. La transferencia se realizó con un alegre tintineo. Un hito extraño, pagar a un chico para hacer el trabajo sucio. Aunque, ¿cuántas veces a lo largo de la historia la palanca del destino se había movido a través de un actor improbable?

Braden trotó por el sendero hacia las voces, la actitud del adolescente reforzada por el pago recibido. El jefe de seguridad de Ziran envió la cápsula a dar una vuelta, indicándole que regresara a la entrada de la residencia después de pasar veinte minutos circulando por las manzanas.

Si Rhimes no había escapado con la hermana de Wexley para entonces, no necesitaría la cápsula.

Subiendo hacia la entrada de la residencia, Rhimes se mantuvo a la derecha cerca de los árboles. La caminata provocó una revelación, una que no le había impactado durante el vuelo, los viajes en cápsula y el trato con Braden, el barista extraordinario: si Rhimes lograba salir con la hermana de Wexley, ¿cómo la convencería de entregar los códigos del dron?

—Maldita sea, Zhan-Yo —murmuró Rhimes.

El revolucionario aún lograría que lo mataran.

Pero Zhan-Yo no quería un genocidio. Comparado con Wexley, eso era suficiente.

Braden hizo su movimiento cuando la entrada de la residencia apareció a la vista. Rhimes escuchó al chico gritando, recurriendo a la idea que habían discutido: un hombre extraño persiguiéndolo, necesitando ayuda y todo eso. La voz adolescente de Braden cumplió, quebrándose en agudos falsetes que destrozaron la calma artificial del lugar. Los pájaros saltaron de sus perchas, y los enfermeros que habían estado listos para abordar a Rhimes anteriormente se encontraron revisando sus Tamas.

Dos de ellos, vestidos con sus uniformes color crema, salieron apresuradamente por la entrada principal. Uno le dirigió una mirada prolongada a Rhimes mientras pasaban corriendo, pero Rhimes desarmó la mirada con un educado asentimiento. Nada de agresión aquí, solo alguien que quería intentarlo de nuevo.

Esas puertas dobles de cristal, cerradas y bloqueadas, esperaban. El intercomunicador estaba a la derecha, su círculo negro desafiando a Rhimes a pulsar el botón de llamada y preguntar por Regina Porter de nuevo.

Lo había hecho por las buenas una vez. No habría una segunda.

Rhimes se dirigió directamente hacia la puerta. No se detuvo hasta que estuvo a un metro. Plantó un pie y golpeó con su bota de grado militar con punta de acero. La patada impactó en el medio vulnerable de la puerta, astillando y rompiendo el vidrio en una satisfactoria progresión de telaraña y luego fragmentación. Los pedazos cayeron al suelo en una lluvia espesa.

Y Rhimes corrió. Se lanzó hacia adelante como un camión sin frenos.

Más allá de las puertas dobles, el vestíbulo de la residencia se abría a un espacio de reunión diseñado para la calma. Sillas acolchadas de color oliva que debían tener décadas de antigüedad se disponían alrededor de mesas redondas de madera básicas. Una claraboya dejaba entrar algo de color natural mientras que las paredes se entregaban a fotografías que mostraban a los residentes disfrutando en varios lugares de Chicago.

El vestíbulo le ofrecía opciones a Rhimes.

Un ascensor hacia un segundo nivel estaba a su derecha, mientras que dos pasillos, uno recto adelante y otro a la izquierda, ofrecían posibilidades. Las probabilidades habrían sido parejas excepto por un pequeño detalle: Wexley quería lo mejor, y lo quería de manera eficiente. Directo al fondo, la habitación más grande y mejor de la residencia.

El puñado de visitantes en el vestíbulo —algunas familias almorzando con sus seres queridos— levantó la vista cuando Rhimes pasó como un camión. Ni uno solo se levantó para interponerse en su camino, ni uno solo se movió para hacerle tropezar. Ningún héroe.

Bien.

Si el hogar tenía algún empleado dispuesto a intervenir, se mantuvieron ocultos mientras Rhimes atravesaba el vestíbulo hacia el pasillo y se encontraba encajado entre un jardín zen y las puertas cerradas de residentes que no le importaban. La alfombra amortiguaba sus pasos, manteniendo las cosas tan silenciosas como Rhimes podía desear.

El pasillo terminaba en forma de T, la opción de la izquierda ofrecía un retorno circular al vestíbulo mientras que la derecha insinuaba recompensas a través de un reluciente cartel negro y dorado que sugería que la habitación cero-uno se encontraba en esa dirección. Con una rápida mirada a la izquierda para confirmar que no había seguridad cargando —ninguno se mostró—, Rhimes hizo el giro tan limpiamente como sus botas se lo permitieron.

La habitación uno y su ocupante estrella aparecieron más

rápido de lo que Rhimes esperaba, su puerta rojo rosa y placa negra rompiendo la pared beige a la izquierda sin preámbulos. No había manija, solo un escáner Tama.

Hmm.

Gritos recorrían el pasillo, no del tipo pánico sino las llamadas calmas y controladas de un equipo bien entrenado respondiendo a una emergencia. Por supuesto que Wexley pondría a su hermana en un lugar versado en fugas, irrupciones y eventos anómalos. Por supuesto que reaccionarían al asalto relámpago de Rhimes con una respuesta completa y mesurada.

Adiós a la idea de que el caos sacaría a Rhimes y su presa de allí. Los esfuerzos valientes de Braden el barista en el sendero natural ya habrían terminado, así que los enfermeros estarían de vuelta. Peor, mucho peor, serían los drones llamados para asistir.

Rhimes miró fijamente la puerta. Tomó un respiro profundo. Parecía bastante robusta, pero tenía que esperar que el hogar hubiera recortado su presupuesto en algún lado y dejado estas cosas endebles. Lideró con otra patada, angulada justo encima del escáner Tama. El golpe impactó la madera, dejó una marca y poco más. Lo intentó de nuevo rápidamente.

Un trozo cayó. Tan grande como el pulgar de Rhimes.

No era una buena señal.

A su izquierda, de vuelta por el pasillo, Rhimes captó sombras avanzando contra la iluminación pintoresca de apliques del edificio. Era hora de arriesgarlo todo, esperando que esas patadas hubieran debilitado lo suficiente la puerta.

El punto de inflexión. Cada misión lo tenía. La palanca que o bien condenaría todo o lo impulsaría hacia el éxito. A veces, esa palanca venía al final del cañón de un arma. Otras, Rhimes ponía su destino en sus aliados y sus enemigos, confiando en que tomaran las decisiones correctas e incorrectas.

¿Más a menudo? La palanca dependía de él.

Rhimes puso toda su corpulencia musculosa detrás de la embestida, inclinándose y nivelando su carga justo encima del círculo negro que marcaba la cerradura de la puerta. Justo donde sus patadas anteriores habían hecho su trabajo.

La puerta se abrió. Se hizo a un lado cuando Rhimes la alcanzó, revelando a una mujer curiosa vestida para una tarde en el interior. Rhimes captó los detalles en el frenético milisegundo antes de chocar contra la hermana de Wexley: su cabello rizado, rostro fresco, aire perplejo. La mirada de alguien tan acostumbrada a la rutina que nunca creyó que pudiera romperse.

Voló un metro sin tocar el suelo cuando Rhimes la golpeó. Los pies de Regina tocaron primero, su agarre en la alfombra lanzándola hacia atrás con tanta fuerza que rebotó antes de deslizarse hasta detenerse. Su cabello se extendió por el suelo detrás de ella, y Rhimes escuchó los sonidos entrecortados y jadeantes mientras Regina intentaba encontrar el aliento.

Rhimes maldijo, cerró la puerta detrás de él. El movimiento le permitió confirmar que no había pestillo interior, ninguna forma de que Regina garantizara su privacidad. Wexley podría haber pagado por la celda más bonita, pero esto seguía siendo una prisión.

La caja de Regina contenía una cama de matrimonio cubierta con sábanas forestales, una única mesita de noche de nogal negro adornada con una foto familiar enmarcada que Rhimes reconoció —la misma tenía un lugar en el escritorio de Wexley en la sede de Ziran. A la derecha, un sillón reclinable y una mesa de café albergaban novelas baratas apiladas en filas tambaleantes, apoyándose entre sí en ángulos extraños.

Sin televisión, sin Tamas.

—Lo siento —dijo Rhimes mientras se acercaba a Regina, inclinándose para ayudarla a levantarse—. Estoy tratando de sacarte de aquí, no de matarte.

Ella tosió. Jadeó. Definitivamente le habían sacado el aire de los pulmones.

La puerta se agitó. La cerradura hizo clic cuando el Tama de alguien obtuvo autorización.

Rhimes recogió a Regina en sus brazos, como a una princesa, aunque una en bata y zapatillas. Ella tosió de nuevo, pero sus ojos abiertos estudiaron a Rhimes mientras él se dirigía hacia las grandes ventanas en la parte trasera de la habitación.

No había posibilidad de pasar a través de todos esos guardias, pero podría romper todo ese vidrio. Rodar afuera con solo unos pocos cortes.

La puerta se abrió. Alguien le gritó a Rhimes que se detuviera. El aire cerca de su oreja *silbó* y un dardo aturdidor se clavó en la pared junto a las grandes ventanas. Fuera un fallo intencional o no, el punto estaba claro: Rhimes no saldría sin recibir un impacto en la espalda.

Los rehenes no formaban parte de una estrategia sensata. Encadena un cuerpo a ti y ahora lo llevas a todas partes, y uno vivo como Regina era una apuesta segura de que se volvería contra él.

Mejor jugar con la sorpresa, encontrar una apertura.

Rhimes puso a Regina de pie, levantó las manos hacia los enfermeros y sus gritos de moverse muy despacio. Se enfrentó a sus perseguidores, el cuarteto parecía corpulento y no tanto enojado como emocionado de que su día a día hubiera sido tan gloriosamente interrumpido. Estos tipos tenían edades lo suficientemente altas como para haber perdido carreras preciadas ante los Paragones y su mandato de ley y orden sobre anomalías.

Los cuatro fijaron sus ojos en Rhimes y sus brazos rectos. Cuatro pistolas aturdidoras apuntaban a su pecho. Rhimes esperó el gatillo, el tirón. Nada vino.

—¿Quién te envió? —preguntó el enfermero de la derecha,

el mayor del grupo. Más interesante que la pregunta fue su tono: curiosidad honesta.

—Dinos —dijo el siguiente, más joven y ansioso—. ¿Fue él?

Oh.

—¿Regina? —dijo Rhimes a esas pistolas aturdidoras firmes y los rostros rígidos que las sostenían. El cuarteto parecía no respirar, pero todos inclinaron sus cabezas al unísono, un movimiento francamente espeluznante. Rhimes trató de no estremecerse—. ¿Qué estás haciendo?

—Responde la pregunta —dijo la tercera, una mujer que había pasado más tiempo en el gimnasio que cualquiera de los dos primeros.

—Ahora —gruñó el cuarto, alto y delgado, apretado contra la pared.

¿Mentir a una anomalía? ¿Una que sostenía cuatro dardos contra sus cero?

—Zhan-Yo —dijo Rhimes—. Pensó que podrías ayudar a tu hermano.

Después de varios largos latidos, el cuarteto comenzó a temblar, espasmos que parecían convulsiones simultáneas. Como si estuvieran luchando por controlar sus propios cuerpos.

—Vamos —dijo Regina desde su propio ser, tomando el brazo de Rhimes y caminando hacia adelante—. Avancemos antes de que recuerden quiénes son.

—¿Recuerden quiénes son?

Regina, en esas zapatillas y esa bata, siguió a Rhimes mientras él se abría paso entre los enfermeros. Estos caían a su alrededor, jadeando en busca de aire, tirando de los cuellos de sus camisas beige.

—Los envié a esconderse en lo profundo de sí mismos —respondió Regina mientras avanzaban por el pasillo—. Un vacío en sus mentes que llené por un breve momento.

Detrás de ellos, estalló una fuerte maldición, y Rhimes echó a correr.

—Podrías haberlos retenido más tiempo.

—Fueron amables conmigo. Si presiono demasiado, no hay vuelta atrás.

Una anomalía más de la que mantenerse alejado.

Afuera, las luces intermitentes indicaban que la policía estaba en la escena. Los drones habrían sido alertados. Wexley se enteraría pronto, quizás ya lo sabía.

El Tama de Rhimes no había vibrado ni una vez desde que había irrumpido por la puerta de la residencia. ¿Habría descubierto Wexley en ese momento que Rhimes era un traidor?

Preocupaciones para otro momento.

—Juntos —dijo Regina, sus largos y delgados dedos aferrándose a Rhimes—. Hace mucho tiempo que no hago esto con tantos.

Rhimes contó cinco oficiales humanos y dos drones. Los drones flotaban a los lados, permitiendo que los oficiales usaran sus cápsulas blindadas como barricadas. Al igual que los enfermeros, la policía empuñaba pistolas aturdidoras, asomándose desde detrás de su cubierta de vidrio curvo como si Rhimes fuera a desatar el infierno.

Él no lo haría, pero Regina tal vez sí.

Los policías gritaron cuando Rhimes sacó a Regina afuera, sus palabras superponiéndose mientras los drones aumentaban la intensidad de sus luces. Otra situación imposible, pero tal vez si Rhimes giraba bruscamente a la derecha y tiraba de Regina con él, podrían...

—Ríndete —dijo Regina—. Confía en mí.

¿Qué otra opción tenía?

—¡No disparen! —gritó Rhimes—. Me rindo. Me entrego.

Los oficiales se acercaron con cautela. Uno tomó la iniciativa, enfundando su pistola aturdidora bajo más protección de la que Rhimes había tenido jamás en sus misiones de

Ziran. El hombre sacó unas esposas y Rhimes dejó que el oficial se las pusiera.

—Tú también vienes —dijo el oficial, asintiendo hacia Regina—. Tenemos preguntas.

Rhimes no necesitaba ver demasiado bien para percibir la sorpresa de los otros oficiales. La forma en que inclinaban la cabeza y sus labios en movimiento y murmurando sugerían que su colega que los arrestaba estaba rompiendo el protocolo.

—A la cápsula, los dos —dijo el oficial, golpeando la máquina con su Tama. La puerta blindada obedeció, su grueso vidrio bordeado por un resplandor naranja de advertencia—. Directo al centro.

Rhimes obedeció y Regina lo siguió, el oficial ayudándola a entrar en la cápsula. La puerta se cerró tras ella, provocando que los otros oficiales hicieran preguntas, palabras que apenas salieron antes de que la cápsula se sacudiera hacia adelante, sus puertas firmemente cerradas contra cualquier intento de salida forzada.

Los drones, con su presa aparentemente capturada, giraron hacia la tarde temprana. Rhimes, Regina y el suave rechinar de las ruedas de la cápsula rodaron hacia la carretera.

Regina se volvió hacia Rhimes, los dos, particularmente Rhimes, ocupando bien el único asiento de la cápsula. La hermana de Wexley sacudió sus muñecas, luego su cabeza. Suspiró.

—Necesitará al menos una semana para recuperarse —dijo Regina, sus ojos deslizándose hacia la ventana frontal de la cápsula, ocultando una conciencia culpable.

—¿El oficial?

—Luchó al final. Cuando se dio cuenta de lo que estábamos haciendo.

Rhimes no tenía mucho que decir a eso. Él también habría luchado en el lugar del oficial. No es que sirviera de mucho.

Regina descartó rápidamente su conciencia culpable, metiendo la mano en el bolsillo de su bata y sacando la pequeña tarjeta estriada que servía como llave de las esposas. El Tama de un oficial también podía desbloquearlas, pero en un mundo digital, tener un respaldo analógico no era mala idea.

—¿Empezó a luchar cuando te dio eso? —preguntó Rhimes mientras Regina insertaba la tarjeta en el estrecho bloque entre sus esposas.

—Empezó a buscar —respondió Regina. Las esposas se abrieron de golpe y Rhimes se frotó las muñecas—. A veces no se dan cuenta de lo que está pasando si los mantengo cerca de lo que quieren. Cuando lo notan, buscan una razón. ¿Están soñando, están enfermos?

—¿Cuánto tiempo lleva eso?

—Hasta que recuerdan lo que soy.

Rhimes se inclinó hacia adelante, intentó deslizar un destino en la consola de la cápsula. La policía tenía su ruta bloqueada, con una ventana emergente negra que exigía la identificación de Rhimes para cambiar el curso. Sin tal número, Rhimes descartó la solicitud y en su lugar miró el mapa, el destino.

—¿Adónde vamos? —preguntó Regina.

—A una estación cercana. ¿Tu habilidad funciona con máquinas?

—No lo hace. —Regina lo miró de reojo—. Dime, ¿me secuestraste sin ningún plan en absoluto?

—Hoy estoy improvisando. —Afuera, la cápsula rodaba por las calles de la ciudad, mezclándose con el tráfico mientras pasaba junto a centros comerciales, escuelas y parques boscosos. Rhimes golpeó el cristal de la ventana de la cápsula con un dedo, probando la sensación—. Demasiado grueso para romperlo.

—Supongo que debería empezar a preparar mi historia —

dijo Regina, recostándose en el sofá de la cápsula—. Auxilio, me amenazó. Fue tan aterrador, no sabía qué hacer.

—Te queda bien. —Rhimes fue a su Tama, deslizó hacia arriba su consola de Ziran. Su acceso le permitiría señalar un dron cercano, ordenar a la máquina que detuviera la cápsula y les diera una oportunidad de escapar.

Cuando el Tama se conectó a los servidores de Ziran, cuando el logotipo blanco y naranja parpadeó en un animado inicio, Rhimes sintió que se le helaba la sangre.

Un amable rectángulo con esquinas redondeadas apareció en el centro de su Tama. En él, un texto color crema sobre un fondo gris claro le decía a Rhimes lo que había estado esperando y temiendo oír.

Bloqueado. Exiliado.

Perseguido.

CAPÍTULO 16

LLEGADA

LA ESTACIÓN UNION HABÍA CAMBIADO. Cassidy no debería haberse sorprendido; no había estado en Los Ángeles desde su infancia, en unas vacaciones familiares que salieron bien. Ahora los trenes chirriantes daban paso a unos flotantes, sus bases sostenidas por imanes mientras se deslizaban hacia y desde sus destinos. La gente que los abordaba también había cambiado: cabezas gachas, pies arrastrándose, sin mirar a los drones que rondaban por la estación o a los que canalizaban la entrada de los recién llegados.

Logos de Ziran colgaban de la pared de cristal, enormes pancartas que rezumaban eslóganes sobre prosperidad, igualdad y protección. Cassidy vio los resultados a su alrededor, observó cómo el grupo crecía durante las horas transcurridas desde que la habían recogido esa mañana.

El dron que la había capturado dejó a Cassidy fuera de la estación, ladrando algunas instrucciones mientras le apuntaba con un arma a la cabeza. Una delgada valla guió a Cassidy hacia el lado izquierdo de la entrada y hacia el interior de la estación, terminando en un corral improvisado. Postes dorados con cuerdas de terciopelo rojo delimitaban su hogar temporal, decoraciones arrancadas de su propósito festivo y arrojadas a uno más siniestro.

La barrera no estaba destinada a detener a nadie, solo a mantener alejados a los peatones curiosos. Los gladiadores, naturalmente, cumplían esa función mejor que cualquier cerca. En cuanto a las anomalías en el corral con Cassidy, se arrastraban, algunas sentadas cerca de la pared, otras en bancos de repuesto arrastrados al espacio. Un baño portátil acechaba en la esquina trasera, la única concesión a las necesidades. Contra la pared del fondo, bien centradas, dos puertas de madera sin ventanas sostenían un cartel a través de sus manijas que decía *Cerrado*.

En el camino de entrada, el anunciante de la estación transmitía los horarios de llegada en tonos formales. Miradas de ceño fruncido se dirigían hacia ella mientras caminaba sola dentro de las cuerdas, y Cassidy captó la sensación de que los pasajeros escaneaban su rostro para asegurarse de que no era alguien que conocían. Una vez confirmado, algunos le daban un leve asentimiento, otros se alejaban, pero todos evitaban mirarla una segunda vez.

Siguió las cuerdas de terciopelo hasta el corral, donde ya esperaban tres anomalías. Uno tenía la cabeza colgando sobre un banco. Los otros dos yacían despatarrados sobre las baldosas. La causa se hizo evidente cuando el único guardia de seguridad de Ziran, un joven alegre con el mismo uniforme que Cassidy solía conocer de las tiendas de Ziran, se acercó a ella con una pastilla.

—Te mantendrá tranquila mientras esperas —dijo el hombre.

A la derecha, algún pobre alma comenzó a tocar el piano en el área central de la estación.

—¿Tranquila como ellos?

El hombre no se inmutó. Su sonrisa se mantuvo. La mano que sostenía la pastilla permaneció nivelada. La otra se rascó la nariz.

—Exactamente —dijo el hombre.

—¿Tengo elección?

—No la tienes.

Ser una pieza en un tablero de ajedrez tenía ciertos inconvenientes. Cassidy tenía que seguir el plan. Improvisar una salida ahora, lanzar vacíos alrededor y causar caos podría perjudicar cualquier paso que Thane tuviera en marcha. Al menos, eso es lo que Cassidy prefería pensar, prefería creer.

Esa preferencia le permitió devolver la sonrisa al joven y encontrar las palabras para decir:

—Bueno, entonces, ¿a qué estamos esperando?

Tomó la pastilla de la mano del hombre, manteniendo sus ojos en los de él para que se sintiera obligado a hacer lo mismo. Con la mano izquierda, Cassidy dejó que un vacío, uno muy pequeño, saltara a la punta de sus dedos. Mientras deslizaba la pastilla hacia su boca, lanzó el vacío hacia arriba desde su cintura. El agujero desgarrador se interpuso entre la lengua de Cassidy y la pastilla, haciendo desaparecer la cápsula en la nada. El vacío tiró de los labios de Cassidy, y un pinchazo doloroso anunció que un cabello había sido succionado, pero cuando Cassidy disipó el agujero, el joven aún mantenía su sonrisa recta.

—Delicioso —dijo Cassidy.

—Me alegro de que te haya gustado —respondió el hombre, y sus hombros se relajaron, esa mano volvió a rascarse la barba incipiente—. Gracias por no armar un escándalo. Odio tener que llamar a los robots.

—¿Eso ocurre a menudo?

Asintió. —Más de lo que piensas.

—No estoy tan segura de eso —Cassidy hizo un gesto detrás del hombre, hacia los bancos—. ¿Cuánto tiempo esperaremos aquí?

—Hasta que alcancemos la cuota de un vagón —el hombre se encogió de hombros—. Podría ser una hora, podría ser todo el día. Últimamente ha sido más lento.

—¿Menos suministro?

El hombre comenzó a responder, pero pareció recordar que, de hecho, estaba hablando con ese mismo suministro. Un rubor jugó alrededor de su cuello y se hizo a un lado.

—No me dicen eso. Yo, eh, tomaría un banco temprano. Se agotan rápido.

—Me lo imagino —dijo Cassidy, aceptando la invitación para caminar alrededor de él.

Sintió los ojos del hombre sobre ella, siguiendo su caminata hasta que Cassidy eligió un banco para sí misma. De color gris pizarra con una ligera flexibilidad, el banco superaba a las garras de los drones en la escala de comodidad, pero no mucho más. Sentarse llevó la mente de Cassidy a la pregunta más importante, una que había persistido en los márgenes durante el viaje en dron y la llegada a este lugar nocivo.

Thane quería que ella estuviera aquí para su plan. ¿Por qué?

O, si no aquí, entonces donde sea que Ziran los llevara.

Thane conocía su poder, conocía las inclinaciones de Cassidy. Había pasado mucho tiempo en la isla prisión de Mynx. Poner a Cassidy en otra celda no iba a generar buenos sentimientos. Podría, de hecho, empujarla a hacer algo imprudente. Provocar una respuesta.

Atraer la atención de Ziran.

Bueno, tal vez su papel en el plan de Thane no era tan complicado.

Cassidy echó otra mirada a sus compañeros anomalías tirados por el corral. Pasaron varias horas, con Cassidy quemando el tiempo observando las llegadas y salidas que se sucedían en las enormes pantallas de la estación. El aire en el interior hizo un cambio gradual del desayuno de café y pasteles a la comida grasosa de la freidora para la multitud del almuerzo. Más anomalías fueron llegando poco a poco, todas tomando las pastillas ofrecidas por el hombre y la mayoría pareciendo aturdidas incluso antes de dar el mordisco.

Más de veinte llenaron el espacio cuando el hombre de Ziran silbó, con el reloj acercándose a la mitad de la tarde. Como cerrando una ópera, movió una cuerda de terciopelo a través de la entrada del corral, luego se volvió para enfrentar a la multitud.

—¡Buenas tardes, reclutas! —El joven sonrió mientras saludaba, aparentemente necesitando tanto palabras como movimientos para captar la atención de sus aturdidos sujetos —. Estamos listos para sus próximos pasos.

—Oh, qué alegría —murmuró Cassidy, tratando por lo demás de mantenerse tan vaga como todos los demás.

Imitar a un zombi era más difícil de lo esperado. Especialmente cuando las puertas de madera oscura se abrieron de par en par y otros dos miembros de Ziran —estos dos con equipo más pesado, con rifles abiertamente exhibidos en correas cruzadas sobre el pecho— hicieron pasar al grupo. Los otros anomalías se sacudían y tropezaban, algunos gateando. El anfitrión original de Ziran entró detrás, despertando a los prisioneros dormidos con fuertes bofetadas en la cara.

Cassidy fingió sus tropiezos, arrastró su pie derecho e intentó no mirar nada mientras caminaba. Los anomalías a su alrededor parecían venir de cualquier parte, de todas partes. Algunos tenían ropa de diseñador, joyas colgando de las orejas y anillos en las manos. Otros parecían y olían como alcantarillas o los polvorientos suburbios de la ciudad. Otros más apestaban a agua salada y especias más allá de Pacifica, como si hubieran venido directamente de algún barco prisión de Ziran.

Las puertas hicieron poco para preparar a Cassidy para el otro lado: un ambiente clásico se abría a una plataforma futurista, tan nueva e impecable que tuvo que preguntarse si Ziran había construido esto en los últimos dos meses. Lo habría pensado, hasta que notó los logotipos descoloridos impresos en las baldosas.

Signos 'P' de Paragon, borrados hasta que solo quedaban las ranuras.

—¿Eres nueva en la ciudad? —gruñó un hombre corpulento con rastas, arrastrándose junto a ella. Sus detalles sugerían un presente sombrío, pero Cassidy vio brillo en sus ojos —. Miras esas cosas como si no supieras lo que significan.

—Sé lo que son —dijo Cassidy mientras seguían moviéndose hacia la amplia plataforma. Una prístina vía de levitación magnética, toda azul y brillante, se encontraba en el hueco frente a ellos, con una línea de advertencia roja cubriendo el borde—. Solo que no esperaba algo tan moderno aquí.

—Pusieron un montón de cosas para la cumbre —suspiró el hombre, con un retumbar grave—. Una lástima cómo resultó todo.

Cierto. Apinya lo había mencionado en Tailandia. Una tragedia que, de alguna manera, no conmovió mucho a Cassidy. Los Paragons se ganaron muchos enemigos, ya era hora de que uno contraatacara con fuerza.

—Una lástima cómo está resultando *esto* —dijo Cassidy, moviendo sus ojos de un lado a otro alrededor del grupo.

—Sabía que pasaría eventualmente —respondió el hombre —. Me llamo Vick. ¿Y tú?

—Cassidy.

—¿Cómo te atraparon?

—Di un paseo por un parque. Mala decisión.

Una risa, sin amargura en absoluto. Otros anomalías lo notaron, algunos hicieron el esfuerzo de acercarse. Quizás escuchando a escondidas, o simplemente buscando compañía antes del final.

—¿Sabes dónde me encontraron? —preguntó Vick y no esperó a que Cassidy respondiera la pregunta imposible—. Justo en mi propia maldita casa. Trabajo toda la noche lanzando botellas en la farmacia, vuelvo a casa para tomar un respiro, y me encuentro con metal en la cara.

Cassidy hizo una mueca. —Lo siento.

El trío de Ziran, que se había dispersado para cubrir la asamblea de anomalías, anunció que su tren llegaría en breve. Cassidy notó que el joven había cambiado sus píldoras por una pistola aturdidora, sus manos jóvenes agarrando el arma con fuerza como si pudiera escapársele.

¿Cuántos empleados de Ziran se encontraron trasladados a esto, cuántos fueron enviados a abandonar sus mostradores de venta, sus cubículos de soporte técnico para vigilar a sus compañeros humanos?

¿Cuántos dijeron que no?

—¿Cuál es tu historia, Cassidy? —preguntó Vick—. ¿Tienes algún truco?

—Algunos. —Los vacíos, siempre listos, le hormigueaban en los dedos—. ¿Y tú?

—Algunos, dice ella. —Vick sacudió la cabeza, señalando el túnel donde una luz se intensificaba—. Podría decir lo mismo. Espero que sean buenos, a donde vamos.

—¿A dónde vamos?

Vick la miró, —Realmente eres de fuera de la ciudad. Solo hay un lugar al que va este tren. Y es un viaje de ida.

—¿No pareces triste por eso?

Ahora el brillo de Vick se atenuó, solo una fracción. —¿Por qué estar triste? En los últimos dos meses, se han llevado a mis amigos, a mi familia. Quizás pueda ver a algunos, si tengo suerte.

El tren de levitación magnética entró, deteniéndose frente a Cassidy. Las puertas se abrieron, conduciendo a asientos limpios. Vick fue directo al otro lado, se acomodó en uno. Cassidy tomó el de al lado. Los guardias de Ziran no siguieron a los anomalías al tren, una movida audaz hasta que Cassidy notó el techo sobre ellos: drones rastreadores, sus cuerpos de ciempiés, se aferraban cada pocos metros al techo del tren. Parecía seguro que se lanzarían y destrozarían a cualquier anomalía valiente.

Al menos los asientos estaban acolchados: una mejora notable respecto a ese banco.

—¿Toda tu familia y amigos eran anomalías? —preguntó Cassidy a Vick.

—Me rastrearon hace mucho tiempo. El rastreador era un buen tipo. Diablos, podría seguir siendo un buen tipo si estos no lo han matado todavía.

—Así que trabajabas para los Paragons.

—Más bien trabajaba para quien ellos me decían. Eso no era un problema. Te acostumbras, y tener representantes no está mal.

El tren arrancó, una aceleración suave desde la estación Union y subiendo a la vía elevada. Cassidy vislumbró las montañas, el océano más allá de los edificios a su izquierda en un horizonte brillante bajo el sol. Dirigiéndose al norte, entonces.

—¿Tu familia, sin embargo? —preguntó Cassidy. La idea de que los hermanos y hermanas de Vick pudieran haber sido todos anomalías... ¿qué hay de sus hijos?

—No mi familia de sangre, ¿entiendes? —Vick levantó una manga, señalando un pequeño tatuaje. Números y letras en tinta verde-negra—. Ese es nuestro número de rastreo. Nuestro rastreador, buen tipo como dije, reunió a todos sus rastreados y nos hicimos estos para conmemorarlo. Happy hours, partidos de béisbol. —Otra sacudida de cabeza, pero melancólica—. Entras pensando que te van a usar, pero en cambio terminas encontrando gente como tú que entiende, que sabe por lo que estás pasando.

—¿Esos son los que Ziran se llevó? ¿Los otros que este rastreador rastreó?

—Ahora sabes por qué estoy aquí —dijo Vick, antes de girar su espalda hacia ella para mirar por la ventana—. Supongo que echaré un último vistazo a casa.

—Podrías volver.

Otra risa, —No, Cassidy. He visto a mucha gente irse en este tren. Nunca he visto a nadie volver.

Una hora después, el tren salió disparado de un valle rocoso hacia una llanura color canela. Mientras el vehículo disminuía la velocidad, Cassidy vislumbró cercas y enormes tiendas de campaña por las ventanas, incluyendo un edificio de varios pisos que parecía tan sólido como cualquiera en la ciudad. Ziran no estaba jugando por aquí.

Habían corrido rumores en Tailandia sobre la captura de anomalías, que Ziran las quería para experimentos salvajes en lugar de simplemente masacrarlas. Nadie verificó lo que estaba sucediendo y, en esos pantanos, nadie podía hacer nada al respecto, así que Cassidy relegó el rumor al fondo de su mente. Aquí, ver todos esos susurros convertirse en algo real le provocó una sensación equivocada en los nervios.

Vick silbó.

—No quería que los Paragones ganaran —dijo Cassidy mientras el tren se detenía en su parada—. Pensaba que eran terribles, lo que hacían hacer a las anomalías.

Las puertas se abrieron con un tintineo. Alguien afuera ordenó que todos salieran. Los drones en el techo se estremecieron, siguiendo el movimiento mientras las anomalías se levantaban de sus asientos. Vick se puso de pie y luego le ofreció una mano a Cassidy.

—De mal en peor, amiga mía —murmuró Vick—. Supongo que no tendremos que preocuparnos por eso por mucho más tiempo.

Se unieron a las anomalías que salían del tren en fila, llegando a una plataforma al aire libre custodiada por gladiadores en los costados y drones aéreos que flotaban arriba. Varios soldados más de Ziran —Cassidy cambió el término porque estos tipos llevaban armadura pesada, no el atuendo de guía turístico del hombre de la estación— dirigían la fila, dividiéndola en tres. Cada una se dirigía hacia una estación en forma de caja atendida por otro trabajador de Ziran, cada una vigilada por un gladiador.

Más allá de las estaciones se encontraba el interior del campamento, incluyendo ese gran edificio.

—Yo no me rendiría todavía —dijo Cassidy—. Las cosas podrían cambiar.

Vick asintió, puso una mano en su hombro y parecía que iba a decir algo cuando una anomalía justo enfrente se detuvo. Un tipo flacucho, el chico se congeló, luego sacudió la cabeza, llevándose las manos al cuero cabelludo. La fila se amontonó alrededor de Cassidy, Vick y su impedimento, y Vick tomó la iniciativa.

—Oye, amigo —dijo Vick—. ¿Estás bien?

Por encima de los pasos y los anuncios por altavoz, Cassidy tenía dificultades para escuchar lo que el hombre seguía murmurando para sí mismo. Se acercó, habría intentado escuchar mejor si Vick no le hubiera lanzado una mirada de advertencia, extendiendo su mano derecha para empujar a Cassidy hacia atrás.

—Tranquilo —continuó Vick, lento y calmado—. No intentes lo que estás pensando. No vale la pena.

El hombre se sacudió el brazo de Vick, mirando con furia al nuevo amigo de Cassidy. El cuerpo de la anomalía pareció cambiar con ese movimiento, difuminándose y reapareciendo, como si luchara por mantener su forma.

—Se están llevando a todos —dijo la anomalía, su voz reverberando mientras hablaba, su rostro ondulando como agua al viento—. No puedo, no dejaré que me lleven a mí también.

Vick levantó las manos con las palmas hacia el hombre y Cassidy juró que vio una delgada línea turquesa, del mismo color que esas píldoras, extenderse entre Vick y la anomalía cambiante. Vio una conexión, la anomalía tomando una respiración profunda, cerrando los ojos, y vio esa conexión romperse con el estruendo de un disparo. Siguió un segundo,

Vick y la anomalía cayendo al suelo mientras la forma flotante de un gladiador se movía por encima. El calor de los propulsores del dron golpeó a Cassidy incluso cuando se agachó, intentando llegar a Vick.

Una mano agarró su brazo, naranja, blanca y blindada. —Déjalos en paz, o serás la siguiente.

El guardia la jaló hacia la izquierda, alejándola de los cuerpos. Cassidy luchó al principio, sintió esos vacíos llamándola, y habría lanzado uno, habría arruinado el plan de Thane allí mismo si el dron gladiador no hubiera recogido ambos cuerpos y los hubiera llevado hacia ese gran edificio.

Dos charcos de sangre quedaron atrás, las anomalías en fila pasando alrededor de ellos sin decir una palabra.

CAPÍTULO 17
JUGADA DE APERTURA

AEGIS ATRAPÓ al terrorista en un cañón de piedra caliza sombreado, una grieta entre dos colinas más grandes que su Tama había colocado cerca de la Fábrica. Zhan-Yo se apostó a la derecha en un suave nicho tallado por un arroyo seco hace mucho tiempo. El hombre tenía su propio Tama fuera, frunciendo el ceño a la pantalla. Más arriba, observando con un dedo en el arma de su cinturón, Particle se apoyaba contra su propia roca. Detrás de Aegis, Celice estaría llegando, con más quejas en la punta de la lengua.

Ella lo había fustigado durante las últimas horas mientras corrían por la maleza, la tierra y las rocas. Una letanía que comenzó como una súplica y terminó como una acusación. Aegis sintonizaba y desconectaba, sin molestarse en ofrecer una respuesta incluso cuando las flechas de Celice daban en el blanco una y otra vez.

No, los Paragones no eran perfectos. No, los Campeones no siempre eran ideales.

Más allá de eso, Aegis no iría. En esas profundidades solo encontraría una locura nihilista.

—La tiene —dijo Zhan-Yo cuando Aegis se acercó—. Rhimes está avanzando. Ahora están en la ciudad.

El éxito desconcertó a Aegis y cubrió su sorpresa con una mirada estudiada al suelo, a los varios guijarros y una sola araña cansada que trataba de encontrar refugio debajo de ellos. La jugada de Zhan-Yo había pasado su primera gran prueba: Rhimes robando a la hermana de Wexley de su enclave.

—¿Tienen los códigos? —respondió Aegis.

—Código. Singular. Y si ella no lo tiene, entonces nadie lo tiene. —Zhan-Yo miró a Aegis de arriba abajo—. Tengo algo de agua extra si quieres.

—Estoy tratando de matarte.

—¿No puede esperar hasta después de que evitemos que el mundo se acabe? Si tienes suerte, incluso podría morir en la incursión. Entonces no tendrás que preocuparte por ensuciarte las manos.

—Mis manos ya están bastante sucias.

—Papá —dijo su hija, abriéndose paso hacia el cañón—. Por favor.

Aegis tenía las manos abiertas, descansando sobre sus muslos. Una respiración profunda. La carrera había sido larga, más agotadora de lo que Aegis esperaba. También había hecho esa maldita cosa que el ejercicio tendía a hacer: aclarar sus pensamientos, especialmente una vez que Celice dejó de acosarlo. Zhan-Yo tenía el argumento correcto, la mejor perspectiva.

Derrotar a Wexley y su ejército de robots tenía que ser la prioridad, y Zhan-Yo estaría disponible para una muerte apropiada después, o los drones resolverían la ecuación del terrorista.

—Bien —dijo Aegis—. Puedes vivir por ahora.

—Hurra. —Zhan-Yo miró a su derecha—. Particle, por favor dime que estamos casi allí. Si tengo que caminar un kilómetro más, podría rendirme.

Particle se apartó de su roca, se acercó al grupo mientras todos tomaban un descanso obligatorio para beber agua.

Aegis, Zhan-Yo y Celice tenían polvo en cada centímetro, pero Particle se había mantenido limpio. Su caminar no producía ningún ruido, y nada en su porte sugería la más mínima preocupación por las peleas internas del grupo.

—Salimos del cañón por allí —dijo Particle, y Aegis sintió que sus ojos se dirigían bruscamente hacia la salida lejana del cañón—. Eso nos llevará sobre la entrada de atraque de la Fábrica. Está vigilada, pero nuestra aproximación debería permitirnos acercarnos sin activar una alarma. Neutralizamos los drones en la entrada, llamamos a los refuerzos, y luego es su espectáculo.

Particle terminó con una mirada rápida entre Zhan-Yo y Aegis, como para insinuar que no estaban seguros de quién era el espectáculo, precisamente, pero definitivamente no el suyo.

—Si están listos —añadió Particle.

—Están listos —dijo Celice, y Aegis notó que una vez más se había puesto entre el Campeón y Zhan-Yo.

Inteligente, esa.

Aegis tomó la posición de avanzada, con Zhan-Yo y Celice cubriendo la retaguardia. Particle se mantuvo a la derecha del Campeón mientras acechaban por el cañón hacia el borde. Aegis atraería cualquier atención inicial, Particle desviaría todo lo posible hasta que Zhan-Yo y Celice pudieran limpiar. Una estrategia simple que debería funcionar siempre que los drones no los superaran en número por un alto margen.

—Se amontonarán —había dicho Zhan-Yo, de vuelta en el escondite dimensional de Pocket. Thane, Zhan-Yo, Celice, Mathieu y varios otros se apiñaban sobre la mesa bajo el resplandor púrpura-negro—. Necesitamos que lo hagan.

—¿Por qué? —preguntó Thane.

—Cuando mi hombre active el apagado, necesitaremos destruir tantos drones como podamos. No porque ralentizará a Ziran, sino porque nos comprará más tiempo para llegar a Wexley.

Eliminar al líder, ganar la guerra. Su principio guía para este asalto, para todo lo que vendría después de que Aegis coronara este acantilado. Ziran caería junto con Wexley, la confusión crearía un caos que los Campeones, los Paragones y cualquier aliado normal podrían limpiar.

Por supuesto, Ziran no había caído cuando Zhan-Yo desapareció. Otro cuerpo, peor, simplemente ocupó su lugar.

Aegis miró hacia atrás, vio a su hija. Al igual que Particle con Aegis, Celice se mantenía a unos metros de distancia de Zhan-Yo. Espacio para actuar si fuera necesario. Si surgiera la oportunidad. Todos aquí tenían sus objetivos declarados. Aegis no tenía duda de que había otros secretos, no expresados. No había golpeado a Zhan-Yo hasta convertirlo en pulpa aquí en las rocas, pero una bala o un cuchillo en la espalda cuando las cosas estuvieran seguras harían lo mismo.

El cañón hacía su salida a través de una depresión que se estrechaba. La luz del sol se acumulaba en lo alto, las sombras rocosas jugaban sobre el cuerpo de Aegis mientras se acercaba al final y al cielo azul más allá. La cobertura de las altas paredes se desvanecía hasta convertirse en maleza raquítica cuando Aegis, agachándose, salió. Toda conversación entre el equipo cesó cuando la misión realmente comenzó, un silencio cubierto por el zumbido de los insectos y un ocasional viento aullante.

Descendiendo en lo que podría haber sido una cascada en un pasado distante, los últimos metros del cañón le dieron a Aegis tiempo para arrastrarse bajo arbustos delgados. Las ramas quebradizas tiraban de su uniforme, rompiéndose mientras Aegis seguía moviéndose. Sus rodillas y codos se rozaban contra la piedra cubierta de arena, cálida y áspera.

El borde no tenía declive, apareciendo sin preámbulo cuando Aegis lo encontró con su brazo. Abajo y más allá se hallaba el muelle de carga de la Fábrica y los gladiadores que lo custodiaban. Los dos drones observaban cómo las cápsulas de carga y los trabajadores que las manipulaban, asistidos por máquinas más convencionales, movían materias primas hacia adentro y creaciones terminadas hacia afuera: drones embalados haciendo su salida, esperando ser enviados a alguna región lejana.

Otra complicación: el plan no había contado con la presencia de civiles.

Pero ningún plan era perfecto jamás.

El Tama de Aegis vibró y el Campeón miró su muñeca izquierda, preparando la señal de inicio. Todos los demás en posición. Hora de salvar el mundo o morir en el intento.

Una sensación familiar.

Presionando sus pies contra la roca, Aegis se impulsó en un salto corriendo. Se lanzó desde el borde, volando por el aire durante unos segundos que revolvieron el estómago antes de aterrizar en la calle de abajo en una voltereta. Sus huesos ardieron por el esfuerzo, la habilidad de Aegis los recompuso por completo para cuando el Campeón se puso de pie.

Los cargadores, sus drones asistentes y los dos gladiadores lo miraron fijamente. Las máquinas armadas más grandes tenían la mirada más intensa, sus ojos rojos destacándose mientras el sol los convertía en siluetas. Aegis esperó el reconocimiento antes de recordar que esta vez no vestía los azules de Paragon. La practicidad importaba más que la publicidad hoy.

—Corran —anunció Aegis a los humanos—. Ya no quieren estar aquí.

Para enfatizar su orden, Aegis se lanzó en una carrera, pasando velozmente a los trabajadores hacia los dos gladiadores. Los drones guardianes se percataron de su propósito antes que los demás, levantando sus cuatro brazos y activando sistemas demasiado variados para que Aegis los recordara. Los diversos zumbidos y chasquidos finalmente provocaron una respuesta en los cargadores, enviándolos corriendo a sus cápsulas. Los drones asistentes no mostraron tal preocupación, dándole una idea a Aegis.

Extendiendo su mano derecha mientras corría, Aegis agarró el costado de una máquina de carga cuadrada. Plantando su pierna izquierda en el siguiente paso, Aegis tiró de la desafortunada máquina entre su cuerpo y los grandes gladiadores. Los monstruos de Mynx se adaptaron a la situación sin problemas, conteniendo su fuego y en su lugar avanzando pesadamente con sus pies metálicos rechinantes.

Había dos formas de lidiar con los gladiadores: o golpearlos de frente y esperar que Aegis pudiera perforar los generadores de energía en el pecho de la cosa, o agacharse y cubrirse el tiempo suficiente para que el fuego incapacitante surtiera efecto.

Aegis tenía una clara preferencia.

Empujó contra el dron de carga, la máquina ladrando su propia alarma sobre el riesgo de lesiones personales, un llamado a tiempos más sensatos. Los gladiadores prestaron tanta atención a la alarma como Aegis: ninguna en absoluto. Aunque se elevaban por encima del dron de carga, el empujón en cuclillas de Aegis hizo que las grandes máquinas optaran por despejar la cobertura. Aegis sintió las sacudidas cuando las garras metálicas se clavaron en el dron de carga, sintió el tirón cuando un gladiador arrancó al pobre robot.

Aegis cargó.

El tiempo entre avistar un objetivo y actuar para eliminarlo, había dicho Mynx demasiadas noches atrás, se contaba en milisegundos. Levantar un arma, apuntar a Aegis tomaría un poco más de tiempo.

Los gladiadores, sin embargo, tenían un problema: detrás de Aegis, agrupados en su campo de tiro, estaban todos esos trabajadores metiéndose en sus cápsulas. Los disparos fallidos podrían causar daños colaterales inocentes. Aceptable dentro de ciertos parámetros, si se cumplían ciertos riesgos, como si Aegis pudiera causar más muertes por sí mismo.

¿Aegis por sí solo? ¿Atacando a dos drones frente a una fortaleza sellada?

Los gladiadores contuvieron su fuego, en su lugar arremetiendo contra el Campeón. Aegis no tenía habilidades para esquivar balas, pero ¿deslizarse alrededor de golpes pesados? Eso sí podía hacerlo.

El dron que movía el cargador a un lado tenía sus brazos inferiores en ángulo derecho, donde habían desplazado el cargador. Sus dos brazos superiores golpeaban hacia abajo en dirección a Aegis, intentando aplastarlo, mientras que el otro gladiador se arrodillaba para un barrido a nivel del tobillo. Aegis no tanto vio los movimientos como los *sintió*, un instinto perfeccionado por tantos duelos contra un enemigo nefasto u otro. Rebotando en su pie izquierdo, Aegis se estiró en una zambullida, saltando sobre el barrido. Los golpes de martillo gemelos llegaron más rápido de lo que Aegis se movía, atrapando sus piernas y golpeando las rodillas de Aegis contra el concreto.

Quedarse quieto significaba la muerte, así que Aegis ignoró el impacto que sacudió sus nervios y agachó el hombro, metiendo sus piernas en una voltereta que salvó el impulso hacia adelante. Sobre su espalda entre las piernas del gladiador derecho, Aegis miró hacia arriba a la muerte metálica naranja-blanca.

Y pateó.

Había atravesado paredes, roto huesos y espaldas con una patada fuerte de piernas cargadas con el poder que viene de no tener riesgo de lesión, sin miedo a las consecuencias. Aegis golpeó la articulación de la rodilla del gladiador, un disco naranja neón que debería haberse salido de lugar, debería haber enviado al dron a una rendición de una rodilla.

La pierna no se movió. Aegis maldijo.

Mynx seguía haciendo esas malditas mejoras, construyendo cada versión más fuerte. ¿Ahora Aegis ni siquiera podía dañar las cosas?

El gladiador activó sus propulsores de pierna, saltando hacia arriba y hacia atrás de Aegis, exponiendo al Campeón a la mira armada del otro gladiador. Ya no había peligro civil. Cuatro brazos, cada uno con su propio cañón lanzador de dardos o balas, se fijaron.

—Demasiado tarde —dijo Aegis, esperando haber calculado bien el tiempo.

Las rondas golpearon el costado del gladiador, provocando relámpagos azules a través de su torso, su cabeza y esas armas. Particle y Celice arremetieron contra el dron desde el borde de arriba y Aegis se encontró sonriendo mientras el gladiador fallaba en disparar, mientras la máquina se sacudía, sus cables y circuitos quemándose.

Su visión se quebró. En un momento, Aegis tenía la victoria a la vista y al siguiente su cuello se torció para ver al otro gladiador, el que había arrojado el cargador a un lado, tomando el manto de su amigo caído. Brazos levantándose, armas listas para funcionar.

Aegis rodó hacia el peligroso gladiador, hombro-pecho contra el concreto antes de impulsarse con sus brazos a una posición erguida, deslizando sus pies para formar un perfil estrecho. Las balas destellaron, iluminando el punto en el concreto donde había estado la cabeza de Aegis. Las esquirlas volaron, los casquillos calientes quemaron el uniforme de Aegis por la espalda y el frente mientras el dron lo atenazaba con rondas vivas.

No quedaba espacio.

Impulsándose con su pie derecho, Aegis alcanzó el brazo inferior izquierdo del gladiador. Sintió impactos duros cuando varios disparos dieron en el blanco, las balas cortando su ropa, golpeando el chaleco blindado debajo. El brazo derecho de Aegis se adormeció, y algo en su abdomen apretó una agonía ácida a través de su estómago cuando un disparo a quemarropa dio en el blanco, pero el movimiento llevó a Aegis dentro del alcance del dron.

Incluso adormecido —una experiencia que Aegis había sentido más de lo que le gustaba admitir en manos de varios villanos— el Campeón trabajó con su brazo derecho, luego con el izquierdo para escalar al gladiador. El gran dron trató de quitarse a Aegis de encima, pero él se agachó, se balanceó, se arrastró hasta la espalda de la máquina. A pesar de su brillo pulido, los accesorios del gladiador significaban que no era difícil encontrar puntos de agarre. Algunos extremos metálicos, corriendo muy calientes a estas alturas, quemaron las manos de Aegis cuando aterrizaron, pero él desechó el dolor.

Habría tiempo para sentirlo todo más tarde.

Al llegar a la cabeza del gladiador, Aegis retrajo su puño izquierdo, golpeando y abollando la placa craneal del dron. A su derecha, Aegis vio que el primer gladiador, aún recibiendo disparos de Celice y Particle, recuperaba sus facultades. Después de que Ziran capturara un gladiador usando rondas EMP, nadie en el grupo esperaba obtener los mismos resultados aquí. Solo tenían que ralentizarlo lo suficiente para que . . .

Zhan-Yo entró corriendo desde atrás a la derecha, habiendo tomado un camino más largo desde el borde hasta el campo de batalla. Rodeando un muro de contención inclinado y festoneado, el líder revolucionario pagó el precio físico de su causa con sus espadas gemelas. Zhan-Yo no intentó rebanar al dron tambaleante, un movimiento que podría haber roto sus hojas contra el blindaje, sino que trabajó como un cirujano, apuñalando entre las articulaciones y cortando conexiones. Primero una pierna y luego la otra se encendieron, chispeando y colapsando mientras la capacidad del dron para controlar su postura se desvanecía.

Desde arriba, Aegis tuvo una vista espectacular mientras Zhan-Yo aplicaba sus espadas a la cabeza del dron caído, completando el golpe de gracia con una fineza casual. Aegis habría aplaudido si no hubiera estado aporreando a su propio objetivo, destrozando la armadura más ligera de la parte superior. Ahora, los cables y el metal quedaban expuestos, listos para ser agarrados, arrancados y arrojados.

El gladiador se elevó de repente, un ascenso retumbante que obligó a Aegis a agarrarse a la cabeza fracturada del dron para no caer. Igual que el dron en el barco de Ziran, el gladiador asumió que Aegis no sobreviviría a una caída desde una altura tan grande, y esta vez no había agua donde caer.

Genial.

Aegis, esperando que su mano derecha entumecida pudiera mantener el agarre, golpeó con la izquierda. Sintió que sus dedos se enredaban en los cables y tiró, ignorando los cortes mientras los fragmentos de metal cortaban a la salida. El gladiador se estremeció, pero los cohetes mantuvieron su impulso. Debajo de él, Zhan-Yo y su víctima se alejaban. Celice y Particle lo observaban desde el borde, conteniendo sus disparos. Los trabajadores finalmente tenían sus cápsulas en marcha, los tres vehículos alejándose rápidamente de la Fábrica.

La brisa se intensificó, el sol poniente, libre de cualquier sombra, se sentía cálido en la espalda de Aegis mientras el gladiador ascendía. Aegis golpeó de nuevo, esta vez rompiendo las articulaciones de la cabeza por completo. El cráneo metálico del dron se desprendió, dejando a Aegis sobre los hombros de una máquina que se dirigía hacia las estrellas.

¡Qué manera de morir sería esa, el Campeón original elevándose más y más hasta consumirse en la atmósfera! ¿O se asfixiaría primero, perdería el conocimiento y se estrellaría en un chapoteo poco ceremonioso?

Era un riesgo que Aegis no podía correr. Tenía un legado que preservar, una leyenda que proteger.

Así que soltó su brazo derecho, flexionó las piernas y se impulsó del dron hacia el aire.

CAPÍTULO 18
BUSCAR Y ENCONTRAR

TENÍA que encontrar a Calvin antes de que Ziran la encontrara a ella.

Kat se incorporó de la pantalla, echando otro vistazo por encima del hombro al cuerpo en el suelo, y luego a la puerta fabricada, tan brillante y plateada como todo lo demás en el edificio improvisado. La había cerrado con llave al entrar, corriendo un pestillo. La seguridad analógica por todas partes resultó ser una ventaja, ya que Kat no había podido obtener nada útil del hombre de las gafas.

Primero lo había hecho tropezar, presionándole un codo contra la garganta mientras lo inmovilizaba con su peso. Si el hombre hubiera sido un culturista, Kat podría haber tenido problemas, pero mover papeles significaba que no podía obtener la palanca que necesitaba. Cuando se quedó inmóvil, Kat hizo un cálculo difícil.

Dejar al hombre inconsciente, arriesgándose a que se levantara de repente y diera la alarma. Matarlo y tal vez Kat podría ganar algo de tiempo, pero estaría sumando otro cuerpo a su cuenta, otra vida a su conciencia. En el furor del momento, como cuando había abatido a los mercenarios de

Wexley en aquel lago helado, Kat podía dar el golpe fatal sin remordimientos.

Pero ¿allí? ¿En esa celda con un dron con jeringa mirándola en silencio?

Tomó la inyección de la máquina y se la aplicó al hombre en su lugar. Él la había llamado sedante, tal vez lo mantendría inconsciente por más tiempo. Después de administrar la jeringa, Kat registró los bolsillos del hombre y le quitó la tarjeta de identificación de la camisa. Su Tama ya se había apagado, haciendo todo lo posible por mantener los secretos de su dueño.

Luego Kat huyó, pasó las siguientes dos horas moviéndose por la base tratando de averiguar qué demonios estaba pasando aquí afuera. Los pasillos fluorescentes y sin gracia se plegaban unos sobre otros, con carteles pegados que daban pistas vagas sobre lugares como "ingeniería" y "análisis de especímenes". Cada vez que se encontraba con una puerta sellada con un escáner Tama, Kat iba en la dirección opuesta.

Cuando la rastreadora se cruzaba con alguien que pasaba, ambos mantenían la cabeza baja. Las conversaciones de pasillo no tenían cabida en este lugar, no es que a Kat le importara. Finalmente, se topó con la cafetería, seis mesas de juego dispersas atendidas por varias máquinas expendedoras. ¿En la pared del fondo?

Oficinas temporales para la abeja obrera ocupada.

Y una estaba ocupada, con la puerta entreabierta. Cerca, un alma solitaria cogía algo de una máquina expendedora a la derecha. Kat se dirigió a la máquina del extremo opuesto, leyó las deprimentes opciones de barras energéticas de todos los sabores que pudiera desear. Esperó hasta que el otro comensal tomó su premio y se fue.

Rodando sobre sus pies, manteniéndose en silencio, Kat se dirigió rápidamente hacia la puerta abierta de la oficina. Escuchó, oyó una voz tarareando para sí misma. Kat echó un vistazo y vio a alguien desplazándose por lo que parecía una aterradora bandeja de mensajes. Tantos elementos no leídos de alta prioridad abarrotando la pantalla. Ziran manteniendo ocupadas a sus abejas.

Con la mano derecha, Kat ejerció la más leve presión sobre la puerta, cuyo fino marco se movió como el aire. Un paso deslizante hacia adentro, su presa aún tarareando, el acercamiento de Kat pasó inadvertido. Al menos hasta que Kat cerró la puerta y giró el pestillo.

La mujer se volvió, su expresión era de pura curiosidad inocente. Como si nada malo pudiera suceder aquí en este santuario distorsionado.

—Hola —dijo Kat—, y lo siento.

Kat golpeó a la mujer, con la palma hacia arriba, justo en la nariz. La cabeza de la mujer se echó hacia atrás y Kat, apartando la silla de la mujer del escritorio, le agarró la garganta expuesta y apretó con fuerza. Demasiados segundos de lucha después, con Kat pasándolos todos diciéndole a la mujer que se detuviera y que viviría, la señora finalmente perdió el conocimiento.

Apoyando el cuerpo de la mujer en el extremo de la oficina, donde cualquiera que abriera la puerta de golpe se encontraría con que la había aplastado contra una colega, Kat se acomodó en la silla y comenzó a teclear.

—Contabilidad —Kat hizo una mueca mientras deslizaba los mensajes, las hojas de cálculo llenas de números y fórmulas—. No, gracias.

A pesar de la opinión de Kat sobre la contabilidad, la mujer había dejado su vida electrónica impecablemente organizada. Una vez que Kat despejó los programas abiertos, se encontró mirando opciones limpias y etiquetadas que la dirigían hacia el personal del campamento, sus listas, el calendario de experimentos y otras jugosas opciones que Kat habría explorado si hubiera tenido tiempo.

Primero fue a la lista, una base de datos dinámica que convertía a cada anomalía aquí en variables. Altura, peso, antecedentes genéticos emparejados con nombres y cero otras descripciones para crear un listado impersonal. Tal vez la hoja limpia facilitaba que el personal del laboratorio realizara sus pruebas, pero para Kat, se veía demasiado familiar.

Como rastreadora, Kat había mirado una base de datos no muy diferente a esta durante mucho tiempo. Nombres emparejados no con estadísticas físicas sino financieras. Representantes y contratos listados uno tras otro para que Kat pudiera enfocarse en sus anomalías más productivas. Priorizar la captura de fugitivos con poderes similares para aumentar sus ingresos.

En ninguna parte la base de datos de rastreadores del Paragon añadía color alguno, en ninguna parte describía el estado mental de una anomalía, su vida hogareña, si disfrutaban o no de los contratos que les imponía una entidad todopoderosa.

Kat cerró los ojos, se frotó la frente, trató de ignorar la sensación viscosa y enfermiza que se deslizaba por su abdomen. Había saltos obvios, pero ella no los haría. No intentaría tender un puente entre los Paragons y Ziran.

Un puente que no parecía tan lejano como hacía un minuto.

Tragando saliva, deseando haber comprado una bebida en las máquinas expendedoras de afuera, Kat tecleó en la barra de búsqueda e introdujo el nombre de Calvin. Tocó la pequeña lupa, un icono que existía desde antes que Kat y que nunca había cambiado, y se quedó mirando el mensaje que apareció en el centro:

Sin resultados.

¿Qué?

Kat lo intentó de nuevo, leyó lo que había escrito para comprobar si había algún error.

Sin resultados.

Se recostó en la silla, intentando pensar. Quizás la búsqueda no estaba dirigida a las anomalías, tal vez estaba averiada. Tal vez la lista era antigua.

—No está averiada —dijo una voz baja detrás de ella y Kat giró bruscamente en la silla, cayendo en cuclillas. Con un empujón, Kat podría lanzar la silla contra la mujer, que se apoyaba, con el trasero en el suelo, contra la pared trasera de la oficina—. El dolor de cabeza es mucho peor.

La contadora se palpó la nariz con una mano mientras que con la otra se masajeaba la garganta. Sus ojos encontraron a Kat, y Kat vio la misma curiosidad que había notado cuando la rastreadora irrumpió por primera vez en la habitación.

—Supongo que no deberías estar aquí —dijo la contadora.

—Tu nariz no está rota porque no necesitaba que lo estuviera —respondió Kat, ganando tiempo para intentar encontrar una explicación o una forma de evitar que la contadora pidiera ayuda. Estaban demasiado separadas para un rápido noqueo y Kat no tenía armas—. No estoy intentando matar a nadie aquí.

—Eso es un alivio —respondió la mujer, dejando caer sus manos a los costados—. La mayoría de las anomalías que se escapan acumulan bajas antes de que las eliminen. —Ante el parpadeo de Kat, la mujer se encogió de hombros—. No es que te esté invitando a intentar superar su puntuación.

Kat calculó la distancia entre las manos de la mujer y la puerta. Tendría que incorporarse, alcanzarla, quitar el cerrojo, luego abrir la puerta y rodearla para huir. Demasiado tiempo, demasiada distancia. La contadora necesitaría ayuda, pero...

—No estás gritando. ¿Por qué? —preguntó Kat.

—Porque no se supone que debamos hacerlo —respondió la contadora—. Está en el entrenamiento que Adriana nos proporcionó a todos. Los estudios muestran que los encuentros con anomalías son más a menudo fatales si la anomalía está agitada. —La contadora se inclinó hacia adelante, puso un dedo en su propia mejilla—. No estás agitada, ¿verdad?

Había dos cartas para jugar aquí. Kat podía seguir con el enfoque de anomalía fugitiva que la contadora ya creía, o podía cambiar rápidamente a otra cosa. Inventar alguna historia sobre ser una espía, tal vez, o una soldado de Paragon en busca de venganza. ¿O la verdad?

No, nunca eso.

—Lo suficientemente agitada. —Kat movió su mano izquierda de la silla, la mantuvo en alto como si fuera a lanzar un hechizo—. Elige: me ayudas o te dejo inconsciente, y no será tan agradable la segunda vez.

—¿Qué quieres?

Sin vacilación. Kat podía apreciar eso.

—Estoy tratando de encontrar a un amigo. Vino aquí conmigo, pero no lo veo en la lista.

La contadora miró hacia la pantalla.

—¿Puedo?

—Lentamente.

Kat se puso de pie, se movió hacia la puerta con la espalda contra la pared mientras la contadora pasaba junto a ella y tomaba la silla. Miró a Kat y esperó, servicial y sincera. La rastreadora tuvo que reajustarse de nuevo. Nunca había conocido a un rehén tan cooperativo.

O Ziran amaba profundamente a sus empleados y revelaría secretos para salvar incluso una vida, o Adriana y Wexley nunca pensaron que alguien se atrevería a atacar a su gente.

Aunque, ¿no había surgido toda esta situación porque Wexley tomó a Mynx como rehén y, como recompensa, se convirtió en el rey de los drones?

Kat le dio a la contadora el nombre de Calvin y, al principio, la contadora hizo lo mismo que Kat.

—Ya intenté eso —dijo Kat cuando apareció la misma ventana emergente.

Sin embargo, en lugar de frustrarse, la contadora simplemente asintió y cambió a una base de datos diferente, esta mucho más pequeña con diferentes valores que se mostraban junto a cada nombre de anomalía. Las columnas enumeraban progresiones, tratamientos y próximas inyecciones. Sin darle tiempo a Kat para analizar el nuevo panorama, la contadora ejecutó otra búsqueda con el nombre de Calvin.

Bingo.

—¿Él? —preguntó la contadora mientras la base de datos se centraba en Calvin, mostrando que comenzaría su tercer ciclo hoy—. ¿Dijiste que entraron al mismo tiempo?

—¿Dónde está? —contraatacó Kat.

La contadora era la rehén, ella respondería las preguntas.

—En el piso superior —respondió la contadora, girándose hacia Kat y juntando las manos en su regazo—. Está en la última etapa. Siempre es un espectáculo. ¿Vas a matarme ahora?

Kat arrugó la nariz.

—No. Cuenta hasta cien, luego puedes irte.

—¿E ir a dónde? —La contadora sonrió de nuevo, una sonrisa suave que hablaba de cero quejas, solo una suave aceptación—. Este es mi trabajo y, por ahora, mi hogar.

—Entonces deberías encontrar uno nuevo —respondió Kat. Deslizó el cerrojo con su mano derecha, empujó la puerta para abrirla—. Y pronto.

La contadora no dijo nada mientras Kat salía, cerrando la puerta tras ella. La cafetería tenía más gente ahora que la tarde se convertía rápidamente en noche. Kat vio las filas para las barras energéticas, las bebidas energéticas, los snacks salados y se dio cuenta de que no tenía idea de dónde venía esta gente, dónde vivían. Sus uniformes tenían una mezcla de ciencia y tecnología, con algunos uniformes de mantenimiento verde apagado contrastando con el estándar de oficina de Ziran en el resto. Un guardia armado bebía un refresco con una pajita cerca de la salida, observando distraídamente su Tama.

Ni uno solo se había dirigido hacia la oficina robada de Kat. Todos podrían acudir en defensa de la contadora si la mujer hacía un ruido.

En otras palabras, era hora de irse.

Kat salió rápidamente de la cafetería, su equipo de rastreadora atrayendo miradas. El guardia también entrecerró los ojos en dirección a Kat mientras pasaba, pero el tiempo de descanso debió prevalecer y Kat logró salir sin ser molestada.

El edificio, tal como estaba fabricado, tenía un solo ascensor y bastante destartalado. El hueco atravesaba el centro del edificio —hasta donde Kat podía decir— y su recorrido se emparejaba con una escalera doble. Kat evaluó el ascensor cuando se acercó, vio el botón de bajada iluminado mientras otro hombre de mantenimiento esperaba, con los ojos en su Tama.

Demasiado riesgo en la máquina. Los ascensores podían ser detenidos remotamente, podían convertirse en jaulas mortales. Mejor ser libre.

Las escaleras resultaron ruidosas pero limpias, con peldaños de metal endeble que combinaban con la estética plateada y rebotaban con cada pisada. El propio ruido de Kat se mezclaba con muchos otros que subían y bajaban en una constante andanada de ping-pong. Las conversaciones de los compañeros de trabajo se confundían bajo el estruendo, provocando una vez más que Kat se preguntara cómo diablos la gente podía ser tan normal en un lugar como este.

¿Podría alguien adaptarse realmente tan rápido? ¿Decidir que un cheque de pago podría valer la pena para aceptar anomalías y someterlas a quién sabe qué?

La empatía amenazó con abrirse camino, con humanizar a las personas en este edificio con Kat, pero llegó al piso superior antes de que algo verdaderamente peligroso descarrilara su plan: liberar a Calvin y luego escapar, preferiblemente quemando este lugar hasta los cimientos en el proceso.

El piso superior no daba la impresión de un ático. Kat salió lentamente del hueco de la escalera, entreabriendo la puerta y echando un vistazo antes de entrar completamente en un pasillo que podría haber coincidido metro a metro con el que había dejado abajo. La única diferencia: menos puertas.

Los baños se encontraban a la izquierda y derecha de Kat, y más allá de estos, el pasillo continuaba sin ninguna otra característica hasta un abrupto final cerca del borde del edificio. Puertas con cierre Tama cubiertas de señales de advertencia rojas cerraban esos lados, y Kat las dejó estar, centrando su atención en las puertas principales frente a ella.

Al otro lado del pasillo había un juego doble de puertas opacas. A diferencia de la porquería delgada y cromada en el resto del edificio, estas puertas tenían peso, con una pintura blanca y el logo naranja de Ziran en el centro. También tenían una cerradura Tama. Letreros de "solo personal autorizado" etiquetaban cada puerta, confirmando el propósito de la cerradura.

Kat se acercó a la puerta y pegó la oreja. No escuchó nada, aunque no podía decir si las puertas bloqueaban el sonido o si la contadora había mentido sobre la ubicación de Calvin.

Otra decisión difícil. ¿Derribar las puertas y perder el sigilo, o intentar esconderse y esperar en, digamos, uno de esos baños para otra oportunidad de tomar rehenes?

La opción lenta tenía su atractivo, pero los nervios de Kat ya ardían. La contadora no esperaría para siempre, incluso si realmente contaba hasta cien al ritmo más lento conocido por el hombre. Y si Calvin estaba allí, si le estaban haciendo algo, entonces cada segundo que Kat esperaba afuera podría ser el último de él.

Tomando un respiro profundo junto con un largo paso atrás de la cerradura Tama, Kat evaluó sus pies, sus piernas y esas puertas. Podría usar un dispositivo para atravesarlas, pero tal vez...

Kat tomó una larga bocanada de aire y dio una patada rápida, enviando su talón con bota directamente contra la cerradura Tama. La pequeña pantalla y el escáner no tuvieron oportunidad, haciéndose añicos en plástico negro y vidrio. Una alarma sonó antes de que el pie de Kat volviera al suelo, una cosa metálica que reafirmaba la construcción apresurada del edificio. Las luces ni siquiera cambiaron: ni rojo intenso, ni cierres rápidos.

La rastreadora no se quedó esperando, sino que se deslizó hacia la derecha, poniendo su espalda contra la pared y las puertas dobles a su izquierda. Otro respiro profundo, otra apuesta.

Algo hizo clic en las puertas, y Kat sintió un golpe sordo cuando un cerrojo se movió. Un segundo ruido sordo siguió y las puertas se abrieron. Kat no vio nada cuando miró a la izquierda, conteniendo una pequeña maldición. Había esperado que las personas que dirigían los experimentos fueran tontas, que salieran corriendo al pasillo listas para un nocaut sorpresa.

En cambio, estos tipos tenían tácticas.

—Quienquiera que esté ahí fuera, ríndase —ladró un hombre, su voz saliendo modulada. Un casco, entonces—. Tenemos refuerzos en camino. Están superados en número.

Qué negociador, este tipo.

—De acuerdo —dijo Kat sin moverse—. De acuerdo. No me hagan daño. Me rindo.

—Entonces salga con las manos en alto y el rostro descubierto.

—No creo que pueda caminar. Me lastimé la pierna al patear el escáner.

El negociador o su compañero guardia no esperaron, sino que rodearon el lado de la puerta mientras Kat terminaba de hablar. El hombre tenía una pistola aturdidora levantada y lista, habría apretado el gatillo excepto que Kat se lanzó hacia sus tobillos antes de que despejara la entrada.

El salto de Kat golpeó las pantorrillas del hombre y lo empujó hacia atrás, un tropiezo que podría haberlo dejado de pie excepto que Kat usó su mano izquierda para tirar de la pierna derecha del hombre hacia adelante. Mientras el hombre caía, mientras las voces comenzaban a gritar —Kat se estremeció internamente al escuchar a varios drones escupir sus demandas mecánicas— Kat mantuvo sus piernas en movimiento, empujándose contra el hombre caído.

La cobertura era cobertura, incluso si estaba viva.

El ático finalmente cumplió con esa promesa de Ziran: la amplia habitación carecía de piso de baldosas, albergando en su lugar una estera blanca y naranja de extremo a extremo. Ventanas dispuestas del suelo al techo rodeaban el espacio, otorgando una espectacular puesta de sol. Un variado arreglo de drones, científicos y soldados disfrutaba de esa vista, y Kat supuso que incluso las cinco anomalías de pie en el centro habrían apreciado la vista como última imagen antes de su larga oscuridad.

Con su mano derecha, Kat luchó contra el guardia que se retorcía por su pistola aturdidora. El compañero del guardia, su voz delatando al negociador, corrió con su propia pistola aturdidora apuntando para un disparo a quemarropa. Uno que habría dado en el blanco si la rastreadora no hubiera rodado. El brazo izquierdo de Kat soportó la peor parte mientras movía al guardia derribado sobre su pecho, esperando sentir el golpe de la pistola aturdidora golpear al hombre.

El negociador contuvo su fuego. Esperó hasta que el guardia derribado, encima de Kat, completó el giro. Tumbada de espaldas, expuesta, Kat miró fijamente el cañón de la pistola aturdidora y el rostro completamente decidido del hombre que la sostenía.

Detrás de él, mirando en su dirección con la mandíbula prácticamente caída hasta el suelo, estaba Calvin. Un dron zumbaba junto a él, extendiendo una jeringa hacia el brazo izquierdo de Calvin. Un brazo que conducía a una mano, una extendida en el suelo.

¿Y la mano derecha de Calvin?

Mientras los drones rastreadores, esos ciempiés metálicos que montaban guardia rompían su cobertura, mientras las otras anomalías cedían a su desesperación y comenzaban a moverse, Calvin se estiró hacia ella.

CAPÍTULO 19

DE VUELTA A CASA

LA CASA, azotada por el viento y desgastada por el clima, mostraba la primavera de Chicago en las hojas viejas, la suciedad y las ramitas que obstruían sus canalones. Los restos del invierno se aferraban a los rincones, soportando la brisa de la tarde y los cielos semicubiertos lo mejor que podían. Una construcción de dos pisos que parecía más propia de un cabo de la costa este que de una avenida suburbana, a Rhimes le agradaba lo peculiar. Subió los escalones de la entrada lentamente, con la mano en la barandilla blanca resbaladiza por la lluvia, sintiendo los peldaños de madera crujir bajo sus botas.

Había vivido aquí durante años mientras trabajaba para Ziran, alternando entre Zhan-Yo y Wexley en roles que se deslizaban hacia lo oscuro y sombrío. Ahora Wexley lo había expulsado y él le había enviado una actualización a Zhan-Yo, a la que Z había respondido con una sola palabra:

Ve

Z tendría que esperar un minuto. Detrás de Rhimes, Regina subía por el camino con ojos de turista curiosa. Más atrás, el vehículo prestado regresaba a la calle, para recoger a otro pasajero. Rhimes se había abierto paso a golpes desde el Ziran a un kilómetro al norte, una maniobra desesperada que forzó la programación de emergencia del vehículo, deján- dolos a ambos en la salida de la autopista.

Se habían escabullido por vecindarios húmedos antes de tomar dos vehículos más en secuencia, Rhimes desenterrando viejos alias y sus polvorientas cuentas de reputación para cubrir sus huellas. La última vez que las había usado fue para contratar mercenarios, comprar armas y gestionar la pequeña matanza de Elementales de Wexley de una manera que los Paragones no pudieran rastrear hasta su dueño.

Curioso cómo algunas cosas vuelven.

—¿Esta es tu casa? —preguntó Regina mientras Rhimes probaba la puerta.

Una cerradura manual, y aún cerrada con llave. Tenía que asumir que la llave estaba... Rhimes caminó tres metros a la derecha, se agachó y levantó el revestimiento delgado. Allí, anidado en algo de aislamiento, estaba el objeto oxidado. Justo donde Rhimes lo había dejado meses atrás antes de salir a capturar un dron gladiador con Wexley.

—Te hice una pregunta —dijo Regina mientras Rhimes se enderezaba.

Tenía los brazos cruzados como si Rhimes, quien suponía que le llevaba unos años, fuera su hijo.

—Te oí —dijo Rhimes, hundiendo la llave en la cerradura y girándola—. No lo es.

—¿Entonces de quién es?

Rhimes empujó la puerta para abrirla. Olió el polvo, el aire denso dejado a la deriva. Suelos de madera oscura, molduras en la corona y una escalera que subía. Sin cuadros en las paredes azul claro. Frío adentro también, la calefacción o muerta o cortada por los meticulosos contadores de Ziran: ¿por qué pagar por un lugar que ya no se usa?

—Es de Ziran —dijo Rhimes mientras Regina lo seguía adentro. La dejó pasar al pasillo antes de cerrar la puerta, echando el cerrojo detrás de ella—. Espero que se hayan olvidado de él.

—Con mi hermano, ese es un mal plan.

—A veces todos los planes son malos.

Rhimes pasó junto a Regina, echó un vistazo a la puerta del sótano a lo largo del pasillo. El arsenal había sido vaciado, distribuido entre los mercenarios contratados que habían derribado ese dron. Todos excepto unos pocos elegidos que quedaron atrás, inútiles contra las máquinas pero perfectos para carne y hueso.

—Así que por eso vinimos aquí —dijo Regina en la cocina, cuando Rhimes abrió el armario sobre el refrigerador, sacando un maletín lleno de cuchillos de cerámica. Frágiles pero casi indetectables—. ¿Crees que unos cuchillos nos harán entrar en la oficina de Wexley?

—Último recurso —dijo Rhimes, tomando tres y metiéndolos en su chaqueta, uno en su calcetín. Sostuvo el último hacia Regina, girándolo en su palma para que el mango de cuero negro quedara hacia ella—. Toma.

—No sé pelear con un cuchillo —dijo Regina, curvando el labio y mirando fijamente la hoja.

—Cuando estés desesperada, lo descubrirás. —Rhimes empujó el mango hacia Regina nuevamente, y cuando ella no hizo ningún movimiento, suspiró, dio vuelta la hoja para poner el mango en su palma. Lo deslizó por su manga y lo encajó allí—. O no.

—Las herramientas son para quienes las necesitan. —Los ojos de Regina viajaron a la despensa—. Dime, ¿Ziran abastece sus escondites con comida?

—Mientras no requieras que sea fresca, come lo que quieras. Luego nos vamos.

Regina encontró algunos cereales duros como piedras, mantequilla de maní sólida como cemento y algunas barras energéticas comestibles. Esto último parecía atractivo hasta que Rhimes probó el grifo y descubrió que el agua también estaba cortada.

—Tu hermano es tacaño —dijo Rhimes, cerrando el grifo.

—Se lo está gastando todo en mí —bromeó Regina, mordisqueando de todos modos la losa de granola con chocolate.

El Tama de Rhimes sonó: el vehículo que había convocado esperaba afuera, listo para llevarlos al centro. Los dos se dirigieron a la puerta principal, Rhimes a la cabeza, con la mano extendida hacia la cerradura.

La puerta explotó hacia adentro. La onda expansiva envió a Rhimes volando hacia atrás contra Regina, derribándolos a ambos en el suelo del pasillo mientras astillas llovían a su alrededor. Con los oídos zumbando y los ojos ardiendo, Rhimes se incorporó y miró hacia la pequeña esfera flotante de un dron de supresión. No letal pero bastante peligroso, la bola flotaba sobre el porche mientras su arma elegida se retraía.

—Muévete —dijo Rhimes, su voz sonando pequeña y metálica a través de su audición entumecida—. Patio trasero.

Regina pareció entender y se puso de pie, dirigiéndose hacia la cocina. Rhimes la siguió, dando dos largos pasos antes de que la puerta corrediza de cristal que daba al patio copiara a su hermana delantera, haciéndose añicos con un estruendo ensordecedor. Rhimes agarró a Regina mientras los fragmentos volaban hacia ellos y se lanzó hacia la derecha, atravesando la puerta y bajando las escaleras del sótano en una carrera tambaleante.

Al llegar al fondo, Rhimes buscó un interruptor de luz y descubrió que también era inútil. Con solo un resplandor azulado que se filtraba por la puerta abierta, Rhimes más bien sintió que vio a Regina apartarse de él, retrocediendo hacia el centro de la habitación.

—¿Cómo nos encontraron? —preguntó Regina.

—¿Sabes a qué se dedica tu hermano, verdad? —

respondió Rhimes, ignorando un tobillo adolorido mientras se sacudía los cristales de los hombros.

—Creí que habías encontrado una forma de desaparecer.

Rhimes agitó su Tama brillante hacia Regina mientras miraba hacia la puerta. Esos drones no eran letales, pero eso no significaba que no pudieran hacer que Rhimes sufriera un dolor infernal. Sin mencionar que si él y Regina no se iban pronto, el plan de Zhan-Yo no tendría ninguna oportunidad.

Y si Zhan-Yo fracasaba, entonces Rhimes recibiría el trato de un traidor.

—Esperaba que no nos encontrara tan rápido —dijo Rhimes—. Me equivoqué.

Regina retrocedió, apoyando su espalda contra una pared iluminada por el Tama de Rhimes. A su alrededor, los ganchos contaban la historia del arsenal desaparecido.

—Aléjate de mí —dijo Regina mientras Rhimes observaba —. Lo peor que me puede pasar es que me lleven de vuelta a casa.

Eso dolió, pero Rhimes no podía culpar a la mujer. Auto-preservación y todo eso. En su lugar, se agachó de nuevo hacia la escalera. Debajo de los escalones de madera había viejas cajas utilizadas para transportar las armas, y aunque las cajas estaban vacías, la palanca usada para abrirlas colgaba justo en su lugar. Rhimes levantó la barra negra y polvorienta, tratando de sentirse como un tipo duro.

Los drones rastreadores le robaron esa sensación, sus afiladas patas de acero chirriando mientras tomaban el relevo de sus hermanos flotantes de supresión. Rhimes escuchó los clics arriba mientras pasaban de las brillantes baldosas a la gruesa madera. El hombre alcanzó su Tama para apagar la luz, pero se detuvo.

Los drones podían ver en la oscuridad.

—¿Qué son esas cosas? —dijo Regina, sus ojos siguiendo algo por encima de la cabeza de Rhimes.

Rhimes escuchó la pregunta y prestó atención, en cambio,

a las garras del dron rastreador que llegaban al final de las escaleras. Levantando la palanca, Rhimes comenzó a moverse en esa dirección, planeando dar un golpe desde arriba antes de que el dron pudiera reaccionar. Levantó la palanca, nivelando su hombro izquierdo, y sintió que algo enganchaba su arma.

—¡Hay dos de ellos! —gritó Regina, aclarando el pánico mientras Rhimes se alejaba de las escaleras hacia el centro de la habitación, tirando de la palanca.

El dron no pudo mantener su agarre con garras en el arma y Rhimes la liberó, tropezando hacia atrás, preparándose mientras los dos drones rastreadores, con sus caparazones plateados de ciempiés, se deslizaban hacia él desde ambos lados. Ambos se irguieron como cobras, abriéndose las pequeñas ranuras que ocultaban sus armas lanzadardos.

Rhimes no caería tan fácilmente.

Eligió el de la derecha, dando un paso y balanceando la barra como un bate de béisbol. El golpe crujió en la sección media del dron, rebotando en la armadura con una ligera abolladura y un fuerte timbrazo. Los dardos se dispararon. Uno se clavó en su espalda, un segundo en su hombro izquierdo.

Ardían, y Rhimes perdió el control de su mano izquierda mientras balanceaba la palanca por segunda vez. Fue por arriba, apuntando al ojo del dron rastreador, y nunca llegó. La máquina curvó su columna, retrocediendo fuera del alcance de Rhimes. De nuevo como una cobra, el dron se lanzó hacia adelante después del golpe, empujando a Rhimes al suelo. Una pata golpeó la palanca, enviándola rodando por el suelo.

Con sus mandíbulas metálicas cerniéndose sobre su cabeza, Rhimes se estremeció ante las fauces de acero mientras su cuerpo se entumecía. Al menos, con dos dardos, podría perder la consciencia. Definitivamente no sentiría el dolor si estas cosas decidían despedazarlo.

Detrás de él, Rhimes escuchó la voz de Regina, murmurando *por favor no* una y otra vez. Supuso que debió haber hecho algo bien si ella no quería que muriera.

Rhimes no pudo sentir la vibración de su Tama, pero vio que la pantalla se iluminaba. Una llamada entrante de la persona con la que realmente, realmente no quería hablar en ese momento. Afortunadamente, no podía contestar el Tama aunque quisiera.

El dron rastreador se hundió, apoyando dos afiladas patas en el pecho de Rhimes. Con otra, la máquina extendió una garra de acero y tocó el Tama, aceptando la llamada. El rostro de Wexley, bañado por el sol y con gafas de sol, llenó la pantalla.

—Rhimes, no sabes cuánto me duele verte así —dijo Wexley. En su honor, Wexley sí sonaba herido, sí sonaba cansado—. ¿Apuñalándome por la espalda justo cuando más te necesito?

—No querías escuchar.

Rhimes no tenía pulmones para hablar más que en un susurro. Intentó encontrar algo de fuerza de todos modos, hacer algo para no parecer, sonar tan débil. El dron presionó su garra más profundamente, rasgando la camisa de Rhimes, marcando su pecho.

—¿Escuchar qué? —preguntó Wexley—. ¿Cuál es el problema, Rhimes? ¿Qué es tan malo que tienes que quitarme a mi hermana? —Wexley levantó la mano, se quitó las gafas y se frotó los ojos—. Ni siquiera entiendo lo que intentas hacer, llevándola a ese viejo almacén.

—Eso no es...

—Oye, dron —dijo Wexley—, ¿está mi hermana ahí?

El dron se inclinó, hundió una garra en el brazo de Rhimes, cortando profundamente. Rhimes no podía sentir nada, pero pudo ver la gota roja en la luz del Tama mientras el dron tiraba del brazo de Rhimes sobre su cabeza, dándole al Tama una buena vista.

—Estoy aquí, Wexley. —Regina encontró su fuerza en

algún lugar: Rhimes no escuchó rastro del lloriqueo—. Deja en paz al pobre hombre. No sabía lo que estaba haciendo.

—Eso no me lo creo ni por un minuto. ¿No te hizo daño?

—No. Creo que me quería para algo.

Sin decir para qué. Regina no se estaba rindiendo de inmediato. Rhimes no podía ver exactamente una salida de este desastre, pero saber que no estaba completamente solo se sentía un poco mejor. No es que fuera a sentir nada por mucho más tiempo.

—Lo que él quiera no importa. Aléjate de él —dijo Wexley—. Tengo una cápsula en camino para llevarte de vuelta. —Algo crepitó a través del Tama, el zumbido constante de una alarma. Wexley maldijo—. Tengo que irme, Regina. Te quiero.

La llamada del Tama se apagó, algo que Rhimes solo supo porque el dron extrajo su garra de su brazo. Liberado, el miembro entumecido de Rhimes cayó de vuelta al suelo, la pantalla del Tama en blanco ante sus ojos.

Ahora venía la ejecución.

El dron que se cernía sobre él se irguió, manteniendo a Rhimes inmovilizado pero sin llegar a destrozarlo. Su compañero, sin preámbulos, se alejó a toda velocidad, sus patas metálicas trepando por el lateral de la escalera hacia la puerta superior. Rhimes sabía lo suficiente sobre las tácticas de los drones como para encontrar el movimiento extraño: los drones rastreadores usaban su número para confirmar las bajas. El compañero no debería haberse ido hasta que Rhimes fuera un cadáver frío.

No es que el dron restante no pudiera encargarse del trabajo. Rhimes vio una pata, con la punta afilada visible en el tenue resplandor del Tama, apuntando a su garganta. Rhimes no podía sentir sus piernas, sus brazos, nada, así que intentó mantener una expresión serena. Decidida, sin miedo. Regina, al menos, podría contarle eso a Wexley.

La palanca de hierro destrozó el ojo izquierdo cristalino del dron. Los fragmentos se esparcieron mientras la máquina caía a la izquierda de Rhimes, liberando al luchador de su presión con garras, aunque Rhimes no pudiera hacer mucho con esa libertad. Regina avanzó, blandiendo la palanca de nuevo y golpeando una pata de acero. El golpe no hizo mucho, pero tampoco el dron atacó a la mujer.

Las propias órdenes de Wexley. Rhimes intentó reír, pero tosió en su lugar mientras sus pulmones luchaban por conseguir suficiente aire. Los drones de Ziran no se atreverían a lastimar a la hermana del hombre o al hombre mismo, líneas que Rhimes se había asegurado de que el personal de Ziran añadiera en una actualización temprana después de tomar la Fábrica.

—¡Aléjate! —dijo Regina, como si el dron fuera a escucharla—. ¡Déjalo en paz!

Atrapado entre directivas, el dron vaciló. Regina lo golpeó de nuevo, Rhimes captando los impactos por el rabillo de su ojo izquierdo. La máquina quería serpentear alrededor de Regina, llegar a Rhimes y terminar la misión, pero cada vez que hacía un movimiento, Regina lo aporreaba de nuevo.

Arriba, la casa se estremeció. Gritos y estruendos rebotaban en ecos a través de los pasillos. Más cristales se rompieron. Rhimes creyó captar órdenes tácticas, pero ¿quién demonios más estaría aquí? Todos con los que trabajaba estaban atrapados en las misiones de Ziran ahora, y ninguno elegiría la lealtad hacia él sobre la seguridad con Ziran...

—¿Te apuras y te levantas? —ladró Regina, asestando otro golpe como de golf contra la cabeza invasora del dron—. ¡Esto no es lo mío!

—Lo estoy intentando —respondió Rhimes, con la boca pastosa—. Dos dardos son muchas drogas.

Rhimes necesitaba tiempo, y el dron no era lo suficientemente tonto como para dárselo. Se movió a la derecha, arrastrando a Regina con él, y cuando fingió acercarse a Rhimes de nuevo, ella blandió la palanca en otro golpe a todo o nada. El dron se escabulló bajo el golpe, acostándose casi plano sobre esas patas brillantes, y corrió a lo largo del pecho de Rhimes.

—¡No lo hagas, feo bastardo! —gritó Regina, cargando contra la máquina.

—Vaya, maldición —dijo Rhimes mientras el dron se elevaba y bajaba con sus garras.

Incluso con los dardos, Rhimes sintió esos cortes.

CAPÍTULO 20

LEVÁNTATE

CASSIDY CALCULÓ que había treinta cuerpos apiñados en la celda sin ventanas, rodeados por una valla barata y drones gladiadores más que dispuestos a mantener sus armas apuntando a los prisioneros.

Treinta cuerpos, y todos dieron un respingo cuando la anomalía, una chica acurrucada en la esquina, gritó.

No de terror, sino con una rabia brillante y enérgica.

Bajo una gran carpa dividida en seis de esos enormes corrales, un espacio cerca del centro de la base donde, según entendió Cassidy, se agruparían y clasificarían los cargamentos de anomalías, el grito galvanizó a los cautivos. Cassidy no podía explicarlo: un segundo antes, había estado mirando hacia las colinas beige, preguntándose cómo Vick había muerto tan rápido, y al siguiente, ¿cargando hacia la valla con las otras anomalías?

No, sí podía explicarlo: otra habilidad rompiendo las leyes del mundo.

Los vacíos saltaron a la punta de sus dedos, listos para disparar mientras Cassidy se aplastaba entre cuerpos que doblaban una ley física tras otra. Algunas anomalías saltaron al aire, lanzándose a través de la carpa o zambulléndose hacia un guardia sin preocuparse por la táctica. Otras estallaron en llamas, arrojaron fantásticas esferas de luz o se derritieron en el suelo solo para aparecer junto a un dron gladiador y golpearlo con puños inútiles.

Los drones hicieron aquello para lo que fueron diseñados: los cuatro brazos entraron en erupción con fuego dirigido, balas fluyendo hacia la multitud. Algún rincón de la mente de Cassidy se dio cuenta de que iba a morir, todos lo harían, pero esa misma anomalía gritó de nuevo y la duda se desvaneció. En su lugar, Cassidy saltó sobre un cuerpo herido que caía frente a ella y usó esa altura para lanzar un vacío al gladiador más cercano.

El cuchillo invisible cortó el aire, encontró su objetivo y se tragó el cráneo metálico del dron. Los cables se desgarraron hacia arriba y lejos del cuerpo de la cosa, sus cañones de brazo deteniéndose, colapsando. Otra anomalía siguió el ataque de Cassidy, corriendo hacia el dron y, con un toque, encogió al gladiador al tamaño de un humano mientras él mismo crecía.

La anomalía gigante rugió, la multitud rugió con él, y, mientras la voz de Cassidy bajaba de la llamada, un láser de precisión convirtió a la recién agigantada anomalía en una baja. El motín gritó, dirigiendo su atención al asesino de la anomalía.

Cassidy también se volvió, con los vacíos listos para despedazar a los monstruos de Ziran y su base hasta que no quedara nada más que cenizas. Bajando de su plataforma humana, Cassidy comenzó a fundirse en la multitud hasta que otra anomalía enorme, que pasaba corriendo con alguna canción de guerra brotando de su boca, le golpeó la cabeza con el hombro.

Ella giró, cayó, y habría sido pisoteada si su pequeña escapada, su lanzamiento de vacíos, no la hubiera puesto en la retaguardia del grupo. Algunos pies descalzos le aplastaron las piernas, uno le presionó el pelo contra la tierra, pero respiraba. Vivía.

Encontró su cordura.

Desde el suelo, con la tierra compacta fría contra su mejilla, Cassidy vio por debajo de las vallas, fuera de la carpa y hacia la base del edificio. Lo que había sido un brillo metálico improvisado ahora se nublaba con tierra, fuego y una maraña de drones y humanos. Rondas duras crujían en el aire, atravesando gritos que exigían calma y una mezcla sónica más profunda que desafiaba la descripción: anomalías y sus habilidades rompiendo, chasqueando, retumbando y reverberando.

Cassidy se sintió como si hubiera vuelto a sus años de adolescencia, metida en un sótano abarrotado escuchando a bandas variopintas aullar con instrumentos al azar.

En el caos, sin embargo, vivía la oportunidad. La isla le había enseñado eso a Cassidy.

Se levantó, reunió la lucha que veía, los poderes ardientes y las armas encendidas, e intentó formar una estrategia. Celice había dicho que la llegada de Cassidy aquí era parte de algún plan. ¿Habían orquestado Thane o Aegis la explosión, el levantamiento? Y si era así, ¿cuál era el objetivo?

A la izquierda de Cassidy apareció la mujer más joven, la que gritaba y había iniciado la arremetida desenfrenada. La mujer gritó de nuevo, poniendo las manos alrededor de su boca para dar un impulso extra a la orden, el llamado a aplastar las máquinas de Ziran y sus cuidadores asesinos. Cassidy sintió el impulso, pero se deslizó fuera de su lógica, de su autocontrol. Como la Duquesa en la isla, saber que una anomalía era la fuente eliminaba la amenaza.

—¿Qué estás haciendo? —le dijo Cassidy a la mujer, alzando la voz para hacerse oír.

—Aprovechando una oportunidad —respondió la mujer, mirando a Cassidy de arriba abajo. Un ceño fruncido dijo que no estaba impresionada—. ¿Por qué no estás ayudando?

La respuesta a esa pregunta llegó a través de sus pies, vino con una brisa diferente y más cálida que pasaba. Una que no olía como el mar o la maleza dispersa, sino como gases ionizados, energía eléctrica expulsada por un motor. Cassidy tomó el brazo de la mujer, la apartó de la multitud en lucha. Lanzando un vacío, Cassidy cortó la valla, permitiendo que las dos salieran por la parte trasera de la carpa y bajo el cielo abierto.

—Por eso —dijo Cassidy, señalando hacia el horizonte sur.

Una nube oscura y cambiante se dirigía a toda velocidad hacia el campamento. Drones de todo tipo volaban hacia la fuga de anomalías.

—No intentarán sedarnos —continuó Cassidy—. Se sentarán sobre nosotros, nos masacrarán, y Ziran podrá empezar de nuevo cuando estemos muertos en la tierra.

La mujer se sacudió la mano de Cassidy, miró con furia mientras la nube se acercaba.

—¿Así que quieres rendirte? ¿Huir? Eso no funcionará.

—Tampoco lo hará luchar como una turba.

Cassidy vio movimiento, un destello en el sol cuando un dron rastreador, todo metal brillante, se dejó caer del techo de la carpa y se escabulló hacia la pareja. El Vacío empujó a la mujer a un lado —ella cayó en la tierra con una maldición— y lanzó dos pequeños agujeros negros a la máquina. Destrozaron el dron, enviando mitades chispeantes a cada lado.

Asintiendo hacia el dron destrozado, Cassidy extendió una mano a la mujer, que la tomó y luego la soltó con un siseo.

—Creo que me has quemado —dijo la mujer.

—Lo siento —respondió Cassidy—. Pero de eso estoy hablando. Necesitamos un plan, y necesitamos que toda esta gente se sume rápido.

La mujer miró de Cassidy al dron destruido, se levantó del suelo y dijo:

—De acuerdo, pero no dejes que me maten.

Toda una líder nata, esta mujer.

—No prometo nada —contestó Cassidy.

Lissy, la gritona, tenía buenos trucos. Con Cassidy proporcionándole estrategias aprendidas durante meses escondida en Tailandia y años liderando anomalías en la isla, Lissy manipulaba las emociones del campamento con cada grito. Mientras Cassidy generaba vacíos para cubrir su avance hacia el centro, Lissy se lanzó a una cadencia estridente.

El anillo arrasado, formándose naturalmente a medida que las anomalías y los drones luchaban en un perímetro cada vez más amplio, permitió a Lissy girar mientras gritaba, captando las partes de la batalla con sus gritos. El primer aullido de Lissy cayó sobre la multitud furiosa, explosiva y golpeadora como agua sobre un incendio forestal: amortiguó la ira e inspiró cautela. Incluso ese primer paso marcó una diferencia inmediata, ya que las anomalías miraron a su alrededor, siguiendo las instrucciones de Lissy para trabajar juntas, encontrar formas de defenderse y atacar por igual.

Cassidy escuchó cómo Lissy repetía el grito en las otras direcciones, su voz resonando sobre cabezas metálicas y humanas. Los drones gladiadores se alzaban en los bordes, algunos cayendo mientras otros seguían disparando rondas incesantes contra anomalías indefensas o, si tenían los poderes adecuados, protegidas. Arriba, las anomalías que podían volar se enredaban con los drones de supresión, puños y objetos aleatorios golpeando esferas soldadas que no dudaban en devolver el fuego.

Los cuerpos caían, la metralla los acompañaba.

Y aquella nube oscura se acercaba cada vez más. Ante ella, ahora naranja mientras el sol se ponía al oeste, el edificio Ziran hervía en su cima. Las ventanas se rompían mientras anomalías, guardias y drones se enredaban en una pelea que Cassidy no podía distinguir ni entender. Lissy podría haberlo visto como una oportunidad, pero el pequeño grupo allá arriba no ayudaría en la guerra de abajo.

—¡Fase dos! —gritó Cassidy cuando Lissy terminó la primera llamada.

—Necesito recuperar el aliento —respondió Lissy, tratando de hacerlo.

Cassidy lanzó un vacío más allá de la gritona, un agujero negro en espiral que engulló el fuego entrante de un gladiador rebelde. La máquina intentó cambiar de objetivo, pero una hoja azul neón, que surgió del suelo como una púa perdida, partió al dron en dos. Cassidy no pudo saber quién había generado aquello, que se desvaneció en brasas azuladas tras su ataque.

—Vamos, Lissy, no es momento para esto —dijo Cassidy, intentando mirar a todas partes a la vez.

—Vale, vale. —Lissy se enderezó, tomó más aire del que Cassidy creía posible, como un pájaro inflándose antes de cantar, y soltó el comando a pleno pulmón.

Si la primera llamada inspiró cautela y solidaridad, la siguiente de Lissy llevó el foco a sus palabras: retroceder y reagruparse. Las líneas de batalla alrededor del campamento se deshilacharon mientras las anomalías con mejores habilidades avanzaban y las más débiles morían o quedaban atrás. Solo observando los drones gladiadores y viendo cuáles estallaban y cuáles se acercaban, Cassidy podía leer el conflicto. El propio campamento ofrecía su propia página para leer, ya que las tiendas se derrumbaban, colapsando mientras anomalías y drones lanzaban ataques salvajes.

Cuando el grito de Lissy, repetido una y otra vez, llegó a sus oídos, los prisioneros superdotados retrocedieron. Algunas anomalías levantaron escudos de colores sólidos o brillantes, mientras otras proyectaban sombras o doblaban la luz, haciendo que los drones dispararan al aire o a parches de suelo vacíos. Gradualmente, el caos se unificó, y las anomalías se encontraron rodeadas no por metal mortal, sino por aliados. Las explosiones cesaron, aunque los drones continuaron vertiendo fuego contra las defensas de las anomalías, fuego que no lograba encontrar su objetivo.

Esto era lo que Thane quería, por lo que había enviado a Cassidy aquí. Él sabía que ella podía comandar una fuerza de anomalías rebeldes, sabía que entendería cómo mantenerlos con vida porque lo había hecho durante años en aquella isla. Él sabía, él vio que a Cassidy le importaban esos niños en Tailandia, le importaba su familia aquí.

Él sabía que ella intentaría cualquier cosa para sacar a estas anomalías a salvo.

Y, maldita sea, Thane tenía razón.

Ahora bien, Cassidy todavía no tenía idea de cómo Thane podría haber adivinado que estallaría una batalla, pero esa sería una pregunta para otro momento. Preferiblemente, uno que no tuviera un cielo crepuscular llenándose de monstruos metálicos.

—¿Y ahora qué? —dijo Lissy entre largas inhalaciones—. No sé si te has dado cuenta, pero esos drones siguen viniendo.

Cassidy, sin embargo, ya no estaba mirando los drones. Mantenía su atención en la parte superior del edificio, donde la lucha continuaba con intensidad. Los cuerpos ocasionalmente caían por las ventanas rotas para aterrizar en el suelo de abajo, y el resplandor de una llama hablaba de malos momentos en el interior. Los drones que se acercaban también parecían más centrados en ese conflicto que en la fuerza de anomalías reuniéndose afuera.

Las anomalías necesitaban dos cosas para vivir: una escapatoria y una distracción para mantener alejados a los drones. Cassidy tenía una idea para lo primero, tal vez ese edificio podría servir para lo segundo.

—¿Señora? —repitió Lissy.

—La estación de tren —dijo Cassidy—. Es nuestro único boleto de salida. Lleva a todos allí.

—¿Y tú?

—Voy a conseguirnos algo de cobertura.

—Me parece bien.

El heroísmo poco entusiasta de Lissy dibujó una sonrisa en el rostro de Cassidy mientras se dirigía directamente hacia adelante. Las anomalías, cuando Lissy las golpeó con otra orden, una que hizo que Cassidy sintiera que necesitaba dirigirse a la estación de tren si quería vivir, fueron hacia la izquierda. Aparecieron, volaron, corrieron o simplemente se teletransportaron pasando a Cassidy. Los que mantenían los escudos los mantuvieron en alto durante todo el movimiento, el despliegue multicolor caminando con la multitud.

Los drones en el suelo y los guardias de Ziran los siguieron, sus armas en silencio.

Habían sido entrenados y programados bien. Cassidy se quemaba si lanzaba demasiados vacíos, la mayoría de las anomalías tenían costos similares por sus poderes. Toda esta gente se cansaría, eventualmente encontraría sus habilidades sin respuesta.

Entonces solo sería cuestión de limpieza.

A menos que Cassidy pudiera cambiar la ecuación.

Mientras caminaban, las anomalías refunfuñaban y gruñían, se hacían sugerencias entre sí. Las estrategias de batalla se mezclaban con comentarios sobre salir con vida. Soldados reclutados en un ejército inmediato, y la escena lo reflejaba: Cassidy olía el sudor, el miedo contenido por la manipulación de Lissy. Ropa hecha jirones, ceniza flotaba en la brisa. Los golpes sordos hacían vibrar el suelo mientras los drones de varias toneladas movían su volumen. Más allá de todo, la alarma del edificio seguía sonando, una advertencia demasiado pobre para la situación.

Mientras se acercaba al final de la línea, Cassidy sintió los vacíos llegar a las puntas de sus dedos. Tendría un segundo, tal vez, antes de que los drones se dieran cuenta de que no estaba protegida. Ese tiempo tendría que ser suficiente.

Su frente se calentó, sus brazos ardieron mientras el

corazón de Cassidy bombeaba cada vez más rápido. Las dos últimas anomalías pasaron junto a ella con miradas preocupadas, caminando hacia atrás mientras sus extrañas barreras —una oval de color blanco lechoso, la otra un cuadrado de estática en cascada como una vieja televisión— seguían cubriendo el movimiento. Cassidy se agachó entre ellos, miró hacia el edificio y lo que se interponía en el camino.

Ocho gladiadores aquí, con el doble de guardias Ziran. Máquinas y humanos por igual detuvieron su chirriante persecución cuando Cassidy superó las barreras. Con los rifles en alto, los gladiadores inclinaron sus brazos cañón. Los últimos esfuerzos del sol tornaron su pintura blanca en púrpura, y el naranja en un negro turbio.

El enjambre se acercó, voló sobre y alrededor de la torre. Una tormenta inminente e imparable.

—Me rindo —anunció Cassidy, y levantó los brazos.

La energía fluyó de sus manos, disparándose directamente desde las puntas de sus dedos y arremolinándose en el aire, todos esos vacíos susurrando a Cassidy que ahora era el momento, que podían salir disparados y destruir al enemigo.

Había sido un día luminoso, una mañana temprana. Tenía un café en las manos, observando desde la entrada mientras su hijo lanzaba una pelota de baloncesto al aro del camino, con la mochila del niño esperando en el césped. La pelota subió, golpeó el aro y rebotó hacia la calle. Detrás de ella, la puerta se abrió cuando su esposo acompañaba a la hija de Cassidy, lista para su propio camino hacia la escuela.

El coche, un gran SUV como tantos otros en la calle, se precipitaba hacia la pelota, hacia su hijo que la perseguía. Cassidy no pensó, no hizo nada excepto seguir los vacíos y sus instintos. Extendió su mano, enviando un agujero negro giratorio hacia el coche que se aproximaba. El vacío devoró las ruedas delanteras, arrancó el parachoques y detuvo el SUV en un chirrido de chispas cuando su parte delantera se estrelló contra el asfalto.

Su hijo, su hija miraron fijamente el coche. El esposo de Cassidy solo la miró a ella.

Juntos, los vacíos se unieron, volaron, un disco giratorio lo suficientemente ancho como para cercenar una torre. Los drones, los guardias, Cassidy lo vio volar sobre sus cabezas. Mientras sus manos se elevaban, el calor llegó con ellas, quemando a Cassidy como una fiebre para acabar con todas las fiebres. Su visión se nubló, sus rodillas se doblaron, y antes de que la primera bala fuera disparada en su dirección, Cassidy cayó al suelo, ya inconsciente.

CAPÍTULO 21

TOCA LA CAMPANA

DANDO UNA PATADA HACIA ARRIBA, Aegis quedó suspendido en el cielo mientras su impulso ascendente luchaba, y perdía, contra la fuerza de la gravedad. A su alrededor, el atardecer cegaba sus ojos con tonos púrpura y naranja. Los cohetes del dron, disparándose hacia arriba eternamente, lo salpicaban de calor. No muy lejos abajo, Los Ángeles se extendía como una manta urbana, y a la derecha, Aegis vislumbró el océano, resplandeciente.

Sus oídos reconocieron la caída antes que su estómago, el viento rugiendo mientras Aegis iniciaba su descenso en picado. Comenzó y se detuvo cuando su patada lateral lo lanzó hacia la ladera. Un alto pino atrapó al Campeón, las ramas formando un cojín de garras mientras Aegis rodaba, se rompía, se partía y se hacía añicos en su camino hacia abajo por demasiados pisos hasta la sucia y polvorienta manta cubierta de agujas en el fondo. Sus articulaciones se desgarraron y crujieron, su cerebro rebotó dentro de su cráneo como un sonajero repicando, pero el hombre no murió cuando finalmente tocó el suelo.

A través del dosel, Aegis pudo distinguir las primeras, las pocas estrellas lo suficientemente valientes para penetrar las luces de la ciudad de Los Ángeles. Respiró superficialmente, movió los dedos de los pies, parpadeó varias veces. Una pequeña bola de fuego, muy arriba, evidenciaba el final del dron.

Aegis se rio. Otro más para añadir a su cuenta.

Se incorporó, se puso de pie, se sacudió de arriba abajo su uniforme hecho jirones. Sus oídos volvieron del silencio aturdido a los gritos, llamadas de su hija y Particle pronunciando su nombre. Girando el cuello de un lado a otro para quitarse las contracturas, Aegis volvió a ponerse en movimiento.

Había sido un primer asalto infernal, pero el equipo había logrado pasar al segundo.

La brisa arreció cuando Aegis salió del bosque, mientras se deslizaba y resbalaba por la ladera de vuelta a la gran entrada de la Fábrica. Zhan-Yo se erguía sobre el gladiador caído como un rey conquistador, su tachi apuntando hacia el concreto. Celice y Particle, al ver que Aegis no se había convertido en una víctima más, se refugiaron detrás del dron, con las armas listas.

—¿Llego tarde? —gritó Aegis, acercándose a la escena trotando.

—Por una vez, llegas temprano —respondió Zhan-Yo.

Celice puso los ojos en blanco, pero Aegis captó el más leve atisbo de una sonrisa que significaba el mundo.

—¿Qué está esperando? —preguntó Aegis, mirando hacia la gran puerta cerrada—. ¿Tiene miedo?

—Wexley es cauteloso. Nos está observando, tratando de entendernos. Preguntándose qué hago yo aquí.

—Entonces se lo diré.

El viento azotaba mientras Aegis se acercaba al muelle de carga, quedando atrapado en las paredes de concreto y soplando de un lado a otro, ansioso por escapar y sin saber cómo. La gran puerta llevaba el logotipo de Paragon, una versión dorada incrustada, al examinarla de cerca, con las líneas grabadas de un circuito impreso. No había aldaba, no había forma de abrir la cosa desde fuera.

—¡Wexley! —llamó Aegis. No podía ver la cámara, pero Mynx le había mostrado años atrás que estaba justo en el círculo descentrado de la P. El Campeón puso su mejor cara de héroe, miró fijamente al ojo invisible—. Tienes a una amiga mía ahí dentro. Déjala salir, o voy a entrar. Tú eliges.

Nadie respondió.

—Buen trabajo, papá —gritó Celice—. Realmente aterrador.

Aegis levantó un solo dedo en particular. Zhan-Yo suspiró ruidosamente. Particle, sabiamente, guardó sus pensamientos para sí.

—¡Aegis! —la voz de Wexley, fuerte y clara desde la cámara, se impuso sobre el viento cortante—. Gracias por ahorrarme el tiempo de cazarte. El mundo está listo para seguir adelante después de tus errores, y yo también. Por favor, espera un momento más y tendrás lo que buscas.

No era exactamente el monólogo que Aegis esperaba. La mayoría de los villanos en su triunfo se extenderían demasiado sobre esta o aquella gran ambición, un misterio hasta que Apinya, en una charla reveladora en los primeros días de Paragon, reveló que los villanos querían reconocimiento. Querían que sus mayores enemigos entendieran sus objetivos, el quién, qué, dónde y por qué que era su destino.

Después de eso, Aegis hizo todo lo posible para noquearlos antes de que los idiotas empezaran a hablar. Ahorraba tiempo, y ninguno merecía nada mejor.

Wexley cumplió su palabra. Después de darle a Aegis otro respiro para que su cuerpo se reparara, el muelle de carga empezó a abrirse con un gruñido. Un ascenso gradual, centímetro a centímetro, dejando entrever los drones que montaban guardia al otro lado. Gladiadores, rastreadores, supresores y quién sabe qué más yacía en esa maraña metálica.

Aegis silbó. Se crujió los nudillos.

Sus ojos se desviaron, se centraron en un punto detrás de los drones. El panel de control de un ascensor, apenas visible entre todas esas armas, el reluciente plateado y acero. Había que reconocerle a Particle que mantuviera su enfoque en el objetivo.

Tres gladiadores formaban la primera línea mientras la puerta completaba su ascenso. Doce brazos cargados para matar empezaron a girar. Debajo de ellos, los drones rastreadores se lanzaron hacia adelante, sus picos mordiendo el concreto.

Aegis sonrió, sintió ese viento a su espalda, fluyendo a su alrededor y hacia la puerta ahora abierta. Bajando el hombro, Aegis dio un largo paso adelante, solo.

Y, en el instante siguiente, para nada solo.

A la izquierda de Aegis apareció una figura enorme que agitaba los puños. La bestia de ira musculosa y escupidora de Thane casi igualaba en tamaño a un dron gladiador. Su puñetazo llegó desde el viento, golpeando con un crujido y enviando a su objetivo de cuatro metros de altura a desplomarse sobre la fuerza de drones.

A la derecha de Aegis, un joven Paragon se agachó, empujando las manos hacia afuera. El Campeón no sintió nada, pero los drones en el lado derecho de la formación se arrugaron entre sí, sus partes metálicas chocando y quedando fuertemente adheridas. Rodando desde el viento tras el hombre llegó uno de los reclutas de Apinya, Kamnan, y el hombre mayor atacó los drones agrupados con una luz ardiente, derritiendo el cúmulo en una bola brillante y ardiente.

Aun así, Aegis tenía su propio gladiador frente a él. Lo encaró, miró fijamente esas armas y se lanzó a la carga. Se impulsó cuando dos manos agarraron sus hombros desde atrás. Aegis sintió que su ropa, su cuerpo, todo se congelaba. Un blanco fácil.

Hasta que una segunda anomalía impulsó a Aegis y a su jinete hacia adelante. El gladiador alzó sus armas solo para descubrir que Aegis ya no estaba a varios metros de distancia, sino justo en su cara, el impulso del Campeón llevando su cuerpo invencible contra el gladiador como una bala de cañón. Aegis se estrelló contra el pecho de la máquina, su protección sin sufrir daño alguno, su velocidad agrietando la armadura del dron y haciendo retroceder a la máquina.

Aegis se puso en movimiento cuando las dos manos lo soltaron, Samir se abalanzó sobre el dron dañado. Con un toque, el Paragon encerró al gladiador abollado en un estado invencible, ahorrándole a Aegis un tiroteo pero manteniendo a Samir al alcance de sus rodillas a los pies del gladiador.

Perfecto para esos drones rastreadores y sus garras cortantes.

—¡Celice! —gritó Aegis mientras iba por uno a la derecha.

El dron plateado rodeó al gladiador, yendo por Samir con sus mandíbulas delanteras. Aegis golpeó hacia abajo, aplicando suficiente fuerza para desviar el dron hacia el concreto. Saltaron chispas, Aegis sintió que el golpe le fracturaba un nudillo.

Para cuando su segundo golpe dio en el blanco, rompiendo la columna de ciempiés del dron rastreador, ese nudillo ya se había curado por completo.

Detrás de Aegis, sonaron disparos en una ráfaga staccato. Un segundo dron rastreador recibió los impactos y cambió de táctica, saltando sobre la espalda de Aegis y trepando hacia la cabeza del Campeón. Las garras de la máquina cortaron su uniforme, se hundieron profundamente en la piel del Campeón, y aunque Aegis echó los brazos hacia atrás, el instinto le dijo que nunca lograría agarrarlo a tiempo para salvar su propia vida.

El dolor ardió intensamente en un instante y Aegis gritó, esperando encontrar un corte letal. En cambio, la presión en su cuerpo desapareció. Aegis se giró y vio, mientras más drones y anomalías chocaban entre sí, a Thane sosteniendo en alto al dron rastreador. Las garras de la cosa arañaban la piel de Thane, dibujando líneas rojas en la carne tensa y moteada del hombre.

Thane destrozó al dron rastreador. Aferrándose al metal y sus garras cortantes, Thane se puso a trabajar en la horda de máquinas, atacando y despedazando drones dondequiera que golpeaba.

Había pasado mucho tiempo desde que Aegis luchó junto a Thane, mucho tiempo desde que esa anomalía había reclamado el amor del Campeón. Aegis nunca perdonaría al monstruo por ese momento, pero ahora, con todo en juego, podía apreciar tener a la criatura de su lado.

—¡Lo suelto! —gritó Samir.

El gran dron volvió a la vida, encontró su objetivo, solo para que una cascada de rondas EMP impactara en su masa. Los mercenarios de Zhan-Yo, los comandos de Mathieu, llegaron en varios módulos, formando con Celice y Particle para proporcionar fuego de cobertura mientras las anomalías se preparaban para avanzar.

Y atacaron ahora.

Con la fuerza Paragon emergiendo del viento, las habilidades combinadas de las anomalías abrumaron al comité de bienvenida de Wexley. Rayos, explosiones y ráfagas derribaron drones más pequeños del aire y cubrieron a los más grandes con fuegos, bolas de ácido y cortocircuitos eléctricos. Las máquinas explotaron, cayeron muertas al suelo o se volvieron para luchar contra sus compañeros drones en una ruptura maníaca con su programación.

Aegis saltó al medio, siguiendo a Thane y cayendo en un ritmo con la anomalía más grande. Mientras Thane iba por arriba, Aegis iba por abajo, esquivando los amplios movimientos del monstruo para agarrar un dron rastreador y lanzarlo hacia el revés desgarrador de Thane. Un dron de supresión acribilló el costado derecho de Thane con dardos aturdidores, que rebotaron en la piel del hombre, y Aegis tomó el enfoque del dron y lo convirtió en una ventaja: el Campeón agarró la máquina con forma de bola y la arrojó contra la cadera de otro gladiador, destrozándola y abriendo un agujero en la armadura del gladiador.

Ese gladiador se giró para ver a su atacante, solo para que los EMP golpearan justo en el pequeño agujero.

—Gracias por la abertura —dijo Particle, su voz crepitando a través del auricular de Aegis—. El progreso va según lo previsto.

—¿Qué plan? —dijo Aegis, rodando lejos mientras Thane se enfrentaba a otro gladiador, el baile volviéndose demasiado intenso para él.

—El mío —respondió Zhan-Yo—. Tengo a nuestro jinete del viento trayendo refuerzos, pero no llegarán de inmediato. Necesitamos entrar en la Fábrica donde podamos defendernos.

—Nos va bastante bien aquí fuera —respondió Aegis, corriendo hacia otro dron rastreador para destrozarlo.

Su avance llevó a la fuerza de ataque de anomalías y normales más allá de los bordes del muelle de carga, llevándolos justo dentro del edificio mismo. Sin los estrechos confines de concreto, Aegis captó los vastos niveles de la Fábrica, todos iluminados en un blanco brillante sobre pisos de metal negro-azulado mantenidos limpios por aún más drones. Aquí, incluso con el constante ruido de la batalla, Aegis podía sentir las líneas de la Fábrica produciendo más máquinas, algunas que podrían saltar de la última etapa y entrar directamente en la pelea.

Con espacio abierto arriba y abajo, con cada dron capaz de volar o trepar, el grupo de Aegis podía ser golpeado desde cualquier ángulo, desde todos los ángulos. Aunque ahora sumaban varias decenas, esos números caerían rápidamente sin el factor sorpresa de su lado.

—¡Sigan avanzando! —gritó Aegis, su voz llegando a

través del auricular y haciendo eco sobre la lucha—. ¡Una vez que estemos dentro, divídanse hacia sus objetivos! ¡No esperen!

Los drones parecieron sentir el cambio de impulso. O tal vez algún supervisor Ziran decidió guardar sus máquinas para un mejor campo de batalla. Los pocos gladiadores restantes retrocedieron, activando sus propulsores al llegar al interior de la Fábrica y lanzándose hacia arriba fuera de la vista. Los drones rastreadores y sus hermanos voladores de supresión también huyeron, la mayoría siendo destrozados en el intento.

El grupo de Aegis avanzó corriendo, con los comandos normales proporcionando fuego de cobertura por defecto. Thane, ya liderando el camino, ignoró cualquier planificación, en su lugar se desvió hacia la izquierda y cargó a lo largo del amplio nivel principal de la Fábrica. Aegis se reagrupó con Zhan-Yo, Celice y Mathieu justo dentro de la entrada, el Campeón observando el ascensor principal.

—¿Qué hay del maniático? —preguntó Celice, señalando hacia donde se había ido Thane.

—Atraerá la atención —dijo Zhan-Yo.

—Y si muere, tanto mejor —añadió Aegis—. Yo iré a por Mynx. Ustedes tres lleguen al centro de mando.

—No irás solo —dijo Celice.

Aegis habría aceptado ayuda, habría llevado consigo a un aliado o siete, excepto que nuevos ruidos llamaron su atención. Particle, vigilando las puertas del muelle de carga, aguzó la mirada. Afuera, nuevos drones aterrizaban, gladiadores aplastando las cápsulas en las que los comandos habían llegado. Detrás de ellos, también, nuevas alarmas resonaron en la Fábrica mientras los sistemas de seguridad se activaban.

Celice levantó su rifle rápidamente, apretó el gatillo para enviar una bala volando sobre el hombro de Aegis. Golpeó un panel que se abría, perforando un cañón con torreta al otro lado. Llovieron chispas. Comandos y anomalías por igual alertaron sobre otras armas que aparecían a la vista, la Fábrica levantándose contra los intrusos.

—No puedes prescindir de nadie —dijo Aegis, corriendo hacia el ascensor mientras todos a su alrededor se lanzaban a una acción para salvar sus vidas—. Yo iré por Mynx, ustedes manténganse con vida.

—¡Solo sé rápido! —respondió Celice, ya apuntando y disparando a otro objetivo.

Las balas volaban, los láseres destellaban, los poderes de las anomalías resplandecían en cada superficie mientras sus reflejos se captaban en la piel pulida de la Fábrica. Un caos hermoso, una misión arriesgándolo todo. Aegis sintió que su adrenalina bombeaba tan rápido como sus piernas mientras alcanzaba el ascensor, golpeando el botón que lo enviaba hacia abajo. Terrible, mortal, y ausente de su vida durante demasiado tiempo.

Los Campeones una vez se hicieron un nombre con ataques como estos, el trabajo en equipo triunfando sobre probabilidades imposibles. Ahora estaba en ello de nuevo, salvando el mundo una última vez.

¿Había algo mejor que esto?

CAPÍTULO 22
PELEA EN LA OFICINA

LA MUERTE se alzaba ante ella disfrazada de guardia ziran con una armadura naranja y blanca. Su rifle, listo para disparar, apuntaba a Kat, cuyos pies pataleaban, resbalando en el suelo de baldosas. Sin cobertura, sin escapatoria. Levantó una mano para protegerse el rostro mientras el guardia se disponía a apretar el gatillo.

Kat ya se había enfrentado a la muerte antes. Había estado muy cerca, y en ningún momento había visto pasar su vida ante sus ojos. En ningún momento el tiempo se había ralentizado para dar cabida a una última introspección. Esta vez no fue diferente, aunque sin duda parecía extraño: en un parpadeo, el hombre la apuntaba con su arma. Al siguiente, un círculo reflectante volaba entre ellos.

El guardia apretó el gatillo, y el arma descargó sus entrañas en el círculo lanzado, hecho del mismo suelo sobre el que Kat estaba sentada. En otra fracción de segundo, el círculo siguió su trayectoria, resonando en el pasillo. El hombre aún tenía su arma, aún tenía la mano en el gatillo.

Pero Kat tuvo un momento.

Movió su muñeca izquierda y dos esferas plateadas salieron disparadas, golpeando el visor del guardia. Él trastabilló mientras Kat rodaba, cubriéndose los ojos. El destello brillante se activó, visible bajo los párpados de Kat como un resplandor púrpura-verde. La rastreadora se impulsó con ambos brazos mientras gritos, chillidos y órdenes inundaban la sala.

Algo le cortó el tobillo, rasgando su bota, pero Kat mantuvo el equilibrio mientras se adentraba en la habitación. Cualquier cosa con tal de poner distancia entre ella y el rifle del guardia. Algo caliente le rozó la oreja derecha, y Kat abrió los ojos para ver lo que parecía un enjambre de abejas ardiendo en naranja zumbando cerca de ella. El enjambre retrocedió detrás de ella mientras Kat se giraba, y los insectos anómalos atraparon un dron rastreador que se acercaba.

Las abejas entraban y salían, atravesando el dron, cada marca incandescente devorándolo. La máquina vaciló mientras sus cables se cortaban y sus procesadores se desintegraban. En cuestión de segundos, el dron cayó al suelo, convertido en un cascarón perforado. Las abejas se alejaron zumbando en busca de más presas.

Kat estaría feliz de no tener que rastrear nunca esa anomalía.

Aunque rastrear no era el mayor problema del momento: el piso superior de la torre estalló en caos alrededor de Kat, con drones y guardias ziran enfrascados en una lucha contra anomalías que olfateaban una oportunidad de libertad. A lo largo del amplio espacio con ventanas por todos lados, excepto por el lado izquierdo donde se extendía el pasillo, el conflicto se desató, rápido y brutal. Guardias y drones lanzaban dardos aturdidores contra las anomalías, algunos acertando y otros siendo bloqueados por Calvin, quien arrancaba el suelo para crear delgadas y rígidas barreras.

Las abejas enjambraron la línea. Su líder, una mujer con el cabello enmarañado de pies a cabeza y más tinta en la piel que cualquier persona que Kat hubiera visto jamás, las dirigía con movimientos de manos.

Al otro lado de la sala, varios guardias se agrupaban alrededor de alguien que Kat no podía distinguir, aunque podía oír la voz alta de la mujer dando órdenes. Defender, capturarlos vivos, matar al intruso, todo lo habitual.

Había un plan: llegar hasta la mujer detrás de los guardias, y Kat podría intentar negociar una tregua, lograr que terminara la locura. Salir con vida, y no sola.

Kat encontró a Calvin, cruzó su mirada con él durante un largo segundo hasta que sus ojos se abrieron de par en par y la anomalía desapareció a través del techo cuando este se derrumbó. Kat habría avanzado de no ser porque el guardia que había estado a punto de dispararle quería una segunda ronda.

Recuperado de las esferas aturdidoras de Kat, el guardia tenía su arma levantada de nuevo apuntando hacia ella. Kat, de pie esta vez, movió su muñeca izquierda para recuperar el gancho. Disparó hacia arriba, saltando al mismo tiempo que el guardia disparaba. El dardo aturdidor pasó rozando sus piernas, un blanco más delgado que su cuerpo. El gancho encontró un punto de apoyo en el techo, al que Kat se aferró hasta que el dardo pasó de largo.

Soltando el gancho, Kat cayó al suelo corriendo, acercándose al guardia mientras este balanceaba el rifle en un golpe hacia la cabeza de Kat. Un golpe de haymaker predecible. Kat se inclinó por la cintura, dejando caer su cabeza hacia un lado y el rifle silbó a través del espacio. Con su mano izquierda, Kat lanzó un uppercut enguantado, golpeando la barbilla del guardia. Su cabeza se echó hacia atrás, los brazos del hombre cayendo a los costados mientras retrocedía.

Justo a la distancia perfecta para una patada.

Cayendo en la práctica que tantas peleas de bar en *Carver's* habían perfeccionado, Kat lanzó un golpe con el pie plano al estómago del guardia. La armadura del hombre hizo que Kat sintiera como si hubiera pateado una pared, pero el guardia en sí no era tan resistente. El hombre cayó de trasero, sentado para un buen golpe de seguimiento.

Kat giró sobre sus pies, equilibrándose sobre el izquierdo y levantando el derecho para lo que debería haber sido el golpe definitivo, excepto por un fuerte chasquido, un silbido que pasó justo al lado de la oreja de Kat. La bala golpeó y atravesó la ventana detrás de Kat, confirmando que la ronda era real y mortal. Kat abandonó la idea de la patada y se movió hacia la izquierda, colocando la entrada de la habitación y su estrecha cobertura entre ella y la falange de tres guardias en el extremo opuesto de la sala.

O bien Ziran sabía que Kat no era una anomalía, o habían decidido dejar de jugar.

El deslizamiento hacia la cobertura le dio a Kat un segundo para reevaluar la pelea, y captó un vasto silencio, tanto en sonido como en acción. El asalto de abejas ardientes cesó cuando un dron rastreador, cayendo del techo, derribó a la mujer al suelo, apuñalándola con alguna droga para dejarla inconsciente. Las otras anomalías que habían estado librando una guerra hace un instante parecían estar en silencio, aunque la habitación zumbaba mientras un viento azotador se colaba por las ventanas rotas. Partes de drones esparcidas por lo que Kat podía ver, con varios cuerpos entre ellas.

La mujer al mando ahora daba diferentes órdenes, ordenando a los drones que limpiaran, a sus guardias que avanzaran y, en un giro interesante, a alguien que enviara refuerzos desde la Fábrica rápidamente.

¿Refuerzos para qué?

El guardia con el que Kat había estado luchando comenzó a levantarse, así que Kat extendió la mano y la puso sobre el hombro del guardia. El hombre se quedó inmóvil. Cuidando de mantenerse oculta detrás de la puerta, Kat habló suave y lentamente.

—Intenta algo y te rompo el cuello —dijo Kat.

—Te romperán el tuyo en un minuto —respondió el guardia—. Esperaré.

Kat no podía discutir eso. Escuchaba los drones, los guardias avanzando por la habitación hacia su posición. Podrían haberla rodeado, pero su vacilación tenía sentido cuando el ascensor detrás de Kat anunció una nueva llegada. ¿Por qué arriesgar algo o a alguien cuando tenían a su objetivo atrapado?

Necesitaba cambiar la situación.

—Levántate —dijo Kat—. Ahora.

El guardia, afortunadamente, no cuestionó. Con la ayuda de Kat, el hombre se puso de pie rápidamente. Tan pronto como sus suelas estuvieron planas sobre las baldosas, Kat lo empujó alrededor de la esquina. Detrás de ella, varios guardias más hicieron resonar sus botas desde el ascensor, uno llamando a Kat para que se rindiera.

—¡No me disparen! —gritó el prisionero de Kat mientras la rastreadora lo empujaba, con ella cerca detrás, alrededor de la esquina.

Cuando los compañeros del guardia no dispararon, Kat empujó a su rehén hacia adelante, dirigiéndose muy ligeramente hacia el centro de la habitación.

—Sáquenlo del camino —ordenó la mujer.

Kat escuchó los drones rastreadores, escuchó a los guardias detrás de ella levantando sus armas. Empujó a su rehén, enviándolo tambaleándose hacia la protección de la mujer. A la derecha de Kat, un dron rastreador cayó del techo, con las garras balanceándose hacia ella. Un agudo dolor floreció a lo largo del brazo y la pierna derecha de Kat.

El rastreador se lanzó.

El agujero de Calvin no tenía mucho espacio para maniobrar, pero Kat no igualaba el tamaño del hombre. Voló a través de él de cara, apretándose entre dos luces colgantes para caer sobre un escritorio abollado. El golpe comprimió sus pulmones, confundió su cerebro. El vidrio, ya hecho añicos en la superficie del escritorio, le cortó la frente.

Antes de que Kat pudiera comprender dónde había ido a parar, unas manos la agarraron y la arrojaron fuera del escritorio. Las balas impactaron en el espacio donde había estado, haciendo agujeros en el mueble. Kat maldijo, un susurro entrecortado de una maldición, e intentó retroceder más. Lo intentó, al menos, hasta que vio líneas de madera y metal que se elevaban más allá de ella, tejiendo una apretada red a través del agujero en el techo.

—Tienen una docena de formas de bajar aquí, así que vámonos —dijo Calvin—. ¿Estás bien?

El brillo cristalino del nivel superior cambió su estilo por el poder de un centro de procesamiento, aunque con las ventanas aún rodeando los bordes. Escritorios y estaciones de trabajo cubrían la sala donde Kat había aterrizado de un extremo a otro, con monitores brillando con demandas de nombres de usuario y contraseñas. Más allá de las pantallas, la mayoría de los escritorios tenían cajas con viales, muchos de un familiar rojo oscuro. Del tipo que Kat tenía corriendo por su propio brazo en ese momento.

—Estoy muy lejos de estar bien —dijo Kat.

Calvin parecía ileso de la pelea, su camiseta de Ziran y pantalones endebles lo hacían parecer más un monje de tienda de segunda mano que un prisionero anómalo. Había pasado de ser un admirador de Paragon a tener un aspecto demacrado, con los ojos hinchados y una nueva barba de pelo negro que le daba un aspecto desaliñado alrededor de la barbilla. Aun así, Kat vio al hombre que había estado persiguiendo justo allí y no pudo resistir un fuerte abrazo.

Un fuerte abrazo que Calvin detuvo, separó y la miró.

—Hubiera dicho lo mismo hasta que me salvaste la vida —dijo Calvin.

Esta vez se encontraron con sus labios, una rápida presión interrumpida por sonidos de rasgado y destrozo. Una manera horrible de arruinar lo que debería haber sido un maldito momento de felicidad. El propio dolor de Kat, su frustración y agotamiento se convirtieron en un calor blanco.

—Vamos a hablar más sobre lo que acaba de pasar después —dijo Kat mientras se volvían hacia el progreso del dron rastreador—. ¿Quién es la mujer de arriba? Parece ser la clave de todo esto.

—Adriana —dijo Calvin—. Esto es...

—Un segundo —dijo Kat mientras el dron rastreador caía por su agujero.

La máquina cortadora cayó sobre el mismo escritorio que Kat y Calvin habían usado como plataforma de aterrizaje, enderezándose justo a tiempo para que el gancho de Kat atravesara el dron por sus mandíbulas frontales. El gancho de acero se hundió profundamente en la máquina, y Kat no movió la muñeca cuando lo tiró hacia atrás con ambas manos. Con púas, el gancho arrancó cables, cortó circuitos mientras Kat tiraba, finalmente saliendo por el agujero por el que había entrado con un desastre chispeante a cuestas.

El dron rastreador se tambaleó hacia ellos, inestable, todavía tratando de cumplir su misión. Lo intentaba, al menos, hasta que Calvin lo apuñaló con varios fragmentos de metal sacados de otro escritorio.

Cualquier triunfo murió con un chasquido de las cerraduras de las puertas de la habitación. Kat y Calvin se lanzaron detrás de otro escritorio, acurrucados hombro con hombro mientras los guardias hacían una entrada estruendosa.

—Dime que tienes un plan —dijo Calvin.

—Claro, ponemos a Adriana en nuestras manos, luego hacemos que nos deje salir —dijo Kat—. Fácil.

—Muy fácil.

A pesar de su confianza, Kat realmente no sabía qué demonios iban a hacer. Calvin podría ser capaz de succionar otro agujero a través del techo, pero eventualmente los atraparían. Romper las ventanas significaba un salto a un duro salpicón. Tres pisos hacia abajo hasta la tierra significaba que podrían no morir, pero una pierna rota sería igual de mala. Un tiroteo sin armas —aparte del gancho de Kat— tampoco iría a su favor.

Podría querer convertir a Adriana en rehén, pero Kat no podía hacer eso realidad.

La iluminación sobre Kat cambió, se atenuó mientras una profunda celosía azul crecía alrededor de los dos. Calvin se acercó, su hombro rozando el de Kat, la mano derecha de la anomalía en alto, la izquierda plantada en un suelo que retrocedía. Los guardias de Ziran gritaron, uno disparó una ronda inofensiva que rebotó.

—Ganando tiempo —dijo Calvin—, hasta que se te ocurra ese plan tan fácil tuyo.

Con la espalda contra el enrejado, Kat notó un detalle interesante fuera de las ventanas: drones acercándose al edificio. El cielo se tornaba blanco y naranja en el resplandor persistente del atardecer, con destellos brillando en los caparazones pulidos.

¿Todos esos robots estaban aquí por ella? ¿Por Calvin?

La mano de Kat encontró la palma plantada de Calvin. Todos esos gladiadores los destruirían, sin importar cuántas baldosas Calvin tejiera en un escudo. La anomalía también notó los drones, maldijo, pero mantuvo su barrera creciendo. Ahora la esfera zafiro rozaba la espalda de Kat, tejiendo su sello alrededor del escritorio. Sus hebras más lejanas se extendían sobre su cabeza, goteando en su campo de visión como copos de nieve expandiéndose en una mañana de Chicago.

—Me alegro de haberte encontrado —dijo Kat.

—Siento haberte metido en esto para que te maten.

—Iba a pasar de todos modos.

La rastreadora hizo una mueca cuando los drones se acercaron a la torre, sus motores encendiéndose. En un segundo atravesarían las ventanas, en un segundo levantarían sus cañones y dispararían. En un segundo, ellos...

—¿Qué? —dijo Calvin cuando los drones se desviaron, virando como una bandada de pájaros alrededor de la torre.

Al final no venían por Kat y Calvin. Kat soltó el aliento que contenía, tragando aire mientras las máquinas los dejaban vivos, los dejaban solos.

Un guardia se deslizó alrededor del enrejado de Calvin, con el arma en alto. Kat no pensó, simplemente saltó frente a Calvin, alcanzando el arma del guardia. Ya le habían disparado una vez, lo había sentido dos veces. ¿Cuánto peor sería una tercera vez?

El mundo se tambaleó, el guardia cayó hacia atrás, su bala dirigiéndose hacia el techo. Las estridentes alarmas murieron cuando el salto protector de Kat se convirtió en una voltereta hacia adelante. El escudo de Calvin se desmoronó mientras la anomalía se unía a Kat en un estruendoso tumbo hacia las ventanas. Esos grandes paneles se agrietaron y se hicieron añicos cuando la torre, la maldita torre entera, se inclinó hacia atrás.

Hay momentos para desacelerar, para contemplar la siguiente acción y tomar la mejor decisión. Kat no había vivido muchos de esos. En cambio, había actuado basándose en juicios instantáneos, en instinto de vida o muerte, y ahora ese instinto le decía que girara y disparara su gancho hacia arriba.

—¡Agárrate a mí! —gritó Kat mientras viales, material de oficina, escritorios y los desafortunados guardias rodaban hacia ella y Calvin.

El gancho de la rastreadora salió recto, golpeando la pared trasera sin ventanas de la habitación y clavándose. Calvin agarró las piernas de Kat en un abrazo de oso, levantando las suyas propias para dejar espacio a los escombros que pasaban. Su suspensión no duró mucho: la parte superior de la torre siguió a la inferior, deslizándose hacia el suelo.

Kat hizo un movimiento brusco con la muñeca, ordenando al gancho que los recogiera. El dispositivo zumbó, tirando de Kat hacia arriba mientras caían. Calvin maldijo de nuevo. Los guardias, aún vivos, gritaban. Debajo y detrás de ellos, un rugido monstruoso retumbó, triturando y desgarrando como si alguna criatura gigante se estuviera dando un festín con la construcción de Ziran. Alguna fuerza tiraba del traje de Kat, una ligera presión que lo llevaba de vuelta hacia el centro del edificio.

¿Qué demonios estaba pasando?

—¡Prepárate! —dijo Kat.

No había tiempo para explicar para qué. Mientras el gancho se aferraba, Kat se balanceó, usando su impulso para dar un empujón a Calvin. La anomalía alcanzó el techo, el suelo rocoso del desierto se acercaba rápidamente debajo de ellos. Los cables colgaban, el suelo roto caía a su alrededor, y Kat envolvió sus brazos alrededor del pecho de Calvin, su gancho aún manteniéndose firme.

La rastreadora sintió que el brazo de Calvin caía, su mano extendida mientras Kat recogía sus piernas.

El instinto le dio una oportunidad.

Calvin le dio esperanza.

CAPÍTULO 23
EL CENTRO DE LA CIUDAD

RHIMES VIO cinco rostros mirándolo desde arriba. Uno lo reconoció; la intensa pero de alguna manera indiferente Regina, siempre pareciendo como si los acontecimientos no fueran lo suficientemente geniales para ella. Otro pertenecía a un hombre sin camisa con un tatuaje de pájaro recién hecho que se extendía por su pecho.

Los otros tres eran iguales. Exactamente el mismo hombre de mediana edad que lo miraba fijamente tres veces.

—O estoy en el infierno más extraño, o sois anomalías —dijo Rhimes.

Mientras hablaba, Rhimes hizo un balance de sí mismo y de la situación. Sobre él, el techo del sótano de la casa estaba justo donde Rhimes lo había dejado. Debajo de él, el suelo de cemento se sentía tan duro como siempre. Lo que no se sentía igual, francamente, era el propio Rhimes.

Su cuerpo *cantaba*. Dolores y molestias desaparecidos. Los efectos aturdidores del dardo desvanecidos. ¿El molesto dolor de garganta por el vuelo a Chicago?

Esfumado.

—¿El infierno? Ya quisieras. —Regina señaló al tipo sin

camisa—. Este hombre te salvó la vida para que tú puedas salvar la suya. Levántate.

—Sí, señorita —se rió Rhimes, aceptando la mano de uno de los tres clones para ponerse de pie.

—Esto —dijo la anomalía sin camisa mientras Rhimes se levantaba, trazando con su mano el hermoso tatuaje del halcón en vuelo—, eres tú. La única razón por la que tenía espacio para él es porque tu empresa mató a todos los que salvé antes. —El hombre clavó sus ojos en los de Rhimes—. Ella dice que puedes pagarnos por todo ese dolor. Si no lo haces, te lo devolveré.

Alguien podría haberse sentido intimidado al mirar a los ojos de ese hombre y ver la ira y la pérdida allí. Rhimes había visto miradas similares en sus mercenarios, y en sus soldados antes que ellos. Mirando más de cerca, Rhimes pudo ver los extraños parches limpios en la piel del hombre, lugares que habrían sido perfectos para patrones de tinta. Todos los que perdían a alguien llevaban las marcas de una manera diferente.

—No puedo cambiar lo que ha pasado —dijo Rhimes. La lástima o las excusas serían un insulto para este—. Pero puedo asegurarme de que se detenga.

Con un asentimiento, Rhimes se giró para agradecer al trillizo que lo había ayudado a levantarse, solo para ver cómo el hombre se marchitaba, uniforme ajustado y todo, convirtiéndose en polvo marrón arrugado. Rhimes retrocedió, pero Regina lo equilibró con su brazo.

—Lo siento —dijo la única copia restante encogiéndose de hombros—. Es parte del juego. Crecen, mueren. Me llamo Weed, y supongo que vas a ayudarnos a entrar, ¿no?

—¿Entrar?

—A la sede de Ziran —dijo Weed, asintiendo hacia Regina —. Ella dice que tiene un código para desactivar los drones, pero necesita una computadora específica, ¿no?

—No es una computadora, es un lugar —repitió Rhimes al

grupo reunido en la cocina minutos después—. Ziran solo tiene dos puntos con acceso a toda la red. Uno está en la Fábrica en Los Ángeles, instalado después de que nosotros... —Rhimes tosió—, quiero decir, Ziran, la tomara. El otro está aquí mismo en Chicago, en la antigua oficina de Zhan-Yo.

—¿Por qué? —preguntó Beth, la jefa local de los Elementales, una mujer a la que Rhimes había cazado más veces de las que le gustaba recordar.

—Porque Zhan-Yo no quería que nadie se interpusiera en su camino cuando llegara el momento de transmitir la revolución. Si llevamos a Regina a esa oficina, ella puede introducir un código que afectará a todos los drones del planeta y los desactivará, al menos por un tiempo.

—¿Conoces este código? —Beth le preguntó a Regina, todos los rostros en la cocina girando hacia ella.

—Lo conozco —dijo Regina—. Al menos, tengo una buena idea de lo que podría ser.

—Entonces dinos. Si todo depende de este código, todos deberíamos saberlo.

Regina negó con la cabeza.

—No quiero que mi hermano muera, y no quiero que el mundo vuelva a ser como era. Llevadme a la torre y llamaré a Wexley. Si no me gusta lo que dice, introduciré el código.

Beth extendió la mano y la puso sobre Regina. Weed, al otro lado del improvisado círculo en la atestada cocina, frunció el ceño. Otros dos Elementales cambiaron su postura, liberando sus manos. Los Paragones hicieron lo mismo.

—Oye —dijo una nueva voz abriéndose paso en el círculo, un hombre que a Rhimes le costó un minuto reconocer. Había mirado demasiados archivos durante su carrera en Ziran, demasiados objetivos, para identificar a Gordon Holyoak a primera vista—. Ya están atacando la Fábrica. No tenemos tiempo para juegos. Déjalo, Beth.

La líder Elemental le lanzó a Gordon la mirada más gélida que Rhimes había visto jamás -y conociendo a

Wexley, eso era mucho decir-, luego soltó a Regina, quien suspiró y luego le devolvió su propia mirada fulminante a Beth.

—Vuelve a manipularme —advirtió Regina—, y no te gustará lo que pase.

—Muy bien —dijo Rhimes, dando un paso al centro del círculo—. Regina se queda con el código. Entiendo que todos queráis ayudar, y os lo agradezco, pero vamos tarde. Voy a escoltar a Regina hasta la cima de la torre, y lo voy a hacer ahora. Si queréis participar, subid a una cápsula y nos vemos allí.

—Rhimes, Regina —dijo Gordon—. Ya tengo una lista, si estáis listos.

Esta vez, nadie intentó detenerlos. Rhimes salió de la casa como un hombre muerto devuelto a la vida, y el aire de la primavera temprana de Chicago, su frío nocturno, nunca se había sentido tan maravilloso.

La cápsula de Gordon se disparó hacia el centro de la ciudad, las calles nocturnas más tranquilas de lo que Rhimes esperaba. Aunque, con todas las transmisiones de noticias centradas en el conflicto que estallaba en Los Ángeles, tanto en la Fábrica como en una instalación de Ziran un poco más al norte, tal vez la gente no tenía ganas de salir. Los drones también parecían escasear: los cielos de Chicago estaban despejados, las luces de la ciudad y la luna disputándose el dominio.

—Es el protocolo de crisis —dijo Rhimes cuando Gordon preguntó por las máquinas ausentes—. Ziran no va a poner los drones en patrullas aleatorias, sino que los guardará para defender infraestructuras críticas. Personas.

—¿Como el lugar al que vamos?

—En realidad, no —Rhimes se rió entre dientes—. No nos gustaba cómo se veía. Los drones estarán vigilando puentes, centrales eléctricas. El ayuntamiento. La sede de Ziran debería estar tranquila esta noche.

—Pareces confiado —dijo Regina, recostada en el lado derecho de la cápsula.

—Ya he tenido suficiente miedo por hoy —respondió Rhimes, cruzando las manos detrás de la cabeza en el centro de la cápsula. Al frente, el vehículo salió de la autopista, dirigiéndose al centro de la ciudad—. Ahora que estamos en marcha, es mejor concentrarse en lo que tenemos por delante.

—Puedo entender eso —dijo Gordon.

—¿Ah sí? —preguntó Rhimes—. No entiendo qué hace un rastreador aquí.

—Digamos que tengo interés en que esto salga bien para mi bando.

—Parásitos —murmuró Regina.

—¿Cómo dices? —preguntó Gordon, haciendo un impresionante esfuerzo por mantener cualquier acidez fuera de su tono.

—Los rastreadores, sangran a las anomalías por dinero. Todo lo que quieren es mantener a la gallina de los huevos de oro poniendo.

Rhimes puso su mano sobre Gordon antes de que Regina terminara. Su ligero movimiento de cabeza se encontró con la cara divertida de Gordon. El rastreador se sacudió la mano de Rhimes y se rio.

—Me han llamado cosas mucho peores —dijo Gordon—. Vas a tener que esforzarte mucho más para molestarme.

Regina, sin embargo, mantuvo la boca cerrada hasta que la cápsula se detuvo, como si fuera un asunto importante, en la entrada de la torre Ziran. Una pared con una puerta los recibió, elevada sobre la amplia acera y más allá de un patio informal con bancos rodeando unas Z de color naranja intenso sobre pedestales. Bombástico, justo como Zhan-Yo y Wexley.

Rhimes siguió a Regina fuera de la cápsula, sus ojos recorriendo los pisos mientras encontraba apoyo en la acera. Gordon se unió a ellos. Con un gesto de Rhimes, el trío avanzó, cruzando el hormigón mojado. Bombillas blancas a sus pies proyectaban un suave resplandor sobre las estatuas naranjas, mientras que las lámparas que rodeaban el voladizo que cubría la entrada se mezclaban con la iluminación difusa de Chicago para guiar su camino.

Al ser fuera de horario, dos guardias de seguridad con uniforme de Ziran estaban de pie afuera, sin armas visibles. Ambos tenían la cabeza metida en sus Tamas, pero levantaron la vista cuando los tres se acercaron a la entrada. De toda la pared, solo las dos puertas del medio estarían abiertas después del horario laboral.

—Confianza —dijo Rhimes—. No te conocerán.

—¿No es ese el problema? —preguntó Gordon, pero no dejó de caminar mientras Rhimes alcanzaba el pomo de la puerta.

—Buenas noches —dijo Rhimes al guardia más cercano y recibió un asentimiento a cambio, un rostro plácido por lo demás ensombrecido por la gorra de tela del hombre.

Gordon entró primero, Regina lo siguió. Rhimes, esperando y no recibiendo ninguna reacción de ninguno de los guardias, dejó que la puerta se cerrara tras él.

Y se estremeció.

Una gran estatua dominaba el vestíbulo de Ziran, una que mostraba a la familia de Zhan-Yo, o al menos la idea de un escultor sobre ella. Las fuentes en su base borboteaban continuamente, el brillo cambiante de las luces en la base del agua mezclándose con las monedas arrojadas para crear un efecto centelleante. Rhimes nunca lo notaba durante el día, cuando la luz natural y el constante alboroto de los empleados se combinaban para ahogar y hacer desaparecer la magia de la fuente. Por la noche, sin embargo, con la iluminación tenue en todo el lugar, todo parecía mágico.

Lo que hacía que Brielle, la mejor soldado de Rhimes, y los mercenarios que estaban con ella dentro del vestíbulo fueran aún más decepcionantes. Esto podría haber sido una hermosa marcha hacia la victoria.

En su lugar, sería una batalla sangrienta hasta el final.

Brielle, con su arma larga colgada sobre los hombros mientras sostenía un arma más corta para corta distancia en las manos, comenzó un lento aplauso. Rhimes contó otros ocho luchadores con ella en el vestíbulo, todos vistiendo un desgastado equipo de Ziran destinado al conflicto con anomalías. Siguieron a su líder, dejando que sus armas, sus cuchillos, sus granadas colgaran para ofrecer un saludo burlón.

—Quédate atrás —susurró Rhimes, poniendo una mano en el hombro de Regina y poniéndose delante—. Planeamos esto.

—Un mal plan —respondió Regina.

—¡Rhimes! —interrumpió Brielle, dejando de aplaudir y volviendo los dedos al gatillo—. Cuando Wexley me dijo que te siguiera, pensé que estaba siendo paranoica. —Señaló con su arma a Regina y Gordon—. Pero nos engañaste a todos. A cada uno que se unió a Ziran para trabajar contigo, que creyó en la misión, nos engañaste, Rhimes. ¡Felicidades!

Había decisiones que tomar. Rhimes quería sentarse con Brielle, esbozar en algún bar todas las pequeñas cosas que habían llevado a este momento. Ella tenía la inteligencia, la astucia, la humanidad para entender de dónde venía Rhimes. Lo entendería, incluso podría unirse a él en la misión.

Pero no aquí, no con ella liderando al grupo que les bloqueaba el paso. Cada uno de esos hombres y mujeres tenía vidas que mantener con los salarios de Ziran y Brielle no tiraría todo eso por la borda solo porque Rhimes se lo pidiera.

Demonios, él no lo haría en su posición.

Lo que significaba una táctica diferente.

—¿Viste lo que está pasando ahí fuera? —preguntó Rhimes, extendiendo las manos ampliamente, sin dar ninguna indicación de que tuviera un arma lista—. ¿Ves lo que Wexley está haciendo, lo que Adriana está haciendo?

—Manteniéndonos a salvo, eso es lo que veo —respondió Brielle—. Luchaste contra los Paragones. Capturaste anomalías para los experimentos de Adriana...

—¿Experimentos? —Rhimes oyó preguntar a Gordon, pero Brielle siguió arremetiendo, superponiendo evidencias y acusaciones en un pastel de hipocresía.

—Actúas como si hubieras encontrado a Dios o algo así. —Brielle negó con la cabeza—. No estamos limpios, Rhimes. Este negocio es sucio. Es violento. Pero también es necesario. Estamos devolviendo a la gente su capacidad de elección.

—No —respondió Rhimes, aunque las palabras de Brielle no eran fáciles de ignorar. Rhimes pensó que tendría que ajustar cuentas con sus propias decisiones y dónde, exactamente, se habían cruzado las líneas, pero eso vendría después. Con whisky—. Solo se la quitamos a un maníaco para dársela a otro.

Brielle levantó su arma de golpe, encendió la mira láser. Su punto rojo encontró el pecho de Rhimes, se cernió sobre su corazón.

—Última oportunidad —dijo Brielle—. Ríndete, y le diré a Wexley que tuviste un ataque psicótico. Puedes unirte a ella en el asilo.

Un hombre de pie a la izquierda de Brielle, alto e intenso, levantó su propia arma, apuntando la subametralladora por encima de la cabeza de Rhimes. Brielle no lo captó, no lo notó hasta que el hombre mantuvo presionado el gatillo y roció balas a través de las altas ventanas del vestíbulo. El cristal se rompió, lloviendo sobre las baldosas. El hombre giró, como sobre un eje, y abrió fuego contra el hueco del ascensor, destrozando también su cubierta de cristal.

Regina dando la señal, poniendo en marcha ese mal plan justo a tiempo.

Mientras Brielle gritaba al soldado, apartando el arma del hombre de un manotazo, una forma voló a través de las ventanas destrozadas. Un hombre y una mujer, ambos con equipo táctico de los Paragones. El hombre, con su cuerpo encogido, tomó el aterrizaje, dejando ir a la mujer. Sosteniendo un vaporizador, la mujer sopló humo hacia el equipo de Brielle mientras se daban cuenta, finalmente, de que se habían añadido nuevos jugadores al juego.

El equipo de Brielle se difuminó, se volvió borroso hasta convertirse en manchas informes. Detrás de Rhimes, los dos guardias de seguridad se desplomaron contra las puertas, inconscientes. Los asaltantes ofensivos entraron a la carga por las puertas desbloqueadas un segundo después, las múltiples copias de Weed cascadeando, una pequeña inundación de hombres. Los clones no se detuvieron ante Regina, Gordon o Rhimes: siguieron adelante, atravesando esa mancha borrosa y saliendo por el otro lado.

—Tal vez quieran moverse —dijo Humo, y se fue hacia la derecha, adelante.

Hacia los ascensores.

—Vamos —Rhimes predicó con el ejemplo, Regina y Gordon se unieron rápidamente.

El plan requería que se desatara una guerra aquí abajo, luchando para mantener ocupados a los drones y al personal de Ziran hasta que Regina y Rhimes pudieran introducir el código de apagado. El plan exigía eso y nada más, porque el tiempo significaba que debían seguir moviéndose.

—Aquí —dijo Rhimes mientras Smoke los escoltaba a los ascensores. Acercó su Tama al escáner, esperando que Wexley aún no hubiera bloqueado su cuenta.

El escáner parpadeó con un rojo furioso. Nada.

—Genial —dijo Gordon—. Esto empieza de maravilla.

—No ayudas —respondió Regina.

—Acérquense —dijo Lob, que cerraba la marcha—. No puedo llevar más de dos por salto.

Rhimes y Regina se acomodaron primero, apretándose mientras Lob los rodeaba con sus brazos. El tiroteo continuaba resonando por el vestíbulo, con los clones de Weed atacando. Rhimes creyó oír, también, que otros Elementales se unían a la lucha. Al menos un destello verde brillante indicó que había llegado otra anomalía.

Con suerte, Brielle sobreviviría. Había sido una buena soldado, no merecía morir por elegir el trabajo equivocado.

—Todo esto es culpa tuya —dijo Regina mientras Lob les hacía agacharse.

—Lo sé —respondió Rhimes—. De verdad lo sé.

Sin preámbulos, Lob saltó, llevando al trío varios pisos arriba hasta el entresuelo, justo donde el soldado robado de Regina había destrozado una abertura.

—Agárrense fuerte —dijo Lob—. Esto va a llevar unos cuantos saltos.

—Solo hazlo rápido —Rhimes miró su Tama mientras Lob los envolvía de nuevo.

Otro mensaje de Zhan-Yo:

Date prisa.

CAPÍTULO 24

VERDAD SUAVE

LA DIRECTORA la llamó desde el aula. Cassidy puso un video educativo para los estudiantes y dejó que el dron asistente se hiciera cargo mientras salía de la habitación. Durante el período después del almuerzo, los pasillos estaban tranquilos, sin un alma haciendo chirriar sus zapatillas en el suelo laminado. En un día normal, Cassidy habría caminado por el pasillo hasta la oficina sin preocupación, segura de que la conversación sería sobre un estudiante difícil, un cambio en el plan de estudios o una solicitud para acompañar un evento.

Hoy, Cassidy sentía los vacíos. Surgían junto con sus nervios y, al igual que esa mañana, estaban listos. El SUV destrozado significaba que su hijo había sobrevivido, y aunque el niño no había hecho la conexión, Cassidy vio la mirada de su esposo y supo que él había comprendido el momento lo suficientemente claro.

Él no había respondido a sus llamadas en todo el día.

La directora estaba sentada en el escritorio, una mujer exhausta con un ceño fruncido de disculpa en su rostro. La razón de ese ceño fruncido provenía de los dos hombres con uniformes azul oscuro que estaban de pie en la habitación. Asintieron a Cassidy cuando entró, y uno extendió su mano enguantada. Ella la estrechó, sintiendo el cuero fuerte y el agarre debajo.

Trató de imaginarse a sí misma con el mismo atuendo, pero fracasó.

—¿Sabes por qué están aquí? —preguntó la directora.

Podía adivinarlo, pero Cassidy esperaba en cambio un milagro.

—Tu esposo —comenzó el de la izquierda, sonando tan apologético como se veía la directora—, nos envió un mensaje esta mañana, incluyendo algunas fotos de un vehículo dañado. Dijo que tú dañaste el coche y afirmó que has estado ocultando tus habilidades de anomalía. —El Parangón dirigió su mirada a Cassidy—. No habrá consecuencias si nos dices la verdad, señora...

La puerta de la oficina de la directora se abrió de nuevo, esta vez lo suficientemente fuerte como para que Cassidy saltara. Se dio la vuelta y vio a alguien que no esperaba, alguien que no pertenecía allí.

Ningún Campeón vino por ella. Al menos no tan pronto. El recuerdo se difuminó, el sueño volviéndose lúcido mientras Cassidy intentaba reconciliarse con Apinya, el Campeón que había llegado a conocer en Tailandia, de pie allí. El Campeón llevaba la bata blanca indescriptible que Cassidy había visto en otros cautivos de Ziran, pero por lo demás no parecía diferente. Apinya, por su parte, le dedicó su característica sonrisa exasperante e infinitamente paciente.

—Así que aquí es donde todo comenzó —dijo Apinya, asintiendo más allá de Cassidy hacia los dos Paragones—. Una discusión en una oficina crea el Vacío, y ella, a su vez, salva las mismas cosas que odia.

—¿Salva? —preguntó Cassidy.

Apinya agitó una mano y la oficina desapareció, reemplazada por una costa insular. Olas rompiendo, palmeras, aire salado. La arena se sentía cálida en sus pies descalzos, los granos le hacían cosquillas en los dedos. Cielo azul, sin nubes, el sol en algún lugar detrás de ella.

—Respira profundo, Cassidy —dijo Apinya, de pie junto a ella—. Luego voy a necesitar que despiertes. Queda mucho por hacer.

—Pensé que moriría —respondió Cassidy—. Ese vacío debería haberme consumido.

—Tal vez, pero si hay un momento para exigirse a uno mismo, es cuando estás rodeada de anomalías. —Apinya rió, suavemente—. Siempre te sorprenderán.

Los ojos de Cassidy se abrieron de golpe en la tierra. Su cuerpo dolía, el sudor se acumulaba en su ropa empapada, y Cassidy habría hecho cualquier cosa por un poco de agua. En cambio, vio un rostro cubierto con una visera de Ziran y sintió una mano blindada en su hombro.

—Está despierta —dijo el guardia a alguien que Cassidy no podía ver—. ¿Qué hacemos ahora, señor?

—Ayúdala a levantarse, si fueras tan amable —la voz de Apinya, no tan clara y calmada como había sido en la mente de Cassidy. Aquí sonaba ronca, suave.

Las palabras de Apinya se elevaron por encima de la continua lucha, los gritos, los rugidos aterciopelados mientras los drones a reacción impulsaban sus cuerpos mecánicos en el aire. Cassidy olió la sangre, el hierro rico, en su lengua. Sintió al guardia tomar su hombro y lentamente, con suavidad, ayudar a la anomalía a ponerse de pie. Las rodillas de Cassidy se doblaron, como si los huesos no estuvieran del todo listos para sostenerla, así que se apoyó en el guardia. El hombre, afortunadamente, tenía suficiente estabilidad para ayudarla sin quejarse.

Ya levantada, el campo de batalla daba una mala primera impresión. Cassidy vio el edificio, la torre, y se quedó boquiabierta. Su tercio superior se había derrumbado, dejando varillas de refuerzo apuntando hacia el cielo. El humo brotaba desde el interior, su serpiente negra ondulante subía alto mientras los drones zumbaban alrededor de los escombros como abejas. Las máquinas de Ziran también se extendían a la izquierda de Cassidy, acorralando a las anomalías hacia la estación de tren en una trampa que se cerraba marcada por disparos, por destellos moribundos mientras las pocas anomalías con habilidades peligrosas las agotaban.

Su jugada, el intento de matar al líder, aparentemente había fallado.

—No del todo —dijo Apinya, poniéndose de pie junto a ella. Cassidy no vio a nadie más con el Campeón, vestido con la misma túnica blanca de Ziran, esta más sucia, con una mancha de sangre alrededor de las rodillas de Apinya, como antes—. Tu audaz movimiento me liberó y salvó a varios otros que ya estaban trabajando para cambiar este desenlace.

—¿Otros? —Cassidy miró de nuevo hacia la torre. Había cuerpos en la tierra, sí, pero nadie marchando hacia ellos con la victoria en la mano—. ¿Qué otros?

—Los que vamos a ir a ayudar —dijo Apinya—. ¿Puedes caminar?

—A duras penas.

—Entonces vamos —Apinya se alejó de los drones y de los anomalías que luchaban contra ellos—. El tiempo corre.

El guardia ziran hizo girar a Cassidy para que siguiera a Apinya, pero ella se resistió. Intentó concentrarse, buscar algunos vacíos. Estaban allí, esos pequeños agujeros negros, rozando las puntas de sus dedos, pero silenciosamente. Un cosquilleo, no un impulso. El último debió casi matarla y, por una vez, los vacíos de Cassidy parecían mostrar un poco de moderación.

—¿Los estás abandonando? —dijo Cassidy, apartando al guardia. Esta vez, sus rodillas se mantuvieron firmes, aunque repetidos calambres le advertían que no las pusiera a prueba mucho más—. ¿A los anomalías de allí?

—Les ayudaremos más de esta manera si nos damos prisa —dijo Apinya—. Puedes lanzarte de nuevo contra esos drones y ver cuánto sobrevives, pero sería un desperdicio si lo hicieras.

La decepción de Apinya ante esa idea arrojó una sombra escalofriante sobre Cassidy. Marchar hacia esos drones le parecía ahora la idea más estúpida del mundo. La matarían a tiros en segundos, sin darle la oportunidad de ver a su familia, de presenciar si todo este gran lío acabaría por cambiar el mundo.

Un desperdicio, sin duda.

Cassidy, Apinya y el guardia casi habían llegado a la torre antes de que la Vacío se diera cuenta de lo que estaba haciendo, hacia dónde se dirigían. Sus pies se movían sin su consentimiento activo, arrastrándose junto a Apinya mientras Cassidy luchaba por aclarar su mente. Ese sueño había sido tan real: esa oficina, esos Paragones.

Había salido de esa oficina como prisionera, devastada y a punto de perder una década y más.

—Hemos llegado —anunció Apinya.

Mientras el Campeón hablaba, los horrores se desvanecieron de la mente de Cassidy, como si se hubiera descorrido un velo. La intrusión se hizo evidente.

—Maldito bastardo —siseó Cassidy, sacudiendo la cabeza—. No vuelvas a entrar en mi mente.

—Entonces no me des motivos para hacerlo —Apinya asintió hacia el guardia que sujetaba a Cassidy—. Este pobre hombre decidió que yo debería estar muerto. No estoy seguro de que vuelva a pensar por sí mismo.

El guardia ziran miraba perdido y entumecido. Cassidy apretó los puños.

—Ves, este es exactamente el problema con los Paragones —comenzó Cassidy, pero Apinya levantó un solo dedo y lo apuntó más allá de ella.

La voz de Cassidy se apagó mientras terminaba la frase, llamando a los Campeones lo peor de lo peor.

Saliendo del vestíbulo de la torre dañada venía una

extraña colección. Tres guardias ziran sostenían a una mujer que Cassidy reconoció, una de las altas funcionarias de Ziran cuya ropa a la moda no había reaccionado bien al derrumbe del edificio a su alrededor. Detrás de ellos, igualmente maltrechos pero de pie por sus propios medios, venían otros dos que Cassidy no pudo identificar. Llevaban sus propias armas apuntando a los guardias ziran y a sus espaldas.

—Calvin, Kat —dijo Apinya mientras el grupo se acercaba—. Me gustaría presentaros a Cassidy, la mujer que hizo estallar un edificio bajo vuestros pies.

—Sin ánimo de ofender, Apinya —dijo Kat, una joven a la izquierda que parecía muy cómoda sosteniendo esa arma y que parecía llevar una especie de armadura extraña—, pero hay una gran pelea allí que creo que podríamos detener.

—De acuerdo —dijo Calvin—. Tenemos a Adriana aquí. —Calvin agitó su arma hacia los guardias ziran—. Vosotros tres, sujetadla bien. Nada de movimientos bruscos. Ya casi hemos terminado.

Al menos estos dos tenían la idea correcta. Adriana, sin embargo, no parecía estar en condiciones de hacer mucho. Un corte le atravesaba la frente y uno de sus brazos colgaba en un ángulo extraño. Los guardias ziran no tenían mejor aspecto, con sus armaduras golpeadas y rotas. Visores agrietados.

—Como digáis. —Apinya se acercó a Adriana y puso una mano en su frente herida.

Los ojos de Adriana se abrieron de golpe, centrándose en la Tama de su muñeca. Los dispositivos eran prácticamente indestructibles, y este se encendió en cuanto captó la mirada de Adriana. Cassidy no podía ver la pantalla mientras Adriana la sostenía cerca de su cara, pero la mujer hizo una mueca y gimió al intentar mover su brazo derecho roto para tocar la pantalla. Apinya mantuvo la palma en su frente, como una sombría enfermera.

Los tres guardias ziran obedecieron la orden de Calvin y se mantuvieron quietos. El guardaespaldas de Apinya hizo lo mismo. Kat y Calvin, magullados y ensangrentados, se conformaron con mantener sus armas listas.

—Cassidy, ¿podrías ayudarla? —pidió Apinya—. Adriana, por favor, dile a Cassidy los pasos.

Sintiéndose un poco como una profesora que acude a ayudar a una estudiante vacilante, Cassidy se abrió paso en el espacio de Adriana. Al hacerlo, Cassidy oyó los susurros de Adriana. Apenas superando el sonido de la brisa, Cassidy captó las débiles órdenes y obedeció, seleccionando una aplicación ziran en la Tama de la mujer y marcando su código.

La primera orden tenía sentido, una orden que llamaba a todos los drones de la zona de vuelta a la Fábrica. Sellada con la firma de Adriana, la directiva se transmitió rápidamente. Los drones que rodeaban a los anomalías se congelaron y luego se dispararon hacia el aire. Los drones rastreadores se escabulleron, dirigiéndose hacia el sur, mientras que los gladiadores y supresores, esas molestas esferas, se alejaron volando. Algunos anomalías lanzaron disparos de despedida, acertando en blancos que los drones ignoraron.

Los guardias ziran restantes, abandonados sin sus protectores mecanizados, tomaron la decisión correcta: las armas cayeron, los vítores se elevaron.

—No fue tan difícil —dijo Kat—. Solo tuvimos que derribar un edificio para ganar.

—Tú no viviste aquí durante meses —respondió Calvin—. Fue bastante difícil, maldita sea.

Cassidy pensó en intervenir con una pulla sobre vivir en una prisión Paragon durante años, pero Adriana volvió a hablar. Esta vez Cassidy captó el proceso mientras deslizaba y tecleaba: Adriana le hacía extraer todos los datos del laboratorio almacenados en los servidores de Ziran. Todas esas pruebas, todos esos experimentos, agrupándolos en un gran borrón.

—Bórralo todo —dijo Adriana.

Cassidy hizo una pausa, con la mano suspendida sobre la

pantalla de la Tama. ¿Borrarlo todo? Cassidy no era exactamente una policía, pero todos esos nombres, todos esos sacrificios durante meses de pinchazos y sondeos para ver cuál podría ser una posible cura para la condición de anomalía parecían evidencia.

—La has oído —habló Apinya con suavidad—. Borra los datos.

—¿Por qué? —preguntó Cassidy—. Esto demuestra que es una criminal, esto prueba todo lo terrible...

—Si encontró algo ahí —interrumpió Apinya—, algo que pudiera usarse para crear o esterilizar anomalías, entonces liberarlo al mundo causaría un daño mucho mayor. Los anomalías deberían ser milagros, no productos.

Kat tosió, exageradamente. Agitó su arma hacia Apinya, un movimiento que Cassidy captó por el rabillo del ojo.

—Entiendo de dónde vienes, Apinya, pero voy a tener que discrepar contigo en eso —dijo Kat—. No sé si has estado prestando mucha atención últimamente, pero me parece que un montón de conflictos podrían resolverse si elimináramos el misterio. —Kat asintió hacia Calvin—. Nadie volverá a meterlo en un laboratorio como este si hacemos públicos los datos. Y, hablando personalmente, cuanto más cerca estemos de desactivar esas bombas de anomalía antes de que exploten, mejor.

—Los viejos métodos se acabaron, tío —añadió Calvin.

Apinya consideró a la pareja, un escrutinio que se redujo a una silenciosa apreciación. El Campeón respiró hondo. Cassidy sintió el empujón en su mente, un susurro que le decía que borrar los datos tenía más sentido, que el statu quo sería lo ideal, desaparecer. Como si emergiera de debajo del agua, el mundo se sintió más nítido, sus sentidos, sus pensamientos, todos suyos.

—Aegis dijo que planeaba retirarse antes de que todo esto se viniera abajo —dijo Apinya—. Quizás sea hora de dar un paso atrás.

—Buena idea —dijo Kat—. Ahora, ¿qué demonios estamos haciendo aquí?

Nadie tenía una gran respuesta. Cassidy había sido la última de ellos en interactuar con Aegis y los otros Paragones que planeaban, pero la habían mantenido en la oscuridad. Apinya había ido directamente del jet estrellado a la prisión del laboratorio de Adriana, mientras que Kat y Calvin nunca tuvieron ni idea.

Con el Campeón manteniendo a todos los guardias de Ziran en estasis mental, el grupo se reunió con las anomalías liberadas. El grupo de los poderosos aprovechó los drones que huían para arrojar al personal restante de Ziran a los viejos corrales. Otras anomalías fueron a los escombros para saquear suministros médicos, comida y agua para quien lo quisiera.

Para Cassidy, se sentía un poco como los pueblos de la isla de Mynx. Campamentos improvisados con recursos limitados, todos reconstruyendo una vida en circunstancias que no podían haber imaginado. Polvoriento, sucio, pero la esperanza persistía mientras surgían conversaciones. La atención se dirigió a la estación de tren, al pueblo más cercano.

Evitar a Ziran una vez que volvieran a la sociedad.

Cassidy tenía una botella de agua recuperada y una barra energética —Kat afirmaba que esas cosas apestaban, pero el estómago gruñón de Cassidy no iba a ser exigente— cuando una nueva anomalía apareció de la nada. Cassidy reconoció a la Paragón al instante, la había visto en Tailandia.

En aquel entonces, había sido sigilosa, tratando de conseguir que el grupo de Apinya subiera a un jet hacia Pacifica. Ahora corría hacia el Campeón y la multitud de anomalías. Gritando algo sobre un asalto, sobre la necesidad de que cada anomalía que pudiera luchar viniera con ella a la Fábrica.

El plan de Thane, el que Celice no quiso transmitir. ¿Enviar a Cassidy aquí arriba para liberar algunas anomalías?

Ridículo.

—¿No es ahí donde acabas de enviar todos esos drones? —preguntó Kat a Apinya, interrumpiendo los pensamientos de Cassidy, mientras se levantaban para saludar a la Paragón.

—Pensé que nos compraría tiempo para escapar —reflexionó Apinya, con un largo dedo curtido en su barbilla—. Parece que me equivoqué.

—¿Un Campeón admitiendo un error? —dijo Cassidy—. Nunca pensé que viviría para ver este día.

—Puede que no vivas para ver otro si no nos vamos ahora mismo —dijo la Paragón corredora del viento, extendiendo sus manos—. El viento sopla fuerte hoy. Si nos ponemos en marcha, no nos quedaremos muy atrás.

—¿Entonces qué estamos esperando? —preguntó Kat, mirando a las anomalías reunidas y curtidas en batalla—. Vamos a destrozar algunos drones.

CAPÍTULO 25
GARRAS Y FAUCES

LA FÁBRICA se convirtió en una odiada necesidad. Mynx la propuso después de que los Campeones hubieran consolidado su conquista mundial, solo para descubrir que gobernar miles de millones con unos pocos millones de anomalías era difícil. Las opciones eran claras: o reclutar a normales —algo que los Paragones terminaron haciendo de todos modos, aunque en roles policiales más estándar— o complementar sus anomalías con ejércitos mecánicos.

Aegis observó cómo los primeros drones acompañaban a sus Paragones en patrullas y misiones. Al principio, Mynx los mantuvo pasivos, entregando observaciones a los Paragones en tierra o informando sobre crímenes inminentes para que los Paragones pudieran atrapar a los responsables. A partir de ahí, se convirtió en un problema matemático: dos Paragones apoyados por drones podían ser tan efectivos como cinco.

Luego diez.

Después veinte.

Pronto, ya no necesitaban a los Paragones haciendo las patrullas, el trabajo menor en absoluto. Los drones ganaron poder y con ese poder llegaron nuevas preocupaciones. Villanos, anomalías y normales con grandes sueños y malas ambiciones se apoderaron de las primeras fábricas, aquellas que funcionaban con productos básicos de fabricación de los días pre-Paragon. Después de demasiadas crisis provocadas por aspirantes a reyes que declaraban alguna revolución robótica, Mynx trasladó los drones a la empresa.

Construyó este maldito lugar y se lo guardó todo para sí misma.

—Podrías haber puesto unas cuantas ventanas más, Mynx —murmuró Aegis mientras el ascensor descendía hacia el piso principal de la Fábrica.

El ascensor avanzaba a una velocidad lenta pensada para metal pesado, dando a Aegis tiempo para ver los drones y las defensas que cobraban vida alrededor de los Paragones arriba. Mientras los drones ya dentro de la Fábrica llegaban en oleadas desordenadas a medida que los técnicos de Ziran los activaban en un supuesto pánico, las torretas ofrecían un fuego más eficiente.

Los cañones afilados como cuchillos surgieron de las rendijas y escupieron relámpagos. Mynx no había diseñado la Fábrica tanto para una incursión humana como para un levantamiento de máquinas, así que brillantes destellos que freirían circuitos salían disparados en lugar de balas. Aegis no había sido alcanzado por los disparos antes, pero dado el dolor que llegaba a través de su auricular, no era agradable.

Los Paragones contraatacaron a las torretas tan rápido como pudieron, con una lluvia de metralla cayendo alrededor de Aegis. Las piezas de metal golpearon el brillante suelo negro, rebotaron en la armadura de los drones y proporcionaron cobertura a los drones rastreadores que buscaban emboscar al principal Campeón de los Paragones.

Cuatro máquinas parecidas a ciempiés se arrastraron por los bordes alrededor de Aegis. El ascensor ofrecía una losa de cuatro por cuatro metros de ancho, bordeada por una línea negra y amarilla. Aegis se plantó en el medio, paseando sobre talones sueltos, esperando ver qué dron haría el primer movimiento.

—Vamos, cobardes —dijo Aegis—. Una vez que este ascensor llegue al fondo, me habré ido.

Los drones se alzaron como cobras, parándose sobre sus garras traseras y chasqueando sus mandíbulas hacia Aegis. Una técnica extraña, y no una que Aegis reconociera. Los defensores tenían ventaja cuando podían predecir el ataque, y este grupo no lo estaba poniendo difícil.

Un quinto dron golpeó los hombros de Aegis desde arriba, derribándolo a la plataforma del ascensor. Las garras del rastreador se clavaron en el chaleco de Aegis, y escuchó a los otros cuatro iniciar sus saltos apresurados. Pronto estarían arañándolo por todos lados.

No era bueno.

Aegis lanzó su codo izquierdo hacia atrás, rebotándolo contra la cara metálica del dron rastreador. Con el espacio adicional, Aegis golpeó ese mismo codo hacia adelante, plantando su palma en el ascensor y empujando. Aegis rodó, llevándose al dron que le estaba cortando la espalda y aplastándolo debajo de él. Los cuatro amigos de la máquina no parecieron importarles que el vientre de Aegis quedara expuesto, sus garras cortantes apuntando al abdomen de Aegis.

Podrían haberlo alcanzado si Aegis no hubiera estado practicando sus abdominales. Levantando las rodillas —recibiendo algunos arañazos desagradables en el camino— Aegis se enroscó en una voltereta invertida, poniendo las palmas detrás de su cabeza para rodar fuera del dron aplastado y ganar algo de espacio.

Sus oponentes, incansables y hambrientos, giraron con el movimiento y lo persiguieron. El cuarteto se abalanzó mientras Aegis retrocedía hacia el borde del ascensor. El Campeón no tenía armas, y mucho menos tiempo para sacarlas si las tuviera. Sus puños tampoco servirían de mucho contra estas creaciones de acero.

Así que Aegis hizo trampa y saltó.

Al ascensor le quedaban unos buenos diez metros hasta el piso principal, pero comparado con la caída desde el dron gladiador minutos antes, eso se sentía como un salto de conejo. Aegis rodó al golpear el espacioso nivel, mantenido abierto para demostraciones de armas de drones. A su alrededor, los lados del piso principal daban paso a campos de prueba, grandes arenas excavadas en las colinas alrededor de la Fábrica para que Mynx pudiera probar sus creaciones sin causar alboroto civil.

El verdadero objetivo de Aegis yacía detrás de él, un parche poco llamativo en el lado izquierdo para un ascensor más pequeño que llevaba al verdadero sótano de la Fábrica. Mientras Aegis se giraba hacia él, los cuatro drones rastreadores restantes cayeron, chasqueando su camino a través del suelo. No podía superarlos en velocidad, pero aquí, con todo este espacio, el cálculo cambiaba.

—¿Papá? —la voz de Celice surgió por el auricular.

—Estoy ocupado.

Aegis fingió ir a la izquierda, se impulsó hacia la derecha. Jugó un juego de ángulos, esperando llegar a un dron un poco más rápido de lo que los otros lo atraparían. El amago le compró suficiente vacilación, con los algoritmos de los drones haciendo algún baile para descifrar hacia dónde podría ir el humano. Resultó que fue por el de la extrema derecha, con las cosas parecidas a insectos retorciéndose para seguir su nueva trayectoria.

—Nos están acorralando —habló Celice mientras sonaban disparos a su alrededor, mezclados con maldiciones—. Hay más drones entrando desde el exterior. Demasiados. Necesitamos ayuda.

Aegis alcanzó al dron, tenía un segundo hasta que los otros lo alcanzaran. El monstruo de metal le lanzó un mordisco, las mandíbulas cortando hacia su garganta. Aegis bloqueó el golpe con su brazo izquierdo mientras golpeaba con el derecho. La fuerza envió al dron rodando hacia sus amigos. Los otros tres rastreadores se arrastraron sobre su compañero, el retraso dando a Aegis tiempo para echarse a correr.

Mientras lo hacía, Aegis le dijo a su Tama que cambiara su canal de comunicaciones.

—¿Thane? —preguntó Aegis.

Un rugido sin palabras se filtró como respuesta.

Tres segundos hasta que los drones rastreadores lo alcanzaran. Cinco segundos hasta que Aegis llegara al ascensor.

—Regresa aquí y ayuda a mi hija —dijo Aegis—. Le debes al menos eso.

Thane respondió con gruñidos aleatorios, como una radio cambiando de frecuencia.

Antes de que Aegis pudiera elegir qué insulto lanzarle a Thane, algo le tiró de la pierna izquierda. Aegis rodó hacia adelante con la caída, una voltereta que terminó cuando dos garras más le atravesaron los tobillos. El impulso del Campeón lo liberó del agarre del dron, pero lo dejó de espaldas, mirando a un trío que se acercaba ruidosamente con el cuarto no muy lejos.

A lo largo de una vida de lucha, Aegis había experimentado más y diferentes tipos de dolor de los que la mayoría de la gente podría imaginar. Le habían disparado, golpeado, apuñalado y electrocutado. Quemado y maltratado. Arrojado desde alturas y mordido por perros, hienas y un burro particularmente malhumorado. En esa larga lista, dos golpes como cuchilladas de los drones rastreadores no escalaban demasiado alto.

—Cambiar a general de escuadrón —dijo Aegis, manteniendo la voz serena. Dos drones se abalanzaron sobre sus piernas mientras el tercero se separaba hacia la derecha, apuntando a la cabeza de Aegis. Su Tama sonó, el cambio hecho—. ¡Fuego de cobertura en el piso de la Fábrica!

La orden sonó desesperada, las palabras casi increíbles. Desde que los Campeones se separaron hace demasiado tiempo, Aegis prefería con mucho realizar sus misiones en solitario. Así no tenía que rescatar a nadie, no tenía que depender de nadie para que hicieran su trabajo.

¿Y mira a dónde lo llevó eso?

A un mundo donde sus mayores aliados se ignoraban entre sí. Todos esos antiguos Campeones, los que habían luchado con él para construir el futuro de los Paragones, atrapados en sus propias regiones luchando por sus vidas. No juntos, no unificados.

Tantos errores.

Aegis metió las piernas bajo su cuerpo mientras los drones rastreadores se lanzaban de nuevo. El movimiento lo salvó de las mordeduras de los dos que lo seguían, pero el tercero, el que iba por el cuello de Aegis, vino en un salto volador desde su derecha. Aegis se giró, levantó los brazos para cubrirse la cara mientras las garras, ya húmedas con su sangre, se acercaban cortando el aire.

No llegaron balas. La llamada de ayuda de Aegis se mezcló en un canal ya repleto de súplicas similares. Gritos confusos pidiendo asistencia, las órdenes tajantes de Zhan-Yo dirigiendo a este o aquel grupo para que avanzara, los avisos de objetivos de Particle.

Aegis atrapó las garras del dron rastreador con sus muñecas, sintió cómo se clavaban profundamente. Miró fijamente esas cuchillas de plata que rechinaban en la boca del rastreador, diseñadas para atravesar la piel de anomalía más gruesa y depositar, si era posible, un rastreador.

En cambio, el reflejo en todo ese metal le dio una idea a Aegis.

Lanzando sus brazos hacia los lados, Aegis cruzó las garras

una sobre otra, usando el filo que no se clavaba en su piel para cortar las garras del cuerpo del rastreador. Al perder el punto de apoyo, el dron cayó a los pies de Aegis, ya arañando hacia las pantorrillas del Campeón. Un segundo dron dio su propio salto, un destello captado en la periferia de Aegis.

Sintiendo esas garras clavarse, Aegis golpeó hacia abajo con su brazo izquierdo, inclinando el golpe para que el extremo roto de la garra, sobresaliendo de su muñeca, sirviera como una lanza irregular. Al mismo tiempo, como en alguna pose de yoga horripilante, Aegis levantó su brazo derecho, llevando ese filo afilado hacia donde debería estar su cabeza.

El dron a sus pies se encontró con un nuevo agujero en su cráneo de acero. El golpe penetrante de Aegis clavó la máquina en el suelo, saltando chispas. Las garras restantes del dron aún intentaban empujar la máquina hacia adelante y Aegis habría repetido su golpe excepto que su brazo derecho se sacudió, luego tiró de todo el cuerpo del Campeón en un giro que retorció sus músculos.

Había atrapado un dron, enganchándolo en su brazo. El torque lo lanzó alrededor, tirando a Aegis hacia su lado derecho. Liberado de su ataque, Aegis sintió su brazo izquierdo arrastrarse por el suelo, trazando una línea plateada mientras arañaba la baldosa negra de metal. El tercer dron siguió a sus amigos —¿los drones tenían amigos? ¿Mynx había puesto eso?— y se lanzó a los pies de Aegis.

Golpear la baldosa tuvo un beneficio inesperado: el rebote liberó el brazo derecho de Aegis. La garra del dron aún seguía clavada en la muñeca derecha de Aegis, aunque se desprendió llevándose cables enredados, empapados en refrigerante. Descargas eléctricas quemaron al Campeón mientras el gancho desgarraba el centro del dron. Aegis se retorció al caer, cruzando sus brazos con garras sobre su cuerpo mientras su espalda golpeaba el suelo.

El tercer dron copió a su compañero anterior, lanzándose hacia la cara de Aegis. Sus muñecas atraparon al dron por ambos lados, capturando la máquina retorcida y fijándola en el aire. La máquina se extendió, las mandíbulas cortando hacia abajo en dirección a Aegis.

La ronda PEM impactó, rayos azules rodearon al dron y lo dejaron como un montón inerte. Las descargas restantes recorrieron las garras, electrocutando los brazos de Aegis y erizando su cabello. Su Tama emitió un pitido de protesta, un rugido estático sonó en el auricular de Aegis.

—¿Quieres que te deje el último? —dijo Particle cuando el rugido cesó.

—No —dijo Aegis.

—Hecho.

Otro destello de ronda PEM. Aegis no pudo ver dónde impactó, pero el dron debía estar moviéndose rápido, porque su cuerpo inerte chocó contra los pies de Aegis.

—¿Por qué tardaste tanto? —dijo Aegis, arrojando a un lado el dron caído.

Su visión se elevó por sí sola, Particle obligando al Campeón a ver los niveles superiores de la Fábrica. El aspecto limpio que había estado presente en todas las otras ocasiones había desaparecido. Los paneles humeantes del techo hablaban de torretas destruidas. Los drones supresores flotaban, disparando dardos aturdidores y cosas peores a Paragones que Aegis no podía ver. Dos gladiadores se erguían, sus pies con garras expulsando chorros que les permitían flotar en el aire.

¿El único sonido que se escuchaba por encima de los gritos, las órdenes dadas? Un rugido particular, uno que Aegis conocía bien. Más cerca ahora que después de la carga inicial de Thane.

Tal vez el monstruo había escuchado la llamada de Aegis.

Tal vez.

Aegis se apartó del control de Particle, miró más allá de los drones esparcidos a su alrededor. Por el momento, al menos, la lucha de arriba lo dejaba en paz. Nada se interponía entre él y el ascensor, y lo que yacía en el fondo.

Zhan-Yo tenía su clave, algún código que desactivaría los drones hasta que Ziran encontrara una forma de eludir el bloqueo. Mynx sería el único final, la última oportunidad de eliminar sus propias creaciones mecanizadas para siempre.

No es que Aegis supiera cómo lo haría Mynx, pero tenía que tener esperanza, tenía que creer. Si Mynx no podía probar ser la clave para los drones que había creado, entonces Aegis tendría que destruir hasta el último de ellos. Si Wexley se rendía y dejaba las máquinas desactivadas, genial.

Pero desear eso, depender de eso, era ir demasiado lejos.

El ascensor no tenía escáner Tama, aparentemente Mynx creía que la seguridad externa de la Fábrica era suficiente y Wexley estaba de acuerdo. A veces la insensatez jugaba a favor de Aegis, y golpeó el botón de llamada.

—¿Estado? —dijo Aegis, hablando por el auricular—. Estoy en el ascensor, pronto llegaré a Mynx.

—Mantenemos la entrada —respondió Zhan-Yo a continuación, con un tono apagado—. Por cuánto tiempo es incierto. Date prisa.

—Nos estamos dando prisa —dijo Celice, mientras se oían con fuerza los disparos y el rugido atronador de Thane—. Thane está destrozando todo a su paso, pero no creo que a Mynx le guste lo que le ha hecho a su casa.

—Si salimos de esta, yo mismo pagaré las reparaciones —dijo Aegis.

La puerta del ascensor sonó y se abrió. El Campeón retrocedió hacia el interior, resistiendo el impulso de mirar una vez más hacia la batalla que se libraba arriba. Ya era bastante malo pulsar el botón del sótano de la Fábrica, bastante malo dejar a amigos y familia defendiendo el terreno contra un enemigo interminable.

Sería peor perderlos a todos para nada.

CAPÍTULO 26

DE CACERÍA

KAT GOLPEÓ A CALVIN, quien cayó primero al suelo. La anomalía *rebotó* en la hierba áspera llena de escombros, solo para que Kat lo empujara de nuevo contra la tierra. Ella rodó en el momento, dejando que el instinto se apoderara mientras sus huesos y músculos crujían. Al apartarse de Calvin, con el impulso aún lanzándola hacia abajo, Kat chocó contra una almohada. Una almohada invisible que la depositó suavemente sobre la hierba de color azafrán.

Al mirar hacia arriba, cristales y vigas que se rompían caían como lluvia. Se doblaban, fluían alrededor de Kat y Calvin como si golpearan un techo. De no ser por el riesgo de muerte, Kat podría haber encontrado hermosa la desintegración, con los escombros esparciéndose como copos de nieve industriales al chocar contra la barrera de la anomalía.

—Calvin, dime que eres tú —dijo Kat.

—Yo —jadeó Calvin.

—Siento haberte aplastado.

—Está —otro jadeo— bien.

Kat rodó hacia su derecha y miró a Calvin enterrado en la hierba entre los escombros. Debajo de ella, la tierra retumbó mientras la torre, cortada por la mitad, se asentaba. Los gritos de auxilio se elevaron a medida que el crujido y el gruñido del derrumbe morían y el polvo caía. El cielo nocturno se dejaba ver, con las estrellas salpicando el negro de una manera que Kat no había visto desde, bueno, desde que había hecho aquella caminata nocturna por la nieve persiguiendo a esa anomalía renegada, el ilusionista.

—¿Sigues vivo por ahí? —preguntó Kat.

Podía oír a Calvin respirar, o podría haberse alarmado un poco más. La mayoría de las habilidades de las anomalías consumían su energía como si corrieran un sprint, así que el tipo podría necesitar un minuto. Aunque, ella también podría usar un minuto.

Las cosas se habían vuelto muy raras en los últimos días.

Kat prefería la introspección con una copa en la mano, preferiblemente varias. Con un camarero sirviendo como oído bien propinado, podía desahogar sus preocupaciones con alguien que sabía que no le importaría una vez terminada la noche, alguien que, al menos, ofrecería un consejo sin filtros.

Calvin gruñó en respuesta.

—¿Sabes? —dijo Kat—. No he tenido mucha suerte con las relaciones, pero desde que te conocí, casi he muerto varias veces. Me dispararon una bala en el estómago. Tomé un batido mientras estaba atada a una silla...

—¿Qué? —tosió Calvin—. ¿Un batido?

Un centenar de drones o más se cernían más allá de los restos de la torre. Los guardias de Ziran que habían sobrevivido podrían estar abriéndose paso entre los escombros en busca de supervivientes. Las anomalías empeñadas en destruir a ambos y a cualquier cosa atrapada en medio podrían estar desatando la devastación.

Todo eso era cierto, pero por un minuto, tal vez diez, Kat solo quería hablar. Mirar las estrellas. Respirar. Deleitarse en estar viva porque, maldita sea, parecía que su racha de suerte tendría que acabarse pronto.

Le contó a Calvin cómo había intentado encontrarlo.

Cómo había pasado meses destrozando Chicago en busca de cualquier señal. Había secuestrado e interrogado a su manera hasta subir por el árbol de Ziran. Esperaba en bares donde los empleados salían y se llevaba a los solitarios. Todos decían que nunca habían oído hablar de la anomalía, que no sabían adónde podría estar llevándolos Ziran. Hasta que...

—¿Gordon me encontró? —Calvin extendió una mano y tomó la de Kat—. Ese tipo. Apareciendo justo a tiempo.

—Casi lo mato —respondió Kat—. Le debes una cerveza cuando volvamos.

—Hecho.

Kat sonrió, sintiendo la hierba en su cabello.

—¿Cómo lo hiciste? ¿Mantenernos con vida?

—Empujé el aire de un lado a otro. Un gran bolsillo, como correr dentro de un túnel de viento —Calvin suspiró—. Solía hacer eso más cuando era niño. Saltar de los edificios por diversión.

—Tu infancia fue rara.

—Dice la chica que... —Calvin se interrumpió—. Olvídalo. No quiero ir por ahí.

La anomalía no tuvo que hacerlo. Un movimiento en la hierba llamó su atención, particularmente cuando ese movimiento se convirtió en un guardia de Ziran maltrecho. El hombre sostenía un arma, apuntándola hacia la pareja.

—Ríndanse —dijo el guardia.

Kat miró a la derecha, captó la pequeña sonrisa de Calvin, cómo la anomalía tenía su mano derecha apuntando al tobillo del guardia.

—Claro —dijo Kat, y Calvin hizo volar la pierna del hombre por debajo.

Girándose hacia atrás, Kat desarmó al guardia, tomando el arma y tanteando el gatillo. Apartar la vista de las estrellas ofreció una escena sombría, con cuerpos esparcidos, drones rotos y escombros quemando agujeros en el paisaje. Un grupo llamó su atención, un dúo ayudando a una mujer a ponerse de pie. No estaban prestando atención a Kat ni a Calvin.

—Creo que ese podría ser nuestro boleto —dijo Kat mientras la anomalía se ponía de pie junto a ella—. ¿Listo?

—Nunca —respondió Calvin—. Vamos.

Ahora Kat tenía la mano de Calvin de nuevo. Habían cambiado las estrellas por un colectivo, unas docenas de anomalías con poderes útiles y suficiente resistencia para seguir adelante. Todos habían formado un círculo, con la nueva Parangón en un extremo cerrando los ojos e iniciando una cuenta regresiva. El viento que la Parangón parecía desear se levantó, ondulando a través de la multitud. Detrás de todo el grupo, aquellas anomalías demasiado heridas o inútiles en una pelea se agruparon cerca de la estación de tren. Algunos valientes continuaban con expediciones de entrada y salida a la torre en busca de suministros.

Aunque parecía dudoso que Ziran mantuviera un horario normal de trenes en este desastre, Kat no iba a perder demasiado tiempo preocupándose por los refugiados. Acababa de conocer a su primer Campeón, Apinya, y había salido de la leyenda para reclutar a la rastreadora.

Kat podría ser cínica, pero no podía decir que no a eso.

Volar en un avión no era nada comparado con *ser* literalmente el viento. En un parpadeo, Kat tenía los pies en el suelo. Al siguiente, había desaparecido, su cuerpo y su mente elevándose hacia el cielo sobre el campamento de Ziran. Vio las tiendas, las lonas todas derribadas. La torre, su ruina humeante, se encogía contra las colinas del acantilado.

La brisa llevó a Kat sobre el océano. Las olas resplandecían plateadas bajo la luna ascendente en una noche sin nubes. La dirección y su destino en el océano Pacífico le hicieron preguntarse si la anomalía tenía control total sobre el viento en el que los había absorbido a todos, pero era difícil preocuparse demasiado.

Tal vez Kat y Calvin podrían cabalgar la ráfaga hasta

Hawái. Podrían disfrutar de unos cócteles junto a la playa, volver a registrarse cuando los Campeones hubieran terminado de salvar el mundo. O, si la batalla se torcía, esconderse en una encantadora cabaña en la jungla. El gancho en su muñeca podría funcionar muy bien para pescar con arpón...

Un suave vaivén empujó a Kat —¿y a los demás? Kat no podía ver a nadie más, así que tenía que asumirlo— hacia el sur. La vasta metrópolis de Los Ángeles ya conquistaba el horizonte en esa dirección, su resplandor más brillante e inerte borrando la luz de la luna. Aunque las colinas tenían su belleza. Árboles y cañones con la carretera costera serpenteando, las luces de los vehículos formando puntos en movimiento.

La ensoñación de Hawái provocó otra pregunta más grande. Si Kat y Calvin sobrevivían, ¿qué pasaría después? No tanto para el mundo en general —Kat supuso que las personas que tomarían esas decisiones no incluirían a una rastreadora y a un Parangón de bajo nivel al azar— sino para ella, para él. Y para Seeker, por supuesto, atrapado en Chicago y sin duda preguntándose adónde habían ido todos.

Primero, no cambiaría nada. Mantendría su apartamento hasta que Kat viera cómo se desarrollarían las cosas. Ver si el rastreo seguía siendo un trabajo que existía. Cuáles serían sus perspectivas de reputación. Calvin podría llevarla a cenar una o dos veces. A un partido de béisbol. Verían peleas en *Carver's*. Verían si había algo entre ellos dos más allá de la intervención en crisis.

Y si lo hubiera, bueno, Kat no estaría tomando esa decisión y las que vendrían después sola. Por primera vez en mucho tiempo.

El pensamiento no era tan aterrador como Kat esperaba: comparado con drones asesinos y compañías monstruosas, tener que trabajar con alguien más no parecía tan malo.

La brisa ganó velocidad mientras descendía demasiado rápido, cayendo en picado en otra hendidura. Esta conducía a una estructura dominante de hormigón y paneles solares. Vastos ángulos afilados se elevaban desde la tierra y Kat serpenteaba entre ellos sin esfuerzo alguno.

Ahora veía los drones. Todas las máquinas que habían huido del campamento aterrizaban, desplegándose en lo que Kat supuso que era la Fábrica. Una horda mecanizada irrumpiendo a través de enormes puertas abiertas. El viento se arremolinaba en la entrada, dando vista a una lucha desesperada en el interior. Parangones, normales, disparando y siendo fritos mientras se parapetaban tras improvisadas barricadas de cuerpos de drones dentro de esa entrada.

Desde una perspectiva sin cuerpo llevada por el viento, el combate parecía una película. Desde el lado más racional de Kat, la batalla parecía un lugar al que realmente, realmente no pertenecía.

La Parangón los dejó caer de todos modos.

Unas treinta anomalías y una acosada rastreadora ocuparon el espacio físico en medio del caos. Kat se lanzó en picado tan pronto como sus pies tocaron el suelo de la Fábrica, antes liso y ahora cubierto de tierra, polvo y sangre. Las anomalías caían al suelo a su alrededor, alcanzadas por los drones y su puntería precisa tan pronto como emergían. Otras se apoyaban en sus habilidades, los oídos y ojos de Kat conmocionados por el estruendo, medio cegados por el desastre mientras las mutaciones genéticas doblaban las leyes físicas.

Se arrastró sobre sus codos. Adelante, borrosa en su visión, Kat vio la línea de Parangones resistiendo más allá de la entrada. La corredora del viento, fuera cual fuese su nombre, había optado por el impacto y el asombro al dejar caer a los recién llegados en medio de los drones. Genial para algunas anomalías, tal vez, pero no para ella.

Tenía que salir.

Ya.

Algo agarró su pie, tiró. Kat pateó, se sacudió el agarre.

Cuando la mano volvió con una doble palmada, Kat abandonó su arrastre para mirar atrás. Su muñeca izquierda y su gancho siempre listo estaban preparados, mientras su mano derecha se deslizaba hacia la funda en su cintura, donde la pistola Ziran que había robado ocupaba un lugar en su improvisado arsenal.

Calvin la miraba, el hombre y su bata de laboratorio hecha jirones de alguna manera más maltratados en los segundos desde que los habían dejado caer. La boca de la anomalía se movía, pero Kat no podía oír ni una maldita cosa.

Podía agarrar su mano.

Juntos se arrastraron hasta la línea de anomalías, marcada por una barrera fluctuante y endeble que parecía ralentizar los proyectiles entrantes al pasar por las puertas del muelle de carga de la Fábrica. Cuando Kat la atravesó, sintió que su propio ritmo se volvía lento durante un largo segundo, como si nadara en miel.

—Retroceded y apartaos del camino —exigió una voz aguda.

Kat captó a su dueño, hizo un doble vistazo. Ese era nada menos que Zhan-Yo, terrorista buscado y el tipo que había iniciado todo esto. ¿Qué demonios hacía aquí, ayudando a los Parangones? El hombre más buscado del mundo no se ofendió por la cara boquiabierta de Kat, en su lugar usó a dos comandos y su fuego de cobertura para deslizarse y tirar de Kat, y por extensión de Calvin, tras la cobertura de cuerpos de drones.

Zhan-Yo no perdió ni un segundo en ponerlos al día, girándose para volver al frente. Kat observó, notó que el hombre no tenía un arma. En su lugar, Zhan-Yo se concentraba en dar órdenes, dirigiendo las fuerzas. Un CEO convertido en general de campo de batalla.

—¿Estás bien? —gritó Calvin en su oído, palabras que apenas llegaron a través de su audición aturdida.

—¡No!

Kat quería acurrucarse, quería lanzarse desde el piso superior en el que estaban y esconderse en algún lugar en las habitaciones más profundas de la Fábrica. También quería a Seeker, su energía alegre y ladradora para traerla de vuelta a la Tierra.

En cambio, Kat estaba en medio de una lucha con apuestas más grandes de las que jamás se había preocupado por ser parte. Ganar y perder significaba más que reputación, más que rastrear a otra anomalía fugitiva. Demonios, significaba darles a esas anomalías que Kat había rastreado una oportunidad de una vida mejor. Esas horribles máquinas, marchando y entregando muerte a capricho...

Calvin se puso de pie, con una expresión decidida en su rostro.

—¡Voy a entrar!

Kat agarró su brazo, lo usó para levantarse. Un comando a tres metros de ellos desapareció cuando un cohete disparado por un dron dio en el blanco, el calor chamuscando las cejas de Kat. Tras el destello, más gladiadores marchaban hacia la barrera, más drones de supresión flotaban en los aleros. Demasiados.

—¡Tenemos que detener la fuente! —gritó Kat—. ¡No los drones, la mano que los controla!

Calvin pareció confundido mientras Kat lo empujaba por la línea de Parangones, hacia un lado del pasillo. Zhan-Yo, detrás de ellos, llamaba a otros para que vinieran a llenar el hueco. Alguien se movió, otra muerte casi segura.

Una que Kat podría prevenir si pudieran llegar a Wexley a tiempo.

Todo el día Kat había estado lidiando con situaciones para las que decididamente *no* estaba entrenada. ¿Peleas a gran escala con drones? ¿Edificios cayendo? ¿Volar por el aire en una mezcla con el viento mismo?

No exactamente en el manual de rastreadores.

Pero encontrar a alguien en entornos desconocidos? Eso,

Kat podía hacerlo. El análisis corrió rápido mientras Calvin le preguntaba a la rastreadora dónde podría estar Wexley, cómo podrían encontrarlo en la Fábrica. El lugar tenía pisos de sobra, vastas cavernas llenas de drones esperando para saltar como alguna criatura de terror y hacerlos pedazos. Wexley podría estar en lo profundo del lugar, sentado en una habitación segura y esperando a que los drones terminaran sus sangrientos trabajos.

—Excepto que él no lo sabía —dijo Kat mientras seguía alejándose de las puertas del muelle de carga. No hacia el gran ascensor de la Fábrica, ya en la planta baja y bastante lejos, sino hacia el pasillo principal que conducía al núcleo de la Fábrica—. Los Paragones no habrían entrado aquí si Wexley hubiera tenido tiempo de prepararse.

—¿Entonces está sorprendido? —Calvin empujó a Kat hacia la derecha, contra la barandilla que daba al espacioso centro de la Fábrica, mientras varios comandos más se dirigían en dirección contraria para reforzar la línea del frente—. ¿No estaría todavía, no sé, en las oficinas? ¿En algún lugar por aquí?

Llegaron a una bifurcación, donde el pasillo de la Fábrica se dividía. Desde la ruta a su derecha llegaban sonidos desagradables, disparos encubiertos por rugidos casi constantes. Como si hubieran soltado a un tigre gigante. Ese camino parecía adentrarse más en la Fábrica, pero Kat dudó.

—¿Oyes eso? —dijo Kat—. Ya tenemos gente allí abajo luchando. Si Wexley estuviera en esa dirección, lo sabríamos. Probablemente abandonaríamos esta puerta e iríamos con todo a por él.

Sin embargo, hacia adelante reinaba una calma relativa. Las paredes mostraban golpes y arañazos, como si algo grande hubiera arrasado en esa dirección y luego, si Kat interpretaba correctamente las marcas bajo la iluminación fluorescente azul-blanca, hubiera regresado. Era extraño, pero el silencio la atraía.

—¿Entonces quieres ir donde no está pasando nada? —dijo Calvin, lanzando a Kat una mirada escéptica—. Entiendo que quieras mantenerte con vida, Kat, pero incluso yo no soy tan cobarde.

—Entonces puedes quedarte aquí, o puedes seguirme —respondió Kat, pasando junto a la anomalía y echando a correr—. Si te atrapé a ti, puedo atrapar a este tipo.

Mynx solía informar a todos los rastreadores varias veces al año. Grandes sesiones de video a las que Kat se conectaba desde su apartamento en Chicago. Cada vez, Mynx se unía desde un idílico mirador al océano. Decía que era su casa, y todos sabían que Mynx vivía en la Fábrica. Entrar con la brisa daba una clara disposición del terreno de la Fábrica, incluyendo dónde estaba el océano en relación con las puertas del muelle de carga.

En otras palabras, el pasillo silencioso debería conducir directamente a la residencia de Mynx. Y, si Wexley había tomado el hogar de Mynx como propio, ¿dónde más estaría durante un ataque a la hora de la cena?

Calvin alcanzó a Kat cuando el pasillo se convirtió en una escalera ascendente, que terminaba en una puerta cerrada más normal. Gris pizarra, con una P dorada de Paragon grabada en su centro. Una gran abolladura en esa P mostraba el único intento de entrada de alguien.

Los dos miraron fijamente la puerta mientras Kat le explicaba su razonamiento a Calvin. Esta vez la anomalía no discutió, no hizo nada más que encogerse de hombros.

—Estamos aquí, y es mejor que recibir disparos —dijo Calvin—. Vamos a entrar.

—Ese es el problema —respondió Kat—. No veo un escáner Tama.

—Mynx probablemente esté haciendo algo elegante. Yo me encargo. Cúbreme.

La anomalía dio un paso adelante y puso su mano izquierda en la puerta. Extendió su mano derecha detrás de él, y Kat se apartó cuando glóbulos grises y dorados comenzaron a brotar de los dedos de Calvin como una manguera de cemento. El líquido se roció por las escaleras, golpeando y endureciéndose al instante. Más interesante, sin embargo, era la puerta: donde Calvin tenía su mano izquierda, un cuenco cóncavo cada vez más ancho se expandía, atravesando hacia el otro lado después de unos segundos.

—Trabajas rápido —dijo Kat, apuntando su arma a través del agujero que se ensanchaba.

—Va rápido cuando no estoy tratando de hacer nada con el material —respondió Calvin, deslizando su mano izquierda por el borde del agujero para que siguiera creciendo—. Se ve bastante bien ahí dentro.

La decoración eficiente de la Fábrica desaparecía a través de la puerta. Aunque Kat no llamaría acogedor a la residencia, una iluminación más suave se asomaba primero por el agujero de Calvin. A medida que se ensanchaba, Kat distinguió baldosas de mármol que conducían a una entrada con percheros y un banco para zapatos. Espacios más claros en las paredes de crema festoneadas daban pistas a la pareja sobre piezas de arte desaparecidas.

La redecoración de Wexley aún estaba en sus primeras etapas.

Y ni un dron a la vista.

—¿Lista? —dijo Calvin cuando el agujero alcanzó un tamaño suficiente para que los dos pudieran pasar apretadamente.

—Nunca —bromeó Kat mientras Calvin se alejaba de la apertura—. Vamos.

La rastreadora se deslizó a través, la anomalía la siguió.

Dentro, el hogar de Mynx se abría. Pasado el vestíbulo venía la cocina, con el gran porche a la derecha y el dormitorio de Mynx —ahora de Wexley— a la izquierda. Unas escaleras interiores conducían a un nivel inferior, que Kat ignoró por ahora, ignoró porque vio algo en ese porche, en la mesa de cristal que lo dominaba.

Una botella de vino abierta, blanco por lo que se veía. Llevándose un dedo a los labios, Kat rodó sus pies por la cocina, apuntando el arma hacia la terraza. Ni un alma en ella. La puerta corrediza, sin embargo, se había dejado completamente abierta. Con Calvin pisándole los talones, Kat salió al exterior, giró a derecha e izquierda, no vio a nadie en la terraza.

Pero abajo en la playa había una sombra atrapada en las luces exteriores de la casa. Las olas llegaban hasta los pies del hombre. Tenía un brazo extendido, justo donde sostendrías una copa de vino.

—Vaya, maldición —susurró Calvin—. Parece que lo encontramos. ¿Cómo jugamos esto?

Kat apuntó el arma a la sombra. Quería apretar el gatillo, pero matar a Wexley probablemente no detendría a todos esos drones de masacrar a los Paragones. Necesitaban al hombre vivo, asustado y dispuesto a rendirse.

—Golpéalo fuerte y rápido —respondió Kat—. No dejes que llame a nadie a menos que sea para detener esos drones. Trata de no matarlo.

—Fácil.

Kat asintió, aunque mientras comenzaban a bajar los escalones hacia la playa, sus instintos decían lo contrario. Wexley tenía el mundo en su puño de hierro.

Tendrían que arrancárselo.

CAPÍTULO 27

TRANSMISIÓN

LOB SALTABA de piso en piso, deteniéndose en cada parada solo para apoyar los pies, agacharse y saltar al siguiente. Para ser un hombre que no parecía vivir en el gimnasio, a Lob no parecía importarle en absoluto cargar con Rhimes, que no era precisamente pequeño, y Regina, más compacta pero tampoco un palillo. Solo cuando Lob alcanzó el penúltimo piso —Ziran reservaba el nivel superior para una plataforma de observación— dejó ir a Regina y Rhimes con un profundo suspiro. Con los brazos libres, Lob se tambaleó hacia una silla cercana y se desplomó en ella.

—Te toca —dijo Lob.

—En ello —respondió Rhimes, ya moviéndose por el vestíbulo hacia la oficina de Zhan-Yo, no, de Wexley.

El piso tenía un diseño simple: el ascensor central se abría a una sala de espera asegurada, con una pared de cristal con una Z naranja brillante que separaba a los visitantes del trío de oficinas al otro lado. El CEO de Ziran tenía la más grande, mientras que los espacios a la izquierda y derecha estaban reservados para los empleados que el CEO considerara que se los habían ganado.

Según la leyenda, Zhan-Yo una vez le había dado una

oficina al director de limpieza del edificio como un honor por su arduo trabajo. Ese director había mantenido la vista durante un mes antes de renunciar a ella, declarando que los viajes en ascensor de subida y bajada eran demasiado molestos. No obstante, el mensaje había quedado claro: tu título por sí solo no te daba acceso a la cima.

Y Rhimes no tenía ningún título en absoluto.

Normalmente, una secretaria podría estar sentada al otro lado del cristal, lista para dejar pasar a los visitantes calificados. Ahora ese escritorio estaba vacío, las luces del piso parpadeando mientras Rhimes y Regina entraban en el vestíbulo.

—No tenemos otra ametralladora para romper este cristal —dijo Regina.

—No la necesitamos —dijo Rhimes, agarrando una silla. Lob observó cómo Rhimes levantaba el gran asiento de madera y lo lanzaba.

El mueble se estrelló contra el cristal, provocando enormes grietas a lo largo y ancho del panel central.

—Muy primitivo —dijo Regina, viendo cómo Rhimes golpeaba el cristal de nuevo con la silla—. Auténtico estilo cavernícola.

—Soy un hombre simple.

Rhimes lanzó la silla por tercera vez.

El panel se hizo añicos, cubriendo el hermoso suelo de baldosas con fragmentos. Rhimes, haciendo señas a Regina para que lo siguiera, crujió esos mismos fragmentos mientras pasaban. Allí, delante, estaba la oficina de Wexley. Una puerta blanca y audaz con una Z de cristal grabada en el centro. Sin escáner Tama, sin cerraduras de seguridad.

Si habías llegado hasta aquí, el razonamiento parecía ser que pertenecías a este lugar.

Rhimes alcanzó el picaporte, abrió la puerta y la empujó. Más allá había una oficina enorme y austera. Un proyector colgaba del centro del techo, listo para proyectar imágenes en las ventanas de suelo a techo que envolvían el espacio. Las luces nocturnas de Chicago se veían ahora a través de ellas, su resplandor se mezclaba con la suave iluminación amarilla de la oficina.

La estación de trabajo dedicada estaría allí, lista para usar.

El ascensor sonó.

—Ve —dijo Rhimes, dejando que Regina se deslizara junto a él hacia la oficina—. Encuentra la computadora, ingresa el código.

—Como si supiera hacer eso —dijo Regina, pero entró.

El ascensor se abrió, revelando a una soldado de Ziran maltratada y enojada. Había perdido su arma grande en la lucha de abajo, pero Brielle aún tenía una pistola de corto alcance, y la levantó al salir del ascensor. Lob se levantó tambaleante de su asiento, saltando hacia ella, solo para que Brielle girara, disparara y derribara al anómalo con un rápido disparo en el pecho. Gimiendo, Lob se desplomó de nuevo en una silla.

—Brielle —dijo Rhimes, levantando las manos, saliendo de la oficina—. Detente.

—¿Detenerme? —preguntó Brielle, avanzando lentamente, esa pistola sin vacilar en sus manos—. ¿Detenerme? ¿Es eso realmente lo que me estás diciendo ahora?

—¿Qué quieres que te diga?

—Perdí un escuadrón allá abajo, Rhimes. No sé cuántos están muertos, pero más de uno —la voz de Brielle se mantuvo nivelada, sin pánico, sin histeria. Una soldado—. Todos vinimos aquí por ti, un traidor, y ellos no volverán. Así que empezaría con una disculpa.

El vestíbulo y la entrada de la oficina no le daban a Rhimes mucho con lo que trabajar. Lanzar otra silla, zambullirse detrás del escritorio de la secretaria no funcionaría con la puntería certera de Brielle. Rhimes no podía darse la vuelta y correr, y Brielle detuvo su propio avance bien fuera del alcance físico. Cualquier puñetazo, patada o carga de hombro sería recibido con un disparo fatal.

Si iba a morir, entonces Rhimes bien podría comprarle a Regina todo el tiempo que pudiera.

—Entonces lo siento —dijo Rhimes, manteniendo las manos abiertas. No miró el arma, sino directamente a Brielle. Estaba siendo honesto y ella tenía que verlo—. Vine aquí solo para evitar que alguien más saliera herido.

—Díselo a mi equipo.

—Puedes hacerlo. Y puedes decirles por qué estoy haciendo esto.

—Porque no estás de acuerdo con Wexley. Bien. Podrías haber renunciado.

—Ese no soy yo —respondió Rhimes—. No huyo de lo que creo.

—¿Ah, sí? ¿Y qué es eso, exactamente? Porque a mí me parece que has estado persiguiendo reputación y nada más durante mucho tiempo.

De acuerdo, no era una buena dirección. Rhimes había logrado que Brielle hablara, lo que significaba que realmente tenía curiosidad, que realmente quería saber por qué las cosas habían salido tan mal. Ahora necesitaba encaminarla por una vía que la hiciera quitar el dedo del gatillo.

—Lo era, lo hice —dijo Rhimes—. Pero primero, fui soldado. Serví a mi país y sus causas. Cuando los Parangones me quitaron eso, me sentí perdido. Ziran me contrató, seguridad privada. —Rhimes tomó aire, vio que Brielle no había vacilado. Tampoco lo había interrumpido—. Wexley es eficiente, fuerte. Zhan-Yo es optimista, más un profeta que un ejecutivo. Ambos querían lo mismo, pero lo abordaban de maneras diferentes. Cuando Wexley tomó el control, lo seguí porque, oye, es divertido estar del lado ganador. Y rentable también.

—¿Hasta cuándo?

—Hasta que te das cuenta de que todas esas repeticiones

no significarán nada si estamos sentados bajo la mirada de hierro de un dron todo el día. —Rhimes negó con la cabeza—. ¿Cuánto tiempo crees que tendrás trabajo, Brielle? ¿Cuánto hasta que todos estemos haciendo simplemente lo que las máquinas quieren que hagamos?

—Sí, bueno, ya teníamos eso con los Parangones —dijo Brielle—. Al menos esto tiene la posibilidad de ser diferente. Adiós, Rhimes.

Brielle apuntó, Rhimes se agachó hacia adelante. Extendió la mano, sabiendo que no llegaría a tiempo. Brielle apretó el gatillo. El arma destelló, la bala pasó por encima del hombro de Rhimes. Un fallo, y uno que permitió a Rhimes embestir a Brielle de lleno. Rhimes la derribó, golpeando la muñeca de Brielle contra la alfombra y alejando el arma de un manotazo.

Brielle le dio un rodillazo a Rhimes en el estómago, aprovechó su retroceso para salir de debajo del hombre. Rhimes rodó, estiró el brazo y encontró la pistola de Brielle con su mano izquierda. Su costado derecho explotó de dolor cuando Brielle lo pateó, obligando a Rhimes a proteger su cabeza con la mano derecha mientras intentaba apuntar con la pistola.

Su estudiante tomó la defensa de Rhimes como una oportunidad para girar su pierna derecha en una patada que golpeó el brazo izquierdo de Rhimes, adormeciendo su mano de disparo y, de nuevo, enviando el arma deslizándose por las baldosas hacia el ascensor.

Parece que tendrían que resolver esto con las manos y los pies.

Con su mano derecha, Rhimes tiró de la pierna izquierda de Brielle, haciéndola tambalearse mientras se levantaba para cargar con un cabezazo, empujando a Brielle hacia atrás contra una silla. Ella cayó sobre el mueble y lo atravesó, retrocediendo en una voltereta. Apoyándose contra el panel de cristal restante, Brielle se puso de pie justo a tiempo para recibir una embestida de hombro de Rhimes.

Los dos se estrellaron a través del cristal debilitado, aterrizando en las baldosas más allá con fragmentos lloviendo a su alrededor. Rhimes echó atrás el puño, vio la cara de Brielle como objetivo con cortes por el cristal y dudó.

Había trabajado con ella al principio, en una menguante fuerza policial que reemplazaba a sus oficiales menos efectivos con drones. Ella había encontrado su nicho con las armas de largo alcance, compensando la falta de francotiradores con entrenamiento de combate cercano como forma de evitar ser despedida. Ella y Rhimes habían entrenado mucho en Chicago durante los últimos años, y aunque habían golpeado, bloqueado, pateado y volteado en colchonetas por toda la ciudad, esto...

Brielle gruñó, juntó las piernas debajo de Rhimes y lo pateó para quitárselo de encima. Rhimes crujió sobre el cristal al caer, vio a Brielle correr más allá de él hacia el ascensor, hacia el arma.

Otro disparo. Rhimes se incorporó, vio a Brielle tambalearse un paso atrás. Lob, sentado contra el ascensor, sostenía la pistola en su mano. La puntería del hombre era baja, inestable, pero el movimiento de Brielle dejaba claro que había sido alcanzada. Lob levantó el arma de nuevo.

—¡Alto! —gritó Rhimes, poniéndose de pie—. Se acabó. No dispares.

Lob tosió, sus ojos vidriosos miraron hacia Rhimes, negando con la cabeza. Se concentró en el arma. Rhimes se movió, se interpuso entre Brielle, que tenía las manos alrededor de su abdomen, y Lob.

—El número de muertos ya es bastante alto —dijo Rhimes—. No lo hagas, hombre. Por favor.

—Ella no va a parar —jadeó Lob—. Va a seguir intentándolo.

Rhimes miró de reojo a Brielle. El dolor grabado en un rostro que ya palidecía. Sus ojos se encontraron con los de él y Rhimes ya no vio odio allí, ni el impulso de un soldado. Vio lo que veía en todos al final: miedo y soledad.

—Se acabó —repitió Rhimes en voz alta—. No va a intentar nada. Usa tu Tama, Lob, y consigue ayuda médica aquí arriba.

Mirando a Brielle, viendo detrás de ella, Rhimes respondió a una pregunta persistente. No había manera de que Brielle hubiera fallado ese primer disparo a quemarropa. No había forma de que Rhimes no debiera estar tendido en su propia sangre ahora mismo.

Regina completó el espacio en blanco.

La hermana de Wexley estaba sentada en el suelo en la entrada de la oficina, una mano en la puerta blanca abierta y la otra presionando un hombro izquierdo muy rojo y muy mojado. Su cabeza colgaba baja. Rhimes maldijo, ayudó a Brielle a sentarse en una silla, y luego corrió hacia Regina.

Sin ella, sin ese código, nada de esto importaba.

—Oye —dijo Rhimes mientras se arrodillaba junto a la hermana de Wexley. En una misión normal, equipado con todo su material, tendría botiquines de primeros auxilios, algo que podría detener el sangrado o retrasar el shock. Aquí, con toda la prisa, no tenía nada—. ¿Estás conmigo?

—Duele mucho.

—Sí, que te disparen no es divertido. —Rhimes hizo una mueca ante la herida. Un disparo tan alto no debería ser fatal, pero todo dependía de lo que la bala hubiera hecho, de cómo reaccionara Regina—. Tenemos que concentrarnos, Regina. ¿Ingresaste el código?

—No pude hacerlo.

—¿Por qué?

—No tengo acceso.

Una variable. Rhimes no la había olvidado, exactamente, pero había esperado que Regina tuviera su propia forma de entrar. O que la estación de trabajo personal de Wexley no tuviera la seguridad. O que su propio acceso no se hubiera restringido tan rápido.

En cambio, tendría que improvisar.

Rhimes miró de reojo a Brielle, —Dime el código, Regina. Yo lo abriré.

La hermana de Wexley miró a Rhimes, pálida, respirando suavemente, —Intenté agarrarla, detenerla para que no te disparara, pero es fuerte. Luchó conmigo, quería apretar ese gatillo con todas sus fuerzas. Pero no quería matarte, Rhimes. Por eso desvié la puntería. —Regina tembló, la mano de Rhimes en su hombro ileso—. No quiero que nadie más salga herido así.

Regina dijo el código, una mezcla de fecha y nombre que no significaba nada para Rhimes. Lo repitió, Regina asintió para confirmar, y Rhimes giró, corrió hacia Brielle. Al final de la habitación, el ascensor descendía rápidamente. Ya fuera por ayuda médica, refuerzos o enemigos. Rhimes no podía esperar a ninguno.

Lob parecía haberse desmayado. O muerto.

—Vamos —dijo Rhimes, levantando a Brielle. Ella gritó, pero luego ahogó el grito, enterrando la cabeza en el hombro de Rhimes—. Sé que duele, pero necesito tu Tama.

Brielle no forcejeó, dejó que Rhimes la llevara por encima de Regina hasta la oficina de Wexley. Mientras se movía, Rhimes sintió que la sangre cálida y pegajosa le manchaba la camisa. Ella había recibido un golpe grave, con tal vez minutos antes de que las cosas progresaran demasiado para salvarla. Aun así, lo intentaría.

En la oficina, Rhimes se dirigió directamente a la izquierda, donde Regina tenía la terminal encendida y funcionando en el escritorio de Wexley. La pantalla parpadeaba solicitando un inicio de sesión, esperando que se escaneara un Tama.

—Solo necesito tomar prestado tu brazo izquierdo por un segundo —dijo Rhimes, acomodando a Brielle en la silla de cuero blanco.

—Estás destruyendo todo por lo que luchaste tanto —susurró Brielle, con voz tensa y entrecortada.

—Lo estoy quemando todo para que algo mejor pueda crecer —respondió Rhimes, haciendo que el escáner emitiera un pitido.

La terminal se desbloqueó, mostrando muchos iconos para que Rhimes eligiera. Solo había uno que importaba: la baliza de emergencia, un mensaje que se enviaría a todos los drones en el área con un código de respuesta. Rhimes hizo clic en él y amplificó el área para cubrir todo el globo. La mayoría de las personas no tenían acceso a ese tipo de transmisión, pero Brielle, gracias a que Rhimes la había ascendido en la línea de mando, sí lo tenía.

—Wexley —la voz de Regina llegó desde la puerta de la oficina mientras Rhimes configuraba la transmisión—. Lo siento, pero uno de tus hombres me disparó.

Rhimes introdujo el código, verificó dos veces las palabras y los números.

—No es culpa de ella —respondió Regina—. Solo estaba haciendo el trabajo que le encomendaste.

No pudo oír la respuesta de Wexley, ni quería hacerlo. El código estaba listo, Rhimes inició el envío. Miró de nuevo a Brielle. Se había desmayado igual que Lob. Rhimes le puso un dedo en la garganta, sintió el pulso. Débil, pero ahí estaba.

Afuera, en el vestíbulo, sonó el timbre del ascensor.

—No sé si estaré bien —dijo Regina—. Por eso te llamé. Para decirte que te amo y que lo siento.

El programa de Ziran confirmó el envío. Las torres de transmisión estarían emitiendo la señal por todo el mundo, llegando a todas partes y enviando a cada dron que encontrara a un estado de estasis. Rhimes supuso que Ziran podría reactivarlos, pero en esos preciosos minutos los Paragones tendrían una oportunidad.

Zhan-Yo tendría su oportunidad.

—Colgó —dijo Regina cuando Rhimes llegó a su lado—. Pero no sin antes decir que me amaba de todos modos.

Afuera, Rhimes vio a Weed llevando un botiquín de

primeros auxilios, vio a ese Elemental tatuado junto con un dron médico de emergencia flotando sobre Lob. El hombre agregaría ahora unos cuantos nombres más de alto poder a su colección, más hilos que mover.

—Tu hermano se perdió, Regina —dijo Rhimes, rasgando parte de su propia camisa para presionar contra la herida de ella—. Espero que lo encuentren.

—Yo también —Regina tosió—. ¿El código? ¿Sabes cuál es?

Rhimes negó con la cabeza.

—Mi cumpleaños, codificado. De todas las cosas, Wexley siempre se preocupó por su familia.

Regina se recostó en los brazos de Rhimes, y el hombre llamó al trío médico, les dijo que aquí había dos personas más que necesitaban atención. Luego miró a la derecha, más allá del escritorio de Wexley hacia el horizonte de Chicago.

Luces brillantes que una vez más iluminaban un mundo cambiante.

CAPÍTULO 28

CONTROL DE DAÑOS

EL VIENTO DEPOSITÓ a Cassidy en el centro del muelle de carga, su cuerpo emergiendo del aire bajo la imponente forma de un gladiador. Planear le dio a Cassidy la oportunidad de examinar la batalla, ver el caos antes de sumergirse en él, por lo que en el momento en que sus dedos recuperaron la sensibilidad, esos vacíos surgieron listos.

Cassidy lanzó un vacío del tamaño de un plato directamente hacia arriba, su remolino nexo tallando y vaporizando el núcleo central del gladiador. Pequeñas explosiones ondularon mientras las baterías perdían cohesión, y los cables y tubos se encontraban sin sus partes centrales. Lubricantes, fragmentos y calor cayeron sobre Cassidy, aplastando su cabello y cubriendo su ya muy desaliñado atuendo de suciedad.

Aunque, un momento antes ya estaba cubierto de tierra y polvo, así que c'est la vie.

Los componentes más pesados del dron se tambalearon después del disparo de Cassidy, por lo que ella lanzó una moneda mental al aire y se dirigió hacia el interior de la Fábrica. Parecía ser de allí de donde provenían los ataques de anomalías, de donde se oían gritos con cadencia humana. Los drones repetían sus propias órdenes de rendición en medio de todos los rayos, los disparos, las descargas estáticas, una constante subcorriente de locura que acompañaba el momento.

Una mano agarró el hombro de Cassidy cuando salía de la sombra del gladiador que caía. Un empujón y Cassidy se encontró acurrucada contra el lado del muelle de carga, con Apinya agachado a su lado. Varios dardos aturdidores rebotaron en el suelo donde Cassidy había estado, donde habría estado sin la intervención del Campeón. Cassidy siguió la trayectoria hasta un dron supresor flotante y lanzó otro vacío, sintiendo cómo el sudor perlaba su frente.

El vacío del tamaño de un platillo atravesó el costado del dron supresor, la máquina viró y se estabilizó, convirtiéndose en un blanco perfecto suspendido en el aire. Tres rondas duras se estrellaron contra la esfera desde la línea Paragon, las balas destrozando la delgada piel del dron y enviando la bola en picada hacia el suelo cubierto de escombros.

—Gracias por salvarme —dijo Cassidy mientras ambos reanudaban la marcha hacia la línea Paragon.

—Igualmente —respondió Apinya, su cabeza moviéndose rápidamente de su objetivo a los enemigos que los rodeaban —. Estas escenas no son mi fuerte.

—¿No hay mentes que controlar?

—Ni oportunidad de concentrarme aunque las hubiera. Mi lugar está en la mesa de negociaciones, no en el campo de batalla.

A su derecha, un Paragon que parecía un sol hirviente arremetió contra un gladiador. El hombre bajito esquivó las garras del dron más grande, cada baile dejando una llamarada a su paso. Las explosiones chamuscaron al dron, pero no parecían hacer más que irritarlo. Con Apinya tirando de ella, Cassidy no tuvo oportunidad de volver a crear sus vacíos, no tuvo oportunidad de ayudar cuando el Paragon se movió en la dirección equivocada.

La llama se elevó, el gladiador la ignoró, y su patada giratoria alcanzó al Paragon a medio paso. El golpe envió al Paragon volando por los aires donde el gladiador, con sus brazos armados siguiendo a la anomalía, lo acribillló con demasiadas rondas como para sobrevivir. Para cuando el Paragon tocó el suelo, su fuego ya se había extinguido.

—Entonces, ¿por qué viniste? —dijo Cassidy, tragando saliva. Recuerdos de la huida de la isla bailaban tras sus ojos, todos esos drones enjambrando alrededor de su bote improvisado, las anomalías muriendo una por una—. Si no puedes ayudar...

—Estoy aquí por Wexley, no por sus máquinas —dijo Apinya—. Necesitamos cobertura ahora.

Cassidy reconoció una orden cuando la escuchaba. Habían llegado al final del muelle de carga, donde la Fábrica se abría a un amplio pasillo. La línea Paragon estaba a mitad de camino, los cuerpos de los drones formando baluartes para los combatientes del otro lado. Cruzar ese pasillo significaba un sprint de varios metros bajo fuego, un trayecto que algunos lograban —Cassidy vio a ese rastreador y su amiga anomalía arrastrándose sobre sus estómagos—, mientras otros morían, inmovilizados por el fuego demasiado preciso de los drones.

Sintiendo cómo aumentaba el calor, Cassidy juntó las puntas de sus dedos, creando un vacío de varios metros de ancho. Otras anomalías aún luchaban detrás de ellos, tele-transportándose, golpeando y cortando en medio de la fuerza de drones que se acercaba. No podía simplemente enviar un vacío girando a lo largo del ancho del muelle de carga sin matar a diez o quince Paragons en el proceso.

Aunque si las cosas se ponían lo suficientemente feas, Cassidy podría hacerlo de todos modos. Por la oportunidad de ver a su familia, muy poco cruzaba la línea.

En su lugar, hizo aparecer el vacío, manteniéndolo entre ella, Apinya y los drones. Las pocas máquinas que se molestaban con el par enviaron rondas, un rayo láser, un dardo aturdidor en su dirección. Todo desapareció en el vacío.

—Vamos antes de que me desmaye —dijo Cassidy. Mantener un solo vacío solo se sentía como una fiebre mala, no como el colapso terrible y nebuloso que había experimentado en el bote de la isla o en el salón de Bangkok de Apinya. Sin embargo, esta pelea no parecía que fuera a terminar pronto. Perder su energía aquí y ahora parecía una carrera rápida hacia la otra vida—. ¡Ahora!

Apinya no cuestionó la orden de Cassidy. En un movimiento que carecía de la habitual majestuosidad del Campeón, Apinya corrió agachado a través del pasillo. Su bata de laboratorio ziran se enganchó y rasgó con los escombros, haciéndolo parecer aún más una víctima de un desastre andrajoso. Cassidy lo siguió, arrastrando el vacío detrás de ella.

La línea Paragon ofrecía una protección improvisada. Caminar hacia ella se sentía un poco como lanzarse a una escena de película. Personas armadas —¿quiénes eran?— se asomaban entre el metal apilado para disparar rondas, las balas silbando sobre la cabeza de Cassidy. Los anómalos se turnaban cada vez que los tiradores tenían que recargar, juntando las manos para enviar rayos, lanzar granadas de brillo azul o enviar enjambres de neón chirriantes que se arremolinaban en la mezcla.

A pesar de todo el pánico, de toda la muerte, la adrenalina también llegaba. Si la huida de la isla había sido una fuga desesperada, esto era una verdadera batalla. El futuro del mundo descansaba en este pequeño corredor, los anómalos haciendo todo lo posible por preservarse contra una compañía, un poder que los quería muertos.

Y Cassidy estaba *aquí*, en el momento, en el nexo. No en alguna playa, no atrapada en una prisión, ni siquiera rellenando impuestos con un cabernet limpio en casa. Maldijo, más maravillada que otra cosa.

Un brazo se extendió, agarró la muñeca de Cassidy y la jaló sobre el muro de drones. El Vacío dejó que su vacío se disipara. Casi se puso de pie hasta que ese mismo brazo, perteneciente a uno de los normales armados, la presionó de vuelta hacia abajo.

—Si te levantas, estás muerta —gritó el hombre, luego giró de vuelta a su puesto, con los dedos ya en el gatillo.

Cierto. No tenía sentido dejarse llevar tanto por la causa como para morir antes de hacer algo.

—Cassidy —decía Apinya—, ¡por aquí!

El Campeón estaba agachado junto a un rostro que Cassidy reconoció de Internet. Zhan-Yo, el terrorista que había bombardeado Los Ángeles, el que había iniciado toda esta revolución. De alguna manera, Apinya no parecía enojado, de alguna manera Apinya no estaba intentando retorcerle el cuello al hombre. Mientras Cassidy se acercaba, captó palabras como posición, fuerza de ataque y objetivos.

¿Zhan-Yo estaba de su lado ahora? ¿Y estaba cargando *espadas*?

—Escucha —dijo Apinya cuando Cassidy se agachó con ellos—. Zhan-Yo dice que un grupo fue a la sala de control de la Fábrica. Están tratando de tomar el lugar para que cuando nuestro as aparezca, Ziran no pueda reiniciar los drones tan rápido.

—¿Nuestro as?

Zhan-Yo descartó la pregunta con un gesto —No hay tiempo. Necesitamos que vayas por el pasillo, tomes la primera derecha. Sigue los combates. Ve.

—Perdona, ¿quién te crees que eres para darme órdenes? —espetó Cassidy.

—Cassidy —dijo Apinya, y el Vacío sintió esa presión calmada en su mente, el suave alivio que borraba sus bordes afilados—. Necesitamos que hagas esto. Thane está allá abajo.

La verdadera razón, entonces. Thane metido en medio de un tiroteo era una jugada peligrosa. El anómalo era una bola de demolición, cuantos más golpes recibiera, más enojado se pondría hasta que cualquier cosa se convirtiera en un objetivo.

—¿Quieres que lo calme o algo así? —dijo Cassidy.

—No —respondió Zhan-Yo, y Apinya igualó la mirada sombría del hombre—. Thane conocía el riesgo cuando vino. Si no puede ser detenido, si empieza a matar a los suyos, necesitamos que lo elimines.

Asombroso cuán rápido podía morir una confianza heroica. Ser parte de salvar el mundo de repente se sintió menos como una gran aventura y más como un trabajo de sicario nauseabundo.

—Por favor —dijo Apinya, y esa presión se intensificó. Lo opuesto a un dolor de cabeza, la ira de Cassidy se desvaneció en serenidad, en paz con la petición. A pesar de toda la violencia a su alrededor, Cassidy sintió que podía respirar, asentir, entender que la petición tenía perfecto sentido—. Te necesitamos ahora.

No podía decir que no, aunque quisiera hacerlo.

Cassidy se abrió paso por el pasillo hasta la intersección. Había seguido al rastreador y a ese anómalo por aquí, pero ellos habían continuado recto. En su lugar, miró a la derecha, donde el pasillo se convertía en un corredor estándar, su barandilla abierta dando paso a un pasillo de dos paredes con una pendiente descendente. Cuerpos, de drones y de otros, afeaban el camino. Paneles humeantes en el techo mostraban torretas que habían llegado a su fin.

Los efectos pacificadores de Apinya se desvanecieron y la frustración de Cassidy regresó atenuada. El razonamiento tenía sentido: destruir los drones no importaría si un Thane invencible y sin mente asesinaba a los Paragones junto con ellos.

No es que fuera a matar a Thane. Ni de coña. Mejor si eliminaba primero a todos los que lo estaban enfureciendo.

Echó a correr.

El corredor descendió y luego giró bruscamente a la izquierda. Varios paneles de pared destrozados mostraban torretas en ruinas. Una puerta rota tenía su centro destrozado. Luego otra puerta, y una tercera, cada una reforzada por torretas chispeantes y arruinadas.

Mynx se tomaba en serio su seguridad, o tal vez Ziran había hecho los cambios.

Al final del corredor, el pasillo se ensanchaba en un espacio más amplio con baldosas negras. Cassidy captó la lucha mientras se acercaba, escuchó los disparos, las órdenes de los drones de cesar y desistir. Y, más claramente, los rugidos que hacían eco mientras un anómalo en particular continuaba su alboroto. A diferencia del muelle de carga, esta gran sala tenía su espacio abarrotado de estantes y más estantes de servidores.

Cubos negros colocados en estantes metálicos, los zumbantes ordenadores y el frío cortante que atravesaba la sala daban un trasfondo diferente al combate. Drones rastreadores, comandos y un par de anómalos parecían estar bailando entre los estantes, disparando y acuchillándose unos a otros. En el centro de la sala, frente a la única otra entrada que Cassidy podía ver, estaba Thane. El gran anómalo se enfrentaba a tres gladiadores, los drones combinando su potencia de fuego para hacer retroceder a Thane bajo una tormenta de balas y dardos aturdidores.

Cassidy podía arreglar eso. Avanzó, sintiendo los vacíos llegar a la punta de sus dedos. Echó hacia atrás el brazo, preparándose para lanzar un vacío lo suficientemente amplio como para cortar las tres cabezas de los gladiadores. Y Cassidy lo habría lanzado también, excepto que el cañón de una pistola se presionó contra su sien.

—Cassidy, no lo hagas —dijo Celice—, no podemos destruir nada aquí.

El cañón se retiró y Cassidy miró a su izquierda, ya cambiando sus vacíos para cortar en tiras a la persona ofensora. Una mujer joven, fría y segura, estaba allí. Tenía pequeñas pistolas en ambas manos, una rastreando a un dron rastreador serpenteante que se deslizaba hacia ellas.

—Lo siento, tenía que llamar tu atención —dijo Celice, girando ambas pistolas para apuntar al dron. En una ráfaga de precisión, la mujer envió seis disparos que rebotaron en la cara del dron, destrozando sus cámaras y enviando la máquina a estrellarse contra la pared trasera de la sala—. Necesitamos que Thane mantenga ocupados a esos gladiadores.

—Puedo destruirlos —dijo Cassidy, pasando junto a Celice y lanzando un pequeño vacío al rastreador herido.

El vacío partió al dron por la mitad, abriendo una hermosa línea en la pared detrás de la máquina.

—Bonito, pero ese no es el punto —respondió Celice—. Más allá de esos drones hay un montón de técnicos ziranos manejando computadoras a las que necesitamos acceder. Si Thane pasa a esos gladiadores, esos técnicos son los siguientes.

Cassidy captó la idea. —Y las computadoras serán daños colaterales.

En el mismo momento en que el argumento de Celice tomó forma, los disparos alrededor de la habitación cesaron. El estrépito de los drones se detuvo, con diferentes golpes haciendo eco mientras los drones rastreadores caían de las paredes, el techo y los estantes de servidores al suelo. Uno aterrizó a los pies de Celice, con las garras extendidas y aparentemente listo para asestar un golpe fatal.

En su lugar, la máquina yacía allí, inerte.

—No —murmuró Celice—. Realmente lo hizo.

—¿Hizo qué?

Un rugido interrumpió la respuesta de Celice y ambas miraron hacia los gladiadores que se enfrentaban a Thane. Las grandes máquinas permanecían inmóviles, y el aullido victorioso de Thane se mezclaba con su destrozo y desgarro. Con cada mano destrozando un drone diferente y su cabeza aplastando al tercero, el fenómeno continuaba con su rabia desenfrenada. Los gladiadores no respondían, no hacían nada mientras Thane arrancaba extremidades y las arrojaba por la habitación, provocando que los comandos que surgían de sus coberturas volvieran a ocultarse.

—Necesitamos calmarlo —dijo Celice, pasando junto a Cassidy.

—Es más fácil decirlo que hacerlo —respondió Cassidy, siguiéndola.

Había visto a Thane salir de estos arrebatos antes, aunque no de uno tan intenso. La última vez que el fenómeno había estado tan desesperado, tan sumido en su propia monstruosidad, Cassidy había estado inconsciente. Thane nadó con ella durante kilómetros, arrastrando a Cassidy hasta una playa lejana. Según lo contaba Thane, finalmente se había calmado debido al agotamiento.

El fenómeno no parecía cansado ahora.

Más allá de Thane, en la habitación que esos gladiadores habían estado protegiendo, nuevas voces gritaban. Confundidos, pidiendo ayuda mientras su protección metálica se desintegraba y el personal de Ziran tenía su primera mirada de cerca a un Thane escupiendo y rugiendo. Ver a los drones desmembrados, las extremidades de acero hechas pedazos probablemente les daba buenas ideas de lo que estaba a punto de suceder.

Cassidy, habiendo visto el laboratorio de Ziran, los experimentos allí arriba, tenía dificultades para encontrar mucha simpatía.

Celice, sin embargo, le gritaba a Thane. Le decía que se detuviera, que se calmara.

—¡Este era el plan! —gritó Celice, mientras el fenómeno la ignoraba, continuando destrozando al último gladiador—. ¿Entrar y evitar que Ziran reactive los drones, recuerdas?

—No te va a escuchar —dijo Cassidy, cruzando los brazos

y observando cómo la mujer continuaba su acercamiento—. Tiene que agotarse.

—¿Y si la gente en esa habitación sabe algo que necesitamos? ¡Esto es más grande que tu ira, Thane! ¡Más grande que estos drones!

Con un último grito de risa, Thane arrojó el pecho partido del último gladiador hacia la sala de control. Algún técnico de Ziran emitió un aullido agudo. Otro suplicó, en voz alta, que Thane mostrara algo de piedad, que no era su culpa.

Solo seguían órdenes.

Cassidy apretó los labios, negó con la cabeza. Estos técnicos eligieron el bando equivocado, y habrían continuado sentados aquí, decretando muerte y captura para los fenómenos día tras día, año tras año sin esto. Thane dio un paso atronador hacia la sala central, luego otro. Llevando tortura a los torturadores.

El disparo se oyó por encima de los gritos. Se oyó por encima de los comandos restantes que se reagrupaban, se mantenían al margen. Se oyó por encima del acercamiento gruñón y áspero de Thane.

Celice disparó de nuevo, luego una tercera vez. Cassidy vio que las balas daban en el blanco, rebotando en la gruesa piel de Thane y dejando pequeñas marcas rojas donde golpeaban. La última le dio a Thane en la cabeza, un corte minúsculo que marcaba el cabello ralo del hombre.

Y ganándose la atención de Thane.

Celice dejó caer un arma, afianzó la otra con ambas manos, apuntando con la pistola mientras Thane se giraba completamente, el rostro viejo y endurecido del hombre era una imagen de locura. Ojos inyectados en sangre muy abiertos, piel arrugada y estirada, músculos abultados no solo en los lugares habituales sino a lo largo de sus mejillas, su cuello. La ropa que aún le quedaba a Thane estaba rasgada y quemada, cortada por las garras de los drones y salpicada de agujeros de bala por igual. El fuego de Celice solo añadía a un conjunto completo de cicatrices, tanto que Cassidy no pudo contener un jadeo.

Vivo o no, el cuerpo de Thane parecía negro en todo el pecho. Las piernas y los brazos sangraban donde los golpes de los drones gladiadores habían sido lo suficientemente fuertes como para perforar la piel. Una punta de la pata de un drone rastreador sobresalía del muslo izquierdo de Thane, profundamente incrustada en el fenómeno.

Tanto daño, tanta ira. Esto, esto no terminaría con una advertencia.

—Celice —dijo Cassidy, dejando caer los brazos—. Necesitamos correr. Ahora. No va a detenerse.

—Entonces necesitamos detenerlo. —Celice apretó el gatillo de nuevo. El disparo dio directamente en la frente de Thane, con una colocación experta. La bala rebotó. Los ojos de Thane se entrecerraron—. ¡Thane! ¡Mataste a mi madre! ¡Me importa un carajo si mueres!

¿Mató a su madre?

Cassidy se quedó boquiabierta. Thane rugió. Celice disparó de nuevo.

El fenómeno cargó. Un solo salto largo. Celice disparó una tercera vez mientras Thane se abalanzaba hacia ella. Habría sido aplastada, debería haberlo sido, excepto que un comando se lanzó desde un lado y tacleó a Celice fuera del camino. El hombre aplastó a Celice con su propio cuerpo mientras Thane aterrizaba en el suelo, las baldosas mismas agrietándose con su peso. El fenómeno se movió, miró hacia abajo a la pareja normal. No tenían a dónde ir, a dónde correr.

—¡Thane! —gritó Cassidy, sin obtener ningún reconocimiento—. No me obligues a matarte.

Esa palabra, esa única palabra funcionó. Los ojos de Thane se desviaron hacia Cassidy, vio sus brazos y manos extendidos. Los vacíos esperaban, listos para tallar en el fenómeno. Él la había salvado una vez, dos veces, tres veces. ¿Podría ella salvarlo de sí mismo?

—Por favor —dijo Cassidy—. Recuérdame, recuerda quién eres.

Thane gruñó, sus enormes manos se cerraron en puños, se desenroscaron. Respiraciones profundas hacían subir y bajar su pecho. Cada vaso sanguíneo se marcaba.

Cassidy sabía dónde arrojaría esos vacíos, tenía sus propios músculos tensos.

—Este no eres tú —dijo Cassidy, más suavemente esta vez. Dio un paso, pequeño y lento, hacia Thane.

El movimiento rompió el hechizo. Thane pateó, golpeó a Celice y su comando protector y los envió volando. Luego volvió sus ojos enloquecidos hacia Cassidy, aulló y cargó.

CAPÍTULO 29

RESCATE

MIENTRAS EL ASCENSOR DESCENDÍA, Aegis se arrancó las garras del dron rastreador de sus antebrazos. Al dejar caer los trozos de metal y sacudir las muñecas, el Campeón sintió el cosquilleo de sus células poniéndose a trabajar. Antes de su internamiento en el tanque de Mynx y de que Mila lo restaurara prácticamente como nuevo, curarse de cortes como estos le habría llevado casi un día entero.

¿Ahora? Cuando las puertas del ascensor se abrieron, Aegis salió completamente renovado, listo para la acción.

No se podía decir lo mismo de su uniforme táctico, que parecía pertenecer a la basura. Sus fragmentos rasgados y agujereados revoloteaban sobre la piel de Aegis. Más un chal gótico que un atuendo digno de un Paragon, pero ¿a quién le importaba? Había llegado al sótano de la Fábrica, al mismo largo pasillo que conducía a Mynx, a Mila.

A desacoplar a Ziran de sus drones.

Seis guardias de Ziran —personas con esos trajes blindados blancos y naranjas— esperaban en el corredor. Sus armas, pistolas y lo que parecían porras electrificadas, estaban listas en sus manos. Dos se encontraban justo más allá de las puertas del ascensor, apuntando con sus miras cuando este se abrió. Aegis vio a los otros cuatro posicionados más adentro, atrincherados detrás de barreras improvisadas, puertas arrancadas de sus bisagras, un escritorio volcado.

—Buenas noches, caballeros —anunció Aegis cuando la puerta del ascensor se abrió de par en par.

Se lanzó hacia adelante y a la izquierda mientras los guardias vacilaban. La reacción habitual ante la aparición de un Campeón de carne y hueso frente a ti.

Aegis agarró el arma del guardia de la izquierda y se la arrancó de las manos, azotándola contra la cara del guardia de la derecha y haciéndolo caer hacia atrás. El guardia de la izquierda fue a por su porra, solo para encontrarse levantado del suelo y propulsado hacia atrás. Aegis lo usó como escudo, cargando hacia adelante.

Los empleados de Ziran no eran completamente homicidas. Contuvieron el fuego mientras Aegis corría, con un reloj haciendo tictac en la cabeza del Campeón hasta que el guardia al que había derribado junto al ascensor se levantara y le disparara por la espalda. Cuando se acercaba al segundo par de Ziran, ambos guardias dirigiéndose hacia el lado derecho del corredor para esquivar la embestida, Aegis empujó a su rehén, lanzando al guardia contra sus dos compañeros.

Los tres cuerpos se desplomaron detrás de una mesa volcada, usada hace un segundo como cobertura, y Aegis los siguió, lanzándose sobre el montón mientras el guardia de atrás, junto al ascensor, disparaba un par de veces. Las balas volaron por encima mientras Aegis aterrizaba sobre la pila. Los dos guardias de atrás contuvieron su propio fuego, respetando nuevamente las vidas de sus camaradas.

Un cambio agradable respecto a algunos villanos que Aegis había apaleado en los viejos buenos tiempos, aquellos que consideraban a sus secuaces como carne de cañón. Tal vez Ziran no fuera totalmente malvado.

Tal vez.

Con su mano derecha, Aegis propinó rápidos puñetazos para noquear a los guardias que forcejeaban, golpeando cráneos dentro de cascos hasta que los cuerpos quedaron inertes. Con la izquierda, Aegis liberó un arma y mantuvo apretado el gatillo en una ráfaga sin rumbo hacia los dos últimos guardias, obligándolos a refugiarse tras su propia cobertura. Rodando libre del montón, Aegis se incorporó de golpe, giró y disparó de vuelta hacia el ascensor. El guardia allí entró en pánico, se zambulló en el elevador y golpeó los botones, cerrando la puerta.

Aegis podía vivir con eso.

Una bala le dio en el hombro, haciendo girar a Aegis hacia la derecha. El proyectil metálico se incrustó, dejando un dolor agudo. Un segundo disparo falló, y para entonces Aegis ya tenía el dedo presionando el gatillo, enviando rondas hacia las maltrechas puertas que los dos guardias usaban como cobertura. Se agacharon, dando a Aegis espacio libre para avanzar.

—Vamos, chicos —llamó Aegis, manteniendo el rifle robado listo—. ¿Dos contra un Campeón? Malas probabilidades. Tiren esas armas y los dejaré salir caminando de aquí. Consérenlas, y recibirán la justicia Paragon rápida y letal.

El silencio recibió las palabras de Aegis, mientras el Campeón continuaba su avance. Adelante y a la derecha podía ver la sala de cápsulas, los tanques que contendrían a Mynx y Mila. Casi allí.

—¿Prometes que nos dejarás ir? —preguntó el guardia de la izquierda—. Tengo familia en casa. Dos hijos. Uno se casa en un mes.

—Lo prometo —Aegis se sorprendió un poco al descubrir que lo decía en serio, pero después de la violencia del día y la lucha que seguramente vendría, podía dejar ir a estos trabajadores de a pie—. Pero renunciarán después de hoy.

—Trato hecho —dijo el mismo guardia, y su arma voló hacia atrás mientras pronunciaba las palabras, repiqueteando en el suelo del pasillo—. De todos modos no nos pagan lo suficiente.

—Nunca lo hacen —respondió Aegis, cambiando su puntería—. Ahora tu compañero.

Una maldición, un suspiro, y el rifle número dos se unió a su hermano en el suelo del pasillo. Con las manos en alto, ambos guardias se levantaron de detrás de sus barreras. Aegis asintió de vuelta hacia el ascensor.

—Llévense a sus compañeros con ustedes. Díganle a la gente de arriba que yo dije que podían irse —ordenó Aegis—. Si son amables y ellos no están demasiado enojados, podrían llegar a casa esta noche.

Tres cápsulas brillaban en la habitación. Dos, llenas de un líquido inquietante, contenían a Mynx y Mila. Un dron encargado de monitorear las cápsulas con sus demasiados brazos estaba sentado a la izquierda. La máquina no se activó cuando Aegis entró en la sala, una señal que Aegis decidió interpretar como positiva. Ahora solo tenía que averiguar cómo drenar estas cápsulas y liberar a las dos Campeonas.

Cada cápsula tenía una pantalla Tama que mostraba los signos vitales. Ambas tenían luces verdes brillantes en todos los indicadores mientras flotaban, con los ojos cerrados y máscaras de oxígeno puestas. También en esas pantallas había un simple botón que decía Liberar.

—Bastante fácil —murmuró Aegis, y lo tocó en la cápsula de Mynx.

La máscara de oxígeno y los esbeltos brazos mecánicos que mantenían a Mynx estable y flotando se desengancharon. La Campeona se hundió, sus ojos se abrieron de golpe al despertar, totalmente sumergida en un recipiente de cristal. Aegis maldijo, miró el Tama y solo vio luces rojas parpadeantes. Sin respuestas.

Tendría que proporcionar las suyas propias.

Aegis se puso en posición y lanzó un fuerte puñetazo directo contra el cristal de la cápsula. El golpe impactó, agrietó y, con un segundo golpe, lo hizo añicos. El vidrio y el agua se derramaron por todas partes, seguidos por Mynx. Aegis atrapó a la Campeona, que tosía, y la sostuvo fuera del alcance del vidrio.

—¿Qué demonios estás haciendo? —jadeó Mynx, parpadeando.

—Salvándote —respondió Aegis.

—Como un idiota —dijo Mynx, con el cabello empapado y pegado a los lados de su cabeza.

—No es como si estas cosas vinieran con instrucciones.

Mynx le lanzó una mirada fulminante, pero luego la descartó.

—Si estás aquí y yo estoy fuera, supongo que está pasando algo estúpido, ¿no?

Aegis explicó, repasando la toma de control de Ziran y el asalto actual. La necesidad de cortar la conexión de los drones con Ziran antes de que pudieran ser reactivados. Mientras tanto, Mynx deslizaba y tocaba la pantalla Tama fijada a la cápsula de Mila. Esta vez, el agua se drenó y los brazos depositaron a Mila en el suelo de la cápsula.

Solo entonces Mynx la liberó de la máscara de oxígeno y los brazos.

—¿Ves? —dijo Mynx, interrumpiendo la digresión de Aegis sobre los múltiples asaltos a la Fábrica—. No es tan difícil.

Mientras la cápsula siseaba y se abría, Aegis cambió a su radio, levantando su Tama y confirmando en el canal general que había realizado el rescate. Dos Campeonas aseguradas, listas para subir y ayudar.

—Los drones acaban de apagarse —respondió rápidamente Zhan-Yo—. Llévala al centro de control. Celice, ¿ya lo tenemos?

Estática.

Mynx ayudó a Mila a ponerse de pie, frotando los brazos

de la Campeona para ayudarla a despertar. Mila parpadeó y sacudió la cabeza.

—Estamos de vuelta —susurró Mynx—. Pero no hay tiempo para descansar. Esto no es un simple rescate, sino una toma de control total.

—¿Toma de control? —preguntó Mila—. ¿De qué?

Aegis asintió hacia la salida.

—Te lo explicaré en el camino. ¿Puedes caminar?

—Lentamente.

Cualquier progreso era mejor que nada, así que Aegis se dirigió hacia la salida de la habitación. Zhan-Yo llenó el silencio, diciendo cómo estaban desmantelando tantos drones como podían mientras las máquinas permanecían congeladas. Los Paragones y los comandos tenían muchas bajas, y las cápsulas de emergencia estaban llegando para llevar a quienes pudieran a los hospitales.

Más interesante aún, Ziran no había enviado a ningún humano ni policía para ayudar. En su lugar, habían establecido un perímetro, dejando que sus robots hicieran el trabajo sin arriesgar otras vidas. Una postura afortunada para los Paragones, y segura para Ziran.

Los cuerpos leales nunca se veían bien en las noticias.

El pasillo hacia el ascensor permanecía vacío, los guardias habían seguido el consejo de Aegis y huido lejos. Eso dejó un largo trecho, tiempo de sobra para poner al día a Mynx y Mila mientras las dos Campeonas recién despiertas devolvían la vida a sus músculos.

Cuando comenzaron los temblores, Aegis ni siquiera se alarmó. Había habido tanta violencia que tal vez algún sistema de la Fábrica, su aire acondicionado o la presión del agua, había estallado. Las vibraciones venían de arriba cuando Aegis llegó al ascensor y presionó el botón de llamada.

El rumor creció. Mynx y Mila miraron hacia arriba, la primera frunciendo el ceño.

—Nada se está cayendo —dijo Mynx.

—¿Qué? —Aegis miró hacia arriba y vio grietas formándose en el techo, pero parecían más pliegues, como si algo arriba pellizcara la tierra.

La sacudida se convirtió en un rugido crepitante y desgarrador. El ascensor emitió una alarma de inestabilidad, apagándose antes de su llegada. Las grietas se extendieron y Aegis se movió. Les dijo a Mynx y Mila que se agacharan y se colocó sobre ellas, envolviendo a la pareja más pequeña en un gran abrazo. No era una protección perfecta contra lo que parecía estar a punto de suceder, pero era mejor que dejar que las dos experimentaran un derrumbe sin la más mínima protección.

—No puedo creer que desperté solo para morir —dijo Mynx—. Tu sincronización apesta, Aegis.

—Al menos lo intentó —respondió Mila—. Eso es algo, ¿no?

—Lo único que sé es que estaba teniendo unos sueños geniales.

—Si este pasillo nos cae encima —dijo Aegis, gritando sobre el ruido—, tendrás todos los sueños que quieras.

Un breve silencio. El rugido desapareció, el desgarro se detuvo, y Aegis tuvo ese destello de esperanza de que las cosas podrían salir bien.

Hasta que sintió la primera roca golpear su espalda. Vio una segunda golpear el suelo a su derecha.

Escuchó un tipo diferente de rugido, el tipo que hace una criatura enojada en lugar de procesos industriales que han salido mal. Un sonido furioso y rechinante que Aegis reconoció.

Y con él, el techo se desplomó.

Las baldosas, las rocas, las tuberías y el metal no se rociaron, no llovieron, simplemente se derrumbaron. De inmediato, Aegis sintió que los escombros lo derribaban al suelo. Plantó sus muñecas, hizo lo que pudo para mantener la masa lejos de Mynx y Mila. Incluso con todo ese entrenamiento de pesas, todo ese ejercicio, Aegis sabía que quedarían enterrados.

Pero después de la primera ola, poco le siguió. Como si alguien hubiera sacado el suelo de la Fábrica y dejado solo un poco atrás. Aegis se enderezó, quitándose los escombros de encima, y vio la luz fluorescente que brillaba a través de un pozo inclinado y limpio. Como si algún taladro perfecto hubiera perforado un agujero.

A través de ese agujero se retorcía una figura familiar. Todo feo hueso y cartílago, músculo y masa, Thane aullaba hacia el pozo. Los escombros se acumulaban hasta la cintura de Thane, pero Aegis pudo distinguir el daño de la anomalía, las cicatrices, las quemaduras y las partes sangrantes. La carga del hombre contra el enemigo no había sido perfecta, aunque Aegis no quería saber qué era capaz de crear Ziran para hacer ese pozo.

—¡Quédate ahí abajo! —se oyó un grito, una voz que Aegis creyó haber escuchado antes pero no podía ubicar—. No vuelvas, Thane, o... simplemente no lo hagas, por favor.

Thane rugió en respuesta. Aegis sintió que Mynx y Mila se liberaban de debajo de él, abriéndose paso para ponerse de pie. Escombros de roca y azulejos caían a su alrededor, y la rabia de Thane se interrumpió, sus ojos inyectados en sangre giraron hacia ellos.

—Hola —dijo Aegis, haciendo crujir sus nudillos. Después de todo esto, pelear contra Thane no estaba en lo alto de su lista, pero ¿cuántas veces el Campeón podía elegir sus batallas?—. ¿Vas a calmarte?

—Aegis —dijo Mynx—. Ahora no es el momento.

—Entonces yo me alejaría —Aegis se colocó en el centro del pasillo—. No creo que esté en condiciones de escuchar —el Campeón volvió su atención al monstruo—. Vamos, amigo. Todo esto era parte de tu plan, ¿recuerdas? Está funcionando como dijiste que lo haría. No lo arruines comportándote como un imbécil.

Thane golpeó sus puños contra los escombros, despejándolos y obligando a Aegis a cubrirse la cara para protegerse de las rocas. La gran anomalía se liberó, la altura de Thane le obligaba a permanecer medio agachado mientras gruñía a Aegis. Sus ojos se desviaron, captando a Mynx y Mila retrocediendo.

—No, no —dijo Aegis, dando otro paso adelante—. Esas dos están fuera de límites. Si vas a pelear con alguien, será conmigo —extendió los brazos—. Después de todo, yo soy el que te puso en esa jaula durante todos estos años. Tú me quitaste a mi esposa, y yo te quité tus años. Deberías odiarme, Thane, porque yo seguro que te odio.

Algo en ese monstruo aún funcionaba. Thane volvió su atención a Aegis, abrió la boca para mostrar sus dientes irregulares. Y saltó hacia adelante.

El techo bajo y agrietado hizo que el salto de Thane lo llevara contra la roca y los azulejos. Más escombros llovieron. Aegis se agachó hacia adelante, esquivando los golpes de izquierda y derecha de Thane para lanzar uno propio. No fue un golpe a ciegas, sino uno que fue directo a una cicatriz de quemadura negra. Aegis sintió que la piel de Thane crujía con el impacto, y la anomalía aulló.

Aegis lanzó un segundo jab, golpeando bajo y haciendo retroceder a Thane un paso. El tercer golpe de la combinación fue a la rodilla derecha de Thane, doblándola hacia afuera. Aegis sintió que las manazas de Thane se cerraban para un abrazo que definitivamente no quería y se lanzó por debajo de esa rodilla doblada, rodando sobre las vigas rotas y el cemento agrietado para terminar en su propia posición de cuclillas.

Thane giró hacia Aegis, agarrando escombros y lanzándolos contra el Campeón. Una barra de refuerzo golpeó a Aegis como el swing de un bateador estrella, derribando al

Campeón de espaldas. La arenilla cayó sobre el rostro de Aegis, en sus ojos y su boca. Rocas se atascaron entre sus dientes.

No es que tuviera tiempo para usar hilo dental.

—¡Salgan de aquí! —gritó Aegis hacia donde habían estado Mynx y Mila, mientras rodaba hacia un lado, esquivando un puñetazo de Thane mientras la anomalía se acercaba y recibiendo otro en su hombro.

La dislocación dolió. El golpe siguiente que envió a Aegis volando contra el lado del pasillo también dolió. El grito de batalla de Thane lleno de saliva no dolió tanto, pero el puñetazo en el estómago, un puño deforme que empujó a Aegis contra la misma pared contra la que acababa de chocar antes de extenderse en una inmovilización con la palma abierta, definitivamente añadió dolores a la creciente sinfonía de dolor de Aegis.

El Campeón abrió los ojos parpadeando, su visión borrosa mirando el feo rostro de Thane. La anomalía tenía su puño izquierdo echado hacia atrás, apuntando directamente a la cabeza de Aegis. Aegis tenía que retrasar a la cosa de alguna manera, darles tiempo a Mynx y Mila para huir.

—¿Sabes qué? —dijo Aegis—, ella no quería que murieras. Al final, una vez que la sacamos de tus garras, me hizo prometer.

Thane acercó su rostro, respirando aire fétido directamente sobre Aegis. Gruñó. Aegis tosió y continuó.

—En esa silla estabas a salvo, nosotros estábamos a salvo —dijo Aegis—. Deberías haber muerto allí. En paz.

Thane rugió, se echó hacia atrás, con el puño listo para golpear. Aegis no podía ver a las otras dos Campeonas. Con suerte, habrían escapado.

Brazos metálicos surgieron de las sombras azuladas. Tentáculos que se extendían, agarrando el brazo echado hacia atrás de Thane y manteniéndolo en su lugar. Thane lanzó una mirada furiosa en esa dirección, Aegis hizo lo mismo, solo para ver al dron de mantenimiento de la cápsula en pleno funcionamiento. Mynx estaba detrás, con su mano sobre el voluminoso aparato.

Y corriendo alrededor de ellos, hacia Aegis, hacia Thane en un movimiento suicida, venía Mila. La Campeona tenía sus manos extendidas, una hacia Aegis, otra hacia Thane. Aegis comenzó a gritar algo, llamándolos idiotas por quedarse, pero se detuvo cuando filamentos azul-blancos, pequeñas líneas, partieron el aire entre él y el monstruo que lo tenía inmovilizado contra la pared.

Esos filamentos picaban, un dolor de presión como al donar sangre. Más y más se desprendían de Aegis y se clavaban en Thane. La anomalía aulló, no con rabia, sino con confusión.

—Aguanten —dijo Mila, aunque Aegis no podía decir a quién se dirigía.

Sintió que su cuerpo luchaba consigo mismo, los hilos de Mila succionando la vida de Aegis incluso mientras su curación la reponía. Thane, sosteniendo a Aegis contra la pared, temblaba. Su piel ennegrecida se desprendía. Los moretones se encogían, desaparecían. Las cicatrices rojas donde las balas o los escombros habían hecho su trabajo se volvían rosadas con piel fresca y sana. Las arrugas y las manchas desaparecieron, y nuevo cabello blanco y fresco brotó del cuero cabelludo de Thane.

La caída llegó sin previo aviso. El agarre de Thane falló y Aegis golpeó el suelo, desplomándose sobre su pecho. El Campeón sentía que apenas podía respirar, sus músculos parecían carecer de la voluntad, de la capacidad para contraerse, para moverse. Pero no estaba muerto, Aegis sabía eso.

Y Thane ya no rugía.

Gradualmente, los pinchazos desaparecieron. Una a una las presiones se aliviaron y el cuerpo de Aegis comenzó a ganar su batalla para recuperarse. Aegis sintió sus dedos, sintió su corazón latir, sintió que ese hombro adolorido se acomodaba en su posición. Levantó la mirada y vio a un hombre, un hombre mayor normal mirando sus propias manos.

—¿Thane? —preguntó Mila, y el hombre la miró.

Lentamente, como si no creyera cómo había llegado a estar allí de pie, Thane asintió.

CAPÍTULO 30

FRENTE AL MAR

AGACHADOS, los dos se lanzaron sobre la arena. Wexley aún permanecía de pie donde rompían las olas, con el rostro iluminado por el brillo de un Tama. Desde tan cerca, Kat y Calvin podían oír la voz de Wexley, pero el estruendo de las olas ahogaba sus palabras. Por debajo y más allá del ruido natural, estallaba la batalla entre drones y anomalías, sus reverberaciones sacudiendo el suelo.

—Bastante tranquilo para ser un hombre que está a punto de perderlo todo —susurró Calvin.

—Aún no lo ha perdido —respondió Kat—. ¿Puedes darle desde aquí?

—¿Un blanco como ese? Pan comido —dijo Calvin.

El anomalía colocó su mano derecha sobre la pared del acantilado. Kat avanzó un poco, se tumbó sobre el pecho y niveló el rifle robado. Si Wexley tenía algún truco bajo la manga, la rastreadora tomaría la decisión fatal. Wexley vivo sería mejor para el mundo, pero Wexley muerto también serviría.

Por encima de su hombro derecho, Kat vio a Calvin formando una delgada aguja a partir de la piedra del acantilado. El anomalía tenía su mano izquierda envuelta alrededor, listo para lanzarla como un dardo. Un tiro largo, pero Kat había visto a Calvin atravesar enemigos una y otra vez desde lejos. Esta vez no debería ser diferente.

—¿Lista? —dijo Calvin.

—Para una ducha. Acabemos con esto de una vez.

Calvin lanzó la aguja de piedra caliza. Kat observó el dardo volar, vio una sombra oscura deslizarse para interceptarlo. Saltaron chispas y el dron interceptor se estrelló contra la arena. Al parecer, Wexley no estaba solo.

Plan B.

Kat presionó el gatillo, apuntando a través de la mira. No se consideraba una francotiradora, pero un objetivo inmóvil, incluso en la oscuridad, debería ser viable.

Entonces Wexley tuvo la osadía de darse la vuelta, con las manos en alto, y encararlos.

—¿Se está rindiendo? —preguntó Calvin, y Kat notó que el anomalía tenía otra aguja de roca lista para lanzar—. Eso es diferente.

—Salid —dijo Wexley—. Tengo las manos en alto. Sin armas.

Kat no pudo negar el atractivo visceral de levantarse para enfrentar a quien una vez le había disparado. Ahora tenía más que la ventaja, tenía a Wexley a su merced con un rifle de asalto. CEO de Ziran, asesino de azoteas, y otros cien nombres que Kat probablemente podría desenterrar si quisiera, y aquí estaba él, parpadeando de vuelta mientras Kat caminaba por la playa hacia él.

—¿Kat? —dijo Calvin a su espalda—. ¿Qué estás haciendo?

—¿Tú? —dijo Wexley, y su rostro, gris fantasmal bajo el resplandor de las luces de la casa, reflejaba la conmoción en su voz—. ¿Cómo es posible que seas tú?

—Larga historia —dijo Kat—, y realmente espero un final rápido. Apaga ese Tama.

Wexley miró su muñeca izquierda mientras Kat dirigía el cañón de su rifle en esa dirección. El hombre se encogió de hombros, extendió la mano y pulsó el botón de encendido del dispositivo. La pantalla se apagó.

—Listo. No más drones. —Wexley miró alrededor de Kat, buscando formas que no estaban allí—. Esperaba a Aegis. Tal vez a uno de los otros Campeones. ¿Siguen vivos?

—No importa. Lo averiguaremos en un minuto y más te vale que no estén muertos. No puedo imaginar que quien quede vaya a tratarte con amabilidad de lo contrario.

—Si crees que voy a ir a algún lugar que no sea la otra vida, eres ingenua —dijo Wexley—. Conocía los riesgos cuando me llevé a Mynx hace meses.

Los estallidos, los estruendos, los traqueteos y los rugidos murieron mientras Wexley hablaba, un declive gradual en la distancia. Kat se congeló, preguntándose si el cambio significaba que la línea de anomalías había caído, si todos esos Paragones habían sucumbido a las balas de los drones y las garras metálicas.

Wexley sonrió. —Parece que el juego aún no ha terminado.

Calvin miró a la izquierda, su mano rozando el hombro de Kat como si se preparara para girarla para enfrentar a los drones que salían en tropel de la Fábrica. Mientras el anomalía se giraba, Kat mantuvo su rifle apuntando a Wexley. Tenía que esperar que los drones hubieran perdido y no al revés, no el desastre.

Ya había luchado contra un ejército de drones hoy. Su suerte no aguantaría otro.

La arena voló, estrellándose contra los ojos de Kat. Apretó el gatillo por reflejo, pero Wexley se agachó antes del retroceso, dejando que las balas volaran libres sobre su hombro hacia el océano. Kat recibió la carga del hombre en la barbilla, Wexley embistiendo contra su cuello y enviándola volando hacia atrás. También sintió un tirón en el arma mientras caía, sus manos manteniéndose firmes y conservando el arma consigo mientras aterrizaba en las dunas.

Su labio interno ardía donde el ataque de Wexley lo había golpeado contra sus dientes. Los ojos de Kat se humedecieron mientras parpadeaba, quitándose la arena. Levantó el arma y vio dos sombras oscuras bailando a un metro frente a ella. Sin el Tama de Wexley, la luz de la luna ofrecía una bolsa en escala de grises. Los acantilados que se alzaban a su alrededor cortaban el brillo en finas rebanadas, Calvin y Wexley golpeándose y pateándose entre ellos.

La habilidad de Calvin podría haber sido asombrosa, pero Wexley se negaba a dejar que el anomalía encontrara una forma de usarla. El CEO de Ziran adoptó una postura de luchador callejero, acercándose con golpes cortos diseñados para mantener al hombre cerca. Calvin, como la pelea en el sótano de *Carver's* le había enseñado a Kat hace tanto tiempo, aguantaba los golpes. El anomalía usaba sus codos y su mayor alcance para desviar los golpes de Wexley y asestar algunos contraataques propios.

Lo suficiente como para que Kat, siguiendo la pelea con los dedos de vuelta en el gatillo, contuviera su fuego.

—¿No es esto lo que querías? —dijo Wexley, iniciando una conversación mientras intentaba una combinación de tres golpes hacia las costillas de Calvin—. ¿Una oportunidad de ser una estrella por tu cuenta?

—No me conoces —respondió Calvin, gruñendo cuando uno de los golpes de Wexley dio en el blanco.

La anomalía respondió con un feroz codazo izquierdo, alcanzando a Wexley en la mandíbula, cuyo brazo de ataque estaba demasiado lejos para recuperarse. Wexley tropezó, pero logró mantener la suficiente lucidez para colocar a Calvin entre él y Kat.

—Pero sí te conozco —dijo Wexley, volviendo a su postura de combate. Calvin se sacudió, manteniendo un juego cauteloso—. Tomé los datos de Mynx. Lo sé todo sobre ti y tu vida de fugitivo.

—Como si me importara.

La anomalía lanzó un puñetazo con su mano derecha, uno muy lejos del rostro de Wexley. Sin embargo, Wexley salió volando hacia atrás, aterrizando en la marea. Kat sonrió. Calvin habría soplado un poco de aire detrás de ese golpe, dándole el impulso de un pequeño huracán.

Calvin siguió su golpe cargado de aire con un lento caminar mientras Kat se ponía de pie, sacudiéndose la arena.

—Mantente alejado —dijo Kat—, tengo el tiro de nuevo.

Wexley se incorporó en el agua mientras Calvin se acercaba.

—¿Vas a dejar que ella haga el trabajo por ti, anomalía? ¿Una normal terminando nuestra pelea?

—Oye, ¿de dónde sacas esa forma de hablar? —dijo Calvin, con las olas salpicando también sus zapatos—. Estás acabado, terminado.

—Nunca —gruñó Wexley, encorvándose hacia adelante en un salto hacia las piernas de Calvin.

Kat apretó el gatillo. Escuchó un clic, el arma se sacudió. Nada se disparó.

Atascada. Demasiada arena.

Un chapoteo. Kat levantó la mirada, vio a Calvin y Wexley luchando en las olas. Tirando el rifle a un lado, Kat comenzó a correr hacia la pareja que peleaba. Con un movimiento de su muñeca izquierda, Kat armó el confiable gancho. Apuntó cuando Wexley se colocó sobre Calvin, con las manos en la garganta de la anomalía. El CEO de Ziran lanzó una mirada fulminante en su dirección, captando la muñeca levantada de Kat.

Ella disparó.

Wexley se aplastó contra el pecho de Calvin, el gancho pasando por encima de su cabeza y cayendo en el océano.

—Ya he visto eso antes —ladró Wexley, deslizando su

brazo izquierdo en una barra apretada sobre la garganta de Calvin.

—¿Ah, sí? —dijo Kat, moviendo su muñeca izquierda y bajando el brazo.

El gancho se retrajo, saliendo disparado del océano medio metro más bajo de donde había entrado. Wexley no captó el sonido, no se agachó, y el gancho golpeó su pecho, se enganchó y tiró de Wexley, alejándolo de la forma jadeante y sofocada de Calvin.

Kat cerró la distancia, propinó una patada al estómago de Wexley que dejó al líder de Ziran en la arena mojada, de espaldas. La rastreadora no se detuvo cuando el gancho volvió a encajar en su muñeca. Con un movimiento, envió la púa de acero de nuevo, esta vez clavándola en la pierna de Wexley.

Justo donde lo había golpeado hace tanto tiempo en aquellos tejados de Chicago.

Él gritó esta vez como lo había hecho entonces, pero el hombre no estaba acabado. Wexley pateó hacia atrás con la pierna del gancho, un movimiento que debió doler como el infierno. El movimiento hizo que Kat diera un paso adelante, lo suficiente para que Wexley alcanzara y agarrara su tobillo.

Como había hecho con Calvin un minuto antes, Wexley tiró, esperando que Kat cayera en la tierra. En cambio, Kat se lanzó hacia adelante con el agarre del tobillo, aterrizando sobre Wexley con un golpe decidido. Con sus rostros cerca, los ojos salvajes de Wexley se clavaron en los suyos. Kat vio toda esa desesperación, todo ese pánico, toda esa enfermedad que había visto en tantas anomalías cuando sus propios sueños se desvanecían con su llegada.

Excepto que esas anomalías continuaban con vidas nuevas y estables. Wexley, no.

—Se acabó —dijo Wexley, llevando sus manos alrededor de su cuello.

—Para ti —respondió Kat, asintiendo levemente.

Su traje captó la presión, enviando su visor, que aún llevaba la cicatriz de bala del disparo de Rhimes meses atrás, deslizándose sobre el rostro de Kat. Mientras las manos de Wexley presionaban su cuello, Kat lanzó su cabeza hacia adelante, golpeándola contra la de Wexley.

Una vez aflojó su agarre, hizo que sus ojos se cruzaran. Dos veces los hizo girar hacia atrás, Wexley cayendo inconsciente en la arena.

—Este tipo —dijo Kat, tomando aire, mirando hacia Calvin. La anomalía se sentó en la marea, masajeando su propia garganta—. ¿Estás bien?

—Oh, diablos, sí. Nunca he estado mejor.

Una ola golpeó, enterrando a la anomalía bajo su espuma blanca.

La pareja arrastró a Wexley de vuelta por la playa. Kat no tenía esposas aturdidoras, pero Calvin tomó la abundante arena y cubrió al CEO de Ziran en un revestimiento tipo esfinge. Luego, por lo que pareció muy poco y demasiado tiempo, Kat y Calvin observaron las olas, las estrellas, y esperaron. O los Paragones habían ganado y los héroes vendrían en tropel, o los drones de Ziran habían reclamado el día, en cuyo caso Kat y Calvin estarían muertos o...

—Una isla —dijo Calvin—. Escuché sobre ella. Creo que era propiedad de Mynx. Podemos intercambiar la vida de Wexley por un lugar en la isla si las cosas se ponen feas.

—¿Quieres decir dejar todo para ir a vivir a una playa con un montón de anomalías criminales? —Kat ocupó sus manos limpiando el arma, sacando los granos de arena—. Qué paraíso.

—Hablas como si no te fuera a encantar. No tendríamos que pagar alquiler, ni impuestos. Solo una cabaña donde podríamos ver el amanecer, las estrellas brillar.

—No hay convenciones de cómics en una isla.

Calvin se encogió de hombros.

—Con todas esas anomalías, apuesto a que habría suficiente entretenimiento.

Kat lo consideró, dejando el arma en su regazo. Los ojos de Wexley seguían cerrados, el hombre no aportaba nada a la conversación.

—Si pudiera llevar a Seeker, supongo.

—Por supuesto que vendría el perro. —Calvin asintió como si toda la idea estuviera resuelta.

Pasos en tablones de madera pusieron fin a la conversación, con Kat rodando sobre su pecho, el rifle levantado y firme en sus manos. Varias formas se movían lentamente bajo la luz de la luna. Cuando el líder entró en su campo de visión y vio a Kat, levantó las manos.

Varios pensamientos chocaron en ese momento. El primero llegó con alivio: Kat nunca había visto a un dron, por muy humanoide que fuera, rendirse. El segundo destelló reconocimiento de las videollamadas en Chicago, el líder resucitado de los Paragones dando órdenes desde su rostro parcheado y canoso. ¿Y el tercero?

Habían ganado.

—Hola —dijo Aegis mientras Kat bajaba el rifle, el Campeón captando la vista de Wexley en su prisión de arena —. ¿Quiénes son ustedes?

Para el vencedor, las complicaciones. A pesar de todo su trabajo para atrapar a Wexley, Kat y Calvin se encontraron rápidamente marginados mientras los Campeones y otros peces gordos se congregaban en la playa. Siguiendo las instrucciones de Aegis, Calvin liberó a Wexley solo para que el hombre recibiera esposas aturdidoras de un Zhan-Yo demasiado solemne.

—Lo siento, amigo mío —dijo el revolucionario mientras cerraba las esposas en las muñecas de Wexley—. No debería haber llegado a esto.

—Creé el mundo que querías —dijo Wexley—, y luego lo destrozaste.

—Creaste el mundo que *tú* querías —respondió Zhan-Yo mientras los demás observaban o se hacían a un lado, hablando en sus Tamas para manejar los detalles en curso.

Un dron pequeño y volador con una bandeja adjunta zumbó cerca de Calvin y Kat. Tazas llenas de café caliente adornaban sus soportes metálicos.

—¿Les gustaría un poco? —llegó una voz terriblemente agradable, una que Kat reconoció de los mensajes y reuniones de rastreadores.

—¿Reeves? —preguntó Kat—. Pensé que Ziran te había eliminado.

—Un error en el sistema, me temo. Lo intentaron, pero fallaron.

—Y eso les costó —dijo Mynx, acercándose y tomando la única taza del dron llena de té en lugar de café. La Campeona llevaba lo que parecían ser ropas de ejercicio sacadas de su armario—. ¿Adivina quién le proporcionó a Aegis los datos sobre esos cargamentos que seguía asaltando?

Los ojos de Kat se movieron entre la Campeona y el dron. —Eh, ¿Reeves?

—Exactamente. —Mynx sonrió—. De todas las máquinas que he creado, creo que él es mi mejor creación.

Calvin arqueó una ceja, Kat simplemente asintió. Mientras la adrenalina post-combate disminuía, Kat se encontró sin la energía para seguir el ritmo. Estos eran jugadores poderosos intentando armar un nuevo mundo por segunda vez en meses. Thane, Aegis y Apinya, ahora unidos por Mynx y Zhan-Yo, debatían sobre la estructura global, sus Tamas brillando con llamadas conjuntas de todo el planeta. Se organizarían cumbres, se construirían gobiernos.

Kat observaba la conversación con largos parpadeos, las olas detrás de las conversaciones se veían tentadoras.

—Oye —dijo Calvin, tocando el hombro de Kat—. No sé tú, pero creo que no somos necesarios aquí.

Kat sonrió. —¿No crees que somos importantes?

—Oh, somos muy importantes. Demasiado importantes para basura como esta —respondió Calvin—. ¿Qué tal si dejamos que estos tontos se encarguen de los detalles mientras tú y yo vamos a desayunar algo bueno?

—¿Un buen desayuno? ¿Conoces algún lugar por aquí?

—Kat, confía en mí.

Resultó que Calvin sí conocía un lugar. Resultó también que lo conocía porque había sido un escondite frecuente durante una larga temporada que Calvin había pasado en la ciudad durante su adolescencia. Había conseguido turnos en el bullicioso y alucinógeno restaurante de desayunos con temática de Hollywood entre derivas independientes por los enclaves más duros de Los Ángeles.

En la madrugada, después de un viaje en cápsula desde una Fábrica invadida por personal de emergencia, Paragones y equipos de noticias, Kat se encontró mirando una pila de panqueques chorreando mantequilla. Huevos y tocino cultivado en laboratorio a un lado. Calvin tenía lo mismo, su cuchillo y tenedor ya puestos a trabajar.

Un televisor transmitía a cabinas casi llenas, trabajadores del turno de noche en su descanso y vagabundos tomando comidas baratas. Presentadores de noticias con ojos cansados, maquillaje y corbatas torcidas, daban opiniones atónitas una tras otra. Las imágenes de todo el mundo seguían atrayendo los ojos de Kat hacia la pantalla para ver anomalías y normales bailando alrededor de drones desactivados. Campeones en otros continentes daban solemnes discursos sobre mejores mañanas.

Y, lo mejor y peor de todo, familias que se reunían mientras sus seres queridos emergían del laboratorio prisión de Ziran en el norte. Los autobuses traían reencuentros en cada viaje. Adriana llegó en el primero, uniéndose a Wexley en una prisión de alta seguridad particular que, Mynx prometió a una cámara, a pesar de la reciente fuga de Zhan-Yo, mantendría a la pareja sin problemas.

—Oye. —Calvin tenía la boca llena de panqueques, el hombre parecía una ardilla tonta, sus palabras saliendo pastosas—. Será mejor que te comas eso antes de que se enfríe.

Oh, sí. El desayuno. Kat parpadeó, asintió, tomó su tenedor y cuchillo.

El primer bocado sabía condenadamente bien.

CAPÍTULO 31

CRIMINALES

RHIMES OBSERVABA a los Paragones al otro lado del vestíbulo. Los dos parecían maltrechos, cansados, obligados a cumplir con su deber oficial mientras los Paragones volvían reflexivamente al control del mundo. Según las noticias, los detalles se estaban ultimando entre las facciones y el futuro se vería un poco diferente. Por ahora, sin embargo, las anomalías reemplazaban a los drones, volviendo a la rutina habitual.

El soldado se arropó con su abrigo y mantuvo la visera de su gorra de béisbol baja. Echó un vistazo hacia el pasillo y los ascensores más allá. La gente entraba y salía en tropel; el principal hospital del centro de Chicago no era precisamente un lugar tranquilo.

Al recoger su café de la mesa lateral de madera sellada en magenta, Rhimes se levantó lentamente, como se ve a menudo en lugares donde el tiempo de la gente no es completamente suyo. Su movimiento le hizo consciente de sus bolsillos vacíos; sus muñecas rozaron los holgados bucles en sus mangas. Hoy no llevaba ni cuchillos ni armas. En su mano izquierda sostenía un pequeño ramo de flores amarillas y blancas que aportaban un brillante resplandor primaveral.

En los ascensores se unió a una doctora con la cabeza enterrada en su Tama y a otra familia de aspecto preocupado. Pulsó los números para cada uno y terminó siendo el primero en salir a una planta de recuperación quirúrgica. Aquí dominaban los drones médicos, respaldando a enfermeras y médicos de carne y hueso. Se desplazaban como familias deformadas, siguiéndose unos a otros de una habitación de paciente a otra.

—¿Puedo ayudarle? —preguntó una recepcionista detrás de un mostrador envolvente de nogal, con monitores de ordenador haciendo lo posible por ocultarle la cabeza. Logró asomar los ojos por encima, buscando la tarjeta de plástico de Visitante de Rhimes hasta que la encontró.

—Regina Porter —dijo Rhimes.

—¿Familia?

—Amigo. —Rhimes levantó las flores—. Solo vengo a dejar esto.

La recepcionista sonrió y le indicó a Rhimes la habitación siete. El soldado asintió y siguió adelante. El desinfectante de manos se mezclaba con los olores del desayuno de la cafetería, creando un miserable aroma anestésico, mientras una docena de diferentes programas, películas y canciones burbujeaban en un ecléctico choque sonoro. Todo eso, junto con las pequeñas charlas al pasar y las sugerencias robóticas de los drones que divagaban a través de sus algoritmos.

Casi tan ajetreado como había estado Ziran en los días posteriores a la toma de control de Wexley. Todo el mundo corriendo de un lado a otro asumiendo tareas extra, eufóricos con un mundo caído en sus manos. Había sido emocionante, esperanzador, pero incluso entonces nadie parecía saber qué pasaría después. Como el perro que atrapa el proverbial coche, Ziran había logrado su objetivo y no tenía ni idea de qué hacer con él.

Ahora la empresa no tendría nada. Rhimes no conocía los detalles, pero Zhan-Yo le soltaba alguna que otra frase de vez en cuando. Ziran no sobreviviría al paisaje renegociado, una

medida diseñada tanto para desalentar nuevos levanta-
mientos sangrientos como para sacar los Tamas de la esfera
privada y llevarlos a la pública.

Al parecer, la comunicación era demasiado valiosa para
dejarla en manos de una sola empresa.

La habitación siete tenía una buena vista a un parque. El
día lluvioso daba a todo en el interior un tono azul claro, que
se extendía hasta la cama del hospital y la mujer vestida con
bata que yacía en ella. Regina Porter tenía los ojos cerrados.
Un monitor conectado mostraba todos los indicadores en
verde. Una cirugía exitosa para extraer la bala, un poco de
curación potenciada por anomalías, y Rhimes calculó que le
darían el alta en uno o dos días.

Colocó el pequeño jarrón con las flores en el alféizar de la
ventana. Sacó una tarjeta diminuta de su bolsillo y la deslizó
entre los tallos verdes cortados. Escribir a mano había sido
divertido. Coger un bolígrafo era algo que ocurría tan rara-
mente, pero había sido bueno trazar esas curvas, vincularse
personalmente a las palabras.

No había dejado firma, pero Regina sería lo suficientemente inteligente para adivinarlo.

Después de todo, ¿cuántas vidas había salvado ella? No
podían ser tantas, ¿verdad?

Rhimes salió de la habitación y giró a la izquierda, alejándose más de los ascensores y la salida. Hacia el extremo de la
planta, otro Paragón estaba sentado en una silla fuera de la
habitación doce. Mientras Rhimes se dirigía hacia allí, una
enfermera, un dron médico y dos médicos pasaron junto al
Paragón para entrar en la habitación. La anomalía se puso de
pie y los siguió.

Justo a tiempo.

A la derecha de Rhimes, una alarma de incendios se
presentaba como una posibilidad, pero la ignoró. No había
dado la vuelta a la tortilla con Wexley para volver a herir a
gente al azar, y demasiadas personas en esta planta podrían

necesitar atención seria como para justificar el pánico. Además, Regina parecía tan condenadamente tranquila allí en esa cama.

En su lugar, continuó caminando hasta pasar la habitación doce, captando la conversación. Rhimes se apostó fuera, fingiendo leer su Tama. Beber su café.

Brielle, a diferencia de Regina, estaba bien despierta. Los médicos estaban repasando su tratamiento, cómo necesitaría rehabilitación, necesitaría un seguimiento significativo dado que la bala había rozado algunos órganos. El Paragón interrumpió entonces a los proveedores, diciendo que Brielle recibiría tratamiento suficiente para sobrevivir, pero que no permanecería allí más tiempo.

Eso también se lo había soltado Zhan-Yo a Rhimes. Aegis y los otros Campeones estaban resueltos a presionar contra los luchadores más fanáticos de Ziran. Aquellos que mataron, que cazaron anomalías, serían juzgados y condenados por sus acciones. El propio Rhimes obtendría un indulto gracias a sus esfuerzos, pero eso no cubría a nadie más.

Tampoco cubría a Zhan-Yo, pero cuando Rhimes le preguntó al hombre qué movimiento haría, Z ignoró la pregunta. Había desaparecido completamente del mapa.

¿Uno que no lo había hecho?

Gordon Holyoak había demostrado ser un buen hombre, un mejor rastreador. Había ayudado a Rhimes a instalarse de nuevo en aquella casa blanca sin rasgos distintivos, presionó para que Rhimes obtuviera su exención, y cuando Rhimes se lo pidió hace dos días, Gordon había encontrado la información de Brielle, informando a Rhimes sobre la fecha y hora del alta.

Gordon le había preguntado a Rhimes, como tantos otros, por qué se había vuelto contra Wexley. Cuál había sido la gota que colmó el vaso, y Rhimes no tenía una respuesta real. No fue tanto un momento específico como una inundación gradual, el desgaste de los ideales por el odio, la desesperación y el poder. Algunos, como Brielle, se habían visto atrapados en esa tormenta. No es que ella no tuviera responsabilidad, pero tenía talento, tenía potencial.

Y Rhimes la había traído a Ziran, maldita sea. Le debía una salida.

Los médicos, el dron y la enfermera salieron de la habitación. El Parangón los siguió, continuando la conversación con el personal médico. Repasando los detalles del traslado, cualquier cosa necesaria para evitar que Brielle se desmoronara en el camino. Se movieron por el pasillo, no muy lejos, pero el Parangón tenía la espalda vuelta hacia la habitación.

Rhimes aprovechó la oportunidad, deslizándose dentro. Comenzó un conteo mental.

Brielle, exhausta y pálida, miraba por la ventana. A diferencia de la habitación de Regina, la vista de Brielle daba a una autopista cubierta de cápsulas. A lo lejos, los aviones iban y venían del aeropuerto en una línea entrecortada.

—¿Qué se te olvidó? —dijo Brielle, sin volverse.

—Tú —respondió Rhimes, manteniendo la voz baja.

Brielle giró el rostro hacia él, levantando las cejas. Rhimes la ignoró por un momento, haciendo una rápida evaluación. Una bolsa de suero y un monitor estaban conectados al brazo izquierdo de Brielle. Su brazo derecho tenía un puño alrededor, atándola a la cama. No sería una extracción fácil.

—¿Por qué estás aquí? —preguntó Brielle—, y si dices "tú" otra vez, llamaré a la enfermera.

—No mereces lo que está pasando aquí.

—¿Estás seguro? —Brielle torció el labio—. Todos sabíamos lo que estábamos haciendo. Por la causa, por el dinero, pero no éramos estúpidos. No puedes salvarme de las decisiones que tomé. Las decisiones que tú tomaste.

—Siento que te he fallado.

—Oh, lo hiciste. Eres un traidor, Rhimes. Eso no va a cambiar sin importar lo que hagas ahora.

Rhimes asintió. Se había dicho a sí mismo que habría dos

posibilidades. O Brielle aprovecharía la oportunidad de huir, trabajarían juntos y harían un escape desesperado. O haría esto. Aceptar su destino, darle a Rhimes una píldora amarga, y eso sería todo.

Excepto.

—¿Te han dicho qué van a hacer contigo? —preguntó Rhimes.

Brielle negó con la cabeza. —Sacarme de aquí. Eso es todo. De ahí en adelante, no lo sé.

—Yo sí —Rhimes se acercó a la cama, se sentó en la silla junto a ella. Su conteo mental ya había pasado la marca. El Parangón volvería en cualquier momento, un escape no iba a suceder—. El mundo no necesita más ejecuciones. No es una buena forma de empezar, así que van a enviar a todos los que puedan. Sacarlos del tablero y olvidarlos.

—¿Enviarnos a dónde? —preguntó Brielle—. ¿A la Antártida?

—Cerca. —Rhimes levantó su Tama, deslizó para mostrar una imagen, un lugar—. Mynx, la Campeona...

—Sé quién es Mynx.

—Tiene esta isla. Parece que solía albergar anomalías con las que los Parangones no sabían qué hacer, y ahora nos van a poner allí.

—¿Nos?

Hasta que dijo las palabras, Rhimes no había planeado incluirse en el grupo, pero tenía sentido. Era un soldado, había luchado sus guerras. Sin familia a la que volver, excepto aquella con la que había estado trabajando durante años y años.

Además, mojar los pies en el cálido oleaje no sonaba mal después de tantos inviernos en Chicago.

—Wexley, Zhan-Yo —dijo Rhimes—. Todos los jugadores de Ziran, todos los conspiradores, y más que unos pocos Elementales también. Borrarnos del mapa.

—¿Y ponernos juntos? ¿En una isla? —Brielle negó con la cabeza—. Nos mataremos unos a otros.

—Tal vez. O tal vez nos irá mejor de lo que nunca nos fue aquí.

El Parangón entró curioso, demasiado nuevo para sospechar de alguien con motivaciones oscuras aquí en esta casa de sanación. Rhimes saludó con la mano, dijo que iría junto con Brielle. Cuando el Parangón mencionó que ella era una criminal, Rhimes se encogió de hombros y dijo que él también lo era.

El barco que los llevaba a la isla parecía una fortaleza. Parangones y comandos de Mathieu cubrían cada metro disponible mientras los prisioneros se mantenían en una sección sellada en el centro. Rhimes, con un sombrero de ala ancha que le daba sombra a los ojos, observaba las olas mientras el barco avanzaba. Habría más siguiendo a medida que los nuevos gobiernos reunieran a los criminales y decidieran si pasarlos por la matanza o enviarlos a la isla.

Como sistema de justicia, Rhimes pensó que era un poco bárbaro dejar a un montón de personas, muchas de las cuales podrían haber tenido familias, en una isla sin posibilidad de regreso. Por otro lado, no estarían pudriéndose en celdas o enfrentando un pelotón de fusilamiento. Se giró, miró a las personas que compartían el destino con él. La mayoría tenía esa mirada endurecida que viene con años pasados en guerra. Algunos miraban fijamente los espacios vacíos en sus muñecas donde antes había Tamas.

Wexley estaba sentado con Adriana en su propio rincón. Sus manos estaban una encima de la otra, los líderes más importantes del mundo ahora iguales a todos los demás. Wexley todavía llevaba esas gafas de sol oscuras, y cuando atrapó a Rhimes en esos cristales, el ex CEO de Ziran le dio al soldado un leve asentimiento. Uno que Rhimes devolvió.

Entendía, al igual que todos los demás en el barco, que una vida en la isla significaba un reinicio. Los viejos rencores solo servirían para que la gente muriera. Una idea fácil de decir, difícil de mantener. ¿Quién sabía cuánto duraría la paz?

El otro hombre, solo y opuesto a Rhimes, sin duda lucharía por mantenerla el mayor tiempo posible. Zhan-Yo compartía la mirada de Rhimes sobre las olas. Pero en lugar de la mirada pensativa y recta de Wexley, las arrugas de Zhan-Yo contenían una pequeña sonrisa entre ellas.

Esa mañana, por primera vez en tantas décadas, el globo había comenzado a celebrar sus primeras elecciones. Líderes, anomalías y normales por igual, se encontrarían en el poder no por la fuerza, sino por la libertad.

—¿Es esto lo que querías? —Brielle, caminando con un bastón mientras su recuperación continuaba, se acercó a Rhimes.

—No lo sabía hasta ahora —respondió Rhimes—. Pero podría serlo.

CAPÍTULO 32

NUEVOS PLANES, VIEJOS HOGARES

LA CÁPSULA GIRÓ hacia una calle a la vez familiar y desconocida. Las casas guardaban cierto parecido, pero los colores habían cambiado. Nuevos árboles crecían en jardines salpicados de juguetes distintos. Niños muy alejados de su época disfrutaban del sol matutino. Cassidy se reclinó en el asiento e intentó no pensar en lo rápido que le latía el corazón.

—¿Nerviosa? —dijo Thane, en forma y con buen aspecto a su lado.

El pelo finísimo de la anomalía se había vuelto una espesa cabellera blanca, y las arrugas y manchas de su piel habían retrocedido o desaparecido bajo un brillo saludable. Efecto de Mila, según él.

Que Thane estuviera allí sentado era toda una sorpresa. Después de que Cassidy dirigiera su vacío hacia el suelo de la Fábrica, abriendo un agujero bajo la furiosa anomalía, esperaba no volver a ver al hombre jamás. O quedaría atrapado en la roca o algo más en las profundidades de la Fábrica acabaría con él. Al menos ella no tendría que tomar la decisión final.

Habían tenido sus desacuerdos, ella y Thane, pero sin su ambición sin límites, aún estaría atrapada en aquella isla.

Tras dejar a Thane en el fondo, Cassidy se había quedado con Celice y los otros comandos mientras tomaban el control del centro de la Fábrica. Mathieu, el que había apartado a Celice del avance asesino de Thane, trabajó con la hija de Aegis en una especie de hechicería informática para desactivar las defensas restantes de la Fábrica. A partir de ahí, emitieron una orden de detención a las fuerzas humanas de Ziran mientras bloqueaban cualquier intento de reactivar los drones desactivados.

Cassidy se quedó al fondo de la sala vigilando a la media docena de técnicos de Ziran arrinconados en una esquina. Después de todo el caos del día, hacer de guardia de un grupo aterrorizado se sentía como un agradable descanso, una oportunidad para recuperar el aliento.

Entonces Thane salió arrastrándose de aquel agujero, seguido por Aegis, Mynx y Mila. El nuevo Thane, de vuelta a su tamaño razonable. Le lanzó a Cassidy una mirada de agradecimiento antes de que el grupo siguiera adelante: alguien informó por el Tamas que habían encontrado a Wexley, detenido en la playa.

Duchas, comidas calientes, la oportunidad de cambiarse de ropa. La civilización volvió casi demasiado rápido. Cassidy se encontró alojada en la torre del Paragon en Los Ángeles, una gran aguja con más que suficientes habitaciones debido a, bueno, lo obvio. Cassidy pasó el día siguiente poniéndose en orden y, finalmente, poniéndose en contacto con aquellos a quienes más necesitaba ver.

Thane la encontró esa mañana cuando Cassidy, con una simple mochila del Paragon cargada con sus pocas posesiones, se dirigía a tomar un vuelo rápido cortesía de una nueva cuenta de gastos emitida por el Paragon.

Salvar el mundo tenía sus ventajas.

—No te vas —dijo Thane justo dentro de la puerta.

—Voy a casa —respondió Cassidy, señalando todo el

ajetreo en la torre—. Ya cumplí mi papel. Esto es tu juego ahora.

—No. No lo es.

La cápsula se detuvo y Cassidy salió, con Thane siguiéndola. Cuando ella abrió la puerta, Thane fue al lado opuesto y abrió la suya.

—Estoy esperando —dijo Cassidy mientras se sentaba, Thane imitándola.

Las puertas se cerraron y la cápsula zumbó alejándose.

—En la isla tenía tantas ideas para el mundo —dijo Thane—. Tantas formas en las que podría mejorarlo si tan solo estuviera al mando. Podría mejorar los drones, podría hacer que la gente me amara. —Cassidy puso los ojos en blanco. Thane se rio, un sonido extraño, como si el hombre no estuviera del todo acostumbrado a hacerlo—. ¿Ves? Eso, justo ahí, solía enfurecerme tanto.

—¿Porque creo que eres ridículo?

—Lo era. Lo soy. Y no lo vi hasta Bangkok. Hasta que Ziran tomó mi idea y la llevó más allá.

—¿Estás diciendo que querías ser un gobernante genocida?

—En mi cabeza, no. En realidad, quizás eso es en lo que me habría convertido. —Thane señaló hacia afuera, a los edificios que pasaban, a la gente que caminaba hacia las cafeterías, que entraba en las oficinas—. ¿Ves lo poco que ha cambiado? En una noche, todo el orden mundial ha cambiado, pero para la mayoría de la gente es algo que apenas notarán. Mientras puedan perseguir sus sueños, sus deseos...

—Espera —dijo Cassidy—. Es un viaje largo hasta donde voy, pero no tanto. Thane, te subiste a esta cápsula conmigo. ¿Por qué?

Thane lo consideró y Cassidy esperó a que el cuerpo del hombre se marchitara, que se encogiera mientras su cerebro entraba en modo galaxia. La cápsula no tenía un bastón, ni un andador para que el hombre lo usara, así que esperaba que no se metiera tanto en un agujero de conejo que tuviera que sacarlo cargando.

—He pasado tanto tiempo en el panorama general, tanto en una celda, en esa isla y en el campamento de Apinya —dijo Thane—, y ver a Wexley me hace pensar que me he perdido algo más importante.

—¿Como qué?

—Mila me dio más tiempo del que esperaba —respondió Thane—. Preferiría pasarlo contigo, en lugar de discutir con esos viejos Paragones sobre quién va a dirigir Siberia.

—Yo *sería* más divertida que eso. —Cassidy se cruzó de brazos—. Pero ¿quién dice que te quiero conmigo? Me enviaste a ese laboratorio. Me habrían hecho pruebas, experimentos.

Thane se rascó el pelo.

—Una jugada. Les dije a los demás que salvarías a Apinya. En realidad, pensé que tardaría demasiado en pasar algo. Quería que te sacaran, que te quitaran del tablero. A salvo.

—¿A salvo? ¿Crees que ese lugar era seguro?

—¿Más seguro que un asalto a la Fábrica? Sí —respondió Thane. La cápsula giró hacia la autopista, un corto trayecto ahora hasta el aeropuerto—. Ziran no estaba tratando de matar a las anomalías allí. Pensé que tendríamos éxito en un día, mucho antes de que te pasara algo malo.

—O podrías haberme dicho que me mantuviera alejada.

Ahora Thane sonrió.

—Pero no lo habrías hecho.

No, no lo habría hecho.

Llegaron a una casa de un amarillo brillante. El mismo color que tenía aquella mañana cuando Cassidy la abandonó por última vez. Un jardín bien cuidado, con un peral en el centro. La luz del sol se reflejaba en el camino de entrada color crema que llevaba a un garaje sin coche, abierto y lleno de cajas. Cassidy leyó las etiquetas mientras se acercaba, con Thane detrás de ella.

—Mis cosas —dijo Cassidy, pasando los dedos por el cartón—. Las empacó todas.

—Son muchas cajas.

—No son solo las mías. Los juguetes de nuestros hijos, su ropa vieja. Todo lo de nuestra vida juntos está aquí afuera.

—No las tiró.

—Tal vez no pudo llegar tan lejos —consideró Cassidy—. O quizás pensó que yo podría volver y no quería que me enojara tanto.

—¿Lo estás?

—¿Después de todo este tiempo? —Cassidy suspiró—. Sí, y también no. Si es que eso tiene sentido.

—Puedo entenderlo —respondió Thane, y Cassidy supuso que probablemente podía.

La puerta principal se abrió. Alguien, un joven que solo podía ser su hijo, dijo su nombre. Su verdadero nombre.

Mamá.

—¿Lista? —preguntó Thane, poniendo una mano en su hombro.

—¿Sabes? Creo que estoy más lista para esto que para cualquier otra cosa en mi vida.

CAPÍTULO 33

EL MOMENTO

POR UNA VEZ, Aegis no interpretó un papel en la revolución. La inició, junto con todos los demás en la playa aquella noche, pero más allá de algunos comentarios esperanzadores a unos medios confundidos, Aegis se mantuvo alejado del centro de atención. Hizo tratos importantes en la oscuridad, incluyendo algunos para enviar a Zhan-Yo, Wexley y sus compinches a la isla de Mynx, y cuando llegó el momento de proponer nombres para el nuevo liderazgo, Aegis solo tenía uno que sugerir.

Celice.

—Tu propia hija te rechazó —dijo Mynx, uniéndose a Aegis en su amplia terraza. Té y café, panecillos y huevos flotaban detrás de ella cortesía de algunos pequeños drones —. ¿Cómo te hace sentir eso?

—Perfectamente bien —Aegis ajustó su gorra para protegerse del sol—. Si quiere dirigir su propio espectáculo en las sombras, es su elección.

—Ese Mathieu es una mala influencia —dijo Mynx, pero el brillo en sus palabras suavizó el golpe.

—Sabes, es el primero que no ha huido después de conocerme. Eso tiene que contar para algo.

Mynx se acomodó en una silla junto a Aegis con un suspiro satisfecho. Juntos se tomaron su tiempo, disfrutando de las olas y la brisa.

—Reeves cree que tomará un par de meses, pero tendremos la Fábrica totalmente reconfigurada para finales del verano. Justo a tiempo para divertirnos de verdad.

—¿Ensuciándonos las manos?

—Con tierra real, sí. ¿No es eso lo que querías?

—No solo yo —Aegis flexionó los dedos—. ¿No dijiste que estabas cansada de recibir golpes?

De construir gladiadores a crear artesanos, drones diseñados para trabajar junto a carpinteros, agricultores y fabricantes para construir, mantener y apoyar. Mynx no quería desmantelar su Fábrica, así que esa había sido la mejor opción. Ella y Aegis saldrían con la primera oleada, dirigiéndose a las áreas más afectadas para ayudarlas a reconstruirse.

Zhan-Yo había tenido esa idea, ofreciéndola como algo que había visto tan a menudo liderando Ziran, impulsando sus propias obras de caridad. Algo para lo que el ex-CEO nunca tuvo tiempo, algo que los viejos Campeones podrían disfrutar.

Mynx asintió. —Cuando pasas tanto tiempo en un tubo, empiezas a pensar que sería agradable salir un poco más. Ver el mundo sin sentir que eres responsable de él.

—No estoy seguro de que alguna vez llegue tan lejos.

Ser un héroe, estar en primera línea había sido toda la identidad de Aegis durante tanto tiempo. Podía sentirlo ahora, la presión que lo instaba a levantarse de la silla, usar su Tama para iniciar sesión en la base de datos del Paragon, ver qué desastres existían alrededor del planeta y cómo lidiar mejor con ellos. Qué nuevos villanos anómalos y normales necesitaban ser derrotados, qué víctimas de tormentas y terremotos necesitaban asistencia.

Lo había intentado, de hecho, antes de que Mynx saliera hace un minuto. Presionó su dedo en el pequeño escáner del

Tama y fue rechazado. Hizo que su cámara mirara su rostro solo para obtener la misma negativa en rojo.

Celice cumpliendo lo que prometió.

Aegis estaba fuera. Mynx estaba fuera. Todos los viejos Campeones desalojados para dar paso a una nueva multitud, anómalos y normales por igual, junto con funcionarios regionales electos. Una revisión masiva desarrollándose a lo largo de semanas, meses, años.

—Creo que funcionará —dijo Mynx, adivinando lo que Aegis pensaba—. Mejor que lo que nosotros hicimos, de todos modos.

—¿Fuimos tan malos?

—Nos propusimos hacer lo que creíamos mejor, y lo hicimos —Mynx esbozó una sonrisa—. Eso nos dio más confianza de la que merecíamos.

—Compramos paz por más de veinte años.

Mynx asintió. —Cada uno de esos años fue una lucha desesperada por mantener lo que habíamos creado. Es hora de dejar que intenten algo nuevo —Una ola rompió, la espuma volando y atrapando la luz del sol en un micro arcoíris. Mynx dejó su tenedor y miró a Aegis—. ¿Alguna vez has probado el surf?

—Nunca tuve tiempo.

—¿Adivina qué, viejo? Ahora lo tienes.

CAPÍTULO 34
JUBILACIÓN

EL PERDÓN LLEGÓ MÁS FÁCILMENTE con la victoria. En aquella playa, Zhan-Yo pidió lo que no merecía: una oportunidad para una vida diferente y mejor. Había allanado el camino para Wexley, para Ziran. Había detonado bombas dentro de un estadio abarrotado para demostrar algo. Según cualquier medida razonable, el revolucionario merecía pudrirse en algún lugar oscuro, húmedo y decrépito.

En cambio, pidió redención.

—No habrá otra oportunidad de rehacer el mundo como la que tenemos ahora mismo —dijo Zhan-Yo en aquella playa, en lo profundo de la noche—. Hemos zarandeado la civilización de un lado a otro durante los últimos meses, y es hora de dejar que se asiente en el mejor camino.

Aegis, Thane, Mynx, Mila, Apinya, Celice y Mathieu lo observaban, con los brillos de Tama uniéndose a la luz de las estrellas. La rastreadora y su amigo estaban sentados en la playa junto a Wexley, o bien sin importarles o demasiado exhaustos para participar. La anomalía lanzadora de vacío, la que Thane había enviado a la prisión de Ziran, estaba apartada mirando las olas.

No es que todas las voces necesitaran hacerse oír. Era

mejor mantenerlo en pequeño ahora, cuando todo se sentía tan frágil.

—¿Y cuál es ese camino? —preguntó Apinya, aunque sonó más como una invitación que como una pregunta.

Aegis se cruzó de brazos, Mynx fulminó a Zhan-Yo con la mirada. Los demás oscilaban entre la curiosidad y la cautela. Sospechando, si no sabiendo directamente, lo que Zhan-Yo iba a decir.

De todos modos, lo dijo todo. Expuso la misma idea con la que había estado viviendo desde hacía tanto tiempo en Chicago, la que habría revelado a Aegis y a los Paragones sin todo el derramamiento de sangre si tan solo hubieran escuchado. Igualdad, independientemente del estatus de anomalía o normal. Dividir el mundo como deseara ser, con regiones tan variadas como se quisiera. Estabilizado por una fuerza mundial compuesta, sí, por anomalías y normales.

—Los Paragones —dijo entonces Aegis—. Mantenemos el mismo nombre, eliminamos las partes exclusivas de anomalías. La transición será más fácil.

—Y nada de drones —añadió Thane—. Ya no más, para ninguna fuerza.

Mynx se encogió de hombros.

—Menos trabajo para mí.

Más detalles y pormenores bailaron entre los participantes, un marco suelto se solidificó a medida que las horas se arrastraban hacia el amanecer. Comieron mientras hablaban, los Paragones y los comandos ocasionalmente bajando a buscar refrigerios entre los informes sobre las lesiones sufridas y la resistencia de Ziran menguando en todo el mundo.

—Una última cosa —dijo Zhan-Yo cuando el rosa apareció detrás de las montañas—. No podemos ser parte de esto. Yo por razones obvias, pero tú. —Zhan-Yo señaló a Aegis, luego a Mynx—. Y tú. Thane. Los otros Campeones. Nuestras reputaciones nos preceden, abrumarán lo que estamos haciendo aquí esta noche.

Que los Campeones estuvieran de acuerdo fue una sorpresa, que tomara varios largos minutos extraer ese acuerdo no lo fue. Sin embargo, el momento se quedó con Zhan-Yo mientras pasaban los días, acompañándolo en el barco cuando finalmente llegó a la isla bañada por el sol de Mynx.

A su alrededor en el horizonte: agua clara y nubes. Los drones ya no se cernían en los bordes esperando para masacrar a cualquier fugitivo. En su lugar, mientras los pasajeros desembarcaban en la orilla, su sentencia sería vigilada por un tipo diferente de guardia: humano, con visitas regulares para traer comida, agua fresca. Medicinas.

Una prisión, sí. Un infierno, no.

Zhan-Yo se estiró, echó un vistazo a las facciones que ya se estaban formando. Gente que se dirigía hacia la playa, algunos hacia el volcán que se elevaba en el centro de la isla, otros hacia el este, donde aún vivían anomalías.

—¿Oeste? —dijo Rhimes, con Brielle a su lado mientras los dos se acercaban a él.

—Oeste —respondió Zhan-Yo.

Cierta anomalía le había dicho que una vez tuvo un pueblo allí, con un bonito refugio de paja y una vista perfecta del atardecer.

CAPÍTULO 35
EL CAMINO

MANHATTAN SE EXTENDÍA bajo los enormes ventanales del Bastión. Celice estaba de pie cerca de donde su padre solía sentarse, escrutando los monitores mientras los resultados de las elecciones comenzaban a llegar de todo el mundo. Había sido una carrera precipitada para organizar todo, pero con Tamas siendo omnipresente, habían logrado poner en marcha la votación en línea sin demasiados problemas. Los primeros candidatos eran una mezcla variopinta, pero a veces había que poner el carro en marcha y preocuparse por el camino después.

—Eso suena peligroso —dijo Mathieu, de pie a su derecha y pasando por sus propias pantallas—. ¿No debería ser al revés? ¿El camino pavimentado antes que el carro?

—Supongo que lo averiguaremos —respondió Celice—. ¿Algo importante para nosotros?

—Hay algunos brotes de anomalías aquí y allá, pero los Paragones locales los tienen bajo control. Un par de mentes brillantes robaron algunos drones en desuso y los reiniciaron —dijo Mathieu—, pero nuestro reclutamiento va bien.

—¿Los rastreadores?

—Muchos se están uniendo —respondió Mathieu—. Creo

que no tendremos problemas para encontrar a nuestros agentes.

Celice asintió. Alguien más podría dirigir el espectáculo principal de los Paragones. Ella estaría feliz de permanecer entre bastidores, hacer lo que su padre siempre quiso: detener las principales amenazas sin quedar sepultada en la burocracia. Y ahora, con el programa de rastreadores desmantelado, había un montón de cazadores habilidosos buscando trabajo.

—Ahora —dijo Mathieu—, aquí hay algo interesante. Bangkok. Veo informes sobre robos a plena luz del día. La gente se queda sorda, ciega y luego pierde sus carteras. Recuperan todos sus sentidos un minuto después. Los locales no tienen pistas.

Celice miró la pantalla de Mathieu, leyendo el resumen.

—¿Algo para delegar? —preguntó Celice.

Mathieu sonrió, —Podríamos. Pero siempre he querido ir a Tailandia.

—Tenemos ese bonito jet que nos dio Mynx. —Compartió su sonrisa—. ¿Cuán rápido puedes hacer las maletas?

———

Los muertos pertenecen a Riven. Los vivos a la Tierra. Pero mientras la guerra llena Riven hasta reventar, Carver debe encontrar una manera de mantener esas líneas claras, o no habrá mucha diferencia entre los mundos por mucho tiempo.

Comienza una nueva aventura de fantasía oscura con *Riven*:

AGRADECIMIENTOS Y NOTA DEL AUTOR

El Resplandor de la Libertad concluye una serie que surgió de algunas ideas que tuve hace años, pero que nunca tuve la oportunidad de desarrollar en novelas completas, y mucho menos en un arco como este. La idea de superhéroes "mediocres" siempre me pareció divertida: ¿qué les pasaría a estos proveedores de lo ligeramente extraordinario?

Si los poderes eran la parte divertida, el elemento humano se convirtió en lo más interesante. ¿Qué pasaría si partes de la sociedad, durante tanto tiempo atrincheradas en su seguridad, se vieran despojadas de ella por ganadores de la lotería genética? ¿Cómo reaccionaría el mundo ante una división muy clara entre quienes tienen habilidades y quienes no?

El Credo del Campeón jugó en ese terreno, y mientras lo escribía, descubrí que sus villanos, sus héroes y sus espectadores eran (como suele ocurrirme) menos blanco y negro, tendiendo mucho más hacia el gris. Al final, todos queremos lo que queremos, y ya sea que podamos borrar un edificio con un chasquido de dedos o que derramemos nuestro café de la mañana, nos esforzaremos por conseguirlo dentro de la razón que se ajuste a nuestros ideales. En estas historias, Kat, Wexley, Calvin y Aegis intentaban hacer lo que creían correcto.

Espero que hayáis encontrado su viaje tan interesante de leer como lo fue para mí escribirlo.

SOBRE EL AUTOR

A.R. Knight teje historias en una casa helada en Madison, Wisconsin, principalmente propiedad de un par de gatos. Después de verse atrapado en la rutina laboral durante la crisis económica de 2008, se encontró volando por el espacio y viviendo grandes aventuras durante aburridas reuniones.

Con el tiempo, tras dedicarse a podcasts, guiones, relatos cortos y otras novelas, encontró una historia en la que podía sumergirse y un elenco de personajes entretenidos y llenos de corazón.

A.R. Knight planea saltar a otros mundos y encontrar nuevas historias que contar en los límites infinitos de nuestra imaginación.

¡Gracias, como siempre, por leer!

Para más información:

www.blackkeybooks.com

Para DJ

www.ingramcontent.com/pod-product-compliance
Lightning Source LLC
Chambersburg PA
CBHW020235010826
48973CB00006B/1521